Los crímenes de Mitford

Los crímenes de Mitford

Jessica Fellowes

Traducción de Rosa Sanz

Rocaeditorial

Título original: *The Mitford Murders*

© 2017, Little, Brown Book Group Ltd.

La autora de este libro es conocida como Jessica Fellowes.
Primera publicación en el Reino Unido en 2017 por Sphere, un sello de Little,
Brown Book Group.
Edición en lengua española publicada por acuerdo con Little, Brown Book Group,
Londres.

Primera edición: septiembre de 2018

© de la traducción: 2018, Rosa Sanz
© de esta edición: 2018, Roca Editorial de Libros, S.L.
Av. Marquès de l'Argentera 17, pral.
08003 Barcelona
actulidad@rocaeditorial.com
www.rocalibros.com

Impreso por Rodesa
Villatuerta (Navarra)

ISBN: 978-84-17167-81-3
Depósito legal: B-17411-2018
Código IBIC: FA; FV

RE67813

A Simon y George,
Beatrix y Louis

Je est un autre.

RIMBAUD

Prólogo

12 de enero de 1920

El taxi dejó a Florence Shore en la puerta de la estación Victoria a las tres menos cuarto de la tarde. Había sido una auténtica extravagancia recorrer todo ese trayecto desde Hammersmith, pero pensó que se lo merecía. Lo fastuoso de la llegada iba acorde con su nuevo abrigo de piel, un regalo de cumpleaños que se había hecho a sí misma el día anterior para impresionar a su tía, la baronesa Farina, quien la agasajó con té chino y galletas de jengibre al tiempo que se disculpaba por la ausencia de tarta.

Florence había pasado por la estación tan solo veinte horas antes, después de visitar a su pariente en Tonbridge, y ahora volvía a dirigirse casi en la misma dirección, a Saint Leonards-on-Sea, donde su buena amiga Rosa Peal regentaba un salón de té. Además del cumpleaños y del abrigo de piel —motivos de sobra para tomar un taxi en lugar de los dos autobuses que habría necesitado para cruzar la ciudad—, Florence contaba con otra excusa para justificar el tipo de transporte elegido, y esa era su considerable equipaje: maletín, maleta, neceser, paraguas y bolso de mano. Por otra parte, en cuanto a la cuestión del derroche, solo habían pasado dos meses desde que se licenciara del servicio, por lo que había incurrido en pocos de los dispendios que se podía haber permitido tras heredar el legado de su hermana cinco años atrás, por no mencionar que también disponía de sus propios ahorros. Así pues, estaba decidido: Florence llamaría a un mozo de cuerda, a quien entregaría una generosa propina si era capaz de portar su equipaje sin proferir una sola queja.

—Al andén nueve, por favor —le dijo—, por los vagones de tercera clase. —Su indulgencia hacia sí misma llegaba hasta cierto límite.

Libre de la carga, Florence se ajustó su elegante abrigo de pieles y sacudió su larga falda. La moda que se llevaba antes de la guerra se adaptaba mejor a su figura; en ocasiones deseaba ser capaz de quitarse el corsé, pero no lograba acostumbrarse. La única vez que había salido a la calle sin su corpiño, se sintió como si hubiera desfilado desnuda ante la gente. Siguiendo el ritual acostumbrado, palpó el bolso, se aferró a su paraguas para ayudarse a andar y se encaminó con decisión hacia la taquilla. No había tiempo que perder.

En la estación había una oficina de correos, y se preguntó si no debía mandarle un aviso al conserje de su residencia para informarle de su partida, pero decidió no hacerlo. A fin de cuentas, siempre podría escribir desde Saint Leonards. Prosiguió su camino hacia la taquilla, aliviada de que no hubiera grandes colas, y se situó en la fila de la ventanilla número seis, detrás de una joven de aspecto agradable. Florence observó con aprobación la delgada figura que tenía delante, el lustroso cabello recogido dentro de un voluminoso sombrero, adornado con ribetes de satén azul marino. La locura de la melena corta aún no había inundado la ciudad como había visto que sucedía en París, pero sospechaba que no faltaría mucho para que lo hiciera. La joven adquirió su billete con celeridad, le dedicó a Florence una sonrisa fugaz tras finiquitar la transacción y emprendió la marcha.

Florence se encontró frente a frente con el vendedor de billetes que esperaba al otro lado del cristal, un hombre barbudo tocado con una gorra. Durante un breve instante se preguntó cómo era posible que las autoridades ferroviarias permitieran que sus empleados llevaran barbas, hasta que se recordó que era posible que el hombre quisiera ocultar un rostro desfigurado por la guerra. Como bien sabía ella, se trataba de un hecho bastante común en esos tiempos.

—¿Adónde va usted, señora? —le preguntó él.

—Quisiera un billete de tercera clase a Warrior Square en Saint Leonards, por favor. Con vuelta para la semana que viene.

Florence vio que el hombre se fijaba en su medalla de

guerra y le lanzaba una mirada que parecía decir: «Eres de los nuestros».

En realidad, lo que le dijo fue:

—Andén nueve. Llega a tiempo para tomar el expreso de las 15.20. Es un tren rápido con destino a Lewes, donde se bifurca en dos direcciones: los vagones delanteros hacia Brighton, los de cola hacia Hastings. Usted debe sentarse en los últimos.

—Sí, lo sé —repuso Florence—. Gracias.

—Serán seis chelines.

Ya tenía el bolso preparado sobre la repisa, de modo que no tardó mucho en extraer el importe exacto de su monedero. Hábil incluso con las manos enguantadas, Florence le entregó las monedas y recibió a cambio dos pequeños rectángulos de cartón. Puso el billete de vuelta a buen recaudo dentro de su bolso y dejó el de ida en la mano, a la vez que oprimía el cierre con fuerza.

Otra vez en el vestíbulo, Florence alzó la vista para mirar el reloj de la estación. Todavía no era la hora de salida, pero sabía que el mozo de cuerda estaría tiritando en el andén con su equipaje, por lo que renunció a realizar una pequeña incursión en el acogedor salón de té. El trayecto que se presentaba ante sus ojos se le antojó vasto y desolado, más parecido al hangar de un aeroplano que a una estación de ferrocarriles. Hacía tiempo que la crudeza del mes de enero había acabado con la alegría de la Navidad, por no hablar de la novedad de la recién estrenada década. Después de tanto anhelar el fin de la guerra, habían descubierto que ya nada podría volver a ser como era antes. Habían cambiado demasiadas cosas; se habían derramado demasiadas lágrimas.

Al menos, el viaje que le esperaba no era largo, y Rosa le tendría preparada una copiosa cena a su llegada, con generosas raciones de pan con mantequilla espesa, lonchas de jamón a la miel y un vaso de cerveza, a lo que probablemente le seguiría un trozo de la tarta que no se hubiera despachado durante la jornada, acompañado de una cucharada de natillas caseras calientes. Cada vez que pasaba una o dos semanas en casa de Rosa, Florence siempre tenía que soltarse el corsé unos tres dedos. Curiosamente, la idea de aquel festín —algo con lo que podía contar después de haber visitado a su amiga en tantas ocasio-

13

nes— no logró abrir el apetito de Florence. En ese momento, lo único que le apetecía era una buena taza de té dulce y caliente, pero no importaba. Había pasado por mayores penalidades.

Siguió avanzando en dirección al tren. El andén número nueve era una especie de semiplataforma que recorría el extremo derecho de la estación, de tal manera que uno debía atravesar el andén ocho para llegar hasta él. Mientras caminaba, con aire majestuoso pero firme, como el *Lusitania* al zarpar de Liverpool, le pareció reconocer a alguien por el rabillo del ojo. Aquello le produjo un sobresalto. ¿Acaso sabía él que iba a estar en Victoria en ese preciso instante? El hombre era menudo, anguloso y tosco, como un bote salvavidas de madera frente al transatlántico que encarnaba ella. Casi le daba la espalda, y llevaba el sombrero tan calado que no supo si la había visto. Florence aligeró el paso al tiempo que el corazón le latía más deprisa. Entonces divisó a su mozo de cuerda un poco más adelante, esperando paciente junto a su equipaje, y se tranquilizó. Solo tenía que llegar hasta el tren, que saldría en menos de veinte minutos.

14   Florence buscó la mirada del mozo y la sostuvo mientras se acercaba a él, algo que pareció desconcertarlo bastante. Pese a que no era más que un muchacho, mirarlo hacía que se sintiera más segura. El joven se rascó la barbilla y tiró de la gorra con gesto nervioso. Su agitación hizo que un recuerdo acudiera a la mente de Florence. Se disponía a desterrarlo de su cabeza cuando alguien apareció ante ella, a la derecha del mozo: Mabel.

El chico comenzó a emitir unos sonidos guturales.

—Disculpe, señora, pero esta mujer quería llevarse sus maletas, y no estaba seguro de si… —Su voz se fue apagando a medida que hablaba.

Mabel se adelantó unos pasos hacia ella.

—Florence, querida, el muchacho no ha querido aceptar mi propina.

Florence no le respondió, sino que se dirigió al mozo.

—Está bien, ya puedes marcharte. Gracias. —Zanjó la cuestión dándole un chelín, y el otro se marchó con una expresión de alivio en el rostro. Entonces se volvió hacia Mabel—: ¿Qué estás haciendo aquí?

—Esas no son formas de saludar a una vieja amiga —le

dijo Mabel con una sonrisa—. Solo he venido a ayudarte. Sé lo escrupulosa que eres para sentarte. Además, llevas demasiado equipaje, no habrías podido manejarte sola.

—Tenía un mozo, como has podido ver. Me las arreglo perfectamente.

—Lo sé, pero no hay nada de malo en que te ayude. Y ahora quédate aquí mientras voy a inspeccionar los compartimentos.

El tren había llegado al andén durante la conversación. Puesto que había despedido al mozo, Florence se quedó junto a su equipaje mientras que Mabel abría el primer vagón de tercera y luego el siguiente. No tardó en regresar.

—Deberías entrar en ese. Está vacío y podrás escoger el asiento que quieras. En el otro hay una mujer sentada en la dirección de la marcha que se niega a moverse de allí.

Florence se mantuvo en silencio, inexpresiva, tan difícil de descifrar como una antigua lápida cuyos grabados fueran apenas visibles tras siglos de exposición a la lluvia y el viento. Mabel subió la maleta grande y el maletín de cuero rojo oscuro con los bordes pálidos y desvaídos, maltrecho después de largos años de acompañar a su propietaria por toda Francia. Florence ya había recogido su neceser, pequeño y azul marino, cuya llave guardaba en su monedero. Había sido un regalo de su tía, adquirido en el taller de Asprey de Bond Street cuando la reina Victoria aún estaba en el trono.

Ciertamente, en el compartimento elegido por Mabel no había ni un alma, y ya se habían encargado de recoger los desperdicios que solían dejar los pasajeros entre trayecto y trayecto. Había dos bancos acolchados, uno frente al otro, y una sola puerta al otro lado. Una vez que el tren se hubiera puesto en movimiento, no podría entrar nadie más. Mabel colocó la maleta debajo del primer asiento del lado derecho, en el sentido de la marcha. El maletín lo dejó al lado de donde se iba a sentar Florence. Esta se quitó el sombrero y lo puso encima del maletín.

—¿Has traído algo para leer? —le preguntó Mabel, acercándose para mirar en el bolso de mano, pero Florence lo apartó con brusquedad—. Será mejor que te sientes. Ya no queda mucho tiempo.

Florence no hizo más comentarios, pero se sentó en el lugar

15

escogido por Mabel. Estaba en el extremo más alejado y no sería fácil que alguien pudiera verla desde el andén. Todavía no había anochecido, pero el cielo estaba encapotado, del mismo gris mugriento que el suelo de mármol del vestíbulo. Por suerte, los conductos del vapor no tardarían en hacer que entrara en calor. Había lámparas de gas en los compartimentos, pero no se encenderían hasta que llegara a Lewes. No era imposible leer bajo esa luz, pero tampoco resultaba particularmente cómodo para una mujer de su edad —cincuenta y cinco años cumplidos el día anterior—. Había decidido jubilarse al acabar la guerra, y ahora, pensaba, solo le restaba disfrutar de sus últimos años.

Mabel se irguió como si estuviera a punto de decir algo, pero un movimiento la sobresaltó a sus espaldas. La puerta se abrió y entró un joven de unos veintiocho o treinta años. Iba vestido con un traje de *tweed* de color castaño claro y un sombrero. Florence no le vio abrigo alguno, como habría sido esperable en alguien que fuera a viajar a la costa en enero, aunque también era posible que lo llevara doblado sobre el brazo sin que ella lo advirtiera. No portaba equipaje ni bastón, ni un simple paraguas. Se sentó en el extremo izquierdo, junto a la ventana, al otro lado de Florence en diagonal, en el sentido contrario de la marcha.

Oyeron el silbato del guarda de la estación: el último aviso. Mabel se acercó a la puerta y el hombre se puso en pie.

—Permítame —le dijo él.

—No, gracias —respondió Mabel—. Ya puedo hacerlo yo.

Entonces, abrió la ventanilla tirando del asa de cuero, se asomó al exterior para girar el picaporte y empujó la puerta hacia fuera. Florence se quedó sentada, sin acusar la presencia de su compañero de viaje, con un periódico en el regazo y las lentes para leer apoyadas en la punta de la nariz. Mabel salió del compartimento, cerró la puerta tras de sí y se quedó mirando en el andén. No pasó mucho tiempo hasta que el guarda hizo sonar el último pitido con su silbato. El tren se puso en marcha, muy despacio al principio, para ir cobrando impulso poco a poco hasta alcanzar la velocidad máxima al llegar al primer túnel. Aquella sería la última vez que se vería a Florence Nightingale Shore con vida.

PRIMERA PARTE

1919-1920

1

Víspera de Navidad de 1919

Zigzagueando entre la multitud a través de King's Road, con el cuello del fino abrigo levantado para protegerse del viento frío, Louisa Cannon caminaba por la acera con la cabeza gacha y los pies ligeros. Pese a que los contornos de la calle se habían desdibujado bajo la oscuridad que empezaba a reinar, la muchedumbre no había decrecido en lo más mínimo. Las parejas de compradores se detenían a contemplar los elegantes escaparates, decorados con lucecitas eléctricas y tentadores regalos navideños: montañas de delicias turcas en cajas de cartón de colores, cuyos confites rosas y verdes parecían resplandecer bajo la espesa cobertura de azúcar glas; los semblantes pálidos y vidriosos de las flamantes muñecas de porcelana, con sus piernas y brazos rígidos, sus vestidos de algodón almidonado y la delicada puntilla de sus enaguas asomando bajo el ruedo de sus faldas en gruesas capas.

Detrás de ella, los lujosos almacenes Peter Jones habían colocado un árbol ante cada escaparate que daba a la calle, con lazos rojos y verdes primorosamente atados a las ramas y adornos de madera que colgaban de los abetos color verde oscuro: caballitos pintados, estrellas plateadas que giraban sobre sí mismas, huevos de oro, bastones de caramelo a rayas. Cada uno de los objetos representaba a la perfección las fantasías que pudiera tener cualquier niño, a las que hubieran insuflado vida de forma exquisita ahora que la guerra y el racionamiento habían terminado.

Delante de la tienda había un hombre con las manos a la espalda y el rostro bañado por la suave luz de los escaparates.

Louisa se preguntó si estaría lo bastante absorto como para no percatarse si alguien le metiera la mano en el bolsillo en busca de su cartera. Había estado toda la mañana recordando en bucle las palabras de despedida de su tío: «No vuelvas a casa sin un botín decente. Estamos en Navidad, habrá en abundancia». Alguien debía de estar presionándolo, ya que últimamente estaba de un humor de perros y con muchas exigencias.

Cuando se acercó a él, el hombre se dio la vuelta de pronto y se llevó las manos a los bolsillos. Debería haberle importado, pero en realidad se sintió aliviada.

Louisa se tapó un poco más la barbilla y siguió esquivando los botines de encaje y los zapatos de charol que circulaban por la acera. Además de a su tío, volvía a casa para ver a su madre, quien estaría postrada en la cama, no muy enferma pero tampoco demasiado sana: las penas, el trabajo duro y el hambre habían hecho mella en su magro cuerpo. Distraída como estaba, Louisa percibió el calor del puesto de castañas antes de verlo, y el humo incisivo le revolvió el estómago vacío.

Al cabo de unos minutos, empezó a pelar la dura cáscara de una castaña ardiente en pequeñas tiras, y usó los dientes para mordisquear el dulce fruto que ocultaba. Se prometió que solo comería dos y le llevaría el resto a su madre, con la esperanza de que no se hubieran enfriado demasiado cuando llegara a casa. Se apoyó contra la pared que había detrás del puesto y disfrutó del calor de su fuego. El vendedor de castañas era un hombre risueño y en la calle reinaba un ambiente alegre y festivo. Louisa sintió que sus hombros se relajaban y se dio cuenta de que los había tenido encorvados durante tanto tiempo que había dejado de darse cuenta de ello. En ese momento alzó la vista y reconoció a alguien que avanzaba por la calle en su dirección: Jennie.

Se encogió contra la pared y trató de ocultarse entre las sombras. Guardó la bolsa de castañas en su bolsillo y se subió el cuello del abrigo. Jennie estaba cada vez más cerca y Louisa se supo atrapada: no podía moverse de donde estaba sin dejarse ver. Se le aceleró la respiración y, en un ataque de pánico, se agachó fingiendo atar los cordones de sus botines.

—¿Louisa? —Una mano, protegida por un guante contra el frío invernal, se posó en su codo con suavidad. La esbelta figura vestía un abrigo de terciopelo a la última moda, de corte amplio y adornado con plumas de pavo real. Si bien el abrigo de fieltro verde de Louisa había tenido el mérito de realzar su talle delicado en el pasado, lo único que conseguía ahora era hundirla en la mediocridad. No obstante, la voz que le habló sonaba cálida y amable—: ¿Eres tú?

No había escapatoria. Louisa se puso en pie y trató de aparentar sorpresa.

—¡Vaya, hola, Jennie! —la saludó. La proximidad entre el delito que había estado a punto de cometer y la llegada de su vieja amiga le tiñó las mejillas de vergüenza—. No te había visto.

—Dichosos los ojos —respondió la joven. Su belleza, que empezaba a despuntar la última vez que Louisa la viera, había florecido hasta convertirse en algo majestuoso y delicado, como un candelabro de cristal tallado—. Santo cielo, ¿cuánto tiempo ha pasado? ¿Cuatro años? ¿Cinco?

—Sí, algo así. —Louisa introdujo una mano en el bolsillo para absorber el calor de las castañas.

De repente apareció otra figura, la de una muchacha un par de años más joven que Louisa, con una melena oscura y ondulada que le caía sobre los hombros y unos deslumbrantes ojos verdes que se asomaban al mundo bajo el ala de su sombrero. Sonreía como si disfrutara de presenciar aquel encuentro entre amigas. Jennie posó la mano en el hombro de la muchacha.

—Esta es Nancy Mitford. Nancy, te presento a mi antigua y buena amiga Louisa Cannon.

Nancy extendió una mano enguantada.

—Tanto gusto.

Louisa le estrechó la mano y tuvo que contenerse para no hacerle una reverencia. Puede que luciera una sonrisa amable en el rostro, pero mostraba la compostura de una joven reina.

—Nancy es la hija de unos buenos amigos de mis suegros —le explicó Jennie—. Puesto que su niñera se ha despedido y el aya está agotada, pensé que podría echarles una mano.

21

—Se fugó con el hijo del carnicero —la interrumpió Nancy—. Todo el pueblo es un hervidero. Es lo más divertido que he oído en mi vida, y Papu no ha parado de rabiar desde entonces. —Estalló en unas carcajadas que Louisa encontró de lo más contagiosas.

Jennie fingió dirigirle una mirada severa y siguió con lo que estaba diciendo.

—Y, en fin, ese es el motivo de que hayamos salido a tomar el té. Nancy no había probado nunca el pastel de frutas que sirven en Fortnum, ¿te lo puedes creer?

Louisa no supo qué responder ante aquello, puesto que ella tampoco lo había probado nunca, así que al final dijo:

—Espero que lo hayáis disfrutado.

—Oh, sí —contestó Nancy—, estaba delicioso. Normalmente no me permiten degustar los manjares de los idólatras católicos. —Hizo una leve cabriola con los pies, aunque Louisa no estaba segura de si se trataba de una caricatura de entusiasmo infantil o si era real.

22
—¿Cómo estás? ¿Y tus padres? Pareces... —Jennie titubeó, solo por un instante, pero fue suficiente—. Tienes muy buen aspecto. Cielos, qué frío hace, ¿verdad? Y queda tanto por hacer... ¡Mañana es Navidad! —Soltó una risita nerviosa.

—Estamos bien —dijo Louisa, un poco agitada—. Como siempre, ya sabes. Seguimos adelante.

Jennie la tomó del brazo.

—Prometí que llevaría a Nancy a casa y ya me estoy retrasando. ¿Por qué no nos acompañas un poco para que podamos hablar unos minutos más?

—Sí —cedió Louisa—. Por supuesto. ¿Queréis una castaña? Las he comprado para mi madre, pero no he podido resistirme a probar una o dos.

—¿Estás diciendo que no son tuyas? —bromeó Jennie, tras lo que le hizo un guiño exagerado a su amiga, acompañado de un codazo en las costillas. Al final logró arrancarle una sonrisa a Louisa, que mostró sus rectos dientes con un brillo en sus ojos leonados.

Peló una castaña para cada una, y Jennie sostuvo la suya entre las puntas de sus dedos antes de echársela a la boca, mientras que Nancy hacía lo propio. Louisa aprovechó la ocasión para observar a su amiga.

—Tú sí que tienes un aspecto espléndido. ¿Qué tal te va?

Jennie no volvió a reír, sino que sonrió.

—Me casé con Richard Roper el verano pasado. Es arquitecto. Pronto nos iremos a Nueva York, porque quiere alejarse de Europa. Dice que está demasiado devastada por la guerra. Allí hay más oportunidades, o al menos, eso esperamos. ¿Qué hay de ti?

—Pues yo no estoy casada —dijo Louisa—. No me dio tiempo a estarlo para poder votar, así que al final preferí no hacerlo. —Nancy dejó escapar una risita, cosa que la complació.

—Qué bromista eres —dijo Jennie—. No has cambiado nada.

Louisa se encogió de hombros. No le había sentado bien el comentario, pero sabía que Jennie no lo decía con mala intención.

—La verdad es que casi nada ha cambiado: sigo en casa, y mi madre y yo seguimos ganándonos la vida como podemos.

—Cuánto lo siento, tiene que ser muy duro para ti. Deja que te eche una mano, por favor. —Jennie se puso a rebuscar en su bolso, un cuadradito delicado que colgaba de una cadena plateada.

—No. Gracias, pero no es necesario. Nos apañamos. No estamos del todo solas.

—¿Te refieres a tu tío?

El rostro de Louisa se ensombreció durante un momento, pero se repuso y logró dedicarle una sonrisa a Jennie.

—Así es. Estaremos bien. No te preocupes. Venga, caminemos juntas. ¿Adónde ibais?

—Voy a dejar a Nancy en casa, y después me reuniré con Richard. Hemos quedado con unos amigos para ir a bailar al 100 Club, ¿lo conoces? Tienes que ir. Las cosas han cambiado mucho, y Richard es un hombre muy atrevido. Supongo que por eso se casó conmigo. —Bajó la voz, en tono de complicidad—. No me parezco en nada al resto de las esposas...

—Sí, no creo que los de nuestra clase frecuenten mucho esos ambientes. Pero tú siempre fuiste mucho más distinguida que los demás. Recuerdo que insistías en que había que almidonar los camisones. ¿No llegaste a escamotear algo de almidón del armario de mi madre?

Jennie se tapó la boca con la mano.

—¡Es cierto! ¡Se me había olvidado completamente! Le dije que iba a ser su ayudante, pero ella soltó una carcajada y me echó de allí con cajas destempladas.

—Me temo que las lavanderas no suelen tener ayudantes, aunque yo la ayudo en todo lo que puedo. No te lo vas a creer, pero ahora se me da muy bien zurcir.

Louisa era consciente de que Nancy no dejaba de escrutarlas a ambas con sus ojos verdes, empapándose de todo. Se preguntó si no habría metido la pata al mencionar los orígenes humildes de Jennie delante de ella, pero pensó que esta era tan incapaz de mentir que Nancy ya lo sabría de todas formas. En todo caso, Jennie no parecía avergonzada en absoluto.

—Entonces, tu madre trabaja aún, ¿no? —preguntó Jennie, con expresión compasiva—. ¿Qué hay de tu padre? No seguirá encaramándose a las chimeneas, ¿verdad?

Louisa hizo el más leve de los asentimientos con la cabeza. No quería tener que explicar que su padre había muerto unos meses antes.

—Los llamábamos el señor Negro y la señora Blanca, ¿te acuerdas? —agregó Jennie.

Las dos jóvenes se echaron a reír, apoyándose en la cabeza y el hombro de la otra, y, durante un segundo, volvieron a ser las colegialas con coletas y baberos que habían sido.

Las estrellas empezaron a brotar sobre el límpido cielo oscuro, aun cuando no tuvieran nada que hacer en la batalla frente a la luz de las farolas. Los coches circulaban atronando sobre la calzada, aunque no resultaba fácil discernir el significado de sus frecuentes bocinazos, pues sonaban igual cuando protestaban por la lentitud de un vehículo que cuando saludaban a algún conocido que pasaba por la acera. Los compradores, cargados de bolsas, chocaban con las tres muchachas al pasar, importunados por las jóvenes que interrumpían con su paso relajado el ritmo constante de la muchedumbre.

Jennie miró su reloj de pulsera, y luego a su amiga con tristeza.

—Debo irme, pero me encantaría volver a verte pronto. Echo de menos a mis antiguas amistades... —Su voz se fue apagando. No era necesario aclararlo.

—Por supuesto —contestó Louisa—, será un placer. Ya sabes dónde estoy: donde siempre. Espero que lo pases bien esta noche, ¡y feliz Navidad! Me alegro mucho por ti, de verdad.

Jennie asintió con la cabeza.

—Sé que lo haces. Gracias. Y feliz Navidad a ti también.

—Feliz Navidad —dijo Nancy, despidiéndose con la mano.

Louisa le devolvió el gesto.

Sin más, Jennie y Nancy se dieron la vuelta y echaron a andar calle abajo por King's Road, mientras los hombres se apartaban a su paso cual si ellas fueran como Moisés separando las aguas.

2

*P*ara Louisa, las Navidades siempre habían supuesto una alegre pausa de su rutina invernal, aunque ese año, sin la presencia de su padre, ni ella ni su madre estaban de humor para seguir llevando a cabo sus pequeñas tradiciones. Así pues, no pusieron los adornos, ni compraron un árbol en el mercado. A fin de cuentas, «solo era un día», como había murmurado su madre.

26 Louisa estuvo de acuerdo en actuar como si hubiera sido un jueves normal. Su tío, Stephen Cannon, se había quedado en la cama hasta el mediodía, y apenas si había mascullado una felicitación navideña a su sobrina y su cuñada, sentadas junto al fuego —Louisa leyendo a Jane Eyre, su madre tejiendo un jersey verde oscuro—, antes de ir renqueando hasta la cocina a por una cerveza. El perro de Stephen, Socks —un chucho negriblanco de patas largas y orejas suaves que holgazaneaba a los pies de Louisa—, fue con diferencia quien más disfrutó de la velada.

Después de que Stephen se desplomara sobre el sillón, Winnie arregló una puntada suelta y se acercó un poco más a la chimenea.

—Tenemos lomo de cerdo para cenar —informó a su cuñado con una levísima inclinación de cabeza—. Además, la señora Shovelton me ha regalado un pequeño budín de Navidad.

—¿Y eso por qué? —espetó Stephen—. Malditos arrogantes. Más habría valido que te hubieran dado otra media corona. Nos vendría mejor que un budín.

—La señora Shovelton siempre se ha portado bien conmigo. Ya sabes que tuve que dejar el trabajo dos semanas cuando tu hermano... Cuando Arthur... —Winnie soltó un hipido y bajó los ojos, respirando hondo, tratando de mantener el pánico a raya. Su ansiedad había ido a peor en los últimos tiempos, y no todas las patronas se mostraban tan comprensivas cuando su colada llegaba un día más tarde de lo pactado.

—Calla, Ma —dijo Louisa—. Ha sido un bonito detalle por parte de la señora Shovelton. Creo que tengo algunas monedas para meterlas en el budín. —Fulminó a su tío con la mirada, quien se encogió de hombros y tomó un trago de su bebida.

Por suerte, después del cerdo y de las patatas, Stephen anunció que se iba a echar una cabezadita en el sillón. Louisa y su madre hicieron acopio de todo su espíritu navideño para concentrar sus esfuerzos en el budín. Louisa colocó tres medios peniques dentro y una ramita de acebo encima. No tenían brandy con el que flambearlo, y aunque por un momento se plantearon si un chorro de cerveza surtiría el mismo efecto, terminaron por descartar la idea.

—Feliz Navidad. —Louisa alzó la primera cucharada en el aire con gesto triunfal—. Por papá, ¿no?

A Winnie se le empañaron los ojos, pero miró a su hija con una sonrisa.

—Sí, cariño. Por papá.

Dieron buena cuenta del postre, sin molestarse en dejarle nada a Stephen, y se pusieron a limpiar, dos figuras casi idénticas que trajinaban codo con codo en la apretada cocina, como siempre habían hecho: Louisa fregaba y Winnie secaba. Al despertarse, Stephen se limitó a coger su abrigo y decir que se iba a la taberna, antes de salir dando un portazo seguido de Socks, que correteaba tras él. Madre e hija prosiguieron con sus sosegados quehaceres y aprovecharon para irse a la cama a la hora más temprana que les permitía la decencia: a las nueve de la noche. Al otro lado de las paredes se podía oír a los vecinos coreando una vocinglera interpretación de *El buen rey Wenceslao*, y sabían que no sería la última.

Al cabo de unas horas, Louisa salió de un sueño ligero para descubrir que Stephen la zarandeaba por los hombros.

27

—¿Qué pasa? —susurró para no despertar a su madre, que dormía a su lado.

Hizo un repaso mental de las personas a las que conocía sobre las que podrían alertarla en plena noche, pero le costó dar con alguna. ¿Tal vez la señora Fitch, la vecina de al lado, quien cuidó de su viejo gato años atrás, cuando pasaron cinco días en Weston-super-Mare? ¿La señora Shovelton? Sus abuelos hacía mucho que habían muerto, dado que Louisa había sido «una feliz sorpresa» para sus padres, quienes tenían cuarenta y cuarenta y seis años cuando nació ella. Sin embargo, Stephen se acercó los dedos a la boca, levemente descentrados, y la agarró del hombro con firmeza para que saliera de la cama.

—¡Ya voy, ya voy! —susurró más alto, frotándose la cara para despejarse. Su madre se dio la vuelta desde su lado de la cama, emitiendo un suspiro ronco—. No te sulfures tanto. —Se encaminó hasta la cocina, donde la esperaba Stephen—. ¿Qué sucede?

—Hay un hombre en la salita que quiere verte —dijo—. Está dispuesto a perdonarme una pequeña deuda si le concedes ese placer, así que será mejor que se lo concedas. —Su semblante inexpresivo se transformó en una mueca burlona.

—No te entiendo.

—Ya lo entenderás cuando entres. Vamos, ve. —La ahuyentó con los brazos, como si fuera un perro callejero que lo importunara pidiendo unas migajas.

—Ni hablar —se negó Louisa. Ya sabía a lo que se refería—. No. Se lo diré a Ma.

Su tío le cruzó la cara con un solo movimiento de su manaza abierta, con tal fuerza que estuvo a punto de tirarla al suelo, descalza como iba. La bata se le abrió un poco en torno al camisón al enderezarse, y trataba de aferrarse a la mesa de la cocina cuando la alcanzó un segundo bofetón en la misma mejilla, esta vez con el dorso de la mano. Sintió su escozor y la mandíbula comenzó a palpitarle de dolor. No se le escapó ni una lágrima; tenía los ojos secos y la garganta más seca aún.

—Tu madre no tiene por qué enterarse. Ya tiene bastante de qué preocuparse, ¿no crees? Y ahora, lo diré por última vez, entra ahí.

Louisa miró a su tío con frialdad durante largo rato. Él le devolvió la mirada y señaló la puerta con la barbilla. «A esto hemos llegado», pensó ella.

Stephen era el único que se había dado cuenta de que ya no era una niña. Una o dos veces le había dicho que era «algo más que una cara bonita», un leve cumplido que ella había aceptado con gusto. Ahora lo entendía todo.

Retiró la mano de su mejilla y se envolvió mejor en la bata, apretando el nudo con fuerza. Entonces se dio media vuelta y entró a la habitación contigua, cerrando la puerta con suavidad para no despertar a su madre.

De pie junto a la chimenea, cuyas brasas se habían extinguido horas antes, había un hombre al que recordó haber visto en la taberna del final de la calle, cuando iba a llamar a Stephen para la cena: Liam Mahoney. Se le hizo un nudo en la garganta.

Los ojos del hombre parecían rendijas, y su mentón mostraba determinación. Louisa se quedó junto a la puerta, con la mano en el picaporte. «Mientras siga aquí, estaré a salvo», pensó.

29

Estando casi a oscuras, le dio la sensación de que el resto de sus sentidos se agudizaban. Fue capaz de oler la cerveza en su aliento, el sudor que brotaba de cada poro; casi podía percibir la suciedad que llevaba bajo las uñas. Oyó un rumor como si alguien arrastrara los pies al otro lado de la puerta: Stephen habría pegado la oreja para escuchar.

—Acércate más, muchacha —le dijo Liam, al tiempo que se llevaba la mano a la hebilla del cinturón, arrancando un destello de latón en la penumbra.

Louisa no se movió ni un ápice.

—Eres una jovencita un poco maleducada, ¿no?

Louisa apretó los puños.

Él suavizó el tono.

—No tienes nada que temer. Solo quiero echarte un vistazo. Podrías ganar una fortuna con esa cara, ¿lo sabías? —Se rio entre dientes a la vez que avanzaba hacia ella alargando la mano. Louisa dio un respingo y se cruzó de brazos.

—De eso nada —replicó—. No pienso darle lo que busca, sea lo que sea. Si me toca, me pondré a gritar.

El hombre soltó una carcajada que sonó como un ladrido.

—Chitón. No hace falta que te pongas así. Mira, la cuestión es que… —Bajó la voz e inclinó la cabeza para susurrarle directamente al oído. El olor a alcohol y a sudor volvió a inundar la nariz de Louisa, que cerró los ojos—. La cuestión es que tu tío me debe dinero. Si haces un trabajito para mí, me olvidaré de su deuda. Ven conmigo a Hastings y te traeré de vuelta en menos que canta un gallo. Nadie tiene por qué enterarse de nada.

Louisa seguía de pie junto a la puerta. Le pareció oír a Stephen, un sonido amortiguado. Lo imaginó llevándose el puño a la boca.

Liam la empujó contra la pared con una mano. Fue entonces cuando el miedo se instaló en ella. Levantó los brazos para apartarlo, pero él era más fuerte. Le sujetó los brazos con una mano y deslizó la otra por su costado, recorriendo la curva de su cintura y el hueso de la cadera.

Louisa se quedó inmóvil. Tendió la vista más allá del hombre, hacia la ventana que quedaba al otro lado, con las cortinas echadas que no llegaban a unirse en el medio, encogidas por el paso de los años. A través del hueco, la luz amarillenta de una farola parpadeaba suavemente. La calle estaba vacía. Miró la acera, los penachos de hierba que crecían entre sus grietas. Deseó poder introducirse en esas grietas y agazaparse en la oscuridad que allí reinaba. Ya había estado antes allí, y era donde se encontraba más a salvo.

Entonces se oyó un sonido desde las escaleras: su madre la estaba llamando.

Liam la soltó de pronto y ella se desplomó, tomando aire. Él se alejó unos pasos, se abrochó los botones y se levantó el cuello de la chaqueta.

—Solo será una noche en Hastings —dijo—. No es para tanto.

A partir de ese momento, Louisa no fue consciente de mucho más, aparte de que el hombre salía al pasillo y se producía un murmullo de voces. Después, los pasos pesados y erráticos de Stephen subiendo el corto tramo de escaleras. Y por fin, el silencio.

30

Louisa se puso en marcha de forma mecánica y entró en la cocina, donde puso el agua a hervir en la tetera y preparó el té con cuidado. Entonces calentó el cazo, vertió la leche en una jarra y sacó una taza y un platillo del fondo del armario. El juego de porcelana azul y blanca había sido un regalo de su padre a su madre, comprado justo antes de que ella naciera. Así pues, la taza y el platillo habían existido más tiempo que ella, desde hacía diecinueve años al menos, aunque parecían menos desportillados y agrietados de lo que se sentía ella.

No se echó a llorar hasta que se sentó a la mesa delante de la taza de té, aunque no por mucho tiempo. Se enjugó el rostro con las palmas de las manos y meneó la cabeza. Había llegado el momento de hacer algo. Dio un respingo al recordar que Nancy había comentado que su niñera se había despedido. Cabía la posibilidad de que todavía no hubieran encontrado a nadie. Jennie lo sabría. Louisa sacó papel y lápiz de un cajón de la cocina y empezó a escribir la carta con la que esperaba poder cambiarlo todo.

31

3

12 de enero de 1920

Cuando Louisa y su madre salieron por la puerta trasera de la casa pintada de blanco de la señora Shovelton en Drayton Gardens, dedicaban toda su atención a su carga. Louisa, que quería evitar que su madre acarreara más peso del que fuera estrictamente necesario, había llenado su propio cesto casi el doble que el de ella.

Jennie había respondido a su carta, aconsejándole que escribiera al ama de llaves de los Mitford, la señora Windsor. «Y, por cierto, querida —había añadido—, será mejor que menciones cualquier experiencia que hayas tenido en el cuidado de niños. Hay seis en la casa.» Desde entonces habían pasado casi dos semanas. Después de no haber recibido contestación por parte de la señora Windsor, y sin hallar otra solución para alejarse de su tío, tenía otras preocupaciones más acuciantes que un cesto de ropa sucia. El viento cortante las obligaba a agachar la cabeza, y el resplandor metálico del sol invernal, aún bajo en el cielo, les quemaba la nuca mientras caminaban sin pausa con la faena del día a cuestas.

De camino a casa, Louisa divisó a su tío Stephen con su sombrero de copa baja, apoyado en una farola y fumando un cigarrillo que tiró al suelo al verlas. Socks también estaba allí, sentado obediente sobre sus cuartos traseros, a los pies de Stephen. El perro se levantó para acercarse a Louisa, pero se detuvo tras un silbido corto de su amo. Stephen le dio una golosina que sacó de su bolsillo y acarició su suave cabeza. Después pintó una sonrisa en su rostro que no irradiaba ni la más mínima calidez. Louisa reparó en todo aquello, pero no se separó de su madre y siguió mirando al frente sin parpadear, hacia la calle principal, con sus gentes y sus coches. Testigos.

—Eh, eh —vociferó él a sus espaldas—. ¿Es que no pensáis saludar?

La madre de Louisa se volvió hacia él y lo miró sorprendida.

—¿Stephen? Pero si hoy no es día de paga.

—Lo sé.

—Entonces, ¿por qué estás aquí?

—¿Acaso no puedo saludar a mi querida cuñada y a mi encantadora sobrina? —repuso Stephen antes de aproximarse a ellas con gesto inexpresivo. Socks lo siguió a paso lento. Louisa se estremeció y se preguntó si no iría a desmayarse—. Se me ocurrió venir a echaros una mano —dijo, asiendo el cesto de Louisa. Ella se resistió durante un segundo, pero él se lo arrebató sin esfuerzo. Entonces se dirigió a Winnie, curvando las comisuras de la boca pero sin mostrar los dientes—. Así podréis volver antes y más cómodas.

Winnie lo miró impasible y continuó caminando en la misma dirección, hacia su casa y contra el viento del este. Stephen permaneció inmóvil en la acera, cual si fuera sir Walter Raleigh arrojando su capa al suelo ante Isabel I. Louisa vio que su madre alzaba el cesto sobre su espalda cansada y sus hombros redondeados y echó a andar detrás de ella. Lo que no vio fue que su tío dejaba el cesto sobre la acera y alargaba la mano para agarrarla del codo.

—De eso nada, prenda —masculló él. En ese momento, Winnie dobló la esquina y dejó de oírlos entre el ruido del tráfico y el traqueteo estridente de un carruaje de caballos. Louisa supo que su madre no miraría atrás—. Sé lo que te traes entre manos.

—No me traigo nada entre manos. Déjame en paz. —Louisa tiró del brazo, pero Stephen la apretó con más fuerza y empezó a alejarse con ella de la calle principal.

—¡No podemos dejar la colada ahí tirada! —protestó Louisa—. Se la cobrarán a Ma y no recibiremos paga. Si es necesario que vaya contigo, al menos deja que la lleve a casa primero.

Stephen se lo pensó un momento y negó con la cabeza.

—Ya la encontrarán. No está ni a diez yardas de la puerta. —Sin embargo, mientras miraba el cesto abandonado en mitad de la acera, aflojó su presa.

Louisa se zafó de él y echó a correr de vuelta hacia la casa, pese a no estar del todo segura de lo que haría al llegar; no se creía con el valor necesario para llamar a la puerta. Lo más probable era que el mayordomo de la señora Shovelton no reconociera en ella a la hija de la lavandera, a pesar de que hubiera acompañado a su madre a recoger la colada durante los últimos seis años. Y aunque la reconociera, se escandalizaría tanto al verla en la entrada —cuando era obvio que se trataba de una sirvienta y no de una visita de la familia—, que seguramente le cerraría la puerta en las narices.

Louisa descartó la idea tan pronto como se le había ocurrido y siguió corriendo, cada vez más lejos de su madre, hasta una callejuela de antiguas caballerizas donde podría dar esquinazo a su tío, o lograr que perdiera pie sobre los resbaladizos adoquines.

Sin embargo, su vacilación ante los escalones de la puerta demostró ser fatal, y esta vez Stephen la agarró por ambas muñecas y se las sujetó tras la espalda. Louisa contrajo el rostro de dolor y dobló los codos y las rodillas para desembarazarse, pero él rodeó sus finas muñecas sin dificultad con una de sus manazas, a la vez que aferraba un mechón de su pelo y su nuca con la otra. Las manchas de nicotina de color amarillo oscuro de las uñas de su tío pasaron ante sus ojos revolviéndole el estómago.

—Yo de ti no lo haría —le advirtió con desprecio—. Tú te vienes conmigo.

Louisa dejó de resistirse. Su tío era más grande y violento que ella; no tenía la más mínima posibilidad de éxito. Él sintió que se rendía y disminuyó la presión sobre su nuca, aunque mantuvo sus brazos a su espalda. Una mujer, que caminaba a toda velocidad por la otra acera, taconeando como un poni adiestrado, les lanzó una ojeada pero prosiguió su camino.

—Buena chica —le dijo Stephen en tono tranquilizador—. Si me hubieras hecho caso desde el principio, podríamos habernos ahorrado todo esto.

Como si él fuera un policía y ella una criminal, Stephen condujo a Louisa hasta el otro extremo de las caballerizas para salir por Fulham Road, donde llamó a un taxi. Si al conductor le extrañó ver que un hombre con botas de obrero y un abrigo remendado obligaba a una joven con ropas corrientes y un sombrero barato a subir a su taxi, en compañía de un perro, desde luego no lo demostró.

—A la estación Victoria —ordenó Stephen—. Y rápido.

4

12 de enero de 1920

La alta figura de Guy Sullivan se doblaba de risa, con el sombrero a punto de resbalar de su cabeza y las costuras de la chaqueta a punto de estallar.

—¡Ya basta, Harry! No puedo más.

Harry Conlon pareció dudar entre detenerse o continuar con el delicioso tormento que le infligía a su amigo. Habían hecho un descanso para tomarse un té rápido en la oficina del jefe de la estación de Lewes, adonde habían acudido para investigar la desaparición de un reloj de bolsillo. El jefe de estación, el señor Marchant, era conocido por llamar a la policía ferroviaria de Londres, Brighton y la Costa Sur casi todas las semanas a causa de delitos imaginarios.

—De todos modos —les había recordado el superintendente Jarvis con tono solemne—, eso no quiere decir que esta vez no pueda estar en lo cierto. Si quieren ser buenos policías, no deben dar nada por sentado, muchachos. Acuérdense del pavo, que suponía que la llegada de la mujer del granjero cada mañana significaba que iba a recibir su alimento, hasta que acabó descubriendo su error...

—El día de Nochebuena. Sí, señor —lo interrumpió Harry.

—Correcto, el día de Nochebuena. Bien dicho, Conlon —masculló Jarvis, tras un carraspeo—. Y bien, ¿a qué esperan?

Harry y Guy habían salido a toda prisa del despacho del súper, un cuarto estrecho que no albergaba más que un escritorio cubierto de cuero y la silla de madera de su ocupante, aunque poseyera la atmósfera de la sala primera del tribunal londinense de Old Bailey para quienes eran convocados entre sus paredes manchadas de humo. La puerta conducía directamente al andén número doce de la estación Victoria.

—¿Cómo has conseguido que el jefe esté de tan buen humor con nosotros, Harry? —le preguntó Guy.

—No sé de qué me hablas —replicó el otro con una sonrisa de suficiencia.

—Claro que lo sabes. Normalmente son Bob y Guy quienes se encargan de estos asuntos. Esto no es tanto una investigación como un paseo agradable. Ya me estaba preparando para pasar otra mañana resintonizando la caja de señales.

—No te emociones tanto. Estamos en enero y hace un frío de mil demonios, así que tampoco te esperes un día de playa en junio —repuso Harry riendo—. Sin embargo, es posible que me haya asegurado de que el súper recibiera una caja de sus habanos favoritos por Navidad...

Cuando los reclutaron en la policía ferroviaria, cuatro años antes, Harry y Guy habían sido emparejados durante el periodo de entrenamiento. A primera vista, la elección podía resultar un tanto extraña. Harry parecía haber dejado de crecer a los doce años, aunque su belleza rubia podría hacerlo pasar por un ídolo de matiné en la penumbra de algún oscuro cabaret. En realidad, ya había intentado ese truco en alguna ocasión, con éxito variable. Guy, por el contrario, era alto —larguirucho, como decía su madre—, de pómulos marcados, con un flequillo castaño claro y una brecha entre los dientes. Las lentes gruesas y redondas se le escurrían por el puente de la nariz a cada momento. No obstante, ambos respondieron bien al humor del otro, y forjaron su amistad como dos hombres que habían sido excluidos de la guerra; Harry por mor del asma, Guy a causa de su miopía extrema.

El recuerdo de aquella mañana, cuando volvió a casa no con una orden de reclutamiento, sino con la notificación de su dispensa, acudía a la mente de Guy con implacable regularidad. En 1916, uno de sus hermanos había muerto ya, caído en la batalla de Mons al comienzo de la guerra. Otros dos se hallaban en Francia, en plenas trincheras, desde donde escribían cartas llenas de un estoicismo que se contradecía con su caligrafía temblorosa. Su padre pasaba muchas horas trabajando en la fábrica, y su madre se convirtió en un remedo apagado de la mujer que había sido, fundida con las sombras de su propia casa, sin emitir sonido alguno, y mucho menos una palabra. Guy fue descartado durante el examen de la vista; desesperado por no fracasar, había tratado de descifrar las letras, pero estas se amontonaban borrosamente ante sus ojos, y supo que era inútil. Mientras volvía al número ocho de la calle Tooley, donde lo esperaba su madre, empezó a caer un aguacero y la lluvia resbaló por su espalda, calándolo hasta los huesos. Sin embargo, esa pequeña molestia resultaba insuficiente frente a sus ansias de sufrimiento físico, de hacer algo —lo que fuera— que le permitiera igualarse a sus hermanos en coraje. Cuando se detuvo ante la puerta, tratando de reunir el valor para abrirla, se sintió sumido en la humillación. Ni las lágrimas de su madre, quien sollozó de alivio sobre su pecho al enterarse, consiguieron disipar sus deseos de hacer la maleta y partir a la guerra.

Unirse a la policía ferroviaria de Londres, Brighton y la Costa Sur le había dado un sentido a su vida, un nuevo impulso al caminar, pese a que no hubiera logrado librarse del todo de las sonrisitas de suficiencia que despertaba a su paso. Cuando la señora Curtis, la del número diez, le dio la enhorabuena por haber superado el periodo de entrenamiento, no pudo abstenerse de añadir: «Pero no es la policía de verdad, sino la del tren, ¿no?». Sus tres hermanos habían regresado a casa el año anterior —Bertie, el más pequeño, se había alistado seis meses antes de que acabara la guerra— y todos encontraron trabajo como oficiales y peones de albañilería. Guy se alegró de verlos sanos y salvos, y pensó que tal vez su elegante uniforme y su gorra de policía le granjearían una pizca de respeto por parte de sus hermanos, pero cuando se vio obligado a reconocer que algunas de sus tareas incluían regar las plantas colgantes de la estación y sintonizar la caja de señales, el bochorno volvió a instalarse en su vida para no marcharse jamás.

Cuando Guy y Harry entraron en la oficina del señor Marchant aquella mañana, encontraron al jefe de estación paseando arriba y abajo con un reloj de bolsillo en la mano.

—¡Ah, por fin están aquí! —los recibió, con su cara de ardilla transida de ansiedad—. Han vuelto a llegar tarde. Hace cinco minutos que abrí el cajón de mi escritorio y me encontré el reloj de bolsillo dentro.

Harry estuvo a punto de estallar en carcajadas, pero Guy le lanzó la mirada más severa que le permitieron sus gruesas lentes.

—Ya veo, señor —repuso Guy—. Puede que el ladrón lo devolviera a su sitio tras enterarse de que había denunciado el robo, ¿no cree?

El señor Marchant paró de dar vueltas y se quedó quieto como una estatua, contemplando a Guy como si acabara de descubrirle el sentido de la vida.

—¿Sabe qué? ¡Eso es exactamente lo que creo! Así ha debido de suceder.

Harry tuvo que fingir que buscaba su cuaderno de notas para esconder el rostro y sofocar las risitas que amenazaban con escaparse de su nariz. Guy logró mantener la compostura mientras iba apuntando lo que decía el señor Marchant y asentía con toda la seriedad que podía, hasta que sonó el teléfono y por fin pudo permitirse mirar a Harry con una sonrisa.

—Disculpen, muchachos —se excusó el señor Marchant—, pero el tren de Bexhill llega con retraso y debo ir a hacerme cargo. Sírvanse una taza de té si quieren.

Guy y Harry explotaron antes de que la puerta se cerrara del todo.

—Ese hombre está mal de la cabeza —dijo Harry—. Primero una medalla de guerra, luego un billete de cinco libras, después una estilográfica y ahora un reloj de bolsillo que aparece misteriosamente en el cajón de su escritorio horas después de que denuncie su robo.

—No sigas, por favor —le pidió Guy cerrando los ojos, doblado de risa—. Empieza a dolerme la barriga.

Harry se irguió y contrajo el rostro como lo hacía el jefe de estación.

—¿Hablo con la policía? —comenzó a decir, como si soltara gritos al teléfono—. Llamo para denunciar un delito muy grave…

Y así fue como ninguno de los dos reparó en que la puerta del despacho se abría de pronto.

5

12 de enero de 1920

Dentro del taxi, Stephen sujetaba a Louisa de la muñeca, retorciéndole el brazo detrás de la espalda, aunque sin tanta firmeza como antes. Cuando el automóvil redujo la velocidad en un cruce, se le pasó por la cabeza la idea de huir saltando a la calzada, pero le intimidaba la cacofonía general de las calles. Los tranvías corrían en ambas direcciones sobre sus raíles de metal, soltando chispas por los cables del techo; los autobuses se inclinaban levemente al doblar las esquinas, con sus anuncios de jabón Pears bajo las siluetas de dos o tres pasajeros que tiritaban de frío en la planta superior sin techumbre. Por las aceras desfilaban niños que deberían haber estado en la escuela, anunciando las noticias con cartelones en el pecho y en la espalda: Lloyd George vuelve a subir los impuestos y Abandonan bebé ante una iglesia. Un carruaje de caballos —una reliquia de los tiempos anteriores a la guerra— se alzaba como una estatua a un lado de la carretera, junto a un montículo de boñiga fresca como único testamento de la vitalidad de la bestia. Hombres jóvenes y solteronas de mediana edad pasaban a su lado bamboleándose sobre sus bicicletas, y lanzaban alguna mirada ocasional a través de la ventanilla del taxi, donde veían a un hombre de aspecto malencarado, con la vista al frente y el sombrero calado hasta las cejas, sentado junto a una muchacha con expresión afligida.

El corazón de Louisa latía con fuerza en su pecho. Socks estaba tumbado en el suelo de la cabina, tranquilo pero con las orejas replegadas.

Conocía a su tío demasiado bien como para no preocuparse

40

por dónde la llevaría. El padre de Louisa fue el más joven de seis hermanos, de los que Stephen había sido la oveja negra, escapándose de casa en cuanto pudo, para no regresar hasta que había algún funeral. «Pero no para presentar sus respetos —según decía su padre—, sino para ver si recibía alguna cantidad en herencia o sablearle unas monedas a una de sus tías.»

Stephen se había quedado en casa de Louisa en varias ocasiones a lo largo de su infancia, siempre por más tiempo del que era bienvenido, ya que sus padres eran demasiado blandos para pedirle que se marchara. Además, puesto que trabajaban todas las horas que podían, cuando Stephen se ofrecía para acompañar a Louisa al colegio por las mañanas, se lo tomaban como un merecido favor. Jamás supieron que en realidad la llevaba a las estaciones de tren, donde la instruía en «la escuela de la vida», como decía él, vaciando los bolsillos de los ricos o de cualquiera que se cubriera con un abrigo decente. Sin duda había aprendido unas cuantas lecciones, pero ninguna que le comentara a su madre. Stephen compraba su silencio con caramelos y un pegajoso sentimiento de culpabilidad. A fin de cuentas, sus padres ya tenían bastante de lo que preocuparse, ¿no era cierto? Recordaba amargamente que en muchas ocasiones se había sentido complacida al recibir sus atenciones, pues obtenía muy pocas en casa. No le gustaba lo que tenía que hacer para ganarse sus sonrisas, pero lo hacía de todos modos. Él le daba un chelín de vez en cuando —«una parte del botín», solía decir con una mueca burlona—, que ella había ido ahorrando en un tarro escondido debajo de su cama. Algún día reuniría lo suficiente para irse de casa, pensaba.

Por ese motivo, no fue una gran sorpresa cuando Stephen se dejó caer por el funeral de su padre y asistió a la pequeña velada posterior, que tuvo lugar en la taberna Cross Keys. Por aquel entonces ya lo acompañaba Socks, cachorro aún pero bien enseñado. Stephen se había ganado las simpatías de Louisa al asegurarle que era igualito que el perro que había tenido de niño. Ella ya se sabía la historia, pues se la había escuchado muchas veces, normalmente después de que Stephen se tomara una copa de más y empezara a ponerse melancólico. Según contaba, cuando era pequeño se había encontrado a un perro

41

por la calle que se llevó a casa, y aunque toda la familia se encariñó con él, Stephen era al único al que seguía a todas partes, y dormía a su lado por las noches, calentando su cuerpo tendido en el suelo del cuarto que compartían los seis niños. Cuando su padre echó al perro de casa por haberse comido las preciadas sobras de un estofado, a Stephen se le rompió el corazón. Socks era exactamente igual que ese perro, le dijo a Louisa, y ambos sonrieron al chucho que agitaba la cola contra el suelo de la taberna.

Winnie estaba inconsolable después del funeral, y cuando Stephen se ofreció a acompañarlas para volver a casa, la niña bajó la guardia y agradeció el par de brazos de más. Dado que era tarde y se había consumido cerveza, habría sido una grosería no ofrecerle su cama para que pasara la noche. Ella podía compartir la de su madre sin problema, le dijo.

Como solía suceder, durante los días sucesivos no lograron hallar las palabras ni el momento adecuado para pedirle a Stephen que se marchara. Winnie y Louisa evitaron discutir el tema entre ellas, como si pronunciarlo en voz alta fuera a convertir su presencia en el piso en una realidad demasiado incómoda. Stephen nunca les daba dinero, aunque a veces llevaba a casa algo que había comprado, o más posiblemente ganado, a alguien en la taberna: un corte de ternera o un poco de cordero, para que no se quejaran de que no contribuía a las magras comidas que Winnie preparaba. Eso sí, siempre cortaba un pedazo para Socks antes de probar bocado él mismo. Stephen nunca mencionó de dónde venía el día del funeral, ni lo que había estado haciendo antes de reaparecer —habían pasado dos años desde la última vez que lo habían visto—, y ellas sabían que era mejor no preguntar.

Con el transcurso de las semanas aprendieron a tolerar su presencia, y se acostumbraron a ella como uno se acostumbra al dolor de rodilla: al principio te molesta a cada paso, pero luego empiezas a olvidarte de su existencia. Aparte del hecho de que se había apropiado del cuarto de Louisa y de que volvía a casa borracho casi todas las noches, la contribución neta de su personalidad a la vida cotidiana se reducía a unos gruñidos malhumorados y a una huella más profunda en el sillón en el que solía sentarse Arthur, donde Stephen dormía ahora la mona después de comer, con Socks tumbado a sus pies.

Louisa pensó en su madre durante el trayecto en taxi; estaría preguntándose qué habría sucedido. Al mismo tiempo, sabía que Winnie no haría gran cosa al respecto. Tendría que ocuparse de la colada y estaría mucho más preocupada por la desaparición del cesto. Puede que volviera a casa de la señora Shovelton para ver si lo encontraba. Lo más probable era que devolviera la ropa que conservara y se resignara a perder el trabajo como un corderito, disculpándose por su descuido mientras salía por la puerta, a pesar de sus muchos años como lavandera sin haber extraviado ni un solo pañuelo. Louisa quería a su madre, pero en ocasiones la veía igual que a una de las fundas de almohada que lavaba y planchaba con tanto mimo: limpia, blanca, oliendo a detergente Lux y con el único propósito de complacer a los demás.

Si se atenía a los hechos, Louisa era consciente de que nadie estaba al tanto de que iba montada en un taxi de camino a la estación Victoria con su tío. Los trenes que salían de allí se dirigían hacia el sur, y eso era lo único que sabía. A pesar de tenerlo vacío, se le revolvió el estómago. Le lanzó una mirada de reojo a Stephen, pero el rostro de este permanecía imperturbable.

—¿Adónde vamos? —preguntó ella, con más fuerza en la voz de la que sentía.

—Eso da igual —respondió Stephen—. Pronto lo descubrirás.

—Suéltame el brazo, por lo menos. Me duele.

—¿Para que puedas saltar por la ventana? —Para dejarlo claro, volvió a retorcerle la muñeca, produciéndole un pinchazo de dolor que le llegó hasta el hombro—. De todos modos, ya casi hemos llegado.

El taxi se detuvo con una sacudida junto a la entrada de la estación. Stephen abrió la portezuela con una mano a la vez que seguía sujetando a Louisa con la otra. La sacó a rastras del auto y la mantuvo a su lado mientras buscaba cambio en sus bolsillos para pagar la carrera. Luego se inclinó sobre la ventanilla, le entregó el dinero al chófer y tiró de Louisa cuando arrancó.

—Con eso, ya me debes tres con seis —le dijo a su sobrina. Tenía la capacidad de convencerse a sí mismo de que todo gasto en el que incurría en su propio beneficio en realidad se le debía, como si fuera un santo que solo hiciera favores a los demás. Una vez, Louisa había visto el negativo de una fotografía y se había quedado maravillada ante la perfecta inversión de las luces y las sombras de la imagen que había bajo el cristal. Stephen era exactamente igual.

Ese recordatorio del carácter absurdo de su tío hizo que olvidara sus miedos. No se podía razonar con un hombre irracional. No iba a lograr convencerlo, y carecía de la fuerza física para liberarse de sus garras. Más le valía seguirle la corriente por el momento y mantenerse alerta ante la primera oportunidad que se le presentara para burlarlo. Él no era muy listo, así que no podía tardar demasiado.

—Tío —le dijo, y él volvió el rostro hacia ella sin aflojar el paso—, ¿podrías sujetarme por el otro brazo al menos? Este empieza a dolerme.

44 Stephen se detuvo, tratando de adivinar si no sería una de sus tretas. Luego aceptó con un gruñido y cambió las manos de lugar, sujetándola con el otro brazo y desplazándose a su derecha sin llegar a soltarla del todo. Louisa sacudió su brazo izquierdo, volviendo a sentir los dedos y la sangre que fluía de nuevo en libertad. Cuando se colocó al otro lado, se fijó en un trozo de papel que asomaba del bolsillo del abrigo de su tío. No podía verlo muy bien, nada más que una esquina, pero su color cremoso y su textura gruesa le llamaron la atención. Era un sobre. Stephen no era un hombre que recibiera muchas cartas; desde luego, ninguna que estuviera escrita en material de calidad. Alzó la vista otra vez antes de que él pudiera percatarse de que la había visto. Sabía de qué carta se trataba, estaba completamente segura, y tenía que hacerse con ella.

A su alrededor pululaban los típicos viajeros ocupados que atestaban las principales estaciones de paso. Tanto los pasajeros de primera clase como los de segunda entraban y salían a través de sus enormes puertas, como abejas en una colmena: paletos de pueblo que llegaban en busca de trabajo a la ciudad, donde las calles estaban empedradas de oro, o eso era lo que esperaban; hombres con sombrero de copa que se disponían a inspeccionar fábricas en el norte, seguidos de otros hombres con bombín, que agitaban sus maletines de cuero al ritmo de sus piernas de palillo.

En cualquier otro momento, Louisa habría disfrutado de la estampa: los puestos de flores, los quioscos de periódicos, los mozos de cuerda que empujaban montones de maletas apiladas. ¿Cuántas veces había deseado ser una de esas personas? Comprar un billete y montar confiada a un tren que la llevara a la otra punta del país, recorriendo campos y valles a toda velocidad, hasta llegar a algún lugar donde no la conociera nadie y todo fuera posible.

En lugar de eso, su tío la empujaba con brusquedad para comprar dos billetes a Hastings —«Solo de ida, en tercera clase»—. Apenas si oyó lo que respondía el vendedor acerca de un apeadero en Lewes, la primera parada, donde el tren se dividía en dos.

—¿Hastings? —preguntó Louisa cuando se alejaron. El nombre de Liam Mahoney resonó en su cabeza.

—Nos alojaremos con unos amigos por una temporada. Y ahora, cierra la boca.

Louisa se calló, pues necesitaba concentrarse en la carta que debía arrebatarle a Stephen del bolsillo. Si esa carta contenía una oferta para entrevistarla por el puesto de niñera, podía ser su salvación. Tenía que apoderarse de ella.

Se mantuvo en silencio mientras la conducía hasta el andén número nueve, donde ya podía verse un tren esperando sobre las vías. Stephen escogió un compartimento lateral en el que solo había otra pasajera: una mujer madura que sollozaba sin hacer ruido sobre su pañuelo y que apenas pareció reparar en ellos. Con un silbido, un siseo y una sacudida, el tren se puso en marcha, y solo entonces aflojó Stephen la presa sobre su sobrina. Se sentaron uno al lado del otro, Louisa rígida y tiesa como una vela, a la vez que se repetía que no debía volver a mirar el bolsillo de Stephen. Su tío se caló el sombrero sobre los ojos, se cruzó de brazos y tendió la vista hacia la ventana.

Mientras el tren se alejaba soltando vapor, Louisa contempló la silueta cada vez más distante de Londres, las mosquiteras

45

grises de las ventanas y los ladrillos ennegrecidos de las casas al sur del río. Aquel panorama no tardó en dar paso a los campos de hirsuta tierra parda de Sussex, claramente delimitados del cielo por sus filas uniformes de setos. Las granjas estaban repartidas tanto cerca de la vía como lejos de ella, permitiendo a veces que los pasajeros observaran de cerca los cántaros de leche que esperaban ser cargados en una carreta junto a la puerta de un establo, mientras que en otras solo se vislumbraba una voluta de humo que salía de una chimenea. Al salir del primer túnel, Louisa no pudo sino admirarse ante la visión de un rebaño de vacas pardas y blancas tumbadas juntas al borde de un prado, con un único toro en pie delante de ellas, como un parlamento perezoso y su primer ministro. Luego atravesaron dos túneles más, que sumieron el vagón en una oscuridad casi completa, bajo la que el estruendo del tren taladró opresivamente los oídos de Louisa.

«Ahora —pensó—. Coge la carta ahora.»

Alzó despacio la mano derecha y rozó con los dedos la gruesa lana del abrigo de Stephen. Recorrió el borde del bolsillo en línea ascendente, apoyando el codo sobre su cintura, con el corazón tan desbocado que sintió náuseas. Sin embargo, justo cuando su índice y su pulgar se cerraban en torno a la esquina del sobre, el compartimento salió de nuevo a la luz y tuvo que apartar la mano a toda prisa.

Stephen percibió el movimiento y le dirigió una mirada hosca, pero ella mantuvo el rostro inexpresivo y la vista al frente. Lo vio palparse los bolsillos como si buscara algo, y comprobar en secreto que la carta seguía estando allí, antes de sacar su bolsa de tabaco y liarse un cigarrillo. El compartimento no tardó en llenarse de nubes de humo grisáceo. La anciana soltó una leve tos, pero sin interrumpir el ritmo de sus sollozos. Cuando Stephen estaba a punto de terminar el cigarrillo, y el resplandor rojo amenazaba con quemarle el borde de la uña, Louisa se percató de que el tren había comenzado a frenar. Al tiempo que las ruedas giraban más despacio, su corazón se puso a latir más deprisa, reverberando en su pecho hasta que sintió su palpitar en la garganta. El tren se detuvo y Louisa se levantó de repente.

—En serio, tío —dijo ella, todo sonrisas y alegría—, te estás comportando como un auténtico grosero. Esta pobre señora casi no puede ni respirar.

La anciana miró a Louisa. Stephen levantó el brazo, pero ella fingió no verlo y abrió la ventanilla, sonriendo a su compañera de viaje como si se compadecieran la una de la otra. Oyó el sonido de las puertas que se abrían y se cerraban hacia el final del tren mientras otros pasajeros entraban y salían, cuando el guarda del andén gritó el nombre de la estación: Lewes. Louisa bajó la ventanilla al máximo, se colocó de lado y sacó el brazo derecho fuera para tirar del picaporte.

—¡Siéntate! —Stephen se puso en pie, como sabía que haría, y se acercó a ella a la vez que arrojaba la colilla al suelo. Socks se incorporó de un salto. Louisa oyó el pitido del guarda, largo y penetrante. El tren emitió otro pitido en respuesta y ella sintió la sacudida de las ruedas que empezaban a girar otra vez.

No había tiempo para pensar. Louisa sacó la carta del bolsillo de su tío al tiempo que este se aproximaba a ella, como él le había enseñado a hacerlo, abrió la puerta de un empujón y saltó a las vías, rodando cuesta abajo mientras el tren cobraba velocidad, con la puerta batiendo y su tío de pie tras el vano, el rostro retorcido de furia, balbuceando sin efecto frente al siseo del vapor que ahogaba sus palabras.

47

6

12 de enero de 1920

*E*n medio de su alborozo, Harry y Guy no se percataron de que un guarda había entrado corriendo por la puerta del despacho del jefe de estación.

—Disculpe, señor, pero hay una señorita en las vías —farfulló, tras lo que se irguió al fijarse en los uniformes—. Disculpe, sargento —le dijo a Harry—. Pensaba que era el señor Marchant. ¿Le importaría venir? Necesitamos ayuda.

Harry y Guy se recolocaron las gorras y este último se abrochó el último botón de la chaqueta. Trataron de enmascarar su abandono con un tono de gravedad.

—¿Qué problema hay, hijo? —le preguntó Harry, a pesar de que el guarda sería como mucho dos años más joven que él, y le sacaba unos buenos quince centímetros de altura.

—Se trata de una muchacha, señor —dijo el joven, acercándose de nuevo a la puerta—. Está en las vías. Creemos que el tren ya había empezado a moverse cuando saltó y que está herida. Tenemos que sacarla de ahí lo antes posible.

Los dos agentes echaron a correr mientras que el guarda abría la marcha, ansioso por mostrarles el camino. No tardaron mucho en llegar al final del andén, donde divisaron a la mujer en cuestión: se encontraba a unas cien yardas de allí, desplomada en la tierra, con una pierna extendida y la otra doblada, agarrándosela con gesto de dolor, aunque sin emitir sonido alguno. El sombrero se le había escurrido por la cabeza y Guy vio unos mechones de cabello castaño oscuro que se desparramaban por detrás de su nuca. Calzaba unos botines desgastados y no llevaba guantes. Parecía una miserable, pero, aun así, Guy pensó que era bonita, percibiendo el hecho tal y como habría hecho un joven de su edad.

A los hombres no les costó mucho ponerla en pie, tan menuda como era.

—Cuánto lo lamento —se disculpó ella, temblorosa tras la caída—. No me di cuenta de lo rápido que iba el tren.

Enseguida subieron al andén y la sentaron en la cafetería de la estación, delante de una taza de té caliente y azucarado. Cuando el guarda se fue en busca de la enfermera, Harry se situó junto a la puerta —de guardia, según dijo— y Guy acercó una silla a la de ella.

—Bueno, señorita, será mejor que nos dé sus datos.

—¿Y eso por qué? No he hecho nada malo, ¿verdad?

—No en el sentido estricto, señorita, pero ha sido una temeridad. Además, tenemos que redactar un informe —respondió Guy, un poco ruborizado—. Así que, ¿puede decirme su nombre, por favor?

—Louisa Cannon.

—¿Dirección?

—Lawrence Street, Peabody Estate, bloque C, piso cuarenta y tres, en Londres.

—¿Ocupación?

Louisa aferró la carta que llevaba en la mano; aún no había tenido la oportunidad de leerla.

—Lavandera. Es decir, le echo una mano a mi madre. Pero no voy a dedicarme a eso toda la vida.

Guy sonrió.

—Claro que no, señorita Cannon. —Hizo una pausa—. Es usted señorita, ¿no?

—Sí.

El rubor de su rostro se tornó más rosado.

—¿Hacia dónde se dirigía?

—A Hastings, pero…

—¿Sí?

—Nada. Iba a Hastings.

—Entonces, ¿por qué saltó del tren? ¿Quería apearse en Lewes? A veces la gente no se da cuenta de que el andén acaba antes que el tren. No es la primera vez que pasa.

49

—Sí, eso es… Es decir, que iba a Lewes… —La voz de Louisa se fue apagando de nuevo.

Guy la miró con gesto amable.

—¿Y estuvo a punto de pasarse la parada? ¿Es eso lo que sucedió? —preguntó.

Harry le lanzó una mirada hosca a Guy.

—Sí, eso fue. Ay. —Ella hizo una mueca de dolor y se asió la pierna.

—La enfermera llegará enseguida, señorita —le dijo Harry—. Procure no moverse demasiado.

—No hace falta que me vea una enfermera —respondió Louisa—. He de irme.

—Solo serán unas preguntas más, señorita Cannon —insistió Guy—. ¿Viajaba usted sola?

Louisa lo miró.

—¿De verdad necesita saber todo eso? Tengo que irme.

Guy dejó el cuaderno y el lápiz a un lado.

—Harry —dijo entonces—, ¿puedes ir a averiguar qué pasa con la enfermera?

Harry lo entendió y se marchó.

—Cuénteme lo que ha ocurrido —la animó Guy—. No está metida en ningún lío, pero debemos asegurarnos de que no haya sucedido nada malo.

El tono tranquilizador casi fue demasiado para Louisa. Le pareció que nadie se había dirigido a ella con tanta dulzura desde hacía meses, o puede que años. Seguía aferrando el sobre con las manos, que estaba destinado a su nombre.

—Necesito leer esta carta —le explicó.

—Pues adelante —la invitó Guy—. Tómese su tiempo.

Louisa sacó la hoja de papel del sobre lentamente y empezó a leer la serpenteante caligrafía manuscrita en tinta china. Entonces dio un respingo.

—¿A qué día estamos? Es lunes, ¿no? ¿Qué hora es?

Guy miró el reloj de la cafetería.

—Son casi las tres en punto. ¿Por qué?

Louisa perdió la compostura al oírlo.

—¡No podré llegar a tiempo! —exclamó—. Era mi única oportunidad de escapar, de hacer algo… Y ahora no puedo.

No puedo. Ay. —Se agarró la pierna y respiró hondo—. Mire —dijo, entregándole la carta a Guy.

Él la leyó.

—Creo que podría llegar —opinó él.

—¡Pero si estoy espantosa! ¡Míreme!

Guy miró a Louisa. Observó su esbelta figura, su complexión pálida y menuda, el brillo de sus pómulos y sus grandes ojos castaños empapados en lágrimas. Sin embargo, seguía siendo un agente de la ley, y también se fijó en el sombrero zarrapastroso, con media ala rota, el abrigo barato y los botines a los que les hacían falta unos cordones nuevos y un buen lustre.

—¿De verdad quiere conseguir ese empleo?

—Sí —respondió ella, mirándolo a los ojos—. Con toda mi alma.

—Muy bien. En ese caso, será mejor que hagamos algo. Quédese aquí un momento.

—Tampoco es que pueda ir a ningún sitio, ¿no? —Louisa hizo una mueca, pero en sus ojos brillaba un resplandor.

Cuando Guy se fue entró Harry, esta vez acompañado por la enfermera. Mientras esta examinaba a Louisa, Guy se dirigía al despacho del jefe de estación para llevar a cabo unas gestiones. Después de que la enfermera vendara el tobillo torcido de Louisa, Guy regresó agitando un pedacito de papel.

—He consultado los horarios de trenes; podrá llegar a tiempo sin la menor duda —dijo él.

—¿Llegar a dónde? —quiso saber Harry.

—A su entrevista de trabajo —le explicó Guy, dándose cuenta de pronto de que sabía más cosas acerca de esa joven de las que exigían sus tareas policiales.

La enfermera se puso en pie, guardó los materiales que había extraído de su maletín, le dio unas breves indicaciones a Louisa sobre cómo cuidarse el tobillo y se marchó.

—¿Qué está pasando aquí? —preguntó Harry, reparando en el color del rostro de su amigo. Después le dedicó una amplia sonrisa que Guy no le devolvió.

—Señorita Cannon —comenzó Guy—, no quisiera ofenderla, pero tal vez debiera... Bueno, le aconsejaría que...

—¿Qué? —dijo Louisa.

—Eso, ¿qué? —dijo Harry a continuación, pasándolo en grande.

—Creo que debería limpiarse las botas, señorita —contestó Guy al fin—. Podría hacerlo yo mismo en la estación Victoria; allí tengo los pertrechos necesarios. Y Harry y yo... Es decir, el sargento Conlon y yo nos dirigíamos hacia allí ahora mismo. ¿No es verdad, Harry?

A Louisa le dieron ganas de echarse a reír, pero se contuvo. Guy se dio cuenta e intentó no mostrarse ofendido. Sabía que la mayoría de los hombres de su edad tenían novia, y Harry había tratado de emparejarlo con alguna de las bailarinas del 100 Club en un par de ocasiones, pero nunca había ido más allá de atragantarse con un whisky sour y volverse a casa.

—¿Por qué iba a hacer eso por mí? —inquirió Louisa.

El rubor volvió a cubrir las mejillas de Guy. Se aclaró la garganta.

—Bueno, podríamos decir que siento que es mi obligación cívica, pero si quiere tomar el tren más indicado, será mejor que nos pongamos en marcha ya. Verá, tiene que coger el...

Siguió hablando de trenes que llegaban hasta Londres y cruzaban la ciudad en dirección a Paddington, y de ahí hacia Oxfordshire, donde llegaría a tiempo para reunirse con el mozo de cuadra a las cinco y media, pero Louisa había dejado de escucharlo. La idea de que pudiera lograrlo, de que se le concediera la oportunidad de cambiar su vida, la abrumaba con sus infinitas posibilidades. Igual que intentar comerse una tarta de chocolate de una sentada, la perspectiva resultaba gloriosa, pese a que amenazara con superar su capacidad de conseguirlo.

—Un momento, sargento...

—Sullivan.

—Sargento Sullivan, le estoy muy agradecida por todo lo que ha hecho por mí, de verdad —esbozó una sonrisa fugaz—, pero no es necesario que me acompañen. Podré llegar por mi propio pie. Muchas gracias y hasta la vista. —Louisa se levantó, haciendo solo una pequeña mueca de dolor, y se dispuso a marcharse.

Guy hizo un gesto para detenerla, pero Harry le lanzó una mirada y ambos hombres le dejaron paso.

—Bueno, si está usted segura, señorita Cannon. Tenga, tome esto —dijo Guy, y le entregó el horario de trenes que había apuntado para ella.

Louisa lo aceptó con un asentimiento de cabeza y se lo guardó en el bolsillo, junto a la carta. No llevaba encima más que un pañuelo y sabía que le quedaba poco tiempo: su tío Stephen se subiría al próximo tren con destino a Lewes para ir en su búsqueda.

Al cabo de unos minutos, Louisa se encontraba esperando al siguiente ferrocarril rumbo a Londres. Mientras observaba el andén de arriba abajo, su mirada no tardó en posarse sobre un caballero bien vestido de mediana edad, quien sin duda se dirigía a la ciudad. Llevaba puesto el uniforme habitual de empleado de banco: bombín, paraguas bien plegado, maletín de cuero, polainas. Ella aguardó hasta que recibió la señal correcta; sí, ahí estaba. Se podía confiar en que todo hombre hiciera ese gesto mientras esperaba la llegada de un tren: palparse el bolsillo para comprobar que su cartera siguiera dentro. Louisa se aproximó a su objetivo, con el corazón latiéndole apresuradamente a la vez que procuraba no cojear. No quería tener que recurrir a eso, pero si no lo hacía, no iba a probar ni un bocado de aquella tarta.

—Oh, ¡cuánto lo siento, señor! ¡No miraba por dónde iba! —balbuceó Louisa ante la expresión airada del caballero, cuyo maletín se había caído al suelo, desperdigando sus papeles por todos lados. Louisa se agachó para recogerlos mientras que el señorito de ciudad se inclinaba con bastante más dificultad que ella.

—No importa —respondió él con tono brusco—. Ya me encargo yo.

—Desde luego, señor —prosiguió Louisa—. Le repito que lo siento mucho. —En mitad de la confusión y de su parloteo, le introdujo la mano en el bolsillo; estaba sacando la cartera cuando sintió un leve toque en el brazo.

—¿Señorita Cannon? —Era el sargento Sullivan, quien la miraba atónito—. ¿Va todo bien?

Retiró la mano a toda prisa del bolsillo, sin la cartera, y se puso en pie. Entonces miró al hombre desde arriba, quien seguía recogiendo sus documentos, y sin pensar exclamó en tono ofendido:

—¡Jamás haría tal cosa, señor!

El señorito de ciudad alzó la vista con gesto extrañado, pero no dijo nada.

Guy le lanzó una mirada severa al hombre y alejó a Louisa de su lado, asiéndola del hombro. Harry caminaba unos pasos por detrás de ellos.

—¿Qué ha pasado aquí? —le preguntó Guy con ternura—. ¿Le ha hecho alguna proposición indecorosa?

Louisa, ruborizada por haber mentido, y preguntándose por qué lo habría hecho, negó con la cabeza.

—No ha sido nada —contestó—. No se preocupe. —Para su consternación, el sentimiento de culpa no hacía sino aumentar.

Guy le dirigió una mirada a Harry y luego se volvió hacia Louisa, con su sombrero torcido y su pierna vendada. Parecía un gorrión con la pata rota.

—¿Puedo ayudarla en algo?

Louisa miró hacia otro lado. Le pediría ayuda a cualquiera menos a él. Después de todo, era un agente de policía.

—No sé por qué voy a decirle esto, pero ¿qué le parece si le presto algo de dinero? —se ofreció Guy—. Podría darle un pase para el tren; así no tendría que comprar el billete. También llevo algunas monedas para que pueda pagarse un sándwich por el camino. Y puede que un poco de betún también... —sonrió.

Louisa se ablandó. Si aquello significaba conseguir ese empleo...

—Se lo devolveré —aseguró ella—. Se lo prometo...

—Ni lo mencione —repuso Guy—. Lo único que importa es que llegue a tiempo a esa cita. Espere aquí, le traeré el pase...

Habían llegado hasta la oficina del jefe de estación, donde Guy dejó a Louisa sentada en un banco en el exterior, mientras que Harry hacía guardia a su lado. La vergüenza la embargaba y apenas si era capaz de mirarlo a la cara. Guy volvió corriendo un cuarto de hora más tarde, aunque a ella se le hizo mucho más largo, y le dejó los pases y algunos chelines en la mano, desoyendo sus tibias protestas.

54

—Tenemos que irnos —le indicó a Harry—. He hablado por teléfono con el súper. Se ha producido un incidente en la estación de Hastings y quiere que vayamos a averiguar lo que ha pasado. Eso es todo lo que sé. —Guy se volvió hacia Louisa, quien advirtió lo distraído que se mostraba de repente—. Lo siento, señorita. Espero que llegue a tiempo a la entrevista, y que consiga el trabajo. Tal vez...

—Sí, se lo haré saber —respondió ella sonriente—. Supongo que podré mandarle una nota a la estación Victoria, ¿no? El sargento Sullivan, ¿verdad?

Él asintió.

—Se lo agradezco. Adiós... y buena suerte.

Guy se volvió hacia Harry y ambos salieron de allí disparados, el policía alto y el bajo, respondiendo a la llamada del deber.

7

12 de enero de 1920

*E*l panorama con el que se encontraron Guy y Harry aquella tarde resultaba desolador. El sol se había ocultado entre las nubes, y un frío vespertino había descendido con el ocaso durante los veinte minutos que tardó su tren en llegar a la estación de Hastings. Atravesaron el puente hasta el siguiente andén a todo correr —les dijeron que el incidente había sucedido en el número uno— y vieron el tren de las 15.20 de Londres Victoria que ya no iba a alcanzar su destino final. Habían reunido a los solivantados pasajeros en grupo y los habían conducido hasta otro ferrocarril. En lugar de pensar en la tragedia que había acontecido bajo sus narices, su atención se centraba en los compromisos a los que iban a faltar y en las cenas que se enfriarían sobre la mesa.

Había un corro de gente apostada al final del andén, junto al último compartimento, cuya puerta mantenía abierta un joven mozo de cuerda. La mayoría de quienes componían el grupo no eran más que mirones sin complejos, pero Guy identificó al jefe de estación, el señor Manning, con su distintiva librea de color verde oscuro y su placa de latón resplandeciente. Estaba hablando con otro hombre con sombrero, un policía. Cerca vio a tres empleados de la compañía ferroviaria que susurraban entre ellos, vestidos con ropas polvorientas, las gorras en la cabeza, las manos metidas en los bolsillos.

Guy aceleró el paso e inició la conversación con lo que esperaba que fuera un tono autoritario:

—Señor Manning, somos los sargentos Sullivan y Conlon

de la policía ferroviaria de Londres, Brighton y la Costa Sur. Nos envía el superintendente Jarvis. ¿Qué ha sucedido?

El señor Manning miró a Guy con una expresión seria que dejaba entrever su enfado. Abrió la boca para hablar, pero fue interrumpido por el representante de la unidad de East Sussex, el inspector Vine, quien no perdió el tiempo con presentaciones.

—Gracias, sargento, pero lo tenemos todo bajo control. La ambulancia ya está aquí y van a llevarse a la víctima. —Se pasó el dedo índice por el bigote y le hizo un gesto perentorio a Guy.

—Desde luego, señor. Pero debemos redactar un informe para el superintendente —respondió Guy con determinación. Entonces se acercó hasta la puerta abierta del vagón, donde un guarda de la estación mantenía alejado al gentío. El bigote del inspector Vine pareció curvarse un poco más sobre sus labios cuando retrocedió un paso para dejarles pasar.

Miraron dentro del estrecho compartimento, en el que las lámparas de gas emitían un nítido resplandor que iluminaba los puntos precisos dotándolo del aspecto de un escenario preparado. Los ojos de Guy tardaron uno o dos segundos en acostumbrarse a la penumbra. Dos hombres ataviados con uniformes de personal sanitario colocaban a una mujer sobre una camilla. La señora llevaba un abrigo de pieles que se le había abierto dejando ver su anticuado vestido de crespón negro y sus botines de charol con cordones. La cabeza le caía a un lado, mostrando una amplia franja de sangre seca y oscura, y tenía la boca ligeramente abierta y el cabello despeinado.

Guy pensó que aquel día abundaban las damas en apuros.

—¿Está viva? —le preguntó a Harry en un murmullo.

—Creo que sí —le respondió este en otro murmullo—. Mira.

Vieron que la mujer alzaba una mano agitando los dedos, como una gallina que siguiera andando después de que le hubieran cortado la cabeza.

Los hombres sacaron la camilla por la puerta del vagón, mentalizados de que debían hacerlo a la vista de la multitud que aguardaba fuera.

Después de que la ambulancia partiera, Guy y Harry entraron en el compartimento.

—Hay sangre en el suelo —señaló Guy, horrorizado.

Harry miró la sangre, una mancha roja oscura, y luego al espacio vacío donde se había sentado la mujer. Al lado había quedado un maletín de cuero de aspecto desgastado, un sombrero mal colocado encima, y un bolso de mano negro. El *Illustrated London News* estaba doblado sobre el asiento, manchado de sangre como si se lo hubiera llevado a la cabeza, tal vez para cortar el flujo de la herida. Debajo del asiento vieron otra maleta. También había un neceser abierto de color azul marino, del que asomaba un poco de tela blanca. En el suelo unas lentes rotas, un peine partido por la mitad y una página de periódico. Guy anotó cada uno de los artículos en una lista. Parecía un resumen bastante patético de la vida de una mujer. Se fijó en otro manchurrón de sangre en la pared donde había apoyado la cabeza.

—Mira en su bolso —dijo Harry—. Puede que nos diga quién era. Es decir, quién es.

Guy miró dentro: había un monedero sin dinero, un cuaderno con algunas anotaciones desvaídas a lápiz que no pudo descifrar con tan poca luz, el billete de vuelta del tren y una tarjeta del Registro Nacional que identificaba a su portadora como Florence Nightingale Shore, enfermera de la reina, residente en Carnforth Lodge, Queen Street, Hammersmith.

Guy abrió los ojos como platos tras las lentes, abrumado.

—Se trata de una investigación por asesinato —dijo.

—Todavía no —repuso Harry—. Aún está viva. Esperemos que salga adelante. Vamos, será mejor que hablemos con los demás.

Fuera se había producido una pequeña conmoción. Los pasajeros habían visto cómo transportaban el cuerpo, lo que había suscitado un estallido de murmuraciones apasionadas, y una mujer se había desmayado. El señor Manning se encontraba rodeado por el inspector Vine y los dos guardas del tren —a quienes presentaron como Henry Duck y George Walters—, además de por Guy y Harry. Se estaba desarrollando una acalorada discusión acerca de lo que debía hacerse en ese momento, pero ninguno parecía escuchar lo que decían los demás.

El señor Manning se volvió hacia el inspector Vine.

—¿Puede usted hacerse cargo de las pertenencias de la señora, señor Vine? Tenemos que poner este tren en marcha o habrá retrasos durante toda la noche.

—En realidad soy el detective Vine, señor Manning —replicó—. Lamento decepcionarle, pero este tren ha pasado a formar parte de nuestra investigación. No se va a retirar nada de momento.

Guy sintió una agitación que lo confundió. Había sido otra persona quien había sufrido el ataque, pero el suceso había infectado el ambiente con un aire agrio y amargo. Los tres empleados de la compañía ferroviaria se hallaban un poco apartados, sin hablar ya entre ellos; fumaban y se miraban los pies.

El inspector Vine les hizo señas a Guy y a Harry para que se acercaran.

—He de llevar a estos tres hombres a la estación. Subieron al compartimento en la estación de enlace de Polegate, pero no dieron la voz de alarma hasta Bexhill. Dicen que al principio creían que estaba dormida, pero que luego le vieron la sangre de la cara al llegar a la siguiente parada. Cada uno de nosotros hablará con uno de ellos. La estación queda a unos pocos minutos a pie. Pero estén ojo avizor, muchachos: es posible que terminen siendo sospechosos de asesinato.

8

12 de enero de 1920

*L*ouisa volvió a Londres después de que la oscuridad y la escarcha se hubieran instalado antes de otra larga noche. Aferró la carta que llevaba en el bolsillo. Sabía que no iba a llegar a tiempo a la cita —había pasado una hora desde las cinco y media—, pero iba a presentarse de todos modos. No tenía nada que perder por intentarlo, literalmente.

Con los chelines que le había dado Guy compró un billete de metro a Paddington —en la carta le indicaban que tomara un tren a Shipton— y una taza de té caliente con una tostada de mantequilla. No fue hasta que sostuvo la taza entre sus dedos que se dio cuenta de lo helados que los tenía. Se echó agua en la cara en los lavabos públicos de la estación y trató de arreglarse el cabello. Una mujer elegante que se ajustaba el sombrero a su lado le lanzó una mirada desdeñosa apenas disimulada.

En la puerta del andén, Louisa sintió una opresión en el pecho al mostrar el pase que le había entregado el sargento Sullivan, pero el guarda la dejó acceder con un gesto y pudo emprender el viaje. Más allá de las ventanas no se veía nada más que oscuridad, sin vistas que le mostraran el horizonte de Londres en lontananza. Agotada, cerró los ojos para intentar dormir.

Tras haber dormido lo que le pareció un minuto, Louisa oyó que el guarda se aproximaba anunciando la próxima parada en Shipton. Cuando salió al andén no eran más que las siete, pero el panorama desolador y el frío hacían que pareciera mucho más tarde. Había una taberna a la vista, a la que entró para preguntar cómo llegar a Asthall Manor. Los ancianos acodados en la barra la miraron con aire dubitativo.

—¿Qué asuntos la traen por ahí? —le preguntó el dueño.

—Vengo por un puesto de trabajo —respondió Louisa, apurada—. ¿Pueden indicarme el camino, por favor?

—Es una hora un poco intempestiva para eso.

—Se lo ruego —dijo Louisa—. Tan solo dígame qué carretera debo tomar.

Un viejo granjero apuró su cerveza de un trago y le dijo que podría acompañarla casi todo el trayecto; al fin y al cabo, ya era hora de que volviera a casa para cenar. Le advirtió que aún tendría que caminar otra media hora por una carretera oscura. Louisa estuvo a punto de ponerse de rodillas de lo agradecida que se sentía, pero al final se contentó con un «gracias».

Cuando el granjero la dejó, se habían levantado unas nubes en el cielo y percibió que empezaban a caer las primeras gotas. Pensó en refugiarse bajo un árbol hasta que escampara, pero sabía que ya llegaba demasiado tarde a la casa tal y como estaban las cosas. Si hubiera podido, habría dormido al raso hasta la mañana siguiente, pero hacía demasiado frío. Al menos, la temperatura evitaba que pensara en el dolor del tobillo. Se sopló los dedos para calentarlos y caminó lo más rápido que pudo, por el centro de la carretera, lejos de las extrañas formas que parecían acechar entre los arbustos y que la sobresaltaban al doblar las esquinas. Un par de automóviles la adelantaron dando bocinazos para que se apartara, bañándola con la luz de sus faros e iluminando la lluvia por un breve instante.

Por fin —solo Dios sabría la hora que era—, Louisa divisó el alto muro de piedra y la puerta de hierro bajo la arcada que le describiera el granjero. Según le había dicho, aquella era la entrada a la casa desde el pueblo de Asthall y conducía hasta la parte trasera. Evidentemente, había dado por hecho que no pensaba llamar a la puerta principal.

Una criada joven abrió la puerta en respuesta a su tímida llamada, vestida con un uniforme de color azul y blanco *Toile de Jouy*, un delantal de lino y una cofia de organdí sobre la que se enroscaba un lazo negro de terciopelo, que apenas contenía los espesos rizos que cubría. Louisa supo que su propio aspecto era el de una muchacha desaliñada, mojada, con el sombrero roto, los botines desgastados, la faja suelta y la cara en carne viva a causa

61

del frío invernal. Tiritó, incapaz de articular palabra por el momento. La criada siguió escrutándola, aunque no con aspereza.

—Buenas noches —dijo al fin—. Sé que es tarde, pero me estaban esperando… Recibí una carta de la señora Windsor, en la que me decía que viniera por lo del puesto de niñera.

Se llevó la mano al bolsillo y extrajo la carta arrugada para mostrarle el inconfundible escudo estampado en la parte superior.

—Caray —respondió la criada—. No sé qué opinará la señora Windsor de esto, pero será mejor que entre. Ahí fuera hace un frío de mil demonios.

Louisa reprimió un sollozo al entrar por la puerta de la cocina. La muchacha la dejó sentada en una silla cerca del hogar de leña mientras iba en busca de la señora Windsor. La cocinera le dedicó una mirada preocupada, pero por lo demás continuó preparando la cena de la familia. Louisa se percató de que apenas faltarían unos minutos para que la sirvieran.

La señora Windsor apareció al cabo de un rato, luciendo el mismo uniforme que la criada, y un bello rostro de cabellos oscuros entreverados con alguna cana bajo la cofia. Su expresión parecía severa al acercarse a Louisa, quien se levantó en el acto, pero se tambaleó cuando la sangre le bajó de la cabeza.

—¿Louisa Cannon? —dijo la señora Windsor. No le ofreció la mano.

—Sí, señora —respondió Louisa—. Sé que debo de tener un aspecto…

Se vio interrumpida.

—Sea cual sea su historia, me temo que no puedo permitir que se reúna con la señora a estas horas, señorita Cannon. Tendrá que volver a casa. Lo lamento, pero estoy segura de que sabrá entenderlo.

Louisa sintió el aguijón de la humillación en la piel. Asintió en silencio. No parecía tener mucho sentido decir nada. La señora Windsor abandonó la estancia, sin más palabras que las que le dirigió a la cocinera para indicarle que iba a convocar a la familia en el comedor.

Louisa se quedó mirando cómo se alejaba y descubrió que era incapaz de moverse. Era consciente del martilleo de la lluvia en la ventana, mucho más intensa ahora que cuando recorría la carretera, así como de la cocinera que trajinaba por la cocina, colocando platos en la mesa a la vez que removía una olla enorme de la que emanaba un olor delicioso. Louisa sintió el vacío de su estómago, la sequedad de su garganta.

—Ven a sentarte aquí, lejos de la señora Stobie —le dijo la criada—. Me llamo Ada. No tienes por qué marcharte ahora. Vamos a servir la cena, y luego veremos lo que podemos hacer.

Aturdida, Louisa se dejó guiar hasta un poyo situado en un lateral de la cocina. Allí se encogió en un rincón para hacerse lo más pequeña posible, y observó a la cocinera y a la criada mientras servían la cena. La señora Windsor volvió a entrar una vez a buscar algo y la vio, pero no dijo nada.

Cuando terminó de servir, la señora Stobie le entregó a Louisa un cuenco de estofado y le dijo que se sentara a la mesa para comer. Nadie se mostró descortés con ella, pero se sintió como un gato callejero al que se le daba leche antes de ahuyentarlo. Aun así, comenzaba a sentirse un poco más persona: estaba recuperando la compostura, y su ropa mojada había empezado a secarse. No obstante, aquello no cambiaba el hecho de que aún ignoraba cuál iba a ser su próximo paso.

Mientras seguía sentada a la mesa, tratando de no hacer ruido con la cuchara al tocar el fondo del cuenco, entró en la cocina una muchacha de largos cabellos negros y deslumbrantes ojos verdes. Nancy.

—Señora Stobie, pregunta el aya si podríamos tomar un chocolate caliente… —Se detuvo al ver a Louisa—. Has venido.

Louisa se levantó a toda prisa, arrastrando la silla contra el suelo de baldosas.

—Sí, he venido.

Para su sorpresa, Nancy se echó a reír.

—Cielos, menudo alboroto has armado. El viejo Hooper fue a buscarte a la estación, ¡pero no te encontró! ¿Qué te ha ocurrido? Me ha dado un poco de apuro —siguió diciendo a una velocidad endiablada—, ya que fui yo quien te recomendó, de modo que me alegro de verte. A ver, cuéntame.

—Bueno, pues… —empezó a decir Louisa, aunque no sabía cómo continuar.

Enterarse de que había puesto a Nancy en evidencia hizo que deseara esconderse debajo de la mesa hasta que todo el mundo se hubiera ido. Cuando comenzó a explicarse, fue interrumpida por la cocinera, quien le dijo a la señorita Nancy que se ocupara de sus propios asuntos y le indicó a Louisa que se sentara con un gesto. Nancy puso los ojos en blanco después de que la cocinera le diera la espalda, pero no insistió en la cuestión. Había vitalidad en aquel rostro, pensó Louisa, un ansia de cosas nuevas...

—¿Has conocido a Mamu? Me refiero a lady Redesdale, mi madre. Ahora está cenando, por lo que supongo que no. Luego ya será un poco tarde. ¿Tal vez mañana? ¿Tienes algún lugar en el que hospedarte?

Nancy había acercado una silla y se había sentado delante de Louisa, con los codos en la mesa y una expresión seria en el semblante. La señora Stobie expresó su desaprobación con una tos, pero siguió ocupándose de hervir la leche.

Louisa comprendió de pronto que había toda una mansión tras las puertas de la cocina. Una casa mucho más grande que cualquiera de las que hubiera pisado antes, en la que habitaba una familia unida, sana y feliz. Recordó lo que sabía de ellos a través de Jennie, por aquella carta con la que había conseguido su dirección: cinco niñas y un niño, y otro en camino. Los padres, un lord y una lady, y un aya en el cuarto de los niños. ¡Un cuarto entero para los niños! Cuando recogía la colada de la señora Shovelton con su madre, rara vez pasaban de la puerta de servicio. Así pues, solo había visto esas casas tal como aparecían en las ilustraciones de las revistas: con obras de arte en las paredes, sofás forrados de seda con magníficos cojines, gruesas alfombras de nudo y chimeneas resplandecientes. Habría un espejo de marco dorado colgado en el salón y jarrones con flores recién cortadas del jardín. Y ahora, aquella chica sentada delante de ella, con el cabello bien peinado y terciopelo en el cuello del vestido, cubierto por una chaqueta de punto. La idea de que Louisa pudiera formar parte de aquella familia, aunque solo fuera por un minuto, resultaba de todo punto descabellada. Tenía tantas posibilidades de trabajar allí como de ser niñera en el palacio de Buckingham. Más le valía marcharse, y rápido.

Louisa se puso en pie y recogió su sombrero de la mesa,

intentando ocultar el hecho de que el ala se había separado de la copa.

—Perdone, señorita —dijo—, pero será mejor que me vaya.

Se hizo a un lado y le dio las gracias a la cocinera por la cena. Antes de que nadie pudiera moverse o decir nada, había abierto la puerta trasera y ya estaba fuera. El frío volvió a golpearla y la lluvia no había amainado. Aún no sabía adónde ir, pero supuso que podría desandar el camino hasta la estación, donde al menos podría refugiarse del aguacero. Por la mañana tendría que robar algunas monedas para pagar el billete de vuelta. El recuerdo de su hogar, y de quien allí la esperaba, estuvo a punto de hacerla vomitar, pero siguió adelante, agachando la cabeza ante las inclemencias del tiempo. Las lágrimas rodaron por su rostro. Si no hubiera sido por su madre, se habría dejado caer en la zanja para esperar a que le llegara la muerte.

Solo había caminado unos minutos siguiendo la curva de la carretera cuando oyó que alguien gritaba su nombre a sus espaldas. Louisa se dio la vuelta y vio a Nancy corriendo con la chaqueta sobre la cabeza, en un intento fútil de guarecerse de la lluvia. Louisa se quedó inmóvil, sin dar crédito a lo que sucedía hasta que Nancy se plantó delante de ella.

—¿Por qué no has parado antes? ¡Te estaba llamando! —dijo Nancy, recuperando el aliento.

—Lo siento —se excusó Louisa, atónita.

—Vuelve. Quédate a pasar la noche. He convencido a la señora Stobie de que estarás mucho más presentable después de un baño y una noche de sueño. Así podrás conocer a lady Redesdale por la mañana. Vamos, está diluviando y tengo frío.

Aún sin acabar de creerlo, Louisa volvió con Nancy parloteando a su lado, comentándole lo absurdo que era que la hubieran despedido de esa manera en mitad de una noche tan horrible. Lo cierto era que no habían encontrado a nadie del pueblo que quisiera aceptar el trabajo, y necesitaban a una niñera con desesperación.

—Yo no, desde luego, porque ya tengo dieciséis años —aclaró Nancy, hablando a la velocidad de un muñeco de resorte—. Pero está Pam, que tiene trece años y siempre está jugando a las casitas; luego Deerling, que tiene diez; Bobo con cinco; Decca con tres, y Tom, que tiene once, pero está en un internado. Además, lady Redesdale está esperando otro hijo. Está segura de que va a ser un niño y lo va a llamar Paul. Por eso necesitamos una niñera; la pobre aya Blor no da abasto ella sola.

—Qué nombres tan curiosos —exclamó Louisa, tras lo que cerró la boca de golpe. No pretendía haber dicho eso en voz alta. Pero tenía ganas de reír, por todo, por el enorme alivio que sentía.

Nancy soltó una risita.

—Bueno, no todos se llaman así en realidad. Lo que sucede es que aquí no se llama por su auténtico nombre a casi nadie. Mamu y Papu, es decir, lord y lady Redesdale, me llaman Koko porque cuando nací mi pelo negro les recordó al honorable verdugo del emperador de la ópera *El Mikado*. Ya te irás acostumbrando.

—Eso espero —repuso Louisa.

—¿Cuántos años tienes? —le preguntó Nancy de súbito al enfilar de nuevo el camino de entrada.

—Dieciocho —contestó Louisa.

—Entonces seremos amigas —dijo Nancy cuando alcanzaron la puerta de atrás—. ¿Podrás empezar de inmediato? Oh, ahí llega la señora Windsor. Será mejor que desaparezca. ¡Ya nos veremos! —Le guiñó el ojo y se marchó a toda prisa.

A la mañana siguiente, después de darse un baño y cepillarse el pelo, y tras una noche de sueño en uno de los cuartos desocupados de los criados, con su ropa milagrosamente lavada y seca al despertarse, Louisa fue conducida a la sala de estar para conocer a lady Redesdale, quien se sentaba sobre un sofá de color rosa palo. Aunque temblaba de nervios, sabía que esa era su única oportunidad. Tenía que aprovecharla.

La señora le hizo algunas preguntas en tono brusco: su nombre, su edad, la educación que había recibido, indagaciones sobre su experiencia con la familia Shovelton, a quienes nombrara en su carta de presentación. Louisa fue capaz de responder con sinceridad sobre los nombres y las edades de las hijas, de las que había oído hablar estando en las cocinas, pero no así al afirmar haberlas acompañado a Kensington Gardens durante sus paseos diarios y haber remendado sus vestidos.

—Debería pedirle referencias a la señora Shovelton —mencionó lady Redesdale, lo que hizo que saltaran las alarmas en la cabeza de Louisa—. Sin embargo, la nuera de la señora Roper, Jennie, ha dado su palabra por ti, así que de momento nos conformaremos con eso. Como ya sabes, nos corre un poco de prisa. —Louisa asintió, insegura de poder decir algo que no sonara como un chillido—. Por cierto, ¿cuándo podrías empezar? —añadió lady Redesdale.

—Hoy mismo, milady.

—¿Hoy? —Le lanzó una mirada crítica—. ¿Has venido hasta aquí con las maletas? Me parece un poco presuntuoso por tu parte.

—No, milady. No he traído equipaje.

—¿Quieres decir que no tienes nada?

—No. Es decir, no hay nada que necesite.

—Todo el mundo necesita alguna cosa —repuso lady Redesdale.

—Tal vez pueda volver a casa dentro de una o dos semanas —sugirió Louisa. No quería que su nueva patrona sospechara que huía de algo. Aunque era posible que ya fuera un poco tarde para eso.

—Sí, supongo que es cierto. No voy a negar que nos vendría bien. —Señaló con un gesto su vientre abultado, bien disimulado bajo el sencillo vestido—. Estarás a prueba durante una semana. Si el aya Blor y la señora Windsor están satisfechas contigo, librarás todos los miércoles a partir de las cuatro, y los domingos alternos a la misma hora. Tendrás que regresar antes de las diez de la noche, o a la señora Windsor le dará un ataque. Recibirás la paga el día uno de cada mes. Una libra.

—Gracias, milady —dijo Louisa, al tiempo que trataba de no sonreír como un carretillero. Hizo una pequeña genuflexión.

—No es necesario que hagas reverencias. —Lady Redesdale tocó la campana—. No soy la reina. La señora Windsor te llevará con el aya Blor, quien se encargará de enseñártelo todo. Espero verte a las cinco cuando vengan los niños a tomar el té. —La despidió con una leve inclinación de cabeza.

«Ya está», pensó Louisa. Por fin había cambiado todo.

9

*E*l tribunal del hospital de East Sussex era un lugar frío y formal, de paredes encaladas y ventanucos altos que recordaban demasiado la celda de una prisión. El juez de instrucción, el señor Glenister, estaba sentado tras un gran escritorio sobre un estrado, entre su ayudante y el médico forense. Once hombres habían prestado juramento y ocupaban sus puestos en bancos ante una pared, con una vista clara del estrado. Acababan de inspeccionar el cadáver de Florence Shore en la morgue de la puerta de al lado, y la palidez de sus rostros atestiguaba la brutalidad de sus heridas.

El señor Glenister, un hombrecillo de expresión severa, llamó la atención de la sala. La noticia de la repentina y espantosa muerte de la valerosa enfermera había cautivado la imaginación del público, y la tribuna estaba atestada de reporteros y curiosos.

En primer lugar, hubo una disculpa por parte del representante de la ferroviaria; era su deseo, dijo, transmitir sus más sentidas condolencias a los familiares y amigos de la fallecida tras su triste final.

Después, el juez expuso un detallado discurso inicial sobre la carrera de la señorita Shore: «Era una mujer de naturaleza filantrópica, una profesional con muchos años de experiencia a sus espaldas, que se entregó por entero al cuidado de los enfermos y los heridos de guerra...».

Guy, muy erguido entre el superintendente Jarvis y Harry, en el mismo banco que el inspector Vine, hacía lo posible por escuchar la larga lista de nobles atributos de la malograda enfermera, pero no podía dejar de mirar a una mujer menuda y demacrada que se sentaba en la primera fila, junto a una enfermera vestida de blanco almidonado. Al otro lado había un hombre de expresión fúnebre, flaco como un alambre, vestido con un traje que había conocido tiempos mejores. No tocó a la mujer en ningún momento, pero la miraba con frecuencia, como si comprobase que seguía ahí.

Bajo el sencillo sombrero negro de la mujer asomaban algunos mechones ralos de pelo canoso. Aferraba un pañuelo entre sus manos, pero no lloraba; miraba al infinito sin ver, pues no reaccionaba ante el discurso, aun cuando el señor Glenister le pidió al jurado que no le hiciera preguntas a «esta pobre señora», señalándola a ella, hasta que no diera su testimonio en una segunda vista. Concluido el discurso, la señorita Mabel Rogers se acercó a prestar juramento. Guy la vio moverse lentamente, ayudada por la enfermera que la sujetaba del codo.

El juez de instrucción citó su lugar de residencia, su puesto de directora en la residencia de enfermeras Carnforth Lodge y el hecho de que hubiera conocido a la difunta durante casi veintiséis años. Mabel explicó que su amiga también había vivido en la residencia durante dos meses, tras licenciarse del servicio activo. Los únicos familiares de Florence, dijo con una voz que no tembló ni resonó, eran un hermano en California y una tía y algunos primos en Inglaterra.

—¿Cómo era de carácter? ¿Reservada? —preguntó el señor Glenister.

—Era muy tímida y reservada, pero alegre.

—¿Tenía algún enemigo que usted supiera?

—No, ninguno en absoluto.

—En cuanto a su físico, ¿era una mujer fuerte?

—No, yo no diría tanto. Su salud había empeorado un poco en los últimos años.

El señor Glenister siguió constatando los demás hechos del caso:

—¿Pasó con usted el domingo 11?

—Estuvo conmigo, pero se marchó a Tonbridge a pasar el día y regresó por la noche.

Sí, dijo la señorita Rogers, sabía que la señorita Shore había quedado en reunirse con unos amigos en Saint Leonards, y ella le había echado una mano con sus pertenencias en la estación Victoria, donde tomó el tren de las tres y veinte a Warrior Square. Se le hizo un interrogatorio minucioso acerca del compartimento elegido para su amiga, la posición del asiento y el equipaje que llevaba con ella. La señorita Rogers confirmó que había escogido el compartimento donde se sentó su amiga, que estaba vacío hasta que entró un hombre con un traje de *tweed* color castaño, poco antes de que partiera el tren.

—¿Usted también entró en el compartimento? —preguntó el juez.

—Sí.

—¿Se sentó en algún momento para hablar con ella?

—No estoy segura de si me senté o me quedé de pie, pero estuve dentro.

70 La luz del sol se coló de pronto a través de la alta fila de ventanas, revelando una nube de humo que flotaba sobre sus cabezas; el inspector Haigh de Scotland Yard se había encendido un habano poco después de que se iniciara el procedimiento. Guy alzó la vista y se le escapó una tos involuntaria. Trató de reprimir otra y empezaron a llorarle los ojos.

—Cuando el tren se puso en marcha, ¿no había nadie más en el compartimento aparte de la señorita Shore y aquel hombre?

—No.

—¿Su amiga se encontraba en un estado de salud normal?

—Estaba perfectamente.

Entonces le pidió a la señorita Rogers que confirmara sus movimientos después de haber recibido el telegrama con referencia a su amiga: había estado en el teatro, motivo por el que lo leyó tarde, tras lo que tomó el tren de las 23.20 de la noche a Tonbridge, desde donde prosiguió el trayecto en automóvil. La mujer bajó la mirada hasta su regazo y soltó un débil suspiro.

—¿Vio usted a la fallecida al llegar? —continuó el juez.

—Sí.

—Supongo que estaba en cama.

—Sí.

—¿Permaneció con ella en el hospital hasta la hora de su muerte?

—Sí —dijo Mabel. Su voz sonaba menos fuerte con cada respuesta que daba.

—¿Recuperó la consciencia en algún momento?

—No.

—¿Cuándo murió?

—A las 19.55 del viernes.

—¿Conocía usted al hombre que subió al vagón con ella?

—No.

—¿Y lo conocía la fallecida?

—No.

—Que usted recuerde, no había visto a ese hombre con anterioridad.

—No.

El señor Glenister le dedicó una sonrisa compasiva y dijo que habían terminado por el momento. El portavoz del jurado comunicó que no había más preguntas. Un reportero de prensa parecía querer preguntar algo, pero se lo pensó mejor y tomó sus últimas notas. La siguiente vista tendría lugar el 4 de febrero a las 15 h, en el consistorio de Hastings. El juez concluyó calificando la agresión de acto cruel y cobarde y levantó la sesión.

Los policías fueron los últimos en abandonar la sala en fila india. Guy y Harry se miraron emocionados al salir; era su primera investigación judicial por asesinato y se sentían ilusionados como niños. Los distintos hombres de uniforme esperaron en el vestíbulo hasta que se hubo marchado Mabel Rogers, sostenida esta vez por el brazo firme del hombre flaco.

Haigh se puso al mando.

—Vayamos de nuevo a su comisaría para reunirnos, Vine. Debemos coordinar nuestro plan de acción de cara a la siguiente vista.

Vine se acarició el bigote y replicó después de una brevísima pausa; Haigh no era su jefe, y sabía bien que era la policía local la que se encargaba del caso, pero seguía siendo su superior y no podía negar el hecho de que su comisario había pedido la ayuda de Scotland Yard.

—Por supuesto. Podemos utilizar mi despacho.

En la comisaría de Bexhill, los hombres tomaron asiento en una variopinta colección de sillas de madera que se habían transportado hasta el cuadrado vacío del despacho de Vine. Haigh, ejerciendo su derecho como inspector de Scotland Yard, seguía asumiendo el mando de la situación.

—Este es un asesinato complicado, señores. No contamos con el arma homicida ni con testigos presenciales. Esta mañana he hablado con el jefe de la estación de Brighton. Quieren que el caso se solucione pronto. —Le daba vueltas a otro cigarro entre los dedos mientras hablaba—. Y parece ser que el artículo publicado en el *Mail* de hoy sobre asesinatos célebres en trenes no está ayudando a que los pasajeros se sientan muy a salvo que digamos.

En ese momento decidió encender su habano y lo sostuvo en alto, al tiempo que buscaba una caja de cerillas sobre el escritorio de Vine. No había ninguna.

Guy no reunió el valor para abrir la boca; en su lugar, se quitó las lentes y comenzó a limpiarlas con el faldón de su chaqueta. Harry tosió intentando llamar la atención de su amigo. Habían discutido el tema durante el fin de semana, cuando se reunieron el sábado por la tarde, supuestamente para tomar un par de cócteles en el club nocturno del que era habitual Harry, aunque en realidad fue porque ambos se habían quedado sobrecogidos por la noticia de la muerte de la señorita Shore. Lo que había comenzado como la investigación de una agresión brutal —cosa bastante desagradable de por sí y totalmente ajena a su rutina normal— se había convertido en un asesinato. En sus mentes reinaba una confusión que únicamente podían entender cada uno de ellos: conmoción, asombro y un sentimiento de masculinidad. Sí, aquello era algo que podría transformarlos en hombres al fin, como sus amigos y hermanos que habían partido a la guerra.

Habían hablado sobre el lugar del crimen y la ausencia de un arma a pesar de que un ejército de policías hubiera rastreado las más de setenta millas que mediaban entre la estación Victoria y la de Bexhill. Lo único que había causado cierto revuelo había sido un pañuelo de color beis manchado de sangre, pero era la clase de objeto que poseían miles de antiguos soldados. El resto de las pistas existentes era exiguo: la sangre en las paredes, los anteojos rotos, un monedero vacío, joyas robadas. Guy se preguntaba una y otra vez si no habría algo que hubiera pasado por alto. A fin de cuentas, el tren de la señorita Shore se había detenido en Lewes. No cabía duda de que su agresor se habría apeado del tren en esa primera parada. ¿Se habría dado cuenta si alguien hubiera bajado con aspecto de haberse visto envuelto en una riña?

No obstante, en aquel momento su atención había estado volcada en la señorita Cannon… Delante de una copa de Brandy Alexander, Guy le había confesado a Harry que era su deseo obtener un ascenso, o trasladarse a Scotland Yard, y sabía que esta era su oportunidad para lograrlo. Harry, quien solía estar más interesado en desentrañar los movimientos de las últimas piezas de jazz, también deseaba lo mejor para su amigo, y era consciente de que quedarse callado no le iba a servir de nada.

Volvió a toser, y esa vez Guy lo miró.

—Di algo —articuló Harry en silencio. Guy le respondió enarcando las cejas, pero sabía que su amigo tenía razón.

—Señor… Quizá podríamos hablar con las casas de empeño y segunda mano, para preguntar si alguien ha intentado vender un traje de color castaño como el que describió la señorita Rogers. O si alguien ha tratado de colocar las joyas robadas de la señorita Shore…

—¿Cómo? ¿En todas las casas de empeño de Sussex? —Haigh mascó su cigarro apagado—. Puede que tenga usted razón y no sea mala idea… Si encontráramos un traje que encajara con la descripción, podríamos analizarlo en busca de manchas de sangre. Sin el arma del crimen, es el único hilo del que podemos tirar.

Guy asintió, al tiempo que adquiría un poco de color en el rostro. Se subió las lentes por la nariz.

—Por otra parte, señor, me pregunto si no deberíamos realizar algún interrogatorio más. Estaba pensando en el señor Duck, el guarda del tren. Él tuvo que haber visto algo. Y la señorita Rogers también. Tal vez pueda contarnos algo más sobre el hombre que entró en el compartimento. ¿No sería mejor hablar con ella antes de la siguiente vista? Puede que haya olvidado alguna cosa para entonces.

—De acuerdo, Sullivan, ya es suficiente —dijo el superintendente Jarvis—. Me temo que por un momento se ha olvidado de cuál es su lugar. Lo tenemos todo bajo control, ¿no es así, Haigh?

Los dos superiores intercambiaron una mirada de comprensión mutua, que hizo que el resto de hombres se sintieran como carabinas ante una pareja que acabara de prometerse.

—Desde luego, señor —tartamudeó Guy—. Perdone, señor.

—Usted y el sargento Conlon pueden empezar por las casas de empeños de Lewes. Manning puede llevarlos hasta allí ahora mismo. Vuelvan con un informe y nosotros nos encargaremos de lo demás. Tuvieron suerte de encontrarse en el lugar de los hechos, muchachos. Aprovechen bien esta oportunidad —apostilló Jarvis.

Aunque Haigh parecía un poco molesto por no haber sido él quien diera las órdenes, mostró su aquiescencia con un suave gruñido y una inclinación de cabeza.

—Volveremos a reunirnos aquí el viernes para discutir los nuevos descubrimientos, si es que se producen. Pueden retirarse. Y usted, Vine, ¿puede indicarme dónde hay algún restaurante decente por esta zona…?

Y con eso, Guy y Harry iniciaron su camino como investigadores oficiales de un notorio asesinato.

10

*D*urante su segunda noche en Asthall Manor, tras haber sido contratada para el puesto, Nancy le había mostrado la casa a Louisa. Había comenzado por el recibidor, en el que había dos chimeneas y las paredes estaban forradas de paneles de madera oscura.

—Puede que parezca opulento, pero todo está hecho con materiales reutilizados por Papu. —Una gran escalera central conducía hasta lo más alto, la buhardilla, donde estaba el armario de la ropa blanca. En el último rellano, Louisa avistó una fila de aparadores, todos pintados de añil—. Es el color distintivo de los Mitford —le indicó Nancy, como si Louisa supiera de lo que estaba hablando.

La parte de la casa que albergaba el cuarto de los niños consistía en una única estancia que hacía las funciones de salita del aya Blor, además de una zona de juegos para los pequeños y sus dormitorios. Pese a que el resto de las habitaciones de la casa la intimidaban por su tamaño, los nuevos dominios de Louisa eran un rincón acogedor, que ocupaba casi toda la planta que se alzaba sobre la biblioteca, la que según le dijo Nancy había mandado construir lord Redesdale a partir de la madera de una colecturía. Esta conectaba con la puerta principal a través de un pasaje, también creado por él, al que llamaban el claustro. Nancy le contó que solía pasar la mayor parte de su tiempo en la biblioteca —«Mi abuelo era un bibliófilo; incluso escribió uno o dos libros él mismo»—, y que, cuando estaba en casa, Tom se dedicaba a tocar el gran piano de cola.

Mientras que en el cuerpo principal de la casa había más de una docena de dormitorios, el ala de los niños solo tenía cuatro, pero contaba con su propio cuarto de baño y suministro de agua caliente. Uno de los dormitorios lo compartían el aya Blor y las chiquitinas, puerta con puerta con el cuarto en el que iba a dormir Louisa con Pamela y Diana. Al cabo de dos meses llegaría un nuevo miembro a la familia, y Louisa había aceptado la opinión generalizada de que el séptimo y último vástago sería un niño llamado Paul. Ya tenían un cajón preparado, rebosante de chaquetitas y patucos de lana azul.

Nancy llevó a Louisa a su habitación, cuyo nombre, Lintrathen, estaba pintado encima de la puerta. Tom, quien estaba ingresado en un internado, también tenía un cuarto propio —«Porque es un chico, a pesar de que solo tiene once años», le explicó Nancy—. Después la condujo hasta la ventana.

—Mira —dijo, y Louisa observó las lápidas del cementerio vecino—. Cuando hay luna llena, es muy fácil asustar a los demás hablando de fantasmas en la casa.

Soltó una risita nerviosa. Nancy cerró la puerta y se sentó en la cama con las piernas cruzadas. Louisa tuvo la sensación de que le iban a realizar una segunda entrevista, más reveladora que la que le hiciera lady Redesdale. Aunque también era posible que solo quisiera hablar con alguien. Louisa sospechaba que Tom era el mejor aliado de todo el mundo cuando estaba en casa; todos parecían extrañarlo mucho, y no dejaban de especular acerca de lo que estaría haciendo en ese momento en el colegio, o lo que estaría comiendo («Salchichas», predijo Nancy, con un deje de envidia en la voz). Louisa supuso que para el muchacho habría sido un alivio poder huir de su caterva de hermanas, con su constante soniquete de cotorreo, guasas y protestas. Desde luego, a ella le iba a costar un tiempo acostumbrarse.

A pesar de los ruegos de Nancy, Louisa permaneció de pie cerca de la puerta, pues no tenía muy claro que sentarse en la cama fuera lo más adecuado. El cuento de que había cuidado de las hijas de los Shovelton le pareció inofensivo en su momento, pero durante esas primeras horas había empezado a darse cuenta de lo poco que sabía sobre lo que debía hacer.

—Vamos —la animó Nancy—, siéntate. Quiero saberlo todo de ti.

Louisa palideció.

—Creo que debería volver con la niñera Dicks, por si me necesitara para algo.

—Llámala aya Blor —le dijo Nancy—. Todo el mundo lo hace, incluso Mamu.

—Con el aya Blor, pues.

—Solo un momento, por favor. ¿Ni siquiera me vas a decir dónde te criaste? Tengo tantas ganas de conocerte. Podemos ser amigas, y las amigas lo saben todo la una de la otra, ¿no es así? —repuso Nancy—. No puedes imaginar cómo es mi vida aquí. He estado desfalleciendo de aburrimiento, encerrada en la buhardilla con las mismas niñas tontas día tras día.

Louisa echó una ojeada a su alrededor, sintiéndose atrapada.

—No tengo mucho que contar —dijo—. Me he criado en Londres, con mi madre y mi padre. —Entonces vaciló. Parecía que estaba respondiendo con evasivas, y lo cierto era que ella también deseaba tener una amiga. Sin embargo, ¿podría ser amiga de alguien tan diferente a sí misma? Nancy poseía una desenvoltura y un aire de confianza que ninguna amiga suya había tenido en el colegio, ni siquiera Jennie.

—¿Y por qué has querido irte de Londres? Yo no podría imaginarme dejar un lugar así: todo allí me parece gloriosamente divertido. Mi tía dice que hay mujeres solteras que viven solas, van a cabarés y beben champán.

Louisa no estaba muy segura de qué responder ante eso.

—Quizás, pero yo no era una de ellas. —Se desplazó hasta la ventana y miró al exterior—. Son tan bonitas estas vistas. Creo que yo no querría irme nunca de la campiña.

Aquella mañana había contemplado boquiabierta la belleza del jardín cubierto de escarcha, con sus arriates de hierba plateada y una tela de araña que parecía un copo de nieve gigante.

—¿Cuándo volverás a casa para recoger tus cosas? —le preguntó Nancy de repente.

—No sé, dentro de un par de semanas quizá. No necesito gran cosa —respondió Louisa, cautelosa.

—No puedo creerlo. ¡Pero si has venido sin nada! —replicó Nancy con una carcajada, y aunque había una pizca de burla en su voz, Louisa pensó que no pretendía ser cruel.

De hecho, Ada se había ofrecido a prestarle algunas cosas hasta que recibiera su primera paga, cuando iría a comprarse lo que le hiciera falta. Sin embargo, no deseaba prolongar la conversación más de lo necesario, así que se excusó y se marchó de la habitación en busca del aya Blor.

Al cabo de poco tiempo, Louisa y Nancy habían instaurado una especie de rutina cada vez que las niñas se iban a la cama, cuando aprovechaban para sentarse juntas en la zona que daba a las escaleras: un cuarto de juegos, comedor y sala de estar todo en uno, que era más del aya Blor que de nadie, donde descansaba su propio reloj de mesa sobre la repisa de la chimenea. Allí se sentaban al calor del hogar, oyendo el tictac del reloj mientras hacían el crucigrama del *Daily Mirror*. Había un caballo balancín en una esquina, y en la otra, una mesa redonda que utilizaban para desayunar, comer y merendar. Dado que lord Redesdale consideraba que no había ningún motivo para que los niños tuvieran que «comer como salvajes» por el hecho de no hacerlo en el comedor, un aparador de caoba albergaba su cubertería y una vajilla de porcelana pintada con rosas rojas.

Al margen de sus tareas de limpieza, de preparar la chimenea y llevar cosas desde las cocinas, Louisa consideró que el reparto de las tareas entre la primera niñera y ella se había producido con bastante naturalidad. Ella se ocupaba sobre todo de las mayores, mientras que el aya se mostraba más posesiva con las chiquitinas. Solía sentarse con Unity y Decca en sus aposentos, donde les leía cuentos, o levantaba torres de bloques pacientemente para que las niñas las derribaran. Cuando tuvo la oportunidad de pasar un rato con ellas, Louisa fue incapaz de resistirse a besar sus suaves mofletes, y su cháchara infantil se ganó enseguida su corazón. Siempre que no estaban en el aula de estudio, Diana y Pamela se dedicaban a jugar a las casitas con sus muñecas durante horas.

El aya insistía en salir a dar un paseo a paso ligero por el jardín dos veces al día, algo por lo que todas las niñas se quejaban en algún momento, menos Pamela. Aunque fuera hiciera un tiempo espantoso, Pamela era feliz al aire libre y siempre disfrutaba de su sesión diaria de equitación. Tenía terminantemente prohibido montar a la querida yegua de su hermana mayor, *Rachel*, con quien Nancy salía de caza, cosa que aterraba al aya. Cuando no estaba montando a caballo, Nancy se pasaba el día en la biblioteca, con la cabeza enterrada en algún libro.

Aquel primer día, tras su entrevista con Nancy, Louisa se encontró con el aya ante el armario de la ropa blanca. Pese a que se refirieran a ello como un armario, en realidad se trataba de un auténtico cuarto, con un alto ventanuco que siempre estaba cerrado a cal y canto, y estanterías de listones de madera que iban desde el suelo hasta el techo. Al entrar en él, sintió que la golpeaba una nube de aire húmedo y cálido que contrastaba con el ambiente de la guardería, donde el aya había decretado que las ventanas debían permanecer abiertas al menos seis pulgadas durante todo el año.

—¡Oh, aquí estás! Quería enseñarte este lugar —le dijo el aya—. Dentro hace demasiado calor para mí, no puedo soportarlo y me mareo. Me gustaría que te ocuparas de la ropa blanca. Aquí es donde guardamos las sábanas y toallas, además de las enaguas y los canesús de las niñas… —El aya continuó explicándole que había que ir alternando la ropa que se iba usando para no desgastar ninguna pieza—. No tenemos servilletas —añadió—. Cuando residían en Londres, a lady Redesdale le pareció que resultaba demasiado caro mandarlas a lavar, y ha terminado convirtiéndose en una tradición. —El aya esbozó un leve gesto de reproche—. También tendrás que encargarte de zurcir. Supongo que sabrás hacerlo, ¿no?

Louisa asintió. Si hubiera podido, se habría instalado en una silla de madera para sentarse a remendar y aspirar el aroma de las escamas de jabón para sentirse más cerca de su propia casa, aunque no tuviera ningún deseo de volver. Allí se sentía segura. Se encontraba a salvo de la cruda realidad de lo que seguía considerando su vida real en Londres. Nadie podría alcanzarla en aquel lugar.

11

—«*R*icamente vestido, aunque sin estridencias, con un traje de etiqueta de *tweed* gris y un coqueto alfiler de perlas en la corbata color chocolate, el hombre presentaba un aspecto agradable...»

—¡Ningún hombre decente se pondría un alfiler de perlas! ¿Y qué es eso de una corbata color chocolate? Menuda sandez —exclamó lord Redesdale al levantarse de su sillón, al otro lado de la biblioteca.

La escena le habría parecido un tanto extraña a cualquiera que pasara por allí, ya que resultaba evidente que no había ninguna persona más en la estancia. Sin embargo, ahí estaban las cinco hermanas Mitford y su nueva niñera, apiñadas debajo de una mesa y ocultas por un mantel blanco y almidonado. Nancy leía en voz alta el último número de *The Boiler* ante su arrobado público. Esa misma mañana le había confesado a Louisa entre susurros que los relatos firmados por W. R. Grue de la revista familiar *The Boiler* eran en realidad obra suya. La especialidad de Grue eran las historias de terror, «para asustarlos mejor», como decía ella risueña.

Puede que su padre no fuera un oyente tan agradecido como las niñas, pero Louisa solo tardó unos días en descubrir que lord Redesdale era perro ladrador, pero poco mordedor.

Nancy le sacó la lengua, de vivo color rosado, segura de que no podría ver su fechoría.

—Y que no se os ocurra hacerme alguna mueca. Unas impertinentes, eso es lo que sois todas. —Lord Redesdale se rio entre dientes y se marchó de la estancia.

Era casi la hora de comer y Louisa pensó que debía llevarlas a todas al cuarto de los niños, pero Nancy estaba a punto de terminar su historia. Había bajado a la biblioteca para vigilarlas y concederle un descanso al aya.

Los primeros días en Asthall Manor no habían sido fáciles; Louisa se sentía fuera de lugar en una casa tan grande e intimidada ante la presencia de las niñas, sobre todo cuando se reunían en tropel. Sin embargo, escondida debajo de la mesa, se sentía como una más mientras escuchaban a Nancy declamar con su mejor tono dramático.

Diana soltaba un gritito de vez en cuando, tras algún pasaje particularmente aterrador, pero por lo demás parecía encantada de que la asustaran. Su rostro ya mostraba las pinceladas de la belleza que más adelante cautivaría sin remedio a todo aquel que posara sus ojos en ella. Pamela —«la más ñoña de todas», según Nancy— parecía contener la respiración a cada momento, a la espera de la siguiente broma cruel, que su hermana mayor no tardaba en dispensarle. Nancy le había dicho a Louisa que los tres años más felices de su vida fueron los que vivió como hija única en casa, hasta que llegó Pamela y lo estropeó todo, cosa que no le perdonaría nunca.

Las hermanas empezaron a mostrar signos de inquietud, a medida que comenzaba a rugirles el estómago de hambre. Unity ya se había quejado de sentir un cosquilleo en la barriga. Decca tiraba de los botones de Louisa. Nancy agitó la linterna que había hurtado del bolsillo del abrigo de su padre.

—¿Podéis callaros y escuchar? —ordenó, tras lo que continuó con voz baja y pausada—: «Su apariencia de noble languidez se esfumó de pronto, y se enderezó en la silla, con el tenedor en la mano y todo el porte de quien sabe que su fin está próximo. Un extraño individuo de aspecto desagradable y manos como garras se aproximaba a...»

—¡Ya es suficiente, señorita Nancy! —El mantel se alzó para mostrar los lustradísimos botines negros del aya Blor—. Salid de ahí y subid todas ahora mismo. Quiero veros las caras y las manos limpias antes de comer, y como encuentre algo de mugre en una uña, le diré a la señora Stobie que no os ponga postre.

Louisa emergió la primera, deshaciéndose en disculpas al aya, quien la acalló con un gesto de la mano.

—No hace falta que te disculpes, la señorita Nancy sabe que es ella quien debería hacerlo. Tú ve a que la señora Stobie te dé nuestra bandeja.

Louisa asintió agradecida y se fue corriendo a la cocina, acompañada de la trepidante sensación de haber rozado el desastre. Todavía no había pasado la semana de prueba, y era imperativo que conservara el empleo. No había sabido nada de Stephen, y por fin empezaba a respirar, permitiéndose creer que no la encontraría jamás.

Las niñas salieron detrás de ella en orden ascendente de edad: primero Decca, sobre sus piernas tambaleantes y gordezuelas, con Unity a la zaga, luego Diana, seguida de una colorada Pamela, y por último y a regañadientes Nancy, como si hubiera pretendido hacerlo de todos modos.

Louisa volvió al cuarto de los niños con un asado de cordero con patatas en un calientaplatos y se dispuso a servir al aya y a sí misma. Aquel día iban a comer las dos solas. Puesto que no había invitados en la casa, las niñas iban a tomar el almuerzo con sus padres. Louisa no dejaba de darle vueltas a aquella peculiar palabra. Antes de irse a vivir con los Mitford, siempre había comido y cenado, pero ellos almorzaban. Parecían tener una lista inagotable de expresiones y usos que diferían de lo que siempre se había dicho y hecho en su casa.

Louisa oyó el paso rápido de las niñas que subían por las escaleras, al tiempo que se daba cuenta de que Ada había tenido la consideración de dejar el *Daily News* en la bandeja. El de ayer, claro, enviado al cuarto de los niños después de que lady Redesdale y la señora Windsor lo hubieran leído primero.

—Asegúrate de que se lavan las manos, Louisa —le dijo el aya, acercándose a inspeccionar los platos—. Vaya, hoy no tenemos pan. ¿Cómo vamos a tomar el jugo así? No pretenderá la señora Stobie que nos bebamos la salsa con una cuchara, ¿no?

Louisa arrastró a las tres pequeñas al cuarto de baño, en una cadena de puños regordetes y manitas secas. El aya fue a traer el cepillo de Mason Pearson del dormitorio mientras

Louisa comenzaba a desatar los lazos de seda que habían amarrado los gruesos tirabuzones tanto de Pamela como de Unity aquella mañana.

Nancy cogió el periódico del aparador y lo abrió por la página de anuncios clasificados. Cuando Louisa volvió a entrar en la habitación, comenzó a leer en voz alta:

—«Se anuncia el compromiso entre Rupert, hijo de lord y lady Pawsey de Shimpling Park en Suffolk, y Lucy, hija del señor Anthony O'Malley y la difunta señora O'Malley de North Kensington en Londres.» Vaya por Dios —dijo con una risita—, mucho me temo que ese compromiso ha debido de provocar un buen alboroto en Shimpling.

—¿Los conoces? —le preguntó Louisa.

—No, pero resulta evidente que no hacen buena pareja. Supongo que la señorita Lucy O'Malley no conoció a su amado Rupert durante su puesta de largo en la corte.

—¿Durante su qué?

—Su puesta de largo —respondió Nancy—. Ya sabes, cuando las debutantes se presentan en sociedad ante el rey. Aunque lo cierto es que hace años que no se practica, por culpa de la guerra. Este verano se volverá a hacer por primera vez desde hace una eternidad. ¡Ojalá fuera esta mi temporada!

—¿Cuándo será la tuya?

—Cuando cumpla los dieciocho. Dentro de una eternidad —dijo, y devolvió su atención al periódico. Louisa se puso a revolotear entre las niñas, alisándoles el vestido y atusándoles el pelo. Nancy levantó la vista de nuevo—. Mamu dice que tal vez podamos ir todos a Londres este año, después de que nazca el bebé. Puede que Papu me permita asistir a un baile. A fin de cuentas, ya tengo dieciséis años, y si me hago un moño puedo parecer mucho mayor.

El aya oyó lo último al volver a entrar con el cepillo.

—El señor no permitirá tal cosa —repuso con firmeza al tiempo que atraía a Pamela hacia sí y deshacía el lazo rosa palo que le recogía el cabello.

Nancy hizo un mohín y cerró el periódico para leer los titulares de la primera página.

—Aquí viene una crónica bastante tétrica —observó.

—¿Cuál sería su puntuación en la escala de atrocidad? —preguntó Pamela, que volvió la cabeza provocando que el aya le tirara de la coleta con más fuerza—. ¡Ay!

—Diría que un diez más o menos —contestó Nancy—. Atrocidad máxima. «Una enfermera sufrió un ataque brutal en la línea de Brighton el lunes pasado, entre Londres y Lewes...»

—¿La línea de Brighton? Pero si nosotras hemos estado en ese tren. ¡Aya! Escucha esto.

Pamela tenía los ojos como platos.

Nancy continuó leyendo, complacida de tener audiencia.

—«Tres empleados de los ferrocarriles la encontraron inconsciente el lunes, y murió anoche. La policía busca a un hombre de traje color castaño.»

—Ya basta, señorita Nancy —le ordenó el aya—. Esos temas no son aptos para los oídos de las pequeñas. Bastante han aguantado ya esta mañana.

Sin embargo, Pamela había olisqueado el rastro de la historia como un sabueso.

—Aya, ese es el tren que tomamos para ir a ver a tu hermana. ¡Nos montamos en él este verano! ¿Pondrá en qué compartimento ocurrió? Me pregunto si fue en el mismo en el que estuvimos nosotras.

Louisa buscó la mirada de Nancy, y aunque se entendieron, esta volvió a la carga. La tentación de despertar el interés en las demás era demasiado grande.

—«Las investigaciones posteriores revelaron que recibió un fuerte golpe en el lado izquierdo de la cabeza... Una herida horrible en la cabeza, y sangre en la ropa...»

—¡Señorita Nancy Mitford! No creas que eres demasiado mayor para que te coloque sobre mis rodillas y te zurre con el cepillo si no te callas ahora mismo —la amenazó el aya, enrojeciendo de ira.

—Pero es que es muy triste, aya —dijo Nancy, procurando adoptar un tono de profunda pena y preocupación—. Era enfermera: la señorita Florence Nightingale Shore. ¿Creéis que estaría emparentada con su famosa tocaya? Ah, sí, aquí lo pone, era prima de su padre. Acababa de regresar a casa después de

84

pasar cinco años en Francia como miembro del Servicio de Enfermería Militar Imperial de la Reina Alexandra…

—¿Has dicho Florence Shore? —musitó el aya.

—Sí, Nightingale Shore. ¿Por qué?

—Era una amiga de Rosa. Santo cielo. —El aya alargó la mano para sostenerse y Louisa acudió a su lado a toda prisa para acompañarla al sillón.

—¿Quién es Rosa? —preguntó Louisa.

—Es la hermana gemela del aya —replicó Pamela—. Su marido y ella regentan un salón de té en Saint Leonards-on-Sea, donde hemos ido a visitarla en alguna ocasión. Es un auténtico paraíso. Venden unos pastelillos rellenos de crema que, si no los muerdes con cuidado, se sale toda y te resbala por la barbilla…

—Sí, querida, sí —respondió el aya, chistándola—. Oh, pobre Rosa. Supongo que Florence iba de camino a verla. Veréis, Florence ejercía de enfermera en Ypres cuando el señor estaba desplegado allí, y fue gracias a sus cartas que sabíamos que se encontraba bien. Como es lógico, estaba enterada de que yo estaba al servicio de esta familia. Aquello supuso un gran alivio para la señora durante esos momentos. ¡Y ahora la han asesinado! Qué horrible. Era una buena mujer. Todos esos soldados a los que cuidó… Qué final más cruel. No sé qué va a ser de este mundo, de verdad que no.

El aya Blor se hundió en su sillón y se puso a rebuscar un pañuelo. Louisa, que no había estado escuchando con mucha atención al principio, dio un respingo.

—¿En qué estación dices que la encontraron?

Nancy la observó con curiosidad, pero volvió a mirar el periódico.

—Pone que la voz de alarma se dio en Bexhill y que la sacaron del tren en Hastings, aunque creen que el ataque se produjo en algún lugar entre Londres y Lewes. ¿Por qué?

—Oh, por nada —contestó Louisa—. Solo era por saberlo.

—Sin embargo, un millar de pensamientos le cruzaron la cabeza. Ella se había apeado en Lewes. Y luego, de repente, habían llamado a Guy Sullivan por algún problema que había habido en una estación. ¿Habría sido en Hastings? No lo recordaba con exactitud, pero era probable que lo fuera.

85

Nancy dobló el periódico y volvió a dejarlo sobre el aparador.

—Creo que si al final vamos a Londres este verano, le pediré a Mamu que me compre un vestido nuevo. Si termino yendo a algún baile, tendré que causar buena impresión —dijo, aunque nadie respondió. El aya contemplaba la chimenea y Louisa le cepillaba el pelo a Diana—. He dicho que voy a pedir un vestido nuevo. Quizá pueda volver a ponérmelo cuando llegue mi presentación en sociedad. Tampoco es que vaya a crecer mucho desde ahora hasta que cumpla los dieciocho, ¿no? —continuó Nancy, con la voz un poco más alta que antes. Siguió sin recibir respuesta.

—Pobre mujer... —murmuró el aya—. No se merecía algo así. Debo escribir a Rosa. Louisa, querida, ¿me harías el favor de acercarme el papel de cartas?

—Sí, aya —repuso Louisa, a la vez que se preguntaba si sería capaz de leer el artículo cuando las niñas no estuvieran delante. No estaba segura de lo que significaba todo aquello, pero no le cabía duda de que algo significaba—. Nancy, ¿podrías llevar a las niñas abajo, por favor?

Nancy pareció enfurruñarse, pero le ofreció la mano a Decca, que se acercó a ella tambaleante, y entre ambas condujeron lentamente al resto escaleras abajo para compartir el asado de cordero con los adultos.

Ypres, 3 de mayo de 1917

$\mathcal{A}$mor mío:

Perdóname por no haber escrito durante las últimas dos semanas, pero no he tenido ni un momento de asueto —por lo menos, ninguno durante el que haya podido hacer otra cosa que no fuera comer o dormir—. Poco después de mi última carta, nos dijeron que nos trasladaban a Ypres, donde ahora me encuentro. Está a unas horas al norte del Somme, aunque en muchos sentidos, para mis enfermeras y para mí, es como si no nos hubiéramos movido. Estamos confinadas en nuestros puestos de la sala de urgencias casi a todas horas. En el corto trecho que separa la carpa de lona del hospital de campaña de la de nuestro dormitorio, a unas yardas de distancia, hay poco que ver que no hayamos visto antes.

La tierra está pisoteada por las botas de los soldados, no crecen las flores y lo único que sabemos de la luz del sol es que calienta nuestros hospitales y los vuelve soportables para nosotras y para los hombres. Por supuesto, el fragor de la batalla es constante y los obuses explotan con una ferocidad que no deja nunca de sorprendernos. Hay un rumor que nos ronda por la cabeza y que no cesa nunca. Es tan diferente a nuestra experiencia en la guerra de los Boers, que no tengo más remedio que avergonzarme cuando las enfermeras jóvenes acuden a mí en busca de unas palabras tranquilizadoras o una explicación de cómo acabará todo, porque lo cierto es que sé tan poco como ellas.

Por algún motivo, Ypres ha sido lo más perturbador de toda la guerra. Cuando vine, llegué con ocho enfermeras experimentadas del campamento, como parte de un intento por atraer a todas las manos capaces que fuera posible. Ahora trabajamos las nueve en un hospital con setecientas camas.

Nos llegan hombres todos los días, a quienes curamos lo mejor que podemos, pero recibimos un flujo inagotable de heridos y tenemos que apañarnos encontrándoles un sitio en el que tumbarse en el suelo cuando se acaban las camas, como siempre pasa.

Por una vez, no tenemos que enfrentarnos tan a menudo con la terrible tragedia de la amputación de miembros, algo que siempre resulta particularmente doloroso para los nuevos reclutas. Desde luego, aún sigue habiéndolas, pero la mayoría de nuestros heridos lo son a causa de un repentino y despreciable uso de venenos en contra de nuestros hombres. Nos cuentan que flota entre las trincheras como una inmunda nube amarillenta, y antes de que puedan darse cuenta, les quema la piel y se introduce en sus pulmones.

¡Pobres hombres! Cuando tenemos un momento para sentarnos a pensar, se nos rompe el corazón. Por eso, casi es mejor que no lo tengamos. Debemos permanecer en el hospital día y noche, sin hacer distinción alguna entre el deber, el apetito o la rutina. Se duerme donde se puede, pero a ratos.

Los médicos han obrado algún que otro pequeño milagro durante la guerra, pero ahora tienen que quedarse de brazos cruzados ante ese espantoso gas. No hay nada que puedan hacer. Apenas si logran aliviar su dolor, y tenemos que ver a los hombres morir lentamente, como si una cuchilla les apuñalara el pecho con cada respiración. No obstante, lo más terrible ha sido descubrir que no todos los casos son mortales ni mucho menos, aunque es imposible saber cómo evolucionará cada uno. Incluso los que parecen más afectados pueden llegar a recuperarse. Pero ¿para qué? ¿Para que los vuelvan a mandar al frente? No es lo que ninguno de nosotros desearíamos para ellos.

En estos duros momentos, lo que nos sostiene son las historias, ya sean las de algún soldado que nos cuenta cómo era su vida en casa, o extraordinarios relatos de actos heroicos que de algún modo surgen entre el horror de esta terrible guerra. Por lo tanto, podrás imaginarte que me alegrará especialmente oír hablar de alguien a quien no conozco en realidad, pero con quien comparto un vínculo: el señor David

Mitford. Supongo que recordarás que la hermana gemela de Rosa, Laura, es la niñera de sus hijos.

Toda su familia debe de hallarse en un horrible estado de ansiedad desde que el hermano de DM perdiera la vida en la batalla de Loos, dejando a su mujer embarazada. Si es un niño, el bebé será el heredero del título, pero si fuera una niña, pasaría a DM (quien se convertiría así en lord Redesdale). Entre tanto, DM ha insistido en volver a la guerra a pesar de tener un solo pulmón —ya lo habían declarado inválido antes—. Así pues, mi amor, ya te podrás figurar lo que sentí al enterarme de que estaba estacionado aquí en Ypres.

Sin embargo, aún no te he contado ni la mitad. Él llegó en abril, poco antes de que se recrudeciera la batalla, cuando se le asignó el que habría sido un puesto sencillo como conductor, encargado de suministrar la munición a las tropas. Empero, aquella batalla no fue como las demás, sino que la demanda de munición fue mucho más elevada de lo normal, y el peligro era grande. Un miembro de su batallón le habló de su coraje a uno de los heridos, y la historia lleva días siendo susurrada entre nosotros.

Según nos contaron, DM estaba convencido de que la munición debía repartirse de noche, al amparo de la oscuridad, pero la batalla no se detiene en ningún momento y los suministros deben entregarse en la misma línea de fuego, al otro lado de la ciudad. No existe otra ruta que sea lo bastante rápida. La necesidad constante de munición implica que el trayecto debe realizarse no solo cada noche, sino hasta dos veces por noche. DM decidió que el método que emplearía sería el de cargar las alforjas de los caballos y conducirlos al galope a través de la ciudad: a oscuras, por las calles, entre los lanzamientos de los obuses y las trayectorias de las balas.

Pero aún hay más.

A fin de repartir el riesgo, DM ha decretado que un hombre distinto transporte la carga cada noche. Sin embargo, él mismo —padre de cinco hijos, posible heredero de la baronía, faltándole un pulmón y con un hermano mayor muerto en la contienda— hace el trayecto todas las veces. Cada noche, dos veces por noche, sus hombres y él cabalgan a lomos de sus caballos a través de la ciudad. Hasta el momento ha tenido éxito y no ha perdido ni a un solo hombre, pero ¿cuánto tiempo durará esta batalla? No lo sabemos, así que temo por él, igual que hacemos todos. Los soldados dicen que es un gran hombre.

Dicho esto, casi todos son buenos hombres. Ninguno de ellos se merece el terrible destino que se les ha concedido.

Debo finalizar esta misiva. Solo me quedan unas pocas horas de descanso y pretendo dar un paseo entre los jacintos silvestres que quedan cerca de aquí. Estaré a solas y disfrutaré de un momento de paz en un bello rincón en el que sentarme a pensar en ti. ¿Te acuerdas de nuestro pícnic entre los jacintos de hace tres años? Confío en que te encuentres lo más a salvo posible. Sé que mis trágicas historias no pueden compararse con las tuyas, y que eres la persona más valiente que he conocido nunca.

Con todo mi cariño,

Flo

12

Guy y Harry emprendieron la búsqueda del traje color castaño y las joyas robadas en las casas de empeño y los roperos de segunda mano de Lewes. Guy estaba exultante; por fin se sentía como un auténtico policía. En la segunda casa de empeños, el hombre de dudosa reputación que había tras el mostrador, y que, a juzgar por los lamparones bajo sus axilas, no se había molestado en lavarse la camisa desde las Navidades anteriores, se rio de ellos en sus narices.

—¿Y por qué iba a empeñar un traje alguien que se ha hecho con diamantes y dinero? —dijo resoplando—. Si lo hubiera traído aquí, no habría sacado más de dos chelines.

Guy le había espetado que se trataba de una manera de deshacerse de las pruebas, pero el hombre había seguido riendo y resollando a la vez que se daba golpes en el pecho, de modo que se marcharon pronto de allí. Uno de los ropavejeros les enseñó un enorme montón de prendas masculinas que le habían entregado desde la fecha de la agresión, así que se taparon la nariz y rebuscaron entre lo que sin duda era el guardarropa de un difunto —que parecía incluir el pijama con el que había muerto—, y que aún no se había lavado, a pesar de las evidentes muestras de tabaquismo que revelaba.

Sin embargo, Guy alentó a Harry a seguir adelante. Cuando acabaron de revisar los locales de Lewes, dieron la jornada por finalizada. Tomarían el tren de vuelta a Londres, y seguirían intentándolo a la mañana siguiente en otros lugares como Bexhill y Polegate.

—Es poco probable que ese hombre se apeara en Polegate, puesto que es donde subieron los trabajadores ferroviarios —expuso Guy—, pero tenemos que intentarlo.

Harry se mostraba menos entusiasmado, pero al menos era un día que se salía de la rutina habitual.

Guy se esforzó por levantarle el ánimo.

—Si resolvemos el caso —le recordó—, recibiremos un ascenso, y hasta puede que entremos en Scotland Yard.

Y sin embargo, a pesar de todo su empeño, los días siguientes resultaron igual de infructuosos, sin que apareciera ningún traje ni joya que encajase con las descripciones. El inspector Vine había decidido llevar a cabo una expedición por las casas de huéspedes de la costa, durante la que se halló un traje de color castaño, pero los análisis científicos revelaron que no había rastros de sangre en él. Se produjo cierta agitación cuando un soldado se entregó confesando haber asesinado a la mujer del tren, aunque una breve entrevista en Scotland Yard bastó para determinar que no había tenido nada que ver con el asunto. Tras eso, fue devuelto al ejército como desertor.

92

Al menos, la segunda vista no tardó mucho en llegar después de aquello. Acudieron los mismos asistentes de la ocasión anterior: el juez de instrucción; los policías de los tres cuerpos; los fiscales y los once miembros del jurado. Esta vez se interrogaría a más testigos, además de al doctor Spilsbury, para deleite de Guy.

—Fue él quien identificó el cadáver en descomposición del sótano de Crippen como el de su esposa —le comentó a Harry, que le dijo que se calmara.

La primera persona en ser interrogada fue Mabel Rogers, quien seguía vistiendo de luto riguroso. Guy se fijó en que, aunque ya no la acompañaba la enfermera, el hombre volvía a estar con ella, tan zarrapastroso como antes. La dama no llevaba anillo de bodas, de modo que no podía ser su marido, pero era evidente que le prestaba consuelo. Ambos se miraban con frecuencia, y cuando ella vacilaba en el estrado, su voz parecía ganar en confianza después de recibir un asentimiento de aliento por parte de él. El juez le pidió que repitiera algunas de sus declaraciones anteriores acerca del hombre que había entrado en el compartimento.

—Ya he contado todo lo que recuerdo —dijo la señorita Rogers—. Llevaba un traje de *tweed* pardusco, de tejido mezclado y ligero. No reparé en cómo era su sombrero, pero iba sin abrigo. Creo que no portaba ninguna maleta, aunque es posible que llevara una mochila pequeña. Tendría unos veintiocho o treinta años e iba bien afeitado.

—¿Qué clase de persona diría que era?

—Un oficinista o algo así —replicó ella.

—¿Cuánto dinero cree que llevaba encima la señorita Shore? —preguntó el juez.

—Alrededor de tres libras, creo. Esa mañana habíamos ido de compras, y dijo que no debía gastar más o no tendría suficiente para el viaje.

—¿Puede comentar algo más acerca de su aspecto durante aquel día? ¿Qué joyas llevaba?

—Llevaba un abrigo de pieles nuevo e iba bien vestida. Supongo que quien la asaltara pensó que era rica. Solía ponerse dos anillos con diamantes engastados y un reloj de pulsera de oro.

Guy estaba extasiado. Había asistido a dos o tres investigaciones judiciales después de que alguien se hubiera arrojado al tren, pero nunca había presenciado una por asesinato. Y tampoco se trataba de un asesinato cualquiera, este era sensacional: una mujer en el tren, sin arma del crimen ni sospechoso detenido. La sala volvía a estar atestada de reporteros, que escribían frenéticamente en sus cuadernos.

Tras despedir a la señorita Rogers, se convocó a un ingeniero para que mostrara los planos de la estación de Lewes, junto con una explicación de por qué los pasajeros de los últimos dos vagones habrían tenido que esperar a que el tren avanzara para apearse, o haber saltado a las vías como solían hacer los que olvidaban avisar al guarda o eran demasiado impacientes para esperar.

Más tarde, Harry le dio un codazo en las costillas a Guy. El juez acababa de llamar a George Clout, el empleado del ferrocarril que había encontrado a Florence Shore y dado la alarma en la estación de Bexhill. Harry y Guy habían estado presentes durante las primeras entrevistas a los hombres tras el descubrimiento, pero era posible que el juez lograra arrancarles una confesión. Se sabía que era algo que había sucedido antes: la presencia de un jurado y la severidad del tribunal podían ejercer un efecto lo suficientemente intimidante para sonsacarle la verdad a cualquiera. En ese momento, aquellos hombres eran sus únicos sospechosos.

Clout confirmó que en el día de autos había estado trabajando en la línea férrea de Hampden Park. Allí se había reunido con dos hombres que conocía, William Ransom y Ernest Thomas, para tomar el tren de las cinco desde la estación de enlace de Polegate hasta Bexhill. Subieron al último compartimento; él y Thomas se sentaron de espaldas a la marcha, mientras que Ransom lo hizo en el mismo lado que la señorita Shore.

El juez comenzó sus preguntas:

94

—¿Reparó usted en que había una señora en el vagón?

—Vi que había alguien en la otra esquina derecha, de cara a la locomotora —dijo Clout, que se sacó las manos de los bolsillos cuando empezó a hablar.

—¿Ese compartimento estaba a oscuras cuando llegaron?

—Prácticamente.

—¿Cómo era la iluminación?

—Bastante pobre.

—De gas incandescente, supongo.

—Sí.

—¿Vio a alguien después de tomar asiento?

—Unos diez minutos más tarde, luego de recorrer una milla, me percaté de que la otra persona era una señora.

—¿Cómo estaba sentada?

—Reclinada, con la cabeza apoyada sobre el respaldo acolchado.

—¿Le vio las manos?

—No le vi las manos, las llevaba debajo del abrigo.

—¿Tenía los pies en el suelo?

—Sí.

—¿En qué momento volvió a mirarla?

—Más o menos a la mitad del trayecto, entre Polegate y Pevensey.

—¿Qué fue lo que vio?

—Pensé que había algo extraño en ella.

—¿Por qué?

—Por la posición en la que estaba.

—¿Qué más?

—Le vi sangre en la cara.

—¿Sangre fresca?

—No sabría decirlo.

—¿Era abundante?

—Había mucha.

—¿Estaba fluyendo?

—No sabría decirle.

—¿Qué hizo usted?

—Le comenté a Ransom que a la mujer de la esquina le pasaba algo. Creo que dije: «Tiene un golpe feo de alguna clase». Él no pareció oírme. Estaba resfriado.

—¿Habló con Thomas?

—No. —Clout desplazó los pies. No parecía sentirse muy cómodo en aquel ambiente tan formal.

—¿Por qué no?

—No volví a decir nada al respecto hasta que llegamos a Bexhill.

—¿Hizo alguna cosa?

—No, señor. Hasta que llegamos a Bexhill, no.

—¿Y por qué no?

—No creía que fuera tan grave.

—¿Se dio cuenta de si la mujer respiraba?

—Sí respiraba, y parecía estar leyendo.

—¿Tenía los ojos abiertos?

—Los abría y los cerraba.

—¿De manera intermitente?

—Sí.

Guy advirtió que la señorita Rogers parecía mostrarse afligida durante el diálogo, e inclinaba la cabeza para toquetear el bolsito que llevaba en el regazo y tirar de las hebras deshila-

95

chadas de su abrigo. Aunque fuera una enfermera experimentada, no debía de ser muy agradable oír hablar de las heridas de su amiga, y descubrir que había intentado pedir ayuda sin éxito. También resultaba bastante extraordinario que aquellos hombres no se hubieran preocupado más en su momento. Clout dijo que no vio sangre en el compartimento, ni mencionó otros indicios de lucha. Los otros dos hombres se limitaron a corroborar la misma versión.

Entonces llamaron a los guardas del tren a declarar, y George Walters prestó juramento. Si el testimonio de Clout había sido perturbador, el de Walters fue peor.

—Estaba sentada en posición reclinada, de cara a la marcha —comenzó—. Tenía la cabeza apoyada en el respaldo y se le veían las piernas hasta las rodillas porque había resbalado hacia delante. Tenía las manos al frente y no dejaba de mover los dedos. Levantó una mano varias veces, moviendo los dedos, y parecía estar mirándose las manos.

También habló un segundo guarda del tren, Henry Duck. Había montado en el tren en Victoria y fue Clout quien lo alertó del problema en Bexhill. Duck fue quien decidió que debían trasladarla al hospital más cercano en Hastings. Se hizo una llamada telefónica desde Bexhill para pedir una ambulancia en la estación siguiente. El señor Duck también recordaba haber visto a un hombre saltar del vagón de cola en Lewes durante aquella fatídica tarde de lunes, aunque no pudo distinguir sus facciones en la penumbra. Puesto que era una noche oscura y no había farolas en la estación, solo lo había vislumbrado a la luz de su linterna.

¿Habría sido el agresor aquel hombre? Había dos compartimentos al final, uno de los cuales había transportado a la moribunda señorita Shore, mientras que el hombre podía haber salido de cualquiera de ambos. ¿Dónde habría ido después? Nadie del personal de la estación se había fijado en él, pero no había ningún motivo para hacerlo, sobre todo si el hombre contaba con un billete de tren y pudo salir normalmente por la barrera.

Guy notó que Harry se revolvía a su lado con impaciencia; ya casi era la hora del té. Harry estaba dominado por su estómago, y esperaba con ansias su porción diaria de tarta. Guy no tenía ni una pizca de hambre, dado que el próximo testigo iba a ser el doctor Spilsbury.

El juez llamó al médico al estrado. Era un hombre apuesto de ojos claros y brillantes. Llevaba un traje de corte elegante y una flor en el ojal, con el cabello liso y perfectamente peinado con una raya recta. Comenzó a describir con gran precisión las lesiones de la señorita Shore, que examinara el día posterior a su muerte. Guy no entendió los detalles forenses, pero sabía lo suficiente para colegir que tenía tres heridas en la cabeza, que le provocaron una hemorragia importante en el cerebro.

—¿Causa de la muerte? —preguntó el juez.

—Un coma debido a la fractura craneal y las lesiones cerebrales —repuso el doctor Spilsbury.

—¿Cuál cree usted que fue la causa de sus heridas?

—Golpes violentos con un instrumento contundente, con una superficie de impacto bastante amplia.

—¿Pudo haber sido con un revólver?

—Sí, con la culata de un revólver de tamaño normal.

—¿Tiene idea de cuántos golpes recibió?

—Por lo menos tres, aunque pudieron ser más.

—¿Podría haberla dejado inconsciente alguno de ellos?

—Sí.

—¿Cree usted que la señora pudo haberse sentado en la postura en la que fue encontrada después de sufrir esos golpes?

—No. Tuvo que ser golpeada estando sentada, o fue el atacante quien la colocó así. Ella misma no habría podido adoptar esa postura de haber estado de pie.

Aquello le pareció muy interesante a Guy: quien la hubiera atacado, la había sentado después y le había dejado el periódico sobre el regazo, aunque se había olvidado de los anteojos rotos en el suelo, a menos que se hubieran caído con el movimiento del tren. Por la razón que fuera, el agresor quería que pasara un tiempo antes de que nadie se diera cuenta de que algo le pasaba a la señorita Shore. ¿Cuál sería el motivo? Guy deseó seguir pensando en ello, pero se obligó a concentrarse en el interrogatorio.

El doctor Spilsbury continuó respondiendo a las preguntas con su voz serena y metódica. Ratificó que el arma había penetrado en el cerebro, que dicha arma no pudo ser un bastón corriente y que no pudo ser golpeada al sacar la cabeza por la ventana. Creía que el ataque se había producido estando sentada. Según dijo, no había observado señales de lucha, aparte de una magulladura en la punta de la lengua. Se le planteó una última cuestión.

—¿Había algún indicio de que hubieran pretendido deshonrar a la fallecida? —preguntó el juez en un tono más sombrío que antes.

—No, señor —replicó el doctor Spilsbury.

Para la señorita Rogers tuvo que ser un alivio oír eso. La investigación estaba a punto de finalizar, a falta de unas breves entrevistas con los médicos locales. El juez hizo un resumen de la situación y el jurado presentó su veredicto unos minutos más tarde. A pesar de todos los esfuerzos de la policía por hallar al malhechor, Florence Nightingale Shore había sido asesinada por una persona desconocida.

Después, en un bar unas puertas más abajo del juzgado, Jarvis, Haigh y Vine ahogaron sus penas en unas cuantas cervezas. Guy y Harry, muy conscientes de que seguían de servicio y en presencia de sus superiores, pidieron sendos vasos de ginger ale. Casi no abrieron la boca, sino que estuvieron escuchando la conversación, durante la que se tocó muy poco el caso, para gran disgusto de Guy. En un momento dado, Vine murmuró algo acerca de que hubiera sido un robo fortuito, seguramente perpetrado por un antiguo soldado desesperado, ante lo que Haigh y Jarvis se mostraron de acuerdo con un asentimiento y pidieron otra pinta.

Guy desahogaba su frustración agitando una pierna. Esperó un momento hasta que ya no pudo soportarlo más y tomó la palabra:

—Si solo fue un robo, ¿por qué empleó tanta fuerza el atacante? Era casi una anciana. Podría haberle arrebatado las joyas y el dinero y haberse marchado sin más.

Los tres policías veteranos intercambiaron una mirada de complicidad acompañada de unas sonrisas burlonas. Vine respondió con un tono que hizo que a Guy le entraran ganas de arrancarle el bigote.

—Puede que no pretendiera matarla, sino que perdiera la razón. Algunos de esos soldados olvidan lo fuertes que son, ¿no es cierto? A fin de cuentas, la dejó con vida. No se aseguró de haber terminado el trabajo. No, no fue un asesinato premeditado. Siento decepcionarle.

Guy no hizo más comentarios. Aquello seguía sonándole mal, pero le faltó el valor para cuestionar a todo un señor inspector.

Poco tiempo después, Haigh se levantó y se puso el abrigo encogiéndose de hombros.

—Adiós, muchachos. Les deseo la mejor de las suertes. No creo que volvamos a vernos durante una temporada.

—¿Qué quiere decir? ¿Qué va a suceder ahora? —preguntó Guy, haciendo caso omiso de la cara larga de Jarvis.

Haigh inclinó su sombrero hacia arriba.

—Nada, hijo. A menos que se presente alguien, hemos agotado todas las vías de investigación. Por lo que a nosotros respecta, es un caso cerrado. Yo que usted, iría buscándome otra manera de llamar la atención.

Y así sin más, soltó una risita, abrió la puerta y se fue.

13

$\mathcal{N}$ancy se apeó de un taxi y echó a andar hacia la entrada de la estación Victoria. La siguiente en aparecer fue Louisa, cargando con Decca, que le rodeaba el cuello con sus brazos regordetes. Ladeó la cabeza para poder ver a la muchacha que ya se alejaba a toda prisa.

—¡Señorita Nancy! ¡Un momento!

Nancy se detuvo alzando las manos en el aire.

—¡Vamos a perder el tren!

Louisa no respondió y alargó una mano para ayudar a Unity, que fue la próxima en bajar, con el semblante más serio que nunca. Diana, cuyo rubio cabello resplandecía al sol del mediodía, fue la última, ante la evidente irritación de Nancy. Le preguntó a Diana si era una tortuga y se puso a gesticular como si escondiera la cabeza dentro de un caparazón, pero esta no le hizo el menor caso.

Detrás de ellas aparcó un segundo taxi, del que pronto surgieron el aya Blor, Pamela y Tom. Aunque hubieran dejado atrás los emocionantes indicios de la primavera en el campo —los corderos que triscaban por la pradera, los narcisos agrupados por los márgenes, como yemas de huevo rotas—, en lo más profundo de Londres el aire seguía siendo frío. Comenzaban a brotar las primeras hojas verdes de los árboles y había suficiente color azul en el cielo para confeccionar un traje de marinero. De pronto se levantó una ráfaga de viento que estuvo a punto de arrancarle a Louisa el sombrero de la cabeza.

Aquel no era un viaje que tuviera muchas ganas de emprender: el regreso a Londres, a la estación Victoria, y de allí a la línea de Brighton. Se había pasado la semana anterior durmiendo a trompicones, entrando y saliendo de unos sueños en los que alguien la perseguía, percibiendo el aliento tibio de tío Stephen en la nuca, hasta que descubría que Unity se había colado en su cama y respiraba profundamente abrazada a su espalda.

Por lo demás, se había acostumbrado bastante bien a la rutina del hogar de los Mitford. Su tío no había hecho ningún intento por localizarla, y hasta las noches anteriores había logrado apartarlo de su mente casi en todo momento, mientras se centraba en doblar sábanas o en pasear a Decca con parsimonia, contando las campanillas de invierno del jardín.

Sin embargo, puesto que lady Redesdale estaba obligada a guardar reposo en la cama durante las próximas semanas, igual que lo había hecho el último mes —el alumbramiento era inminente—, y a que las niñas se mostraban hurañas a causa de los sacrificios cuaresmales que debían realizar, se había llegado a la conclusión de que sería mejor mandarlas a pasar unos días en la costa en casa de Rosa, la gemela del aya. Louisa preguntó si no sería de más utilidad en Asthall Manor, donde podría cuidar de lady Redesdale y de la criatura que estaba a punto de nacer, pero el aya Blor había determinado que era ella quien iba a necesitar más de su ayuda. Lady Redesdale podría apañarse perfectamente con la matrona, dado que, a fin de cuentas, ya no era ninguna novata en las cuestiones del parto.

El viaje había sido inevitable, sin importar lo que Louisa opinara al respecto. Desde el mismo momento en que se propuso, Nancy había iniciado una campaña a favor para que se llevara a cabo. Las demás estaban igual de encantadas que ella ante la idea de volver a visitar el salón de té de Rosa, con sus bollitos y sus ventanas empañadas de vapor, el mar demasiado frío para bañarse en él, pero bueno para remar, para escuchar el graznido de las gaviotas y notar el sabor exótico de la sal en el aire.

Nancy se había empeñado en jugar a los detectives en el tren. No tardó mucho en darse cuenta de que iban a realizar el mismo fatídico viaje que la enfermera Shore, si es que no se trataba también del mismo tren. Creyendo que su hija había desarrollado un repentino, aunque sorprendente, interés por la economía doméstica, lord Redesdale había accedido con gusto a su petición de viajar en tercera clase.

Además de los recortes de las noticias sobre el ataque y las pesquisas posteriores, Nancy se había guardado un cuaderno y un lápiz en el bolsillo, junto con una lupa de mano que escamoteó del escritorio de su padre. Tenía un mango de marfil finamente tallado y una montura de plata para la lenta la dotaba de un peso satisfactorio. Sabía que Papu se pondría hecho una furia cuando viera que había desaparecido, pero ya había avisado a Ada de que la devolvería a la vuelta. No quería que la criada tuviera ningún problema por ello.

Tom, quien se había tomado muy en serio la orden de su padre de velar por todas sus hermanas al ser el único varón del grupo, se había apresurado a adelantarse a Nancy. Ella se enganchó de su brazo —a pesar de que se llevaban cinco años, solo era una cabeza más alta que él— y encabezaron la marcha de su alegre banda desde el reloj de la estación hasta el andén nueve, donde les esperaba un tren tan lustroso y reluciente como una foca dormida.

El aya Blor, que iba jadeando detrás de los demás, se puso a hacerle señales a Louisa, quien empezaba a cansarse de cargar con el peso muerto de Decca y la matraca de juguete de Unity.

—Tengo que ir al excusado —le susurró el aya—. Déjame a mí a la señorita Decca y encárgate de que todos se instalen en el tren.

Louisa le entregó la niña y se dio prisa por alcanzar a Nancy y a su hermano, llamando la atención del joven mozo de cuerda que cargaba con su equipaje. Había conocido a Tom tan solo unos días antes, cuando volvió a casa por las vacaciones, y le había caído bien al instante por su temperamento tranquilo y sus modales corteses. Aunque no tenía más que once años, el hecho de estudiar en un internado le concedía una independencia que sus hermanas jamás podrían reclamar, y resultaba evidente que a ellas su otra vida les parecía tan exótica como la de un hombre recién llegado de Tombuctú. Además, se tomaba con filosofía las bromas de las niñas y rara vez les contestaba, aunque Louisa había encontrado en su habitación una insignia de cartón en la que podía leerse: «Liga contra Nancy. Cabecilla: Tom».

Nancy le estaba narrando a su hermano la triste historia del fallecimiento de la enfermera Shore. Era un relato que Louisa había escuchado con anterioridad, pero cada nueva versión incluía algún detalle más. Nancy contaba la historia como si exhibiera un rutilante diamante tallado, examinándolo desde distintos ángulos para descubrir cuál de sus lados reflejaba mejor la luz.

—Señorita Nancy, más despacio, por favor —le rogó Louisa, tirando de Unity sin perder de vista a Diana, que le iba a la zaga, ni a Pamela, que era capaz de distraerse con cualquiera que llevara un perro, y hasta con una paloma que picoteara unas migajas en el andén, y podía quedarse atrás con facilidad.

—Tenemos que conseguir el último compartimento —respondió Nancy—. No quiero que lo ocupe otra gente.

—Entonces adelántate tú y reserva los asientos —le dijo Louisa, que se permitió reducir un poco la marcha. Esperaba que el aya no tardara mucho en regresar.

Cuando Louisa llegó al compartimento unos minutos después, vio que solo estaban los dos hermanos, cosa que había alegrado mucho a Nancy.

—¡Puede que fuera este, Louisa! —exclamó sonriente—. El mismo compartimento que presenció los últimos instantes de la enfermera Florence Nightingale Shore.

Louisa palideció un poco y echó un vistazo a su alrededor. Por suerte, no había ninguna señal de «los últimos instantes» de la enfermera. Nancy se había sacado la lupa del bolsillo e inspeccionaba los asientos detenidamente, con aire teatral.

—Hum, no hay rastros de sangre —observó—. En el periódico ponía que le asestaron tres golpes fuertes en el lado izquierdo de la cabeza —continuó, ajena a la expresión pétrea de Tony. De hecho, parecía claramente mareado—. Eso quiere decir que tuvo que caer sangre en alguna parte. Ah, ¿esto qué es?

Se abalanzó encima de algo pequeño y brillante que estaba caído en el suelo, debajo del asiento. Un envoltorio de caramelo.

—Bueno, nunca se sabe, podría ser lo último que comió —indicó, guardándose el trocito de papel encerado en el bolsillo—. Creo que es aquí donde se sentó —prosiguió, escogiendo el asiento del rincón, el más alejado de la puerta, de cara a la locomotora—. De modo que esto fue lo que vieron sus ojos la última vez que pisó la estación Victoria…

—¡Señorita Nancy! —la reprendió Louisa—. Delante de los niños no, por favor.

Subió al vagón con Decca y Diana; Pamela había recibido la orden de quedarse en el andén para que el aya Blor pudiera encontrarlos. Después de haber instalado a las niñas, el mozo de cuerda metió el equipaje y estuvieron unos minutos colocándolo en los soportes de debajo de los asientos.

—Oiga, mozo —dijo Nancy de repente.

El joven, que estaba levantando una maleta con sus delgados brazos, se detuvo a mitad de movimiento y la miró.

—¿Llevó usted el equipaje de la enfermera Shore? Ya sabe, a la que mataron en el tren.

—No, señorita —respondió. Luego le hizo una inclinación de cabeza a Louisa y se marchó sin esperar una propina siquiera.

Nancy se limitó a volver a mirar por la ventana.

—Vaya, pues qué lástima —comentó—. Pero apuesto a que sí se cruzó con ella.

Louisa sabía que aquello pasaría a formar parte de las anécdotas de Nancy acerca del viaje.

El aya Blor apareció por la puerta y echó una ojeada con gesto nervioso. Cuando Nancy había sugerido ir en tercera clase, la propuesta le había parecido bien al principio. Le dijo a Louisa que la tarea de que los niños no hicieran ruido en primera significaba no tener ni un momento de descanso para ellas, pero no le convencía demasiado la idea de sentarse en el mismo lugar donde habían asesinado a una mujer. No llegó a conocer a Florence Shore, pero sabía muchas cosas acerca de ella a través de Rosa, e incluso le había escrito en una ocasión, para agradecerle las noticias que les proporcionara sobre lord Redesdale durante la guerra, y que tanto habían aliviado a la familia y a los sirvientes.

No quedaba tiempo que perder. El guarda hizo sonar su silbato y el aya subió apresuradamente para sentarse, antes de que la sacudida del tren al ponerse en movimiento la pillara desprevenida. Unity ya había trepado delante de ella, inspeccionado todos los asientos disponibles y escogido uno junto a la ventana, para ella sola.

Louisa miró a Nancy mientras esta tomaba notas en su libretita escolar y pensó que resultaba bastante cómica: arrugando la nariz concentrada, con la coleta infantil que delataba su juventud. Al fin y al cabo, estaba tratando de encontrar pistas de un crimen que se había producido de verdad. Sin embargo, Louisa no lograba asustarse ante la posibilidad de que la atacara un extraño, aunque fuera alguien que hubiera matado antes. Le daba mucho más miedo encontrarse con tío Stephen. Si este se alojaba cerca de la costa, sería el fin para ella.

105

14

$\mathcal{M}$ientras que Nancy y Tom se sentaban juntos, cuaderno y lápiz en mano, Pamela y Diana lo hacían enfrente, mirando por la ventana, en la posición perfecta para escuchar con disimulo los susurros que Nancy le dirigía a su hermano. Louisa estaba junto a ellas con Decca; era consciente de su aspecto cansado y ansioso, pero trataba de olvidarse de la última vez que había emprendido ese viaje cantando trozos de *Pack Up Your Troubles* al oído de la pequeña y haciéndola cabalgar sobre su pierna. El aya Blor se había aposentado junto a la ventana opuesta, recomponiéndose las faldas mientras recuperaba el aliento. Luego se puso a rebuscar en su bolso, en busca de algún caramelo de menta.

Durante la hora siguiente, las niñas, su aya y su niñera mostraron una calma poco habitual en ellas. Decca no tardó en aplacarse con el relajante vaivén del tren y se quedó dormida con la cabeza apoyada en Louisa. Unity observaba todo árbol y edificación que dejaban atrás, embelesada por estar alejándose cada vez más del hogar con cada giro de las ruedas. Diana leía su libro, adormilándose de vez en cuando y apoyándose sobre Pamela, quien señalaba los caballos que corrían al galope por las colinas y las vacas que pastaban. Tom iba mascando unos caramelos de tofe que se había encontrado en el bolsillo. Louisa lo miró mientras lo hacía, y cuando este intentó ocultar el abultamiento de sus mejillas, supuso que no tenía ganas de compartirlos —con la tiranía que mostraban todos los niños que tenían hermanos—, así que no dijo nada al respecto.

Entre tanto, Nancy siguió tomando notas minuciosas acerca de los tres túneles que habían atravesado, apuntando en qué momento del trayecto aparecían y cuánto habían durado, calculando el tiempo lo mejor que podía sin un reloj (lo contó en patatas). Miraba las casas y se preguntaba en voz alta si alguien en ellas podría ver lo que sucedía en el vagón al pasar. También se preguntaba dónde podría deshacerse uno de un arma. Tan absorta estaba en sus pesquisas detectivescas, que pasó por alto las lágrimas que rodaban por las mejillas de Louisa; en todo caso, no hizo comentario alguno. El aya Blor apoyaba la barbilla sobre su pecho y roncaba con suavidad.

Louisa se frotó la cara y sacó una galleta de su bolsillo para Decca. Había pasado casi una hora y quería echar un vistazo por la ventana en la estación de Lewes, por si veía a Guy.

Había pensado a menudo en escribirle, pero aparte de enviarle el dinero que le debía —junto al que había adjuntado una breve nota de agradecimiento, aunque sin proporcionar una dirección en la que pudiera encontrarla—, no se había atrevido a hacerlo. No le cabía en la cabeza que él pudiera querer saber algo de ella. ¿Y si sospechaba que había intentado robarle la cartera a aquel hombre? El recuerdo de ese día la inundó en oleadas que parecían ser capaces de ahogarla.

—¿Lou-Lou? —Nancy la miraba—. ¿Qué pasa?

—Nada. —Le dedicó una sonrisa llorosa—. Me he acordado de una cosa, eso es todo. Estoy bien.

Ambas muchachas habían comenzado a forjar una amistad tentativa, que se basaba en su sexo y en su edad, pero que se veía obstruida por el hecho de que Louisa era una sirvienta, mientras que Nancy, sin ser aún una señora, se encontraba sin duda mucho más cerca de serlo. Louisa sentía que las manos de cada una se acercaban a la otra, pero sin llegar a tocarse, como en aquella imagen de Dios y el hombre del techo de la Capilla Sixtina que había visto en un libro.

—Parece que alguien acabara de pisar tu tumba —le dijo Nancy—. ¿Habías estado aquí antes?

Louisa no le había contado a nadie que había estado en la estación de Lewes el mismo día que habían agredido a la enfermera Shore. Después de todo, fue el mismo día que su tío intentó llevarla a Hastings por la fuerza. Y no quería que sus patrones supieran que huía de algo, y mucho menos de una persona como Stephen. Cuanto menos hablara de su vida anterior a los Mitford, mejor.

—No —respondió Louisa—. La verdad es que no.

Nancy le lanzó una mirada interrogativa, pero Louisa se puso a juguetear con Decca, de modo que no tuvo más remedio que seguir mirando por la ventana otra vez. El tren estaba entrando en la estación de Lewes, y tal y como les había advertido el guarda, los dos últimos vagones, incluido el suyo, no paraban junto al andén. Nancy se acercó a la ventana, la abrió, dejando que entrara el aire fresco de la primavera, y sacó la cabeza fuera.

—Cuidado, señorita Nancy —dijo el aya, a quien había despertado la brisa.

—Solo estoy mirando a qué altura estamos —replicó Nancy—. Está bastante alto. Creo que habría que saltar un poco. Y luego trepar hasta el andén.

—¿Por qué le das tantas vueltas a eso? —le preguntó el aya, aunque su voz sonaba más bien como una sentencia destinada a zanjar el asunto—. Cierra la ventana, por favor, hace demasiado frío.

Nancy levantó el cristal de mala gana y volvió a sentarse, en el momento justo para que Louisa pudiera mirar a través de la ventana, cuando el tren se puso en marcha de nuevo. Escudriñó con atención mientras pasaban ante la estación de Lewes, pero no pudo ver la alta figura vestida de azul marino de Guy Sullivan. No habría sabido decir si se sentía aliviada o decepcionada por ello.

—Resulta curioso, ¿verdad? —comentó Nancy de repente.

Tom y sus hermanas, inmunes a sus bromas y reflexiones, continuaron absortos en sus lecturas o en sus propios pensamientos. Puesto que nadie más respondió, Louisa se sintió obligada a hacerlo.

—¿Qué es lo que resulta curioso?

—Bueno, se me acaba de ocurrir que no se pueden abrir estas puertas desde dentro —dijo—. Hay que abrir la ventana, sacar la cabeza fuera y girar la manilla. ¿No te parece extraño que, si fue el hombre del traje color castaño quien atacó a la enfermera, se diera a la fuga en la estación de Lewes, saltando a las vías, para luego darse la vuelta y encaramarse a cerrar la ventana? Quiero decir que no tenía ningún motivo para hacerlo.

—¿Cómo lo sabes? —le preguntó Louisa, interesada a su pesar.

—Lo ponía en el artículo del periódico sobre la investigación. Cuando llegaron los empleados del ferrocarril, las dos ventanas estaban cerradas.

—Ah —En realidad, no sabía qué conclusión sacar de todo eso. Nancy se encogió de hombros y volvió la atención a su cuaderno. Los campos y los arbustos pasaban a toda velocidad ante la ventana.

—¿Falta mucho? —preguntó Pamela, aburrida de intentar contar animales.

—Ya no queda mucho —contestó el aya Blor—. La próxima parada es Polegate, y después Bexhill, Hastings y por último Saint Leonards, y ya habremos llegado. Si os portáis bien y no alborotáis hasta entonces, le pediré a Rosa que os ponga un bollo de crema para merendar.

109

15

Durante los días siguientes, el aya Blor y Nancy se dedicaron a custodiar alegremente a sus protegidos durante su estancia en la costa. Vestidos con jerséis de lana y trajes de algodón, los niños paseaban por la playa cada mañana, con Decca y Unity deteniéndose a menudo para mirar debajo de las piedras, y Diana y Tom encabezando la marcha como soldados. Nancy pasó muchos minutos agónicos observando a criaturas misteriosas dentro de estanques en la roca, que huían serpenteando de su red durante sus infructuosos intentos por atraparlas.

Louisa vio cómo su propia piel, pálida y fina, adoptaba un tono saludable gracias al viento y al sol, por no mencionar los pastelillos de brandy en forma de rulos que tanto le gustaba repartir a Rosa. Esta y el aya resultaban gratamente reconocibles como gemelas, ambas con el mismo cabello largo, canoso e hirsuto recogido en un moño, y la figura tranquilizadora de Rosa en clara armonía con el rotundo torso del aya.

Mientras que el aya consideraba que su deber consistía en mostrar mano firme, aunque justa, con los niños, Rosa se regodeaba dejando fluir un torrente de sentimientos afectuosos, y les daba un beso a cada uno siempre que llegaban con sus jerséis húmedos que soltaban vapor en el ambiente cálido del café, que, a pesar de estar lleno a todas horas, de alguna manera siempre tenía una mesa para ellos, sobre la que al instante se dejaba una tetera humeante. Saltaba a la vista que Rosa extrañaba a sus dos hijas, Elsie y Doris, quienes solo eran un poco mayores que Nancy y se habían marchado a trabajar como doncellas en una casa grande cerca de Weston-super-Mare.

Lejos de las restricciones de Asthall Manor, a Louisa le resultaba más sencillo hablar con Nancy, y se produjeron varias ocasiones en las que encontraron excusas para pasear juntas, ya fuera para enviar una carta o para comprar un botón con el que reemplazar el que se cayera del abrigo de Diana. A Louisa le gustaba pensar que, aunque el abrigo de Nancy era de una lana más fina y tenía mejor corte que el suyo, ambas tenían una altura y un tipo similares, y que cualquiera que pasara junto a ellas supondría que se trataba de dos jóvenes amigas que paseaban juntas.

Nancy se colgó de su brazo.

—Gracias por llevarme contigo —dijo, con inusitada cortesía—. Necesitaba salir un rato. Las niñas me estaban sacando de mis casillas.

La frase sonaba demasiado adulta para su primoroso rostro, y Louisa no pudo evitar que se le escapara una sonrisa.

—No hay de qué, señorita Nancy.

—Pero no me llames señorita, Lou-Lou. Suena demasiado formal. Llámame Nancy, te lo pido.

—Más me vale que el aya Blor no me oiga haciéndolo.

—Muy bien, pues entonces que sea solo cuando estemos las dos solas. Y ahora, ¿hacia dónde vamos?

Louisa titubeó. En el fondo no tenía ninguna intención de ir a la oficina postal; lo único que quería era un poco de aire fresco. Últimamente la acosaban los recuerdos de su pasado, y un temor oscuro y generalizado hacia Stephen. Estar cerca de Hastings no la había ayudado mucho, dadas las conexiones de este con la ciudad, aunque estaba bastante segura de que ya habría vuelto a Londres, donde tenía una cama gratis garantizada bajo el techo de su madre. Por lo tanto, ya no era posible que pudiera descubrir que se hallaba en Saint Leonards en ese momento. Y además, a medida que se iba sintiendo más cómoda con los Mitford, sobre todo con Nancy, fue descubriendo que le apetecía contar más cosas sobre sí misma. La cuestión era saber cuánto podía contar.

111

Aquella mañana, Louisa había oído a Rosa y al aya Blor mientras hablaban de su madre, algo que la había puesto nostálgica hasta las náuseas. La invadió un profundo dolor ante la añoranza de su madre, y el hecho de que le diera demasiado miedo volver a casa para verla, por si Stephen estaba allí, la impulsó a preguntar al aya si podía ir a la oficina postal por un motivo de cierta urgencia.

—Ah, sí. Por aquí. Creo que la oficina postal está al final de esa calle —dijo, tras lo que hizo una pausa—, Nancy.

Nancy soltó una risita. Louisa observó a la muchacha que estaba a su lado, a quien supuestamente debía cuidar, a pesar de que poseyera una agudeza muy poco propia de una chiquilla. No vestía a la moda y saltaba a la vista que muchas de sus ropas se habían confeccionado en casa —lord Redesdale no era un hombre que se planteara pagar los honorarios de una modista a sus hijas—, pero resultaba innegable para cualquiera que la viera que pertenecía a la clase alta.

Louisa enderezó la espalda y alzó la barbilla. Sin embargo, le temblaron los labios al hacerlo, y sin apenas darse cuenta, el dolor que escondían desbordó sus ojos y las lágrimas inundaron sus mejillas.

—¿Lou-Lou? —dijo Nancy—. ¿Qué te pasa? Cuéntame qué problema tienes.

—No puedo decírtelo —respondió Louisa hipando y secándose la cara con las manos—. Son muchas cosas. Echo de menos a mi madre —continuó, a la vez que la azotaba una nueva oleada de tristeza.

—Creo que tienes suerte. Yo estoy deseando perderla de vista —repuso Nancy.

—Sí. —Louisa intentó esbozar una sonrisa, ahuyentar la sombra oscura del miedo que amenazaba con engullirla. El sol se alzaba en el cielo, pero la primavera no había logrado desterrar del todo al invierno de sus vacaciones a la orilla del mar. No les quedaba mucho tiempo antes de que el aya empezara a preguntarse dónde estaban, aunque a Nancy no le preocupaba demasiado atenerse a ningún horario—. Hay algo más —añadió con timidez.

—¿El qué?

—A veces tengo miedo de que alguien venga a la casa para llevarme lejos —dijo Louisa, a la vez que se preguntaba cuánto podía revelar al respecto.

—Cielos, suena de lo más emocionante —contestó Nancy—. ¿De quién se trata?

—De mi tío, el hermano de mi padre. Verás, el motivo por el que tenía un aspecto tan terrible y no llevaba nada conmigo el día que llegué a vuestra casa es porque estaba huyendo de él. Se había quedado con la carta que me escribió la señora Windsor y trató de ocultármela.

Nancy enarcó una ceja.

—Supongo que eso explica muchas cosas.

—La cuestión es que no consigo dejar de pensar que va a intentar encontrarme.

—¿Hay alguna manera de que obtenga la dirección?

—Creo que no. No le he dicho a Ma dónde estoy, y tampoco lo sabe nadie más.

—Entonces no tienes por qué preocuparte —dijo Nancy, con la sencilla fe de un niño.

—Es posible que no —convino Louisa, y aunque sabía que Nancy no lo entendía en realidad, se sintió más ligera y menos sola.

Siguieron caminando en silencio algunos minutos más.

—¿Tienes novio, Lou-Lou? —le preguntó Nancy, sin venir a cuento.

—¿Cómo? —dijo Louisa—. No, por supuesto que no. —Sin embargo, pensó en Guy al hacerlo, y se preguntó si no acababa de sentir un cosquilleo en el estómago.

Nancy lanzó un suspiro.

—Yo tampoco. Salvo por el señor Chopper, claro.

—¿El señor Chopper?

—Es el ayudante del señor Bateman, el arquitecto de Papu. Es terriblemente serio y no lograría que me dedicase una mirada ni aunque me pusiera a bailar una giga junto al fuego. Suele venir a la hora del té a mostrar los planos y rechaza cualquier distracción. Será porque está enamorado, ¿verdad? —Nancy puso los ojos en blanco y Louisa la imitó, tras lo que ambas se echaron a reír—. De todos modos, Papu dice que hay escasez de

113

hombres. Tal vez no nos casemos nunca, y seamos las «mujeres sobrantes» de quienes siempre se preocupan en los periódicos. Nos pondremos medias gruesas de lana y anteojos, y cultivaremos verduras en nuestro propio huerto. Podremos pasarnos el día entero leyendo y no arreglarnos nunca para cenar, como las hermanas O'Malley.

—Tal vez —respondió Louisa, sonriendo. Lo cierto era que no sonaba nada mal.

114

16

*D*urante su cuarta tarde, la expedición de los Mitford emprendió una rápida retirada de vuelta al café desde la playa al ver que el cielo se oscurecía y amenazaba tormenta. Cuando las primeras gotas gruesas golpearon el suelo, las chicas y Tom, junto con el aya y Louisa, se apiñaron en torno a una mesa encajada en un rincón junto a la ventana, y discutieron con buen humor acerca de qué tarta pedir. Louisa alzó la vista por causalidad y vio a Guy Sullivan entrando en el café.

El pánico se apoderó de ella. ¿Qué hacía él allí? Antes de que pudiera seguir mirando, se dio cuenta de que Nancy había seguido la trayectoria de sus ojos y también miraba al elegante policía, que sujetaba su sombrero bajo el brazo izquierdo. Se percató de que entornaba levemente los ojos mientras se acercaba a Rosa, quien se secaba las manos en el delantal con una sonrisa, tras el mostrador donde se exhibían las mejores tartas del día.

—¿Cómo puedo servirle, caballero? —le preguntó ella.

—Buenas tardes, señora —la saludó él educadamente—. Estoy buscando a Rosa Peal.

—Pues no busque más —respondió, sonriendo todavía—, porque soy yo.

—Ah —dijo Guy—. Necesito hablar con usted acerca de la señorita Florence Shore.

La sonrisa se esfumó del rostro de Rosa.

—Pobrecilla. Sigo rezando por ella todas las noches. Lo que le sucedió es algo terrible. Pero no sé cómo podría ayudarle.

Guy echó un vistazo a la sala.

—Tal vez será mejor que hablemos en algún lugar más reservado —sugirió, advirtiendo las cabezas vueltas y el silencio que se había hecho entre las atestadas mesas que los rodeaban.

—Aquí no lo hay —dijo Rosa—. Y además, no tengo nada que temer. Dígame qué puedo hacer por usted. Pero antes deje que le traiga una taza de té y algo para picar.

Guy intentó protestar, pero ella no le hizo caso, y antes de que pudiera estar seguro de lo que había pasado, se encontró sentado a una mesa tras haberse comido la mayor parte de un bollo que había llegado con la mermelada de frambuesa más abundante y la nata cuajada más espesa que hubiera podido soñar. Absorto en la tarea de comérselo lo más rápido posible, a la vez que deseaba prolongar el placer, no vio a Louisa, quien se hallaba acuciada por un tremendo pánico.

¿Y si mencionaba algún detalle de cómo la había conocido, despeinada y derrumbada en las vías? ¿O el hecho de que no llevara ningún dinero encima para desplazarse hasta su entrevista de trabajo? Nada de aquello la dejaría en buen lugar. Estaba atrapada. Mientras él siguiera estando en el café, debía permanecer en su silla, por suerte en la esquina opuesta, desde la que estaba bastante segura de que no podría verla.

—Bien, ¿qué es lo que quiere saber? —le preguntó Rosa, al tiempo que se sentaba en una silla delante de él, con su propia taza de té.

Guy, con la boca llena y migajas en las comisuras, trató de adoptar una pose profesional a toda prisa. Sacó su cuaderno y un lápiz.

—Gracias, señora Peal. Verá, la investigación ha llegado a un punto muerto, así que he pensado en recopilar más datos sobre la señorita Shore. Según tengo entendido, el 12 de enero de este año se disponía a visitarla a usted.

—Sí, así es —afirmó Rosa—. Fue un golpe terrible. Venía en el tren de las 15.20 desde Londres, de modo que sabía que llegaría sobre las 17.30. Me acerqué a la estación de Saint Leonards a esa hora para recibirla, pero me dijeron que el tren se había detenido en Hastings. Una mujer, que iba a reunirse con otra persona que venía en el mismo tren, me dijo que pensaba tomar un taxi hasta allí y tuvo la gentileza de ofrecerse a compartirlo. Cuando llegamos, había una confusión enorme, y aunque ignoraba de qué se trataba, en ningún momento pensé que pudiera estar relacionado con Flo. —Hizo una pausa y respiró hondo, visiblemente conmovida por el recuerdo.

—Continúe —dijo Guy.

—Vi que se llevaban a una mujer en una camilla, cuando de pronto me fijé en que era Flo. Sin embargo, no pude hacer nada, ya que la metieron en una ambulancia y la mandaron directa al hospital.

—¿Fue usted al hospital a verla?

—No, no pude. Había ido a pie, me faltaba un poco el aliento, y se la llevaron con tantas prisas... Sabía que su buena amiga Mabel estaría allí tan pronto como pudiera, de modo que me fui a casa. En realidad, pensé que no podría hacer nada por ella.

—Sí, tenía usted razón —convino Guy con tono comprensivo.

—Fui a verla al hospital un día o dos más tarde, pero, por supuesto, no sirvió de nada; no llegó a recuperar el sentido. El velatorio se hizo aquí, claro, antes de que transportaran su cadáver a Londres para el funeral. Oh, fue todo tan triste. Con todas las cosas buenas que había hecho esa mujer, que tuviera que acabar así su vida... —Rosa extrajo un pañuelo un poco sucio del bolsillo de su delantal y se dio unos toques con él en los ojos.

—¿Cómo conoció a la señorita Shore? —le preguntó Guy, sosteniendo aún el lápiz.

—Las dos fuimos enfermeras antes de la guerra. Trabajábamos en el hospital de Saint Thomas. Yo era algunos años más joven que ella, y cuidaba de mí. Era una enfermera estupenda, y de lo más valiente. ¿Sabe que estuvo en China en su juventud? No hay mucha gente que pueda decir lo mismo. Yo misma no he llegado más allá de Dieppe, y fue suficiente para mí. En el continente no se puede tomar una buena taza de té. —Exhaló por la nariz, exactamente igual que lo hacía su hermana gemela—. Me parece que su agua no es buena.

Guy volvió a encarrilar la cuestión.

—¿Durante cuánto tiempo trabajaron juntas?

—Durante un año, creo. Yo no era muy buena enfermera. Era feliz charlando con los enfermos y arropándolos, pero a veces resultaba más duro que eso, y no me gusta mucho la sangre, ¿sabe usted? Me marea un poco. Conocí a mi marido y eso fue todo. Nos mudamos aquí y abrimos este negocio.

—¿Mantuvo el contacto con su amiga?

—Oh, sí, era una fantástica escritora de cartas. Y a veces le gustaba venir y quedarse aquí unos días. Paseaba playa arriba y playa abajo durante muchas millas.

—¿Siempre venía sola?

—Sí —confirmó Rosa—. Excepto en una ocasión, en la que vino con su amiga Mabel. Una mujer agradable, pero me resultó un poco difícil atenderlas a las dos a la vez, de modo que no volvió a venir.

—¿Sabe usted si se relacionaba con algún caballero?

—Florence era bastante reservada, la verdad —dijo Rosa—. Creo que había alguien a quien le tenía mucho cariño. Nunca llegó a hablarme de él, pero de vez en cuando mencionaba a una persona de temperamento artístico de quien tenía muy buena opinión. No estoy segura de si se trataba de un amigo especial o no. ¿Le sirve esto de algo?

—Sí, señora Peal, me resulta muy útil —respondió Guy, tratando de convencerse a sí mismo. Ahora que estaba allí, no tenía muy claro lo que pretendía encontrar.

—Hum, bien. ¿Sabe qué es lo más curioso? Ella solía mandarme cartas desde donde estaba destinada durante la guerra. Una vez estuvo en Ypres, cuando se dio cuenta de que el oficial de transporte del regimiento era David Mitford (quien ahora es lord Redesdale), y recordó que mi hermana gemela servía de niñera de los Mitford. Flo me escribió para que les dijera que estaba sano y salvo. Fue tan amable por su parte. En fin, lo curioso es que mi hermana ha venido a pasar unos días. ¿No le parece una coincidencia?

—Sí —contestó Guy, perplejo. No estaba seguro de cuál era la conexión, si es que la había, pero el nombre que había mencionado le sonaba de algo que no podía recordar. Entonces vio que Rosa hacía señas a una mesa del rincón, en la que había un número elevado de niños junto a otra mujer que se parecía mucho a ella.

También había otra joven que de alguna manera le resultaba familiar. Le echó una ojeada, aunque era difícil, puesto que no dejaba de mirar por la ventana, sin apartar la vista de lo que hubiera ahí afuera —¿la farola, quizá?—. Él era incapaz de ver nada.

En ese momento ella alzó la cabeza, como si hubiera percibido su mirada, y su corazón se aceleró al darse cuenta de quién era: la señorita Louisa Cannon. Debía de haber conseguido el trabajo. ¡Redesdale! Guy se concedió un instante para felicitarse por recordar el detalle; el hecho de hacerlo le pareció muy propio de un policía.

Antes de que pudiera detenerla, Rosa se había puesto en pie y se encaminaba hacia la mesa para hablar con su hermana. Vio que Louisa trataba de mostrarse ocupada con las más pequeñas al principio, aunque luego, tal vez, había comprendido que era inútil intentar esconderse. Entonces levantó la vista, volvió la cabeza y sus ojos castaños se encontraron con los suyos. Guy le dedicó una sonrisa, que ella le devolvió después de haberla analizado y estar segura de ella. En todo caso, esperaba que hubiera sido una sonrisa, aunque nunca se podía estar seguro. Se quitó los anteojos y los limpió.

Rosa estaba ya en la mesa, hablando con su hermana, explicándole que el joven policía había venido a hacer unas preguntas sobre Flo, aunque Dios sabía por qué, ya que ella no sabía nada. El aya Blor emitió un cloqueo de entendimiento como respuesta.

—¿Cómo? —dijo Nancy—. ¿Ese policía está investigando el asesinato? Quiero hablar con él, aya. Deja que hable con él.

—Pero ¿por qué, querida? —preguntó el aya.

—Por todas las pruebas que reuní en el tren, debo informarle de todas.

—Dudo mucho de que debas hacer eso. Estoy segura de que tiene cosas mucho más importantes en las que pensar.

—Puede que sí deba hablar con él, aya —apuntó Louisa. El aya la miró con asombro—. Bueno, es que... ¿no se supone que la policía tiene que inspeccionarlo todo? Puede que la señorita Nancy haya encontrado algo que ellos no vieran.

—No estoy de acuerdo, pero si tantas ganas tienes de hablar con él, adelante.

El aya soltó un resoplido y empezó a frotar la cara de Unity con su pañuelo, para gran disgusto de esta. Rosa ya le había indicado a Guy Sullivan que se acercara a la mesa con un gesto.

—Le presento a la señorita Nancy Mitford —le dijo al llegar—. Le gustaría hablar con usted. Si no les importa, será mejor que siga atendiendo a mis clientes.

El aya se levantó de la mesa y le lanzó una mirada rápida a Guy.

—Voy a subir a los demás —anunció—. Pero vosotras no tardéis en volver. Es la hora del baño. —Lo último iba dirigido a Louisa, quien se sonrojó.

—Hola, señorita Cannon —dijo Guy—. ¿Me permiten que me siente?

Louisa, azorada, no respondió nada, pero señaló una silla. Nancy tuvo la bondad de no contemplar aquella escena con la boca abierta. Louisa trató de dirigirle una mirada que garantizara su solidaridad y discreción, y lo logró.

Nancy fue la primera en hablar.

—¿Os conocéis? —preguntó.

Louisa se aseguró de contestar antes de que lo hiciera Guy.

—En realidad no nos conocemos. El señor Sullivan me ayudó a subir al tren que debía tomar para entrevistarme con lady Redesdale, y hablamos un poco. —Volvió la mirada hacia Guy, esperando parecer calmada, aunque por dentro se sentía cualquier cosa menos eso. Era como si todo su futuro dependiera de su respuesta—. ¿Cómo podemos ayudarle, señor Sullivan?

Guy lo entendió en el acto. De hecho, Louisa no tenía que haberse preocupado ni un ápice. Él acercó la silla un poco más a la mesa.

—Me alegro de verla, señorita Cannon —sonrió—. Cuénteme cómo se encuentra, se lo ruego.

17

*L*ouisa y Guy se sentaron en un banco con vistas al mar. Entre ellos había una bolsa de patatas fritas calientes, cubiertas de sal y aderezadas con el fuerte sabor del vinagre. Louisa pensó que la combinación con el aire fresco que le acariciaba la cara resultaba una sensación perfecta. Se concedió un breve momento para no pensar en nada más mientras se lamía la sal de los dedos.

Louisa había sido excusada de sus tareas con las niñas durante una hora. Pensó en pasear sola por la playa, pero cuando salió del salón de té de Rosa, le alegró ver a Guy esperándola fuera. No llevaba puesto su uniforme, por lo que casi no lo había reconocido con su largo abrigo castaño y una gorra bien calada sobre la frente. Tenía las manos dentro de los bolsillos, tratando de calentarlas. Había pasado bastante tiempo a la intemperie.

—Pensé que tendría que salir a la calle en algún momento —le confesó—, aunque no me atreví a esperar que estuviera sola. ¿Le gustaría pasear conmigo?

A Louisa, desprevenida, no se le ocurrió ninguna excusa para no hacerlo, de modo que asintió.

—Pero solo tengo una hora —le informó—. Y estoy hambrienta, aunque no debiera. Creo que es por este aire marino.

—Vayamos a por patatas entonces —respondió Guy, riendo, y caminaron uno al lado del otro encogidos frente a la recia brisa marina hasta el restaurante Wharton's, especializado en patatas y pescado, y que según le aseguró él, era el mejor de la ciudad de acuerdo con sus fuentes. Guy sintió que su pecho se henchía a cada paso que daba. Observó a Louisa aferrando su sombrero con su mano enguantada, siguió con la mirada las zancadas cortas de sus botines bien atados, y deseó poder ofrecerle su brazo para que se apoyara en él, pero sabía que aún no había llegado el momento. Paciencia, se dijo, un poco más de paciencia.

Una vez en el banco, frente al mar de color gris acerado, la marejada visible y terrorífica con las olas que rompían rítmicamente contra las rocas, comenzó a hablarle de Florence Shore. El día anterior, Guy no había comentado gran cosa del caso de lo contento que se había puesto de ver a Louisa, cosa que había decepcionado bastante a Nancy. Aliviada por no tener que hablar de sí misma, Louisa le tiraba de la lengua haciéndole preguntas.

—¿Cómo cree que era? —le preguntó ella, después de que él le contara que la investigación se había detenido a causa de la falta del arma homicida y de testigos. El «hombre del traje color castaño» parecía haberse esfumado en el aire. El guarda del tren había visto bajar a alguien del vagón de cola en Lewes, pero no sabía si venía del compartimento de la mujer asesinada, y había estado demasiado oscuro para distinguir sus ropas o su cara.

122 —Eso es lo que estoy tratando de averiguar —contestó Guy—. No sé si servirá de algo, pero pensé que si podía hablar con la gente que la había conocido, tal vez podría descubrir un motivo por el que alguien quisiera matarla.

—Puede que no hubiera ningún motivo. Quizá no fue más que un golpe de mala suerte que la llevó al mismo compartimento al que entró un atracador.

—Pero si solo hubieran querido atracarla, podían haberlo hecho fácilmente y huir en la siguiente parada, no había ninguna necesidad de emplear tanta violencia. Era casi una anciana; no se habría defendido si alguien le hubiera arrebatado las joyas y el dinero. Y el doctor Spilsbury, el forense, declaró que no había señales de lucha. Creo que eso indica que conocía a la persona que la atacó.

Louisa se reclinó sobre el banco y se dedicó a pensar en ello durante un momento. Poseer la fuerza física para defenderse no siempre equivalía a que pudieras hacerlo. El miedo o la vergüenza podían atar las manos con tanta fuerza como una cuerda. Incluso si se conocía a la persona que te amenazaba, o precisamente por conocerla.

—¿Qué hay de los hombres que la encontraron en el tren? ¿No pudo haber sido uno de ellos?

—Pudo ser —dijo Guy—, pero ninguno de ellos tenía la ropa manchada de sangre. No parece posible que se pueda golpear a alguien con tanta fuerza sin que la sangre lo salpique a uno. Al fin y al cabo, había sangre en el suelo y en la pared del compartimento. Por otra parte, en lugar de darse a la fuga, dieron aviso a los guardas al llegar a Bexhill. Cuando entraron, no se percataron de que estaba moribunda porque el agresor la había colocado en posición recta, de forma que pareciera que estaba leyendo. ¿Por qué motivo iba a hacer eso un atracador? He estado dándole vueltas y más vueltas a la cabeza.

—Tal vez sí que pretendían asesinarla —sugirió ella—, pero se les acabó el tiempo. Puede que quisieran asegurarse de que nadie descubriera que estaba herida demasiado pronto, para que muriera antes de que pudieran llevarla al hospital.

Guy se echó hacia atrás para mirarla con admiración.

—Creo que tiene usted razón. Alguien quería matarla, y era alguien a quien conocía.

Ambos reflexionaron sobre aquello en silencio.

—Entonces, ¿por qué ha hablado con la señora Peal? Ella no pudo haberlo hecho —dijo Louisa.

—No, pero la señorita Shore se dirigía a visitarla. Para empezar, la señora Peal sabía que iba en ese tren. Y la conocía bien.

—Es imposible que fuera ella. No sería capaz de matar una mosca —arguyó Louisa.

—No estoy acusando a la señora Peal de nada —respondió Guy, que había vuelto a adoptar una actitud policial, cuidándose bien de no hacer declaraciones difamatorias—. Simplemente pensé que podría contarme algunas cosas sobre la señorita Shore. Eso es todo.

A lo largo de la investigación, Guy se había formado una idea bastante clara de la señorita Florence Nightingale Shore: una mujer educada, de clase media, valiente, seria y diligente. Fue una enfermera respetada durante la guerra, llena de compasión por los soldados a los que atendía, de quienes seguía cuidando en los hospitales de campaña cuando el bombardeo que se desarrollaba en el exterior habría empujado a muchos a correr en busca de un refugio más seguro. Además, se había ganado cierta reputación por tratar a los soldados indios y negros de las colonias con la misma prioridad y el mismo respeto que a los oficiales británicos. Nunca se casó, aunque la señora Peal había aludido a un artista, un posible amigo especial, cuya identidad desconocía por el momento.

En los últimos años, y a causa de la guerra, la señorita Shore había podido volver a Inglaterra en contadas ocasiones cuando estaba de permiso, pero las amistades que tenía se mantuvieron intactas gracias a su correspondencia aparentemente infatigable. Por ejemplo, estaba la tía, una baronesa, con la que pasó su último día, justo antes de morir. Dicha tía ya había prestado declaración, pero Guy pensó que podía probar a entrevistarla él mismo, aunque, como tuvo que admitir, no le resultó fácil obtener el permiso de su superintendente. Para Jarvis, el caso estaba cerrado, y ocuparse de él equivalía a perder un tiempo que podía aprovechar mejor revisando las cajas de señales.

—Pensaba más en los demás que en sí misma, ¿verdad? —dijo Louisa—. No tenía por qué haber mandado esas cartas sobre lord Redesdale desde Ypres, pero lo hizo, lo que según el aya Blor fue un gran consuelo para lady Redesdale.

—¿Escribió a lady Redesdale directamente?

—Me parece que no —contestó Louisa—. Creo que solo escribió a la señora Peal, quien a su vez transmitía las noticias.

Una gaviota graznó en el cielo y arrancó a Louisa de su ensueño. Se incorporó de inmediato, sobresaltada. Ya habría pasado una hora; debía regresar antes de que el aya Blor se preocupara.

Sin pensar, Guy le tomó una mano entre las suyas.

—¿Puedo volver a verla? —le preguntó—. ¿Le apetecería dar otro paseo mañana?

Louisa apartó la mano.

—No sé. No estoy segura de si tendré tiempo. Tengo que irme. —Se puso en pie y dio un paso atrás—. Gracias por las patatas —dijo con una breve sonrisa, antes de darse media vuelta y alejarse de él por el paseo marítimo, mientras la gaviota seguía emitiendo sus graznidos que sonaban a advertencia.

18

$\mathcal{A}$ntes de regresar a Londres, Guy decidió pasarse por el hospital de East Sussex, ubicado a corta distancia de la playa, el mismo en el que ingresaron a Florence y donde murió más tarde. La cirujana residente y el médico que la atendieron habían sido entrevistados muy brevemente durante la investigación, y se preguntaba si no tendrían algo más que decir.

No obstante, cuando llegó a White Road Street, donde se alzaba el hospital victoriano, inmenso y claramente necesitado de reparaciones, la cirujana residente tenía el día libre y el médico estaba pasando consulta a los pacientes. Por suerte, llevaba puesto el uniforme y la enfermera con la que habló se mostró ansiosa por responder a sus preguntas. Además mandó a un mozo al domicilio de la doctora Bertha Beattie, que volvió con el mensaje de que se reuniría con él en la cafetería que había al otro lado de la calle.

La cita tuvo lugar a las cuatro de la tarde, y el aire húmedo del mar se colaba cada vez que alguien abría la puerta, de modo que Guy pudo darse cuenta de la formidable entrada de la doctora en cuanto traspasó el umbral. Era una mujer bien parecida, de aspecto eficiente, como si vistiera una bata blanca bajo su estola de piel. Tras divisar el sombrero de policía de Guy, se acercó a él directamente.

—¿Señor Sullivan? —se aseguró antes de tomar asiento.

Guy se puso en pie con torpeza, al tiempo que ella se sentaba en la silla, que entonces parecía frágil y delicada.

—Sí. Muchas gracias por venir, señora Beattie.

—Doctora Beattie.

—Ah, sí, desde luego —farfulló Guy.

La doctora Beattie pidió un té y un bollo, y luego se volvió para mirarlo.

—¿En qué puedo ayudarle? Como bien sabrá, ya hice una declaración durante la investigación.

Guy le explicó que, en ocasiones, un pequeño detalle, por insignificante que pareciera, podía resultar muy importante. Estaba decidido a resolver el caso, así que, ¿sería posible intentarlo al menos? La doctora asintió, como si dijera «Adelante». Por encima de todo, continuó él, a falta de testigos o de un arma, estaba tratando de hallar un motivo para la agresión. Aunque se había robado cierta cantidad de dinero y algunas joyas, aquello no parecía justificar un ataque violento cuya intención no podía haber sido otra más que la de provocarle la muerte.

—¿Le importaría repasar los detalles acerca del estado de la señorita Shore cuando la ingresaron en el hospital? Después de todo, usted fue la primera persona que la examinó a su llegada.

—Estaba semiconsciente cuando la trajeron —repuso la doctora con tono intenso. No resultaba difícil imaginarla con un escalpelo en la mano—. Le hablé pero no respondió.

—¿Su estado varió con rapidez?

—En efecto. Por la tarde se encontraba totalmente inconsciente. La recibimos antes de las seis y no llegó a recuperar el conocimiento.

—¿Qué aspecto tenía cuando llegó?

—En cuanto a las cosas fuera de lo común, me fijé en que la falda de *tweed* estaba rota y había un desgarrón en la pernera derecha de su ropa interior, así como en la bufanda.

—¿Sería posible que se hubieran producido mientras la transportaban del tren a la camilla? —preguntó Guy.

—Lo dudo. Por supuesto, fuimos muy cuidadosos: sabíamos que sus ropas serían parte de las pruebas. No obstante, si lo que busca es una explicación, me temo que no puedo ayudarle.

—¿Podrían haberse desgarrado durante un forcejeo?

—Es probable que sí, aunque también podría ser que hubieran estado rotas antes de subir al tren. Es imposible saberlo con seguridad.

—¿Había heridas en su cuerpo? —dijo Guy, azorado por el mero hecho de aludir al examen de la señorita Shore por debajo de sus ropas.

—No.

—¿Cosa que, según opina usted, indica que no se resistió? —sugirió Guy.

—Yo no opino nada, señor Sullivan. No soy forense, sino cirujana residente.

En vista de sus escasas posibilidades de hacerla entrar en el terreno de la especulación, Guy probó con una táctica distinta:

—¿Recibió muchas visitas durante el tiempo que permaneció con vida en el hospital?

—No estuve presente en todo momento, pero, según tengo entendido, su amiga la señorita Rogers no se apartó de su lado. Creo que también vinieron algunas amistades de la zona. No fueron muchos, pero no estaba tan abandonada como otros pacientes a los que he visto.

—Estoy seguro de que habrá visto muchas cosas a lo largo de su carrera, doctora —observó Guy con cautela.

Ella asintió.

—¿Cree que conocía a su agresor?

La doctora Beattie reflexionó acerca de la pregunta de Guy durante un rato, pero cuando respondió lo hizo sin vacilar.

—Me gustaría poder darle una respuesta concluyente, pero lo cierto es que no lo sabemos. No parece que hubiera mucho forcejeo, pero si se debió a que el agresor la atacó con presteza o a que ella sabía quién era él, soy completamente incapaz de decírselo.

—¿Él? —repitió Guy—. ¿Está segura de que fue un hombre quien la atacó?

—No quisiera pronunciarme de manera absoluta al respecto, aunque parece poco probable que una mujer pudiera infligir unas lesiones tan graves.

La doctora Beattie se terminó el bollo y se dio unos pulcros golpecitos en los labios con una servilleta que sacó de su bolsillo.

—Gracias —le dijo Guy—. Le agradezco que haya aceptado reunirse conmigo. Sé que es su día libre.

Hasta ahí llegaron sus pesquisas.

127

19

—*H*a sido otra niña. —Lord Redesdale le transmitió la noticia al aya Blor con voz monótona a través del teléfono.

—¡Claro! ¡Muy gracioso, señor! —respondió el aya, riendo a carcajadas.

—¿De qué habla? —preguntó él, airado—. ¡Es una niña! ¡Una niña, maldita sea!

El aya se calló al instante.

128   —Perdone, señor. Pensaba que se trataba de una inocentada —dijo—. Pero, desde luego, es una noticia magnífica. ¿Cómo se llamará la pequeña?

—Aún no lo sabemos. No habíamos pensado ningún nombre. Por el amor de Dios, si ya hemos gastado todos los nombres de mujer.

—Sí, señor —convino el aya, siempre en el ojo del huracán—. ¿Y cómo se encuentra la señora?

—Está bien. Tiene que guardar reposo durante dos semanas, por prescripción facultativa. Creo que deberían volver todos a casa. El domingo comienza la Pascua. Supongo que la animará tener a los niños de vuelta.

—Por supuesto, señor. Tomaremos el tren esta misma tarde. Despacharé un telegrama antes de salir para que nos recoja el señor Hooper.

—De acuerdo. —El teléfono emitió un chasquido.

El aya estaba de pie en el salón de té; el teléfono se encontraba en un lugar de honor junto a la caja. Eso quería decir que no existían las conversaciones telefónicas privadas, puesto que Rosa no creía en los secretos —por lo menos en lo referente a sus clientes, a los que podía cobrar medio chelín por utilizarlo—. Tampoco es que ganara mucho dinero con él; pocos de sus clientes conocían a alguien que tuviera teléfono a quien pudieran llamar.

El resto de la mañana transcurrió en una vorágine de maletas y limpieza. Tom y las chicas fingieron enfurecerse por tener que separarse de la señora Peal y sus tartas de nata, pero fue una actuación mediocre. Les encantaba pasar la Pascua en casa, con las campanas de la iglesia que tañían durante toda la mañana y la búsqueda de los huevos de Pascua que les hacía cubrir cada pulgada del jardín y hasta del cementerio al otro lado del muro.

Ahora que sabían que se trataba de otra niña, la noticia del nacimiento no suscitó mayores comentarios. Ni siquiera Nancy pudo hacer más que lanzar un suspiro teatral, que le valió un gesto de reproche del aya.

Guy había vuelto a Londres después de entrevistarse con la doctora y le había mandado un breve mensaje a Louisa, en el que le decía que, si bien no quería robarle su tiempo, ella podría encontrarle fácilmente en la dirección de su casa, por si en algún momento le apetecía escribirle... Era posible que oyera algo nuevo acerca de la señorita Florence Shore a través de Rosa o del aya Blor que fuera importante, y él no tenía la más mínima intención de abandonar el caso. Al leerlo, Louisa pensó: «Pues ya se ha acabado», y guardó la hoja al final de su libro.

Al llegar a Asthall Manor después de oscurecer, con el estómago todavía lleno tras el enorme paquete de pan con mantequilla y pastelillos con el que los había despedido Rosa entre lágrimas, cambiaron el ambiente del lugar en diez minutos. Se produjo cierta agitación y algarabía cuando las chicas y Tom cayeron sobre la señora Windsor y Ada, su doncella favorita. Hooper, Ada y Louisa subieron el equipaje por las escaleras hasta el cuarto de los niños, con el sonido de fondo de las reprimendas de lord Redesdale a las pequeñas para que no alborotaran, aunque resultaba evidente que lo hacía con bastante alegría.

Lady Redesdale yacía postrada en la cama, atendida por una doncella. Nadie fue a ver al bebé salvo el aya Blor, quien le dio la bienvenida al mundo con un susurro.

El cuarto de los niños solo había pasado una semana cerrado, pero Louisa disfrutó de la sensación de deshacer las maletas y saber a qué lugar correspondía cada cosa. El retorno al que había empezado a considerar como su hogar le había recargado las energías, incluso tras un largo día de viaje.

En la biblioteca, Tom, las chicas y su padre se calentaban delante del fuego. Después del 1 de abril, los radiadores se apagaban y las chimeneas no debían encenderse antes de las tres de la tarde, excepto en el dormitorio de lady Redesdale. En realidad, nadie se quejaba ni pensaba en cambiar la costumbre, aunque estuviera nevando: era la norma de la casa.

Nancy no tardó mucho en obsequiar a su padre con el relato de su semana en Saint Leonards: las noches de dormir como sardinas en lata en las camas del piso de la señora Peal encima del salón de té, el gélido mar, la investigación del asesinato…

—¿La investigación del asesinato? —dijo su padre con tono incisivo—. Explícate, Koko.

—El asesinato de Florence Shore en el tren —respondió Nancy—. ¡El mismo tren que tomamos! El policía que lleva el caso vino a Saint Leonards. Y voy a decirte algo de lo que no te has acordado, mi querido anciano cabeza hueca. Florence Shore era la enfermera que le mandaba cartas a la gemela del aya desde Ypres, para decirnos que seguías con vida.

Lord Redesdale miró a su hija mayor.

—Cielos. Es cierto que escribió esas cartas. Por supuesto, yo no lo sabía en su momento, pero cuando volví a casa tu madre me contó que había recibido noticias de que todo estaba bien. Maldita sea, incluso se enteró de que iba a volver a casa antes que yo. —La sombra de aquellos días oscuros le recorrió el rostro por un instante—. Tienes razón. No había relacionado esas cartas con el nombre de la mujer asesinada. No llegué a conocerla, aunque tenía la reputación de ser muy bondadosa con los heridos. Una interlocutora atenta y amable, decían. Desde luego, los médicos preferían que las enfermeras no se implicaran mucho con los hombres.

—¿Y eso por qué? —preguntó Nancy.

—Era una guerra —le espetó él con brusquedad. Se quedó en silencio un momento, tras el que añadió—: ¿Y qué es lo que hacía ese policía allí?

—Bueno, sabía que la señorita Shore iba de camino a visitar a la señora Peal cuando subió al tren... Ya sabes, cuando la mataron...

—No hay ninguna necesidad de que seas tan sanguinaria.

—No lo soy. Fue a preguntarle a la señora Peal si sabía de algo que pudiera ayudarle a resolver el caso. Era de lo más encantador, Papu, terriblemente alto y apuesto...

—Basta, ya es suficiente. No deberías fijarte en esa clase de cosas.

—Y además —continuó Nancy—, sabía quién era Lou-Lou. Se conocieron cuando ella vino aquí.

—¿Quién demonios es Lou-Lou?

—¡Lou-Lou! ¡Nuestra niñera!

—Ah, ella —dijo Papu, perdiendo el interés.

Louisa se había quedado merodeando junto a la puerta mientras se desarrollaba la conversación, esperando para interrumpirla en el momento justo diciendo a los niños que era la hora de irse a la cama. Se dio cuenta de que lord Redesdale apenas si había reparado en su existencia, pero no se permitió regodearse en la autocompasión: era más importante pararle los pies a Nancy.

Atravesó el umbral de la estancia, que no acostumbraba a recibir a los de su clase más de lo que ella se sentía cómoda al estar ahí.

—Disculpe, señor, pero ha llegado la hora de subir a los niños —dijo.

Lord Redesdale la miró y tosió. Tuvo la decencia de mostrarse un poco avergonzado. Los niños protestaron entre gritos, pero Louisa mostró una firmeza poco habitual en ella, y al cabo de un minuto, todos se habían levantado y subían las escaleras a regañadientes.

Nancy fue la última en salir y caminó al lado de Louisa.

—No pensaba decir nada, ¿sabes? —le aseguró.

—¿Sobre qué? —replicó Louisa, preguntándose si Nancy

131

sería consciente de haber estado a punto de revelar una parte importante de su vida como si no fuera más que un capítulo de un cuento para dormir. ¿Era así como la veían? ¿Como a alguien insignificante, un personaje al que mirar sin comprender?

Fuera cual fuese la verdad, no pensaba decirle a Nancy que había estado a punto de horadar una parte muy frágil y tierna de sí misma; ya conocía bastante a la primogénita de los Mitford como para hacerle saber que estaba en posesión de esa clase de poder. A pesar de su espíritu fundamentalmente leal, lo habría empleado en su contra despiadadamente.

—Bah, solo estaba diciendo tonterías... —La voz de Nancy se fue apagando.

Louisa no respondió y se adelantó para alcanzar a Diana y a Decca. Había tenido la esperanza de que Nancy y ella fueran más parecidas que diferentes, pero tal vez seguía estando sola después de todo.

20

*P*ostrada y aburrida en la cama durante las semanas posteriores al nacimiento de Debo (había costado un tiempo dar con un nombre para el bebé), lady Redesdale había podido hacer poca cosa. Por eso, cuando llegó el mes de mayo, pareció volver a sentirse como ella misma y decidió que le apetecía pasar una parte de la temporada de bailes de sociedad en Londres.

Lord Redesdale, siempre ansioso por ver feliz a su adorada esposa, alquiló una casa en Gloucester Square y toda la familia, incluidas la señora Windsor y la señora Stobie, la cocinera, levantaron el campamento para partir rumbo a Londres, justo a tiempo para asistir a la exposición floral de Chelsea, que marcaba el inicio de dos meses de refinadas fiestas.

Sin embargo, el clima estival prometido aún no había hecho su aparición; el aire era cálido, pero llovía casi todos los días. Hasta el más brillante de los atuendos parecía deslucido cuando le hacía sombra un enorme paraguas negro. Nancy, siempre testaruda, se negó a dejarse decepcionar. Aunque su padre le había recordado duramente que aún no tenía edad para asistir a bailes de ningún tipo, estaba convencida de que la combinación de las fuerzas de la nueva década, la primera temporada alegre de verdad desde el final de la guerra y su propia fuerza de voluntad podrían superar aquel escollo paterno.

Por desgracia, cuando llegaron a Gloucester Square, lady Redesdale decidió asistir únicamente a unas pocas fiestas, y dejó bien claro que no se quedarían allí más de tres semanas. Aunque había echado de menos a ciertas amistades durante los últimos meses de su embarazo, no era en realidad un animal social por naturaleza y, desde luego, no podía esperar que su marido se comportara bien en público por mucho tiempo. Solo era necesario que algún «impertinente» hiciera un comentario fuera de lugar sobre los alemanes o sobre la caza para que todo se fuera al traste.

Los bailes eran lo último en lo que pensaba Louisa. Se había mostrado muy reacia a volver a Londres, por temor a encontrarse con Stephen. Eso significaba que aún no estaba segura de poder visitar a su madre, algo que anhelaba con todas sus fuerzas. Por otro lado, Guy también se hallaba en Londres y era posible que se cruzara con él.

No habían mantenido correspondencia alguna desde Saint Leonards, y aunque era consciente de que debía entregarse en cuerpo y alma a su trabajo, no lograba olvidar su rostro amable y el tacto de su mano cálida sobre la suya.

Por lo menos, en Londres se produjo un ligero cambio en cuanto al reparto de las tareas. El aya Blor se encargaba de las más pequeñas —Debo, Unity y Decca—, mientras que Diana y Pamela eran felices sumándose a los paseos diarios y entreteniéndose solas en el cuarto de los niños de Gloucester Road, el cual incluía la novedad de unos juguetes prestados, como un precioso juego de té de porcelana azul y blanca para las muñecas. Diana adoptaba el papel de gran dama, mientras que Pamela revoloteaba a su alrededor como su doncella, sirviendo una taza de té tras otra, a la vez que su hermana criticaba cómo lo hacía.

A Louisa se le asignó el papel de carabina de Nancy. En realidad, no hubo gran cosa de lo que protegerla; habían ido a dos o tres meriendas con los primos y visitado el Museo de Historia Natural de South Kensington con un antiguo vecino de Nancy, de la época en que la familia había vivido en la High Street de Kensington.

Nancy tenía una envidia tremenda de su amiga Marjorie Murray por ir a una escuela en Queen's Gate.

—Una escuela de verdad, Lou-Lou, ¡imagínate eso! Donde sus cerebros reciben información útil.

—No estoy yo tan segura de eso —repuso Marjorie entre risas, mientras se encorvaban para mirar el perezoso disecado que se exhibía en la vitrina de cristal—. Casi todo son conversaciones en francés e instrucciones furibundas acerca de cómo bailar el vals. Y además, el resto de las chicas no paran de hablar de qué hombres son más deseables y con cuál querrían casarse. No se puede decir que sean unas intelectuales precisamente.

—Qué aburrimiento... —se lamentó Nancy—. No se nos permitirá hacer nada divertido hasta dentro de muchos años. Estaré peinando canas antes de que Papu me deje salir de casa.

—Cierto —convino Marjorie—, aunque de vez en cuando hay algún acto en Londres. De hecho, este jueves hay un baile al que voy a ir. Es por algo benéfico, creo. Ya sabes, de la Cruz Roja. Por los soldados.

Marjorie llevaba puesto un vestido de color rosa rubor, con ribetes rojo oscuro y botones diminutos por todo el pecho. Si bien no podía describirse como el atuendo de una *flapper*, tenía una caída suelta que dejaba ver que no lo sustentaba ningún corsé. Con sus medias blancas y sus zapatos de tacón bajo, Marjorie podía tener solo diecisiete años, pero su sofisticación resultaba evidente para todo el mundo. Louisa sabía que la aburrida falda amarilla de algodón de Nancy nunca podría transmitir lo mismo, aunque esa mañana le hubiera agradado su alegre color.

—Bueno, solo puedo decir que tus padres son unos progresistas —afirmó Nancy.

—Vamos al piso de arriba a mirar las caracolas marinas —propuso Louisa, deseosa de desviar la atención de Nancy, aunque era imposible de convencer.

—Entonces, ¿cualquiera puede comprar una entrada para ese baile? —preguntó Nancy, mientras subían por las enormes escaleras detrás de Louisa.

—Supongo que sí —dijo Marjorie—, dado que todo el dinero va a parar a una buena causa. Mi madrina es una de las organizadoras. En realidad, ese es el único motivo por el que se me permite ir. Mi padre no me deja ir a ningún otro sitio.

Nancy aflojó el paso para que Louisa se adelantara un poco más, y entonces le dijo a su amiga en un susurro:

—¿Puedes comprarme dos entradas? Te daré el dinero. Tengo algo ahorrado de mi último cumpleaños.

135

Marjorie no parecía muy convencida.

—¿Dónde dirás a tus padres que vas?

—No te preocupes por eso, ya se me ocurrirá algo. ¿Lo harás? ¿Me comprarás las entradas?

—Bueno, de acuerdo. Pero no le digas a nadie que fui yo. Si no, me meteré en un buen lío.

—Te lo prometo —dijo Nancy—. ¡Oh, Marjorie! Piénsalo: ¡podría cambiar nuestro futuro!

—Yo no me ilusionaría tanto por unos cuantos bailes con unos vejestorios estirados y unos soldados heridos. Prácticamente no queda nadie para asistir a bailes, ¿sabes? —respondió su amiga, aunque la sonrisa de Nancy era contagiosa, y las dos muchachas subieron el resto de la escalera dando saltitos hasta alcanzar a Louisa.

21

*U*nos días antes del baile, Louisa se levantó temprano como solía hacer cada mañana, tras despertarse con los lloriqueos de la pequeña Debo, pese a que resultaba fácil aplacar a la plácida criatura con un biberón. Se podía oír el avance de los coches en el exterior, los sonidos desconocidos de una ciudad que volvía a la vida, y el sol calentaba los cojines que había junto a la ventana para el momento en que las gachas de las niñas se hubieran enfriado lo suficiente para poder comerlas. Decca se había resistido a que cepillaran su espesa maraña de rizos rubios, e incitó a Unity a trepar por el cuarto de los niños en camisón, mientras que Pamela y Diana se vestían. Nancy seguía durmiendo, y seguramente podría haber continuado así hasta el mediodía, si Louisa no hubiera decidido darle un toque antes.

Lord Redesdale esperaba que sus hijas mayores estuvieran vestidas y preparadas para desayunar antes de las ocho menos cinco, cuando se sentaba a la mesa y miraba su reloj de bolsillo, contando los segundos hasta que llegaba la doncella con su tostada. Con su cabello canoso oscuro y su bigote recortado, mantenía una atmósfera de rigor militar incluso en presencia de los niños. Después del desayuno —cuestión de unos breves diez minutos, si las niñas no metían los dedos en la mantequilla o derramaban la leche sobre el mantel, provocando un estallido de cólera en su progenitor—, lord Redesdale se retiraba a su despacho. El día anterior, Nancy había entrado como una locomotora y, para su regocijo, lo había encontrado tal y como esperaba: en el sillón, con el periódico encima de la cara, y un

137

sonoro ronquido que vibraba entre las páginas. A partir de ese momento, entrar sin llamar quedó estrictamente *verboten*.

Esa mañana, como cualquier otro día, se iría a su club poco antes del mediodía, donde podría tomar un almuerzo ligero y echar una buena cabezada ante el fuego, para volver a casa a la hora del té y dormir una última siesta antes de cambiarse para la cena. Mientras que el entorno urbano le producía sopor, en el campo lord Redesdale habría caminado durante horas en invierno, en compañía de sus perros, y en verano habría pasado sus días pescando felizmente en el río Windrush, que atravesaba su jardín.

Nancy le contó a Louisa que, dos días antes, durante la merienda, su padre había bramado que, en su opinión, las fiestas londinenses estaban llenas de degenerados de la peor calaña, con quienes no tenía ni el más mínimo tema de conversación. A lord Redesdale no le agradaba Londres.

Tampoco le gustaba al aya Blor. Louisa había ido encariñándose cada vez más de la recia mujer, una presencia tranquilizadora como no había conocido otra. Pese a que las arrugas le surcaban la frente, su cabello rojo seguía flameando y su amor por los niños no había menguado nunca. No dejaba de dar vueltas por el cuarto, repartiendo besos e instrucciones firmes en igual medida. Para Louisa estaba muy claro que los niños la querían, puede que incluso más que a su madre, ante quien se mostraban reticentes. En Londres, el aya se quejaba de que el aire estaba viciado por los motores de los automóviles, de que la casa alquilada la obligaba a estar siempre pendiente de que los niños no dejaran huellas pegajosas en los muebles con los dedos, y de que el jardín era demasiado pequeño para las caminatas diarias necesarias. Así pues, cada mañana y cada tarde reunía a los niños para llevarlos a dar un paseo a paso ligero por Kensington Gardens. Louisa sospechaba que, a pesar de todas sus protestas, en el fondo el aya Blor disfrutaba en secreto al empujar el enorme carricoche marca Silver Cross de la pequeña Debo, sabiendo que estaba a la altura de sus presuntuosas colegas de la prestigiosa escuela Norland para niñeras. Sus lujosos uniformes valían menos que su puesto de niñera a cargo de la progenie de un barón.

Por supuesto, la niñera que confesaba trabajar para un conde o un duque provocaba un bufido audible entre sus compañeras, y el comentario de que debía ponerse manos a la obra en lugar de pasarse el día cotorreando.

Fue durante uno de esos paseos, mientras emprendían su ruta habitual ante la estatua de Peter Pan que tanto le gustaba a Pamela —«Qué conejitos tan lindos», suspiraba ella cada vez, tras lo que Nancy siempre hacía una mueca—, cuando volvieron a discutir sobre el caso de Florence Shore. El aya había recibido una carta de Rosa esa misma mañana, que había dado pie a la conversación.

—Últimamente no ha salido nada nuevo en los periódicos, ¿verdad? —preguntó Nancy.

—No que yo sepa —respondió el aya—, y Rosa no ha mencionado nada desde hace algún tiempo. Está al tanto de todo y me lo cuenta.

—Y pensar que el hombre que lo hizo sigue estando libre —dijo Nancy, con un tono deliberadamente dramático, fingiendo mirar detrás de un árbol—. Podría estar acechando a la vuelta de cualquier esquina…

—Ya basta, señorita Nancy —dijo el aya, a la vez que acercaba a Unity un poco más a su lado.

—Perdona, aya —repuso ella. Nunca se disculpaba ante nadie que no fuera el aya—. Aquel policía pensaba que se trataba de alguien a quien ella conocía. ¿No es cierto, Louisa?

Louisa, quien había estado pensando que le gustaría ver a Guy de nuevo, asintió con la cabeza. Suponía que debía de encontrarse en Londres, pero no había tenido el valor de hacerle saber que ella también estaba allí.

—Creo que tuvo que ser por una cuestión de dinero. Siempre es por el dinero —opinó Nancy con convicción.

—Tenía algo de dinero —dijo el aya Blor.

—¿Sí? ¿Cómo lo sabes? —preguntó Nancy.

—Me lo dijo Rosa. Puede que fuera una enfermera, pero procedía de una buena familia. Y ya no voy a hablar más, no soy una chismosa. —El aya miró al frente de tal manera que indicaba que el tema estaba cerrado.

—¿Cómo podía saberlo Rosa? —insistió Nancy.

El aya dudó, y luego dijo:

—Creo que nuestro abogado pudo habérselo mencionado.

—¿Vuestro abogado? —La voz de Nancy sonaba incrédula.

—Sí, nuestro abogado —replicó el aya secamente—. Tengo otros intereses aparte de vosotras, ¿sabes? Flo nos lo recomendó a Rosa y a mí después de que muriera nuestro padre.

—¿Y dónde está? ¿Sigue siendo vuestro abogado?

—¿Y a ti qué te importa, señorita Nancy? —dijo el aya, aunque nunca podía resistirse por mucho tiempo—. Sí, sigue siendo nuestro abogado. Reside en Londres; tiene un bufete en Baker Street.

Tras eso, para Nancy fue pan comido averiguar su nombre (Michael Johnsen) y la dirección de su bufete (el 98b de Baker Street). Cuando llegaron a casa, Nancy sujetó a Louisa del brazo y se la llevó al despacho, que probablemente estaría libre de la presencia de lord Redesdale hasta la hora del té.

—Vamos a telefonear a ese tal Johnsen para concertar una cita con él mañana —propuso Nancy, con los ojos brillantes—. Puede que descubramos algo útil.

—No sé —respondió Louisa—. No sé si deberíamos interferir de esa manera.

—Estoy segura de que solo nos dirá lo que podamos saber. No va en contra de la ley. Y si descubrimos algo, tendrás una buena excusa para contactar con el señor Sullivan, ¿no es cierto?

—¿Quién dice que necesite una excusa? —dijo Louisa, aunque no pudo evitar sonreír.

A la mañana siguiente, tras prometer a lady Redesdale y al aya Blor que Nancy necesitaba que Louisa la acompañara a los almacenes Army & Navy para comprar unos guantes blancos, se dirigieron las dos hacia Baker Street en el metro. Cuando dieron las once, estaban sentadas sobre unos descomunales sillones de cuero en el despacho del señor Johnsen, al otro lado de un escritorio que quedaba sepultado por montones de papeles y archivadores, la mayoría de los cuales amenazaban con derrumbarse.

—Es mi sistema de archivo —dijo el señor Johnsen con una risita nerviosa, a la vez que se alisaba el pelo con la palma de la mano. Su traje llevaba unos parches brillantes en los codos y su estómago delataba el hábito de disfrutar de largos almuerzos—. No suelo recibir a la hija de un par muy a menudo por aquí —comentó, y pareció a punto de reírse otra vez, aunque se contuvo—. ¿En qué puedo servirla?

Nancy se había enderezado hasta su altura máxima, cruzando las piernas con elegancia sobre el tobillo, como Louisa sabía que su madre le había pedido que hiciera infinidad de veces, y los guantes bien colocados en su regazo. Miró al letrado con coquetería.

—Verá, señor Johnsen, lo que sucede es lo siguiente —comenzó, y Louisa se dio cuenta, con tanto horror como admiración, de que Nancy estaba flirteando con él—. Sé que resulta poco ortodoxo, pero la difunta señorita Florence Shore era una buena amiga de la hermana gemela de nuestra aya, quien ha pensado que tal vez la hubiera mencionado en su testamento. Se trata de la señora Rosa Peal. Puesto que vive en Saint Leonards, le ha sido totalmente imposible desplazarse hasta Londres para preguntarle, y dado que estábamos aquí, hemos pensado que podríamos hacerle el favor, ¿comprende?

El señor Johnsen asintió con una sonrisa nerviosa, enseñando unos dientes pequeños y grisáceos bajo sus carnosos labios rosados.

—Tengo entendido que el testamento se leyó el mes pasado, así que —Nancy le dedicó su sonrisa más radiante, y Louisa habría jurado que la frente del señor Johnsen se llenaba de gotas de sudor—, ¿podría usted indicarnos si nuestra amiga está incluida en él? ¿Puedo suponer que tendrá la bondad de comprobarlo por mí?

La mano del señor Johnsen fue directa hasta una pila a su izquierda.

—Así es, señorita Mitford. El documento ya forma parte del registro público. En sentido estricto, tendría que presentar una solicitud al catastro, pero ya que está aquí… Si usted no se lo cuenta a nadie, yo tampoco.

Entonces intentó guiñar el ojo, aunque sin éxito. Parecía

que estaba intentando sacarse una mota a base de parpadeos. Nancy colocó una mano sobre la mesa y se inclinó hacia delante.

—No diremos ni una palabra, señor Johnsen. Puede estar seguro —lo tranquilizó. Luego se reclinó en el asiento y alargó la mano para recibir el documento.

Louisa, a quien habían ignorado ambos hasta ese momento, acercó su silla a la de Nancy y se puso a leer con ella.

Efectivamente, el patrimonio de la enfermera ascendía a una suma bastante impresionante para ser alguien que había dedicado tantos años al servicio de los demás, viviendo en una modesta residencia para enfermeras: 14.279 libras esterlinas. Su hermano Offley era el albacea, encargado de distribuir lo que parecía ser una larga lista de pequeños legados a diversos ahijados y amigos (veinticinco libras por aquí, cien por allá). Un reloj de mesa que le regalara su madrina y tocaya, la famosa enfermera Florence Nightingale, iba a parar a la hija de una prima. Tal como imaginaban, no se mencionaba a Rosa Peal.

142 —Miren —dijo Louisa—, aquí hay una orden de conceder un legado residual de tres mil seiscientas libras en un fideicomiso para su primo Stuart Hobkirk. Es una suma bastante generosa, ¿no es cierto? —Alzó la vista, pero el letrado no la escuchaba; estaba esnifando una pizca de rapé lo más discretamente que podía.

—Sí —convino Nancy—, después de su hermano, es a quien más le ha dejado en herencia. Y mira, también le deja un collar de diamantes. Es un regalo un tanto extraño para un hombre.

—Tal vez no, si era algo que ella solía ponerse a menudo y quería que la recordara con él —respondió Louisa.

—¿Quieres decir que pudo haber sido una muestra de amor? —preguntó Nancy, tras lo que ambas se miraron enarcando las cejas. ¡Curioso y requetecurioso!

En ese momento, Louisa se fijó en la fecha que había junto a la firma de la difunta señorita Shore: el 29 de diciembre de 1919. Señalándola, le susurró a Nancy:

—¿No te parece una fecha muy próxima al día que la atacaron?

Nancy cerró los labios, como si quisiera reprimir un gritito, y asintió con emoción. Entonces recuperó la compostura y se volvió hacia el abogado, que se había recostado sobre su sillón y observaba a las dos jóvenes.

—Gracias, señor Johnsen. Ha sido usted muy amable. Es un poco raro que la señora Peal no aparezca en el testamento. ¿Puede que estuviera incluida en uno anterior?

—Tal vez, aunque me temo que el último es el único que cuenta —replicó—. Puede que tenga alguna copia anterior, pero es indiferente lo que escribiera antes si al final cambió de opinión.

—Sí, por supuesto —dijo Nancy, con un notable parecido con su madre en la voz. Su capacidad para adoptar una pose adulta de confianza siempre resultaba impresionante—. Bien, será mejor que nos marchemos. Muchas gracias por su atención.

Se puso en pie, y Louisa la imitó, a la vez que el señor Johnsen, tratando de abrocharse la chaqueta sobre su abultado estómago, salía a toda prisa de detrás de su escritorio para llegar a la puerta antes que ellas y abrirla.

—No hay de qué, señorita Mitford —dijo, haciendo una reverencia casi hasta la cintura—. Ha sido un placer. Por favor, no dude nunca en pedirme lo que necesite.

143

22

*E*n el rincón más apartado del salón de té de la estación Victoria, Guy estaba sentado a una mesa, bebiendo una taza de té lo más despacio que era capaz. Harry no estaba de servicio ese día, aunque no le había dicho por qué, y él se estaba manteniendo fuera del alcance de Jarvis antes de que lo mandara a ejercer las tareas más solitarias y aburridas acordes con su rango. Como era frecuente, sus pensamientos acababan volviendo al asesinato de Florence Shore, a repasar los hechos que conocía a la vez que se preguntaba dónde estaría ese atisbo de luz, algo que la policía o el juez hubieran pasado por alto. No soportaba la idea de que el hombre que hubiera matado a la enfermera, quien a su vez había salvado las vidas de tantos hombres, quedara impune.

Mientras observaba ociosamente la fila de clientes que iban pagando sus consumiciones, los ojos de Guy se posaron sobre un hombre vestido con el uniforme ferroviario y un gran bigote blanco bajo la nariz, como un oso polar tumbado.

Conocía a ese hombre.

Guy echó su silla atrás de un empujón y se puso en pie de un salto.

—¡Duck!

La camarera que había tras el mostrador desapareció de pronto tras la caja y varias personas de la fila se miraron confusas y cabizbajas.

—Señor Duck —aclaró Guy, y la camarera se puso roja como un tomate. Había confundido la llamada con un aviso de peligro. La gente de la fila se echó a reír, pero Henry Duck se dio la vuelta lentamente cuando Guy se detuvo delante de él.

—¿Sí? —dijo.

—Discúlpeme, señor Duck —se excusó Guy, consciente de haber llamado la atención de toda la concurrencia sobre su persona—. Resulta que... —bajó la voz y se acercó un poco más—. Usted estaba en el tren en el que atacaron a Florence Nightingale Shore, ¿cierto?

Henry Duck pareció aturullarse.

—¿Qué pasa ahora? Ya presté declaración durante la investigación.

—Lo sé, pero es que, bueno, el caso está prácticamente cerrado, pero el asesino tiene que estar en alguna parte, y creo que puedo encontrarlo. ¿Le importaría que le hiciera algunas preguntas más?

Henry tiró de la cadena de su reloj de bolsillo y lo miró.

—Me quedan algunos minutos. Supongo que no pasará nada por hacerlo.

—Gracias. Tengo una mesa en el rincón, donde nadie podrá oírnos.

—Espero que no me cause ningún problema —dijo Henry, aunque siguió a Guy de todos modos. Llamaron a la camarera y pidieron otras dos tazas de té. Hablaron un rato mientras ella traía la tetera y más leche, acerca de los cotilleos habituales entre los trabajadores de la estación sobre los pasajeros que retrasaban los trenes. Cuando ella ya no pudo oírlos, Guy sacó su cuaderno y se ajustó las lentes sobre la nariz.

—Estuve presente cuando declaró en la investigación, pero me gustaría volver a preguntarle acerca del hombre que vio en la estación de Lewes.

Henry asintió.

—Según mis notas, usted era el encargado del tren desde Victoria. Cuando llegó a Lewes, con un retraso de dos minutos, bajó usted al andén.

—Así es —confirmó Henry—. Era una noche oscura y brumosa, y no había farolas en la estación, así que caminé por el andén con mi propia linterna.

—Aunque sea repetir su declaración, ¿podría decirme si, al bajar del tren, vio a alguien más salir de él?

—Sí, salió un hombre del compartimento que había detrás del vagón de frenado. Se colocó en el escalón, cerró la puerta, se encaramó hasta el siguiente compartimento y saltó abajo.

—¿Pasó delante de usted? ¿Pudo verlo?

—Sí, pero solo un momento. Bajó justo cuando pasaba delante de él.

Guy volvió a comprobar sus notas.

—Usted comentó que le preguntó si no le habían dicho que se dirigiera a la parte delantera del tren, pero él no le respondió. ¿Cree que tenía prisa?

—No, no especialmente —dijo Henry.

—¿Recuerda cómo iba vestido?

Henry tomó un sorbo de té, y Guy observó con repugnancia que se pasaba la lengua por debajo del bigote al dejar la taza.

—Cada vez me cuesta más recordarlo, pero llevaba un abrigo impermeable de color oscuro apagado, y puede que un sombrero. Tenía las manos en los bolsillos, así que supongo que no llevaba bastón ni paraguas.

—¿Qué constitución tenía?

—Diría que era de constitución atlética —respondió Guy.

—¿Atlética?

—Ancho de hombros, supongo. Mire, hijo, voy a tener que irme pronto, mi tren sale dentro de unos minutos.

—No lo entretendré mucho más —le aseguró Guy. Esa descripción no concordaba con la que diera Mabel Rogers: su hombre era delgado y no llevaba ningún impermeable—. Sabemos que es común que la gente salga así del tren. ¿No había nada más que llamara la atención de su aspecto?

—Nada en absoluto —dijo Henry.

—¿Lo ha vuelto a ver desde entonces?

—No, al menos que yo sepa. Pero, como he dicho, estaba oscuro y solo lo vi de pasada. En su momento no le di ninguna importancia.

—Pero está seguro de que ese hombre salió del compartimento en el que encontraron a Florence Shore, ¿no?

—No, no puedo estar seguro del todo. Esa es la pena. Ojalá pudiera estarlo. Será mejor que me marche. Siento no haberle sido de más ayuda.

—Me ha ayudado mucho —respondió Guy—. Gracias.

Cuando volvió al trabajo, el alguacil del mostrador le entregó una carta.

—Conque estás recibiendo notitas de amor, ¿eh, Sully?

Guy soltó un bufido y lo mandó callar, pero se le aceleró el corazón al ver la caligrafía familiar en el sobre. Era de la señorita Louisa Cannon, y tenía algo muy interesante que contarle.

*L*a semana siguiente, Louisa y Nancy esperaban a la entrada del Savoy, temblando de frío bajo sus vestidos. Tras un día de calor sofocante, había empezado a llover a cántaros, en goterones que rebotaban contra el pavimento como pelotas de goma. Su cabello cuidadosamente peinado y recogido se había apelmazado, tenían los pies calados y el ánimo por los suelos.

—Tanta planificación para acabar como dos ratas mojadas —se quejó Nancy—. ¿Y si nos vamos y volvemos a casa?

—No podemos —le recordó Louisa—. Le hemos dicho a lady Redesdale que íbamos a cenar con Marjorie Murray y su madrina, y no esperan que volvamos antes de las once. —Se estaba arrepintiendo de haberse dejado arrastrar a aquella estratagema.

—Por lo menos se acerca bastante a la verdad —repuso Nancy.

Después de conseguir las preciadas entradas a través de Marjorie —casi se habían decepcionado porque no se las entregara desde una carroza en forma de calabaza, pues tal era la fantasía que se habían forjado en torno al baile—, Nancy se había asegurado de contar con la presencia de Louisa como su carabina durante la velada.

Louisa se resistió todo lo que pudo, aunque, en el fondo, ella también era una jovencita como cualquier otra, y tenía ganas de ponerse un bonito vestido y salir a bailar. Nancy la convenció diciéndole que, puesto que pensaba ir de todos modos, si era su carabina al menos podría vigilarla. Cuando Louisa protestó porque no tenía nada que ponerse, Nancy le dijo que le prestaría un vestido. No tenía muchos trajes de gala en su armario, y ambas tuvieron que apañarse de alguna manera, pero con el pelo recogido y un poco de carmín en los labios...

—Nada de carmín —había dicho Louisa—. No pienso tolerarlo.

Después, solo era cuestión de pedírselo a lady Redesdale en el momento adecuado —es decir, cuando estuviera demasiado distraída para pensar con claridad—. «Que es la mayor parte del tiempo», señaló Nancy.

En una ocasión en la que su madre estaba escribiendo sus cartas, Nancy apareció por detrás de su hombro y le comunicó que la madrina de Marjorie Murray iba a llevarla a cenar al Savoy por su cumpleaños, y que, dado que estaba en Londres, habían tenido la amabilidad de invitarla a ella también. Y que Louisa podía ser su carabina.

—¿Es el cumpleaños de Marjorie? —preguntó lady Redesdale, sin apenas detener el movimiento de su pluma.

—No, el de su madrina.

—¿Oh? —Alzó la vista—. Parece una manera un tanto peculiar de celebrarlo.

—Sí, qué curioso, ¿verdad? —respondió Nancy, obligándose a soltar una risita—. Entonces, ¿podemos ir, por favor? No volveremos tarde a casa.

—¿Hum? —musitó lady Redesdale, con la cabeza vuelta de nuevo hacia su tarea—. Sí, podéis ir. Pero no hasta más tarde de las once, te lo ruego.

—Sí, desde luego —le dijo Nancy, y luego a Louisa—: De todas formas, estará dormida; no sabrá a qué hora hemos vuelto. —Sin embargo, cruzó los dedos tras la espalda.

Y ahora estaban aquí, rondando ante la puerta.

—Será mejor que entremos —dijo Louisa. No se sentía muy segura de sí misma, siendo responsable de Nancy y, al mismo tiempo, igual de deseosa e ilusionada que ella por la velada que tenían por delante. Todo eso se veía acompañado de la turbación que le producía volver a estar haciendo algo que no debían. La visita al abogado la había dejado hecha un manojo de nervios, y no dejaba de venirle a la cabeza. Por lo menos, había podido transmitirle algo de información a Guy. Tal vez él pudiera encontrarle algún sentido. Miró al frente y trató de decirse a sí misma que disfrutara de la fiesta. A fin de cuen-

149

tas, no era la clase de veladas a las que estaba acostumbrada.

Les llegaban retazos de música por encima del griterío de la gente. Había una multitud de mujeres de todas las edades, que desafiaban la lluvia y se reían, al mismo tiempo que se lamentaban por sus zapatos y cabellos empapados. Sus vestidos formaban un tumultuoso derroche de telas y colores, de los rosas más pálidos a los azules más profundos, del satén al tul, con flores bordadas a mano, broches centelleantes y estampados atrevidos superpuestos. Las tiaras brillaban y los labios parecían mordidos, de color rojo oscuro y entreabiertos, sin aliento de gozo.

Había pasado mucho tiempo desde la última vez que se permitiera que la alegría desbordara la noche; esa noche, las penas estaban desterradas y los pensamientos se centraban en las horas posteriores, que prometían reparar unas cuantas vidas rotas.

Sin embargo, no se veía a muchos hombres, como pudo observar Louisa. Aquí y allá se vislumbraba algún retazo del uniforme de un oficial, rodeado de mujeres, sujetando discretamente su bastón cerca de la pierna. Otros hombres estaban solos, con aire incómodo, conscientes de que se hallaban en minoría y de que ni todo ese oropel lograría barrer las sombras oscuras de su mente. Por lo menos, los camareros eran demasiado jóvenes para haber servido en la guerra, y se paseaban con garbo sosteniendo sus bandejas de plata llenas de copas de champán.

Después de dejar sus abrigos y recoger sus carnés de baile, Nancy y Louisa se lanzaron en medio del gentío, mientras Nancy buscaba y temía encontrarse con alguien conocido. Por suerte, fue Marjorie quien las vio primero, apostada obedientemente junto a su madrina, que saludaba a los invitados a la entrada del salón. La orquesta acababa de tocar un vals, y aquellas que ya tenían un nombre apuntado en sus carnés de baile esperaban en la pista junto a sus parejas, con una pizca de suficiencia en sus miradas que intentaban ocultar inclinando la cabeza, en dirección hacia las amigas con las que habían llegado.

—Hola, Nancy —dijo Marjorie, que se apartó de su madrina, pues no estaba segura de si lady Walden conocería a lady Redesdale y prefería pecar de precaución.

Nancy tenía los ojos muy abiertos, muy joven y muy adulta al mismo tiempo.

—Hola, Moo —dijo—. ¿Quién más hay aquí?

La clásica pregunta. En una sala abarrotada, «no había nadie» a menos que lo conocieras y, a pesar de su valentía, Nancy no hablaría con ninguna persona a la que no le hubieran presentado. Marjorie señaló a una muchacha de cabello negro vestida de tul azul, que bebía una copa de champán ataviada con unos guantes largos y blancos. Cerca de ella había una mujer sentada contra la pared que se parecía a ella, pero con treinta años más y una expresión desabrida.

—Lucinda Mason —indicó Marjorie—. Su tía está de un humor de perros. Es su tercera temporada y aún no ha encontrado marido. Este año han ido a comprar sus vestidos a la casa Molyneux con la esperanza de aumentar sus posibilidades de éxito.

Lucinda era la hermana mayor de Constance, que tenía la misma edad que Nancy y por lo tanto no estaba en el baile, aunque las dos habían jugado con Nancy en Kensington Gardens cuando eran pequeñas.

—Vamos a animarla un poco —dijo Nancy, tirando del brazo de Louisa.

—Yo tengo que quedarme aquí —repuso Marjorie—. Ya os veré luego.

Antes de que Nancy pudiera llegar hasta Lucinda, un hombre esbelto con uniforme de oficial se acercó a ella y empezaron a hablar. La tía desplegó su ceño adusto y se sacó una bolsa de costura, llena de esperanza.

Cuando Nancy se situó detrás, vio que Lucinda abría su carné de baile, que estaba completamente en blanco, y le decía al joven:

—Sí, creo que puedo concederle el próximo baile... Oh, hola, Nancy. No esperaba verte por aquí.

Nancy no se inmutó.

—No —dijo con aire de superioridad—. He venido con Marjorie Murray. ¿Cómo estás?

Louisa se quedó algunos pasos atrás y sus ojos se encontraron con los de la tía. Se dio cuenta con amargura de que se sentía más identificada con la feroz carabina que con las otras muchachas. Incluso con un vestido prestado de seda gris, era

151

incapaz de hacerse pasar por «una de ellas». Buscó a un camarero con la mirada; le vendría bien un poco de champán.

—Muy bien —respondió Lucinda—. Oh, sí, señor Lucknor, le presento a la señorita Mitford.

Ambos se estrecharon la mano. Él tenía los ojos oscuros y una apostura perfecta, pero sus pómulos hacían que pareciera que hubiera vivido varios años a base de pan duro y gachas de avena. Tal vez fuera así. Aquellos rasgos le daban un aspecto tan vulnerable como absolutamente bello —una combinación peligrosa— y Louisa observó la reacción de Nancy con recelo.

—Por favor, llámenme Roland —dijo—. Buenas noches, señorita Mitford. ¿Tendré el placer de bailar con usted también?

Lucinda trató de ocultar su decepción, pero no lo logró. No obstante, sabía bien, igual que todas, que había que compartir a los hombres de los que disponían.

—Tal vez —contestó Nancy—. Acabo de llegar. No es buena idea agotar el carné de baile demasiado pronto, ¿no cree?

Inclinó la cabeza a un lado, y Louisa no pudo por menos de admirar su indiferencia.

—Volveré —prometió Roland, y a continuación le dedicó una reverencia antes de ofrecerle su brazo a Lucinda. Los dos se dirigieron a la pista de baile al tiempo que comenzaba el siguiente vals.

Nancy se volvió hacia Louisa, emocionada.

—¿Has visto? Oh, Lou-Lou, es tan fácil como eso.

Louisa no compartía la excitación de Nancy.

—Ten cuidado. En realidad, no es tan fácil como eso.

—No seas tan aguafiestas. Vamos a por una bebida… —dijo Nancy, tocando el brazo de un camarero que pasaba y cogiendo dos copas. Sin embargo, Louisa le lanzó una mirada severa y las volvió a dejar con un mohín.

—No pienso llevarte a casa con el aliento oliendo a champán —le advirtió Louisa, consciente de su responsabilidad. Ahora que estaba allí, se preguntó cómo se le había ocurrido pensar que pudiera encajar en ese lugar. Las chicas que había eran guapas, seguras de sí mismas, fragantes: nada que ver con ella misma y lo que había conocido durante toda su vida.

24

$\mathcal{N}$ancy y Louisa se quedaron de pie una al lado de la otra, sintiendo entonces que su precaria amistad era tan frágil como un pastelillo de brandy, mientras miraban a Lucinda y a Roland que daban vueltas entre la gente. Louisa se acordó de cuando trabajaba con su madre en la lavandería, de las horas que pasó soñando despierta, observando a las mujeres que hacían girar el escurridor con sus brazos fuertes y nervudos y las mangas arremangadas. Aquellos días parecían quedar a millones de años de donde estaba ahora.

La llegada de dos hombres que se acercaron a ellas vestidos con uniformes de oficial la sacó de sus cavilaciones. Uno de ellos tenía una terrible cicatriz en la mejilla izquierda, y el otro parecía haber tomado alguna copa de más.

—¿Nos conceden el próximo baile, señoritas? —dijo el segundo, que tuvo que cambiar un poco de postura para no tambalearse.

Nancy tenía un resplandor en la mirada. No respondió, pero dio un paso adelante y tomó el brazo del soldado achispado; acababa de empezar un nuevo vals. Louisa miró al hombre de la cicatriz, que había extendido la mano en su dirección.

—¿Por qué no? —preguntó él, anticipándose a su reticencia—. Permítame que deslice los pies por la pista de baile. —Louisa vaciló y el hombre la miró alzando la barbilla—. Es por mi cara, ¿verdad? No puede soportar mirarla.

Ella supo que estaba repitiendo una frase que había oído en el pasado.

—No, no se trata de eso.

—Entonces es que ya tiene novio, ¿no?

Louisa asintió, con un gesto tan leve como era posible hacerlo.

—Solo le pido un baile.

Él volvió a extender el brazo y ella lo tomó. Empezaron a bailar y ella se dejó llevar, puesto que el vals no era una danza que hubiera practicado mucho en el pasado. Las únicas experiencias que había tenido fueron cuando se padre la hacía girar por la salita el día de Navidad, después de haberse tomado un par de vasos de cerveza negra. Más o menos se estaba apañando, y solo le había pisado los pies un par de veces, cuando él le dijo:

—Si dejara de mirar al suelo y me mirara a mí, lo haría mejor.

De modo que alzó la vista, aunque no hasta su cara, sino hasta su hombro. Tenía razón: una vez dejó de pensar en lo que estaba haciendo y se relajó, dejándose llevar, sus pies parecieron acertar en los pasos.

154

Entonces pensó en Guy, e imaginó que estaba bailando con él, y cuando quiso darse cuenta, la orquesta estaba tocando otra canción. Louisa abrió los ojos y miró el rostro de su acompañante; tenía los ojos grises y fríos y comenzaba a apretarle demasiado la cintura.

—Creo que ya es suficiente —dijo ella—. Me gustaría tomar un vaso de agua.

Él no dijo nada y giró el brazo, acercándola más hacia sí. Inclinó la cabeza sobre su cuello.

—Basta —susurró Louisa, temerosa de que alguien los viera.

El soldado se apartó de ella.

—Le traeré un vaso —dijo, y le soltó la cintura, para sujetarle luego del brazo con su tiesa manga de lana y guiarle el camino.

Sujeta con firmeza, Louisa no tuvo más remedio que seguirlo. Buscó a Nancy con la mirada, pero no la encontró. Cayó en la cuenta de que no sabía cuánto tiempo había estado sin verla. La sala empezaba a caldearse y los vaivenes constantes de la música inundaban su cabeza, impidiendo que pensara con claridad. El soldado le soltó el brazo y cogió dos copas de una bandeja, tras pedirle al camarero que le trajera un whisky.

—No quiero alcohol —dijo ella.

—Bébaselo —le espetó él con brusquedad—. Le hará bien.

Tomó un sorbo.

—Tengo que buscar a mi amiga.

—No tiene por qué preocuparse de ella. Por cierto, me llamo Mickey Mallory.

Louisa no le dijo su nombre, sino que continuó girando la cabeza de un lado a otro en busca de Nancy. Mientras lo hacía, se fijó en que algunos hombres, poco acostumbrados a llevar sus uniformes de lana en salones de baile abarrotados en lugar de en las gélidas trincheras de Francia, mostraban gotas de sudor que les bajaban por el cuello y empezaban a humedecerles el cuello de la camisa. Pobrecillos. Se suponía que el baile debía ser algo provechoso para los soldados, no una prueba de resistencia. Existía la teoría de que si las mujeres veían a los hombres con los uniformes puestos, recordarían mejor por lo que habían pasado y se mostrarían más generosas con ellos.

Divisó a Nancy, que ahora estaba bailando con Roland, el oficial al que le habían presentado antes. Nancy miraba con suficiencia en todas direcciones, sin duda tratando de buscar a las muchachas que conocía, para que supieran que estaba bailando con un guapo soldado. Mientras la observaba, Nancy soltó un chillido y, casi en el acto, el soldado la llevó a un lado a la vez que ella cojeaba. Nancy le lanzó una mirada a Louisa que indicaba claramente que no quería que se acercara a ellos, de modo que les dio la espalda.

Aquello pareció complacer a Mickey. Le dijo algo con una sonrisa, pero ella no le escuchaba.

—Me gustaría sentarme un momento —comentó Louisa.

Él dio su asentimiento con hosquedad, y ella se dirigió, con toda la discreción que pudo, hasta unas sillas cercanas a donde estaban Nancy y Roland, aunque fuera de su ángulo de visión. Se encontraba a la distancia justa para poder oír sus palabras. Le llegaban entrecortadas y había partes que se perdía por culpa de la orquesta y los avances de Mickey, quien de nuevo le pedía un baile y no daba la impresión de tener mucha paciencia. Rechazó su sugerencia y volvió la cabeza hacia Nancy.

—¿Qué tal el tobillo? ¿Se encuentra mejor? —le preguntó Roland.

—Oh, sí —fue la respuesta de Nancy.

—Estupendo. En ese caso...

—Pero no creo que deba levantarme todavía —lo interrumpió ella—. ¿Podría sentarse conmigo un momento?

Louisa echó un vistazo y vio que Roland parecía incómodo al sentarse en el mismo borde de la silla, tan dispuesto a saltar como una rana sobre una hoja de nenúfar. Tenía aspecto de poeta, con su labio superior rígido y lampiño. Sus largas pestañas le oscurecían los ojos y tenía la espalda recta, pero no dejaba de agitar el pie izquierdo. Se sacó una pitillera de oro y le ofreció un cigarrillo a Nancy, quien negó con la cabeza, lo que fue un alivio para Louisa. Después de inhalar la primera calada, pareció relajarse un poco y miró a Nancy. Louisa se esforzó todavía más por escuchar.

156

—¿Ha dicho que se apellidaba Mitford? —le preguntó—. ¿Tiene alguna relación con David Mitford?

—¡Ese es Papu! —exclamó Nancy—. Es decir, mi padre. Ahora es lord Redesdale.

—Caramba, ¿es eso cierto? Cuentan que su padre se portó con gran valentía.

—¿Lo conoció en la guerra?

—Él no se acordará de mí —repuso Roland—, pero estuve en su batallón en Ypres y todos sabíamos quién era.

Algo de aquella frase sobresaltó a Louisa, aunque no supo exactamente por qué. Echó otra ojeada y vio cómo él terminaba su cigarrillo y lo aplastaba bajo sus botas negras. Una anciana carabina también lo vio y lo miró con mala cara.

—¿Conoció a Florence Shore, la enfermera? —quiso saber Nancy.

Eso era, pensó Louisa: la conexión con Ypres.

—No —fue su cortante respuesta.

—Solo lo decía porque también estuvo en Ypres. Imagino que habría muchas enfermeras allí, por lo que es probable que no la conociera. Pero fue asesinada en un tren, en dirección a

Brighton. Fue algo tan horrible. Yo misma he viajado en ese tren en muchas ocasiones…

Louisa trató de seguir escuchando, aunque no creía que estuvieran diciendo nada importante. El cantante de la orquesta empezó a entonar el coro de *Roses in Picardy* —«*Roses are flowering in Picardy but there's never a rose like you…*»—. Pensó que habría estado bien bailar esa canción, mejor que estar sentada en una silla coja mientras intentaba evadir la mirada de Mickey. Entonces oyó que Nancy se disculpaba por haber mencionado el tema de la guerra. Anunció que tenía mejor el tobillo y Louisa vio que ambos volvían a la pista de baile. Roland miró hacia atrás mientras se alejaban y descubrió a Louisa mirándolos. La intensidad de su mirada la hizo encogerse.

Louisa se dio cuenta de que Mickey la miraba con furia.

—Te gusta más el aspecto del otro pollo, ¿no? —le dijo en tono acusador.

Ella negó con la cabeza.

—Ya no quiero bailar más. Por favor, busque a otra persona.

Él no se movió.

—Me gustas tú —respondió de una manera que no resultaba halagadora—. De hecho, hay algo en ti que… ¿No te he visto bailando en el Soho?

Louisa se irguió.

—No, no lo creo. —Se sentía incómoda y se revolvió en la silla, intentando apartarse, pero al hacerlo, él alargó la mano y la cogió del brazo

—No te muevas —le ordenó en voz baja—. Creo que ya sé dónde te he visto antes.

—No es posible —insistió ella.

—Yo creo que sí —gruñó—. En el Cross Keys, ¿verdad? Creo que tu tío me debe unos cuantos chelines.

Asustada, Louisa trató de levantarse, y justo cuando intentaba apartarse de él, apareció otro hombre a la velocidad del rayo. No lo reconoció, pero supuso que conocía a Mickey.

—Ya me he cansado de verte por aquí esta noche. Suéltale el brazo o…

—¿O qué? —replicó Mickey.

No se pronunciaron más palabras, pero hubo un puñetazo,

157

y cuando Mickey la soltó, Louisa salió corriendo hacia la pista de baile y se puso a buscar a Nancy frenéticamente.

La orquesta se había tomado un corto descanso entre canciones mientras las muchachas observaban sus carnés con esperanza, como si los espacios en blanco pudieran haberse llenado por arte de magia desde la última vez que los miraron. Los soldados arrastraban los pies, tratando de encontrar a sus parejas para el próximo baile. En ese momento, un ruidoso parloteo brotó en torno a los dos hombres a medida que se repartían más puñetazos y otros se unían a la trifulca para separarlos. La orquesta se arrancó con una nueva y alegre canción a la vez que los camareros les pedían a los asistentes que se dispersaran.

Louisa vio con alivio que Nancy estaba sola de pie. Le tiró del brazo y dijo:

—Tenemos que irnos.

—¿Por qué? ¿Qué ocurre?

—Te lo contaré luego. Por favor, Nancy. Vámonos.

—Pero es que estoy esperando a Roland, ha ido un momento a por una copa —respondió, testaruda.

—Lo digo en serio, debemos irnos ya.

Louisa arrastró a Nancy del brazo y la condujo hasta el vestíbulo, donde se había instalado el aire fresco de la noche entre las idas y venidas de hombres y mujeres. Aquello hizo que se serenaran y recogieran sus abrigos del guardarropa con ademán sombrío, tras lo cual salieron a la calle. Había parado de llover, pero las aceras estaban húmedas y resplandecían con el reflejo de las brillantes farolas. Giraron hacia la izquierda desde el Savoy, en dirección a Trafalgar Square, con Louisa abriendo la marcha a paso acelerado a la vez que volvía la vista atrás con frecuencia.

—¿Por qué no dejas de hacer eso? —le preguntó Nancy—. Cuéntame ya lo que está pasando. ¿Nos sigue alguien?

Louisa volvió a mirar. La gente transitaba despacio por las aceras, sorteando los charcos. Las mujeres levantaban sus largos vestidos para no mojarlos y los hombres las ayudaban. El Londres nocturno parecía tan lleno de vida como de día. Entonces vio que Mickey se abría paso a empujones, apartando a la gente con gesto torvo. Louisa empujó a Nancy al portal de una tienda, y acalló sus protestas llevándose un dedo a los labios. Nancy arrugó la cara de asco y Louisa se percató de que algún hombre o perro había utilizado recientemente aquel rincón para aliviar la vejiga.

Se asomó un poquito hacia delante y echó un nuevo vistazo. Otro hombre había parado a Mickey y estaban discutiendo entre ellos, aunque no podía oír nada de lo que decían. El segundo hombre parecía delgado pero fuerte, tenía los brazos cruzados y su porte era firme aunque tranquilo, incluso a distancia. Al poco tiempo, vio que Mickey se alejaba a toda prisa, furibundo pero sin ganas de pelea. El otro hombre se dirigió otra vez al Savoy después de echar un vistazo a ambos lados de la calle. ¿A quién esperaba encontrar? No fue hasta ese momento que recordó con un sobresalto que era el mismo oficial con el que había bailado Nancy.

Agarró a Nancy del brazo y ambas echaron a andar hacia Trafalgar Square, dejando la fiesta atrás.

—En serio, ojalá me dijeras lo que está pasando. ¿Nos va siguiendo alguien o qué? —preguntó Nancy.

—Es posible que sí.

—¿Quiénes son, Louisa?

—Alguien que creía conocerme. Alguien que podría…

—¿Podría qué? —Nancy ya había perdido la compostura.

—Podría decirle a mi tío que estoy en Londres.

25

*L*ouisa comenzó a andar más despacio y después se paró, respirando hondo. Temblaba de pies a cabeza.

—Venga —le dijo Nancy—, vamos a sentarnos con los leones. Siempre lograban animarme cuando era pequeña.

Anduvieron juntas y cogidas del brazo hasta los grandes felinos londinenses que guardaban la columna de Nelson. Las sensaciones de ese momento se le antojaron incómodamente familiares a Louisa: el miedo, la huida. Le recordaron a Florence Shore, atacada en el tren aquel día. ¿También ella habría estado huyendo de un hombre? ¿Fue el misterioso hombre del traje color castaño quien la asaltó? A pesar de que Nancy había rastreado todos los periódicos, no se había informado de ningún avance en la investigación.

Parecía que había pasado tanto tiempo, pensó, y, sin embargo, aquí estaba, huyendo otra vez.

Por lo menos ahora hacía menos frío en la ciudad, los árboles estaban llenos de hojas y nada parecía tan amenazante como en lo más crudo del invierno. Caminaron juntas hasta un banco. Louisa había empezado a temblar menos, mientras que Nancy se había echado al hombro la responsabilidad de la situación y la dirigía con dulzura.

—¿Qué ha sucedido? —volvió a preguntarle, ya sin ira.

—Pues... —Louisa dudó. ¿Cuánto podía contarle? Le hacía falta una amiga, pero más falta le hacía conservar su empleo—. Dos hombres empezaron a pelear, y me vi envuelta en la pelea.

—¡Cielos! Suena de lo más emocionante.

—No ha sido nada emocionante, ha sido horrible —respondió Louisa con aspereza.

—Pues yo creo que estaría emocionada si dos hombres se pelearan por mí. Ahora, tal como están las cosas, no hay ni uno que se interese por mí. Si no me hubieras obligado a irme así, podría haber concertado una cita con él.

—Lamento haberte estropeado la noche, pero jamás te habría permitido que concertaras tal cita.

—¿Permitirme a mí? ¡Tú no puedes prohibirme ni permitirme nada! Eres una niñera, no mi madre. —Nancy se puso en pie, con una furia que se había desatado en segundos. En ese momento se parecía mucho a su padre.

Louisa también se puso en pie.

—Me alegro de que hayas dejado claro lo que piensas. Creo que deberíamos regresar a casa ya.

—No —dijo Nancy—. No pienso regresar a casa contigo. Voy a volver al baile. Aún no son ni las diez. Tú puedes hacer lo que te plazca.

Volvió a encaminarse en dirección al Savoy. Louisa fue tras ella con un hondo suspiro, hasta que las dos fueron medio corriendo, medio patinando, de tal guisa que habría resultado cómico de no ser tan absurdo, cuando Nancy dobló una esquina y se dio de bruces contra un policía.

—Tenga cuidado por donde va, señorita —espetó él, jadeando tras el encontronazo.

Cuando llegó Louisa poco después, vio que una avergonzada Nancy ayudaba al policía a recoger su sombrero a la vez que farfullaba unas disculpas. El policía se caló el sombrero sobre la frente con gesto firme, se ajustó la correa a la barbilla y recuperó el equilibrio. Entonces le echó una ojeada a Louisa.

—¿Va usted con esta jovencita?

Ella asintió.

—Pues marchando. Será mejor que sigan su camino.

Louisa agarró a Nancy del brazo con firmeza y volvió a llevársela a rastras en dirección opuesta al Savoy. Esta hizo un leve amago de resistencia, pero debía de saber que Louisa tenía razón. Caminaron en silencio unos minutos, durante los que Louisa se preguntó cómo volverían a casa y cuándo sería

161

un buen momento para hacerlo. Puede que hubiera dejado de llover, pero las aceras mojadas habían arruinado sus zapatos y sus medias, por no hablar del dobladillo de los abrigos. El aya Blor se pondría hecha una furia, y casi seguro que adivinaría que no habían estado cenando tranquilamente con Marjorie por el cumpleaños de su madrina. Si al menos el aya no se quedara despierta hasta medianoche leyendo folletines, podrían entrar a hurtadillas sin que las viera. Para entonces, ya casi habían llegado a la amplia avenida del Mall, con un adormecido Buckingham Palace al fondo. Mientras Louisa se preguntaba cómo podría salir de aquel apuro, oyeron que alguien gritaba el nombre de Nancy desde el otro lado de la calle.

Roland.

Les hacía señas a las dos a la vez que gritaba su nombre.

—¡Señorita Mitford! ¡Espere! —Corrió hasta ellas aferrando su sombrero, sorteando ágilmente los charcos, con semblante preocupado y el impermeable ondeando a sus espaldas.

Louisa se quedó mirándolo, paralizada. No soltó el brazo de Nancy, aunque esta lo saludaba y le respondió con un «¡Hola!».

Entonces llegó ante ellas, con un leve resuello y los ojos brillantes como los de un gato en la oscuridad.

—Estaba buscándolas —dijo—. Desaparecieron tan de repente. Se produjo una pelea y quise asegurarme de que no se habían visto envueltas en ella.

—Pues sí —contestó Nancy—, uno estaba bailando con Louisa...

—Ya veo —la interrumpió él—. Conozco a uno de esos hombres. Harán bien en mantenerse apartadas de tipos como él. ¿Qué van a hacer ahora? Es tarde para estar en la calle.

—Estamos volviendo a casa —repuso Nancy.

—En ese caso, será mejor que las acompañe para que estén a salvo. ¿Dónde están alojadas?

—No es necesario —contestó Louisa—. Podemos arreglárnoslas solas.

—Vamos a Gloucester Road —dijo Nancy.

—Es un buen paseo —observó Roland—. Permítanme. Conozco el camino.

Y así, los tres emprendieron la marcha juntos, en un triunvirato próximo entre sí, conversando a menudo, y otras veces en silencio, mientras contemplaban las calles de noche y las distintas personas que pasaban ante ellos.

En un momento dado, mientras iban por Chelsea, un grupo de gente joven y bella inundó la acera en tropel, riendo y chillando, en un amasijo de sedas, borlas y sombreros de copa, casi todos ellos fumando, una mujer con melena corta y flequillo sosteniendo una copa de cóctel con un ligero tambaleo. Se desplazaron como una sola entidad amorfa hasta que se dividieron perfectamente entre dos automóviles, que chirriaron al rodar sobre el asfalto. Con un cuchicheo, Nancy les comentó a sus acompañantes que creía haber reconocido a uno o dos de ellos: el hermano mayor de una amiga de Londres, un primo lejano. Cómo deseaba ser uno de ellos, se lamentó, cosa que hizo reír a Roland.

Por fin llegaron ante la casa y la visión de la puerta principal enmudeció a Louisa. Se dio cuenta de que no tenía ni la menor idea de la hora que sería, y de que se suponía que era ella quien debía velar por la seguridad de Nancy. La casa estaba a oscuras salvo por la luz del vestíbulo, a la espera de que llegaran ellas y la apagaran.

—Es aquí —le indicó Louisa a Roland—. Gracias por traernos sanas y salvas.

—Sí, muchísimas gracias —exclamó Nancy con alegría.

Subió los escalones a paso ligero y dio un golpe suave sobre la brillante puerta negra. En ese mismo instante, Ada la abrió —¿habría estado esperándolas?—, dejó pasar a Nancy y miró a Louisa, que seguía en la acera con Roland.

—Adiós.

Él se inclinó levemente ante Louisa, pero ella no respondió. Había oído el rumor de unos pasos que se detenían de repente, y luego el sonido de alguien que se alejaba a la carrera. La calle estaba poco iluminada, pero distinguió un fulgor en la esquina, el resplandor de un cigarrillo en la oscuridad.

Roland dio media vuelta y se fue, y Louisa entró en la casa. Seguro que no era nada, pero cruzó los dedos a la vez que lo pensaba.

26

Guy se encontraba frente a la puerta del número 53 de Hadlow Road en Tonbridge, un humilde adosado de ladrillos rojos. Se sacó un pañuelo del bolsillo y se secó el sudor bajo el ala de su sombrero. Eran las 10.59, y había tenido que recorrer las tres últimas calles corriendo después de haberse equivocado antes. Aparte del suave chasqueo de unas tijeras con las que un hombre recortaba un seto, no se oía ningún ruido. Comprobó la dirección en su cuaderno: «Baronesa Farina, tía de la víctima. Pasó el domingo con FNS. Hijo, Stuart Hobkirk, heredó fideicomiso de FNS».

Después de haber recibido la carta de Louisa, en la que le revelaba que ella y Nancy habían visitado al abogado de la señorita Shore, le impactó el atrevimiento de ambas, pero también le interesó mucho la información que habían reunido. Aquello lo había espoleado a convenir aquel encuentro con presteza.

Guy llamó al timbre y una joven criada con cofia le abrió la puerta. Ella lo miró con expresión dubitativa pero no dijo nada.

—Ah, hola. Soy el señor Sullivan, de la policía ferroviaria de Londres, Brighton y la Costa Sur. He venido a ver a la baronesa Farina —se presentó Guy en tono de disculpa.

—No tiene aspecto de policía —observó la criada.

Guy dejó escapar una carcajada breve.

—No, claro. Estoy fuera de servicio, por así decirlo.

—¿Le espera la baronesa?

—Sí, eso creo. Le mandé una nota. —Tosió y arrastró un poco los pies—. ¿Puedo pasar?

—Supongo que sí. —La criada se encogió de hombros y se alejó de la puerta, dejando que la cerrara Guy—. Está fuera, en el jardín. Sígame.

Atravesaron un pequeño vestíbulo y una sala de estar que compensaba con estilo lo que le faltaba de espacio, con sus paredes de un rojo profundo, cuadros apiñados y colgados juntos y alfombras marroquíes superpuestas unas sobre otras en el suelo. Guy estuvo a punto de tropezar con un enorme gato persa que dormía profundamente sobre una pila de libros, antes de llegar ante la puerta vidriera que daba al jardín.

Guy olió las rosas antes de salir y ver a una anciana con un vestido largo y blanco de cuello alto, del que colgaban varias sartas de perlas. Estaba sentada a una mesa de hierro pintada de blanco, y sostenía unos anteojos ante su rostro a la vez que leía un artículo de periódico con el ceño fruncido.

—Señora —dijo la criada de pronto—. Ha venido un caballero a verla. Dice que usted le esperaba. —Se marchó sin esperar a oír lo que tenía que decir su patrona.

—Condenada muchacha —se quejó la baronesa tras su partida—. ¿Es usted el agente Sullivan? Venga aquí. Discúlpeme, pero me cuesta demasiado levantarme.

Guy se acercó, estrechó su mano y se quedó de pie con aire incómodo, consciente de que le estaba tapando la luz.

—Siéntese, siéntese. Supongo que no querrá una taza de té, ¿no? Hace demasiado calor.

Guy tragó saliva con dificultad y notó que las gotas de sudor amenazaban con rodar por su rostro mientras se sentaba en una de las sillas de hierro idénticas, cuyas rígidas florituras no resultaban muy cómodas por así decirlo.

—No, gracias, señora baronesa. Le agradezco que me reciba.

La baronesa dejó a un lado el periódico y los anteojos.

—Haría lo que fuera por mi pobre sobrina —respondió ella. Su énfasis delató un suave acento de Edimburgo.

El caso estaba cerrado de manera oficial, pero la solución se hallaba en alguna parte y, si era capaz de encontrarla, sería ascendido al cuerpo de Scotland Yard y recibiría un aumento de sueldo que le permitiría irse de casa y casarse. Le vino a

165

la cabeza la imagen de Louisa, sentada a su lado en el banco de Saint Leonards, haciendo una mueca y echándose luego a reír tras echarse una patata frita demasiado caliente a la boca.

Guy se enderezó, fortaleció su resolución y desplazó la silla un poco más cerca de la baronesa, aunque con torpeza —no esperaba que pesara tanto—. Se sacó un lápiz del bolsillo y colocó el cuaderno sobre la mesa.

—Cielos, cuánta formalidad —dijo la baronesa con una carcajada breve y aguda.

—Tengo entendido que la señorita Shore vino a verla el domingo 11 de enero de este año.

La baronesa le lanzó una mirada. Así pues, aquella iba a ser una entrevista policial en toda regla.

—Sí, tomó el tren en Londres y llegó aquí poco después de la hora del almuerzo. Estábamos celebrando su cumpleaños. Le regalé un collar de oro con dos colgantes de amatista, que debió de robar el ladrón... —Se interrumpió—. Supongo que sabrá que ya se lo conté todo a la policía.

—Sí, señora —dijo Guy, tomando notas—. ¿Le habló de los planes que tenía para la semana siguiente?

—Un poco. Creo que pensaba ir a visitar a una amiga en Saint Leonards.

—¿Qué puede decirme acerca del estado de ánimo que mostraba ese día?

—Se podría decir que estaba calmada; pero la verdad es que Flo nunca fue fogosa en extremo.

Guy asintió y apuntó una o dos palabras.

—¿Mencionó si había algo que le rondara por la cabeza?

La baronesa se irguió y miró a Guy con frialdad.

—Era una mujer inglesa; no solía hablar de lo que le rondaba por la cabeza —respondió, aunque luego pareció aplacarse—. Sin embargo, ahora que lo pienso, creo que estaba algo preocupada por el futuro. No habían pasado más que unas semanas desde que volvió de la guerra y estaba pensando en jubilarse. Había trabajado muy duramente toda su vida y no tenía muy claro lo que iba a suceder ahora. Por lo menos tenía dinero, y no tuvo que preocuparse por eso. —Guy decidió no revelar lo que sabía al respecto con el fin de comprobar qué le contaba ella—. Sí, a pesar de que ejerciera el oficio de enfermera, Florence procedía de una familia respetable. Su madre era mi hermana. —La baronesa clavó la mirada en Guy, retándolo a que insinuara que su aspecto denotase otra cosa que la respetabilidad más absoluta. En ese momento, otro gato blanco trepó de un salto al regazo de su dueña, y frotó las patas sobre su vestido blanco dejando unas leves manchas. Ella continuó como si no se hubiera dado cuenta—. Hace unos años heredó una suma considerable de su propia hermana y creó un fideicomiso para mi hijo, de modo que recibiera las ganancias en caso de su muerte. Le estamos muy agradecidos por ello, pero no esperábamos que sucediera tan pronto. —Bajó los ojos y buscó a tientas un pañuelo, sin encontrarlo—. Mi pobre sobrina —repitió.

—Supongo que se refiere a Stuart Hobkirk. ¿Es correcto? —preguntó Guy.

El rostro de la baronesa se colmó de orgullo, y se le iluminaron los ojos que habían empezado a tornarse de un tono azul pálido.

—Sí, Stuart, hijo de mi primer marido. Es pintor. Y le va de maravilla: va a exhibir un cuadro en la exposición de verano de este año. Pertenece al grupo artístico de Saint Ives, en Cornualles.

Guy la miró sin mostrar reconocimiento. La baronesa lanzó un suspiro de enojo.

—Una siempre se olvida de lo poco que saben aquellos que no pertenecen al ámbito artístico.

Guy sintió que le habían echado un rapapolvo, aunque no sabía muy bien por qué.

—Su hijo y la señorita Shore, ¿eran primos?

—Sí, pero eso tampoco significa que tuvieran que dejar de… —Hubo una pausa. El único sonido que se oía era el del gato lamiéndose las patas.

—¿Dejar de qué? —la animó Guy.

—Estaban muy unidos —dijo la baronesa—. No obstante, había ciertos miembros de la familia que no lo veían con buenos ojos. Flo sí que entendía a Stuart. Sabía que tenía que ser un artista; no hubiera podido ser otra cosa. Y también sabía que su dinero podría hacerlo posible.

—Entiendo —respondió Guy, pero nada seguro de entenderlo.

La baronesa se inclinó hacia delante.

—Me temo que las personas ajenas al mundo artístico podrían haberse escandalizado —dijo—. Pero a veces, bueno, digamos simplemente que no siempre se puede esperar hasta el matrimonio.

Guy se puso pálido. Ese no era su mundo en absoluto, uno en el que las ancianitas insinuaban comportamientos pecaminosos. Apartó la vista y se centró con intensidad en una rosa del jardín, cuyos estambres polinizaba una mariposa. Se dio cuenta con un sobresalto de que allí existía una conexión. Rosa Peal había mencionado que el amigo especial de la señorita Shore era un artista. Su primo, el hombre que heredó un sustancioso legado de la enfermera, ¿era también su amante? Antes de que pudiera seguir indagando, la baronesa volvió a hablar con una voz firme que no admitía interrupciones.

—Offley cogió un berrinche de lo más absurdo —prosiguió ella—. Aunque, si he de ser sincera, el muchacho vive en California ahora; no se puede esperar que vaya a entender nada.

—¿Se refiere al señor Offley Shore, el hermano de la señorita Shore?

—Sí, mi sobrino —afirmó la baronesa—. Siempre me pareció un poco intratable, incluso de pequeño. Ha estado escribiéndome cartas llenas de furia. Piensa que todo el capital debería haber ido a parar a él. Qué hombre tan codicioso. Se ha llevado la mejor parte. Sinceramente, Stuart habría aprovechado el dinero mejor que él, que está tumbado a la bartola en América, comiendo naranjas.

El hermano de Florence Shore se había enfadado a causa del testamento. Esa era toda una noticia, y quería decir que había otro sospechoso, en quien Guy estaba seguro que ninguno de los cuerpos policiales había pensado. Quería hacer más preguntas, pero la baronesa echó al gato de su regazo con un gruñido y levantó sus anteojos. La entrevista había terminado.

—Muchas gracias, señora baronesa —dijo Guy—. Me ha sido de gran ayuda.

—¿Van a atrapar al hombre que lo hizo?

—Sinceramente, espero que sí. Estoy haciendo todo lo posible.

—Sin embargo, entiendo que lo está haciendo solo, ¿no es así? El caso está cerrado, por lo que creo.

Guy no tuvo más remedio que asentir, sorprendido.

—Oficialmente, sí. Pero ese hombre sigue estando ahí fuera. Alguien lo hizo, y tengo la intención de encontrarlo.

La baronesa asintió y volvió a su artículo. No pronunció ni una palabra más.

Incómodo, Guy se puso en pie e inclinó su sombrero, que no se había atrevido a quitarse durante la entrevista.

—Adiós, señora baronesa. Gracias por su tiempo.

Entonces salió por la puerta vidriera, esquivó al gato dormido y se encaminó él solo hacia la puerta principal.

*A*l volver al trabajo, Guy le pidió permiso a Jarvis para tomarse un día ordenando los papeles que se guardaban en el enorme archivo que reposaba en un rincón de la oficina. Cada vez que alguien abría uno de los cajones, gemía y rechinaba como el monstruo de Frankenstein al despertarse por vez primera. Jarvis se quedó un tanto perplejo por la petición, pero dijo que no le parecía mal, ya que no había asuntos más urgentes que atender, y probablemente hubiera que hacerlo de todos modos.

Aquello le proporcionó a Guy el tiempo para sentarse y analizar los entresijos del caso Shore a la vez que examinaba y alisaba los documentos que se habían amontonado de diversas maneras dentro del armatoste metálico. Huelga decir que las copias de las declaraciones del caso Shore también se encontraban allí, claro. No tardó mucho en encontrar el número de teléfono de Stuart Hobkirk en Cornualles; no se trataba de un domicilio, sino de un estudio de pintura en el que parecía trabajar a diario. Había una breve declaración tomada por alguien, en la que afirmaba haber estado en ese estudio el día del asesinato de Shore.

A las cuatro de la tarde, ya quedaban pocos hombres por la oficina, así que aprovechó la ocasión para telefonear al señor Hobkirk. Decidió hacerlo entonces, al mismo tiempo que se convencía a sí mismo de que Jarvis no se molestaría si lo supiera.

Una voz respondió al otro lado al cabo de unos cuantos tonos y dijo que iría a buscar a Stuart. Guy oyó unos gritos incorpóreos, un estrépito como el que haría una puerta con un panel de cristal suelto al cerrarse, y después unos pasos pesados sobre un suelo de madera.

—Stuart Hobkirk al aparato. ¿Con quién hablo? —La voz sonó profunda. Después de un largo ataque de tos, distinguió un golpe contra un pecho—. Disculpe. Condenado tabaco.

—Soy el señor Sullivan —se presentó Guy—. Pertenezco a la policía ferroviaria de Londres, Brighton y la Costa Sur. ¿Tendría a bien responderme a unas preguntas?

—¿Cómo? ¿Sobre mi pobre prima, quiere decir? Ya he hablado con los suyos.

—Sí, y se lo agradezco, señor. Pero se han abierto otras líneas de investigación que debemos comprobar. Solo es cuestión de confirmar uno o dos detalles. —Guy esperaba aparentar más confianza de la que sentía.

—¿De verdad vamos a repasarlo todo otra vez? Estoy seguro de que debe de estar todo escrito en alguna parte.

—¿Puede confirmarme que es usted el primo de Florence Shore? —le preguntó Guy, haciendo caso omiso de sus protestas.

—Sí —contestó Stuart con un suspiro.

—¿Puede decirme dónde se encontraba el 12 de enero de este año?

Guy oyó el sonido de una cerilla que se encendía y a Stuart que daba una calada a un cigarrillo antes de responder.

—Estaba aquí, en el estudio, pintando, igual que hago casi todos los días.

—¿Había más personas en el estudio en esa fecha?

—Sí —espetó Stuart—. ¿Era eso todo lo que quería saber?

—No exactamente —dijo Guy—. ¿Puede decirme los nombres de las demás personas que había allí?

—¿Y para qué, si se puede saber?

—Para pedirles que corroboren su declaración, señor.

Stuart exhaló el aire y Guy se imaginó el humo gris serpenteando por la línea telefónica. Hizo lo que pudo por no toser ante la idea.

—Bueno, la cuestión es que no estoy del todo seguro de haber estado en el estudio ese día. Puede que me quedara en casa solo. A veces trabajo desde allí, cuando hay buena luz.

171

—Entiendo —respondió Guy—. ¿Hay alguien que pudiera haberlo visto allí ese día? ¿Un cartero, tal vez? ¿O el lechero?

—Oiga, señor, ¿cómo iba a acordarse nadie de eso? Fue un día común y corriente. Ningún cartero habría apuntado en su diario: «Hoy he visto al señor Hobkirk».

—No, señor —convino Guy. Stuart estaba perdiendo la paciencia, como era obvio.

—Por tanto, el hecho es que nadie puede confirmar dónde estaba. Pero estaba en Cornualles. Hiciera una cosa u otra, me encontraba a millas de distancia mientras mi querida prima era brutalmente… —Se interrumpió con otro ataque de tos.

—Sí, señor.

—Ahora voy a colgar —le avisó Stuart, con claridad y lentitud, como si hablara con un niño tonto—. Y espero que ninguno de ustedes vuelva a ponerse en contacto conmigo nunca más. Por lo que a mí respecta, cada vez que lo hacen desperdician una oportunidad para encontrar al verdadero culpable. Déjenme en paz para que pueda continuar con mi trabajo y con mi duelo.

172 —Sí —dijo Guy, pero el teléfono ya se había quedado en silencio tras un chasquido en el otro extremo.

$\mathcal{T}$res días después del baile, cuando las niñas ya estaban acostadas, Louisa le preguntó al aya si podía tener el resto de la tarde libre para ir a visitar a su madre. Esta respondió que le parecía muy bien que lo hiciera. Lord y lady Redesdale habían salido a cenar, y, además, podía contar con Ada en caso de necesitar algo. Entonces, Nancy le preguntó si podía acompañar a Lou-Lou.

—¿Por qué motivo?

—Por ninguno, en realidad. Solo para hacerle compañía y poder salir un poco de casa. Hace una noche tan cálida y hermosa, aya —le rogó Nancy.

—Me parece a mí que ya has callejeado bastante esta semana. Pero, en fin, con tal de que estéis las dos de vuelta antes de las nueve y media, de acuerdo —accedió el aya, al tiempo que le dirigía una mirada al libro que tenía sobre la mesa, *El noble bandolero y la hija del avaro*. El marcador estaba bastante cerca del final.

—No vamos a callejear. Vamos a Chelsea, a visitar a una enferma —dijo Nancy.

—¡Oh! Pobre mujer. Tal vez debáis llevarle algo. —El aya buscó por los bolsillos de su delantal y extrajo una bolsa de papel en la que había varios caramelos de menta a rayas rojas y blancas. Les quitó una pelusa antes de ofrecérselos a Louisa—. Toma.

—Gracias, aya —respondió Louisa—, pero quédeselos usted. Volveremos pronto.

El trayecto a pie desde Gloucester Road hasta Lawrence

Street duraba solo media hora, y gracias al calor del sol poniente que incidía sobre sus rostros, fue agradable, pese a que eso no bastaba para alejar los miedos de Louisa. Condujo a Nancy a través de calles secundarias que no había visto nunca, a fin de apartarse del camino de las parejas ambulantes y los turistas. Al pasar por Elm Park Gardens, Louisa le señaló un bonito edificio de ladrillo gris a su joven pupila.

—Todo ese edificio está compuesto de pisos para mujeres —le explicó.

—¿Solo viven mujeres ahí? —preguntó Nancy, mirando las ventanas, en las que no se veía nada salvo sus cortinas abiertas.

—La mayoría de ellas dejaron sus hogares para venir a Londres a trabajar. A veces les hacíamos parte de la colada a algunas: las sábanas y cosas así. Ellas mismas se lavan la ropa interior en los lavabos de sus habitaciones.

—Suena de lo más deprimente —opinó Nancy.

—Yo no creo que lo sea —respondió Louisa—. Me hice bastante amiga de un par de ellas, y solían celebrar fiestas y reuniones. Algunas estaban muy contentas de trabajar en lugar de estar casadas, encadenadas al fregadero de la cocina, como solían decir ellas. No obstante, no llevan una vida fácil; no tienen mucho dinero.

—Pensaba que habías dicho que trabajaban.

—Sí, pero las mujeres no cobran tanto estipendio como los hombres, ¿sabes? No tienen personas a su cargo ni hijos. No es más que un poco de dinero para sus gastos personales.

—Pero han de pagarse su propio alquiler y su comida, ¿no es cierto? —repuso Nancy, pensativa.

Después de aquello, siguieron caminando en un amistoso silencio, hasta que llegaron a los bloques Peabody Estate. Aunque se encontraba a la vuelta de la esquina de las elegantes casas con balcón de Old Church Street, con sus bonitas puertas pintadas y jardineras bien cuidadas en las ventanas, Lawrence Street tenía cuatro edificios de cuatro plantas, en cuyas largas hileras de ventanucos solo eran visibles sus mosquiteras. En la esquina, delante de la taberna Cross Keys, se habían reunido algunos hombres a disfrutar del buen tiempo, mientras bebían cerveza y fumaban cigarrillos. pero sin hablar mucho.

Nancy se cogió del brazo de Louisa.

—¿Estamos a salvo aquí, Lou-Lou? —le susurró ella.

Louisa miró a Nancy, y luego a los hombres que había fuera de la taberna. Le pareció reconocer algo del hombre al que había conocido en Navidad en el perfil de uno de ellos, por lo que dio un respingo del que Nancy se percató.

—Son inofensivos —dijo Louisa—. Me preocupa más lo que pueda haber en casa de mi madre. ¿Y si Stephen está allí?

—Por eso estoy yo aquí —replicó Nancy—. No podrá hacerte nada si voy contigo.

Louisa asintió y ambas se dieron ánimos apretándose el brazo mutuamente antes de atravesar el gran arco que conducía al espacio abierto que ocupaba el centro de Peabody Estate. Había niños corriendo a toda velocidad, persiguiéndose y pellizcándose. Dos madres jóvenes se sentaban juntas sobre un parche de hierba, y cotorreaban como un par de periquitos mientras sus bebés mamaban en paz. El sol se estaba poniendo, y a su luz anaranjada, Louisa pudo ver a un gato bajo su antigua ventana, que estiraba las patas a la vez que parecía pensar en las aventuras que le esperaban durante la noche. Soltó a Nancy y salió corriendo hacia él, lo tomó entre sus brazos y apoyó el rostro sobre su cálido cuello. El gato ronroneó y se revolvió con suavidad.

—Es Kipper —le dijo a Nancy—. No es nuestro, vive cuatro puertas más abajo, pero era mi mejor amigo cuando era pequeña. Ahora está muy viejecito, el pobre.

—Me gusta su nombre —dijo Nancy, sonriente.

Con el gato todavía en sus brazos, sin importarle que fuera dejándole pelos naranja sobre su chaqueta azul, Louisa se acercó hasta las escaleras de su antiguo hogar, a la vez que Nancy la seguía. La puerta principal estaba sin cerrar, y Louisa aspiró los reconfortantes olores de las escamas de jabón y la col hervida. Vio que la chaqueta y el sombrero de Stephen no estaban colgados de los ganchos.

Dejó al gato en el suelo, que corrió pasillo abajo, y llamó a su madre:

—¡Ma! Soy yo. ¿Dónde estás?

175

—¡Oh, Louisa! ¿De verdad eres tú? Estoy aquí —respondió su madre desde la salita.

Las dos muchachas entraron en el espacio cálido y viciado, donde estaba Winnie sentada en un sillón junto al fuego apagado, con una gruesa manta de lana sobre sus rodillas y un chal sobre sus hombros, una figura cadavérica en la penumbra. Louisa volvió a recordar entonces lo mayor que era su madre en comparación con las madres de sus amigas. Esta vio a Nancy y empezó a atusarse el pelo, escondiendo los mechones canosos detrás de las orejas.

—Louisa, querida, deberías haberme dicho que venías, y además acompañada de una amiga.

—Hola, señora Cannon —dijo Nancy, ofreciéndole el brazo derecho—. Soy Nancy Mitford. ¿Cómo está usted?

Winnie soltó una risita.

—Oh, perfectamente, solo tengo un poco de frío —respondió antes de sufrir un corto acceso de tos, ante lo que Nancy no tuvo más remedio que bajar la mano. Cuando se hubo recuperado, miró a su hija y a su amiga—. No os pongáis tan serias. Estoy fresca como una lechuga. Es decir, todo lo bien que puedo estar.

—¡Oh, Ma! —dijo Louisa—. ¡Te he echado tanto de menos! —Se inclinó para abrazar a su madre y le dio un beso en la frente antes de que Winnie la apartara.

—No exageres. Deja que me presente a la señorita Mitford. —Alargó la mano, que Nancy tomó y estrechó con gentileza—. Bien, es un placer veros, pero ¿qué estáis haciendo aquí?

—Hemos venido a pasar unos días en Londres. Quería ver cómo estabas. También te he traído un poco de dinero.

—Lo que necesito es verte sentar la cabeza, niña mía —dijo Winnie—. Cuando tenía tu edad, yo...

—Tenías un marido para el que cocinar y limpiar, ya lo sé —repuso Louisa—. Para mí no es tan fácil.

Winnie levantó la nariz.

—No veo por qué no. Para mí fue de lo más sencillo. Una vez vi a tu padre entregando el carbón en casa de la señora Haversham, y eso fue todo.

Louisa miró a Nancy y puso los ojos en blanco. El cuarto estaba a oscuras, y aunque su vista se había acostumbrado, parecía que las sombras lo devoraban todo. Fue a encender la lámpara que estaba al lado de su madre, pero Winnie le retiró la mano.

—No se encenderá, querida. Todavía no he podido ir a pagar el recibo. Lo haré mañana. —Trató de sofocar otra tos.

—¿No has recibido el dinero de la oficina postal? —le preguntó Louisa—. He estado mandándote la mayor parte de mi sueldo cada mes.

—Sí, querida. Gracias. Lo único que sucede es que últimamente no he salido mucho de casa... —Parecía incómoda, y Nancy se alisó las faldas.

—¿Por qué no ha ido Stephen a pagar entonces?

—Oh, ya sabes cómo es tu tío... Lleva unos cuantos días fuera. No sé dónde estará.

—Sableando a alguien, seguro —replicó Louisa.

—No merece la pena alterarse. Estoy perfectamente bien. No hace frío y, además, cuando oscurece, ya estoy muy cansada. No tengo ganas de otra cosa más que de meterme en la cama y dormir. Tu padre y yo vivíamos así antes de la guerra, ¿sabes? Nos apañábamos con velas y, si quieres que te diga la verdad, la vida era mucho más fácil y sencilla.

Nancy tiró de la manga de Louisa.

—Tal vez debamos irnos ya. Puede que el aya esté preocupada. —Parecía inquieta.

—Espera aquí —dijo Louisa. Subió las escaleras a toda prisa y buscó debajo de la cama que había compartido con su madre. Sí, seguía estando ahí, en el rincón más alejado y polvoriento, sin descubrir. Volvió a bajar mientras lo limpiaba con la manga, y se lo entregó a su madre.

—¿Qué es esto? —preguntó Winnie.

—Monedas que fui ahorrando —respondió Louisa—. Debería haber suficiente para que pagues el recibo del gas.

—¿De dónde ha salido este dinero? —quiso saber Winnie, suspicaz.

—No son más que monedas sueltas que fui guardando, Ma. Tómalo, por favor. —Se agachó para besar a su madre en

177

la mejilla, y sintió la piel apergaminada bajo sus labios y olió su aliento amargo—. Te mandaré más dinero pronto, Ma —le susurró.

—Gracias —le dijo su madre. Louisa casi no pudo oírla, aunque tenía la cara al lado de la suya—. Pero no te preocupes por mí. Cuídate, mi niña, y así no tendré que preocuparme por ti. Solo quiero verte casada y en buena posición. —Se calló, respiró hondo un par de veces (hacía mucho tiempo que no decía tantas cosas de una sola vez), y luego habló con más firmeza—. ¿Sabes? Cuando me muera, podrías quedarte con este piso como mi sucesora. Así es como lo hacen en la Fundación Peabody. Tendrás todo lo que necesites, además de mis antiguos trabajos. Sé que mis patronas te aceptarían sin dudarlo.

Louisa intentó contener las lágrimas que amenazaban con derramarse sobre el rostro de su madre.

—Sí, Ma —dijo—. Eso haré. Adiós. Te escribiré pronto. Siento no haberlo hecho antes, pero no podía dejar que Stephen...

—Lo sé —contestó Winnie con voz ronca—. Adiós, querida.

Mientras se levantaba, Louisa vio que su madre se tapaba un poco más con la manta y volvía la cabeza hacia la pared, cerrando los ojos. Louisa y Nancy salieron del piso y empujaron la puerta con suavidad.

Al atravesar el césped, Louisa estaba a punto de decirle algo a Nancy —le había dolido ver el aspecto tan frágil de su madre— cuando oyó a un perro ladrar. Volvió la vista y distinguió a Socks corriendo bajo el arco, con las orejas levantadas. Seguramente habría divisado a Kipper, su antiguo enemigo. Stephen no podía andar muy lejos. Antes de que sus pesados pasos pudieran acercarse demasiado, Louisa agarró a Nancy de la mano y se llevó un dedo a los labios para asegurarse de su silencio. Entonces la guio hasta una puerta lateral que daba a las calles sombrías. Había logrado evadirse por los pelos, pero ¿cuántas veces más podría hacerlo sin que la descubriera?

29

*D*urante su viaje de vuelta a Londres desde Tonbridge, Guy no dejó de darle vueltas a la cabeza. Sabía que, antes de sacar alguna conclusión definitiva, debía descartar al hermano de Florence Shore como sospechoso. Al llegar a la comisaría, telefoneó a las compañías navieras transatlánticas que habían arribado a Londres desde los Estados Unidos durante los tres meses anteriores a enero de 1920 y pidió que le remitieran una lista con los nombres de los pasajeros. Esta llegó tan solo unos días más tarde, y, como sospechaba, el nombre de Offley Shore no figuraba en ninguna parte. Así pues, por lo que Guy sabía, el señor Shore ni siquiera había llegado a tiempo para asistir al funeral de su hermana.

Eso quería decir una cosa: Stuart Hobkirk era el principal sospechoso. El único sospechoso.

Lo que Guy tenía que hacer era llamar al señor Hobkirk para que prestara declaración, pero no podía hacerlo sin el permiso de Jarvis. Por lo tanto, le entregó un mensaje al secretario del superintendente para concertar una cita. Después se fue y se sentó detrás de un escritorio, donde se puso a mordisquear un lápiz mientras agitaba los pies.

—¿Puedes estarte quieto? —le dijo Harry—. Aquí hay alguien que intenta leer el periódico, ¿sabes?

—Lo siento No consigo concentrarme en nada.

—Ni yo, pero eso nunca me ha preocupado —respondió Harry con un bufido, y siguió leyendo las recomendaciones para apostar en las carreras de caballos.

Cuando se quedó sin lápiz, llamaron a Guy del despacho de

Jarvis. Allí, el aire estaba cargado (nunca abría una ventana), y pese a que aún no habían dado las cinco, Guy observó que Jarvis se había servido una copa generosa de whisky. La jornada de trabajo había tocado a su fin.

—Sullivan. —Jarvis estaba de buen humor—. ¿Qué puede hacer usted por mí? —Rompió a reír por su propia gracia.

Guy se quedó de pie delante de la mesa. Un reloj marcaba el tiempo con un ruidoso tictac y notó las gotas de sudor que le corrían por detrás de las orejas. Si no se daba prisa, se le iban a empañar las gafas.

—Se trata del caso de Florence Shore, señor. Creo que es posible que se haya producido un avance importante.

Jarvis se incorporó un poco.

—¿Eso cree? ¿Y cómo ha sido? No recuerdo haberle ordenado nada relacionado con el caso Shore. Después de todo, es la policía metropolitana quien se encarga de él. Por lo que a nosotros respecta, el caso está cerrado. ¿Es que se ha presentado alguien?

—No exactamente, señor. —Guy se concentró en mantener las manos cerradas detrás de la espalda, pese a que estaba deseando secarse la frente.

Jarvis no dijo nada más y esperó a que continuara.

—Está el primo, señor. Un tal Stuart Hobkirk. Optaba a beneficiarse del testamento.

—Igual que otros, según recuerdo.

—Sí, pero la última voluntad y testamento de la señorita Shore se modificó justo a finales de 1919, poco antes de su muerte, en favor de su primo.

Jarvis enarcó una ceja ligeramente.

—¿Cómo sabe todo eso?

Guy vaciló. No podía contarle toda la verdad.

—Me informó el abogado de la señorita Shore.

—Continúe. —El tono sonaba más desafiante que incitante.

—Por lo visto, hubo otros miembros de la familia que no se mostraron muy contentos porque recibiera la herencia. Como el hermano de la señorita Shore, por ejemplo. Esto parece indicar que se produjo un cambio inesperado en los intereses de la señorita Shore.

—No tiene por qué —respondió Jarvis—. La gente siempre

se sorprende por las disposiciones de los testamentos, sobre todo cuando descubren que han recibido menos de lo que esperaban.

—Tiene razón, señor. Sin embargo, su coartada es endeble. Cambió su historia. Al principio dijo que había trabajado en su estudio, pero cuando le pedí los nombres de las personas que estaban allí, afirmó que estaba solo en casa, pintando.

—Ya veo —dijo Jarvis, a la vez que rodeaba el vaso entre sus dedos.

—La otra razón es que se ha... sugerido que el señor Hobkirk y la señorita Shore mantenían una relación amorosa.

—Vaya al grano, Sullivan.

—No creo que lo que le pasó a la señorita Shore fuera un robo con violencia fortuito, señor. Creo que lo hizo alguien a quien conocía. Si recuerda la investigación, el forense dictaminó que no había signos de lucha.

—Lo recuerdo.

—Se me ocurrió que si la señorita Shore conocía a su atacante, no se habría resistido. Puede que hubiera estado hablando con esa persona, y que el golpe la pillara totalmente desprevenida. Señor, si mantenían una relación, es posible que fuera un crimen pasional.

Jarvis se quedó en silencio durante un minuto. Guy se rindió y tiró del húmedo cuello de la camisa con los dedos.

—Ya veo. De modo que, como cree que la señorita Shore podría haber conocido a su atacante, y porque alguien insinuó que el señor Hobkirk y ella mantenían una aventura, y porque le dejó un poco de dinero de más en el testamento, usted lo considera el principal sospechoso de un asesinato con premeditación. Tampoco parece que haya confiado en que sus superiores comprobaran su coartada. Supongo que busca mi aprobación para interrogarlo otra vez, ¿no es así?

La sombra bien conocida de la humillación descendió sobre Guy.

—Sí, señor. —Un ratón que se mordiera las uñas en un rincón habría resultado más audible que su respuesta.

—Ni siquiera quiero mencionar el hecho de que ha estado husmeando por ahí sin permiso. —Jarvis tomó un trago lento de whisky—. Váyase de aquí, Sullivan. No tengo tiempo que perder con bobadas como estas. Le recomiendo que se dedique a sus tareas habituales. Creo que mañana tiene programado hacer un inventario de los objetos perdidos de la estación de enlace de Walpole, ¿verdad?

—Sí, señor.

—No siga diciendo «Sí, señor».

—Sí, señor. Es decir, no, señor. Quiero decir, gracias, señor.

—Guy inclinó la cabeza, aunque no estaba seguro de si el súper lo miraba, y se marchó, a punto de que le resbalara la mano en el picaporte, pero logró cerrar la puerta sin hacer ruido al salir.

Aquella noche, Guy volvió a casa justo antes de que su madre empezara a servir la cena. Cuando entró en la salita, sus hermanos y su padre ya estaban a la mesa, una construcción que había sobrevivido a tres generaciones de codos y cubiertos. Las vetas lisas de madera de caoba pulida habían sido lijadas por el abuelo de Guy, un carpintero de cierto renombre en su círculo, cuya anécdota acerca de la ocasión en que le encargaron construir un armario para la doncella principal de la reina Victoria era bien conocida entre sus descendientes.

La señora Sullivan había dispuesto los seis asientos como de costumbre: seis platos blancos, seis tenedores pulidos, seis cuchillos con mango de hueso, seis gruesas tazas de porcelana con asa. Guy podía ver a su madre de espaldas en la cocina, inclinada mientras cortaba el pan. La grasa chisporroteaba sobre el hornillo a pesar de que el gas se había cerrado un minuto antes. Su cuerpo entero se concentraba en la tarea que tenía ante sí, con los pies separados en el suelo, la mano sobre el cuchillo que cortaba la barra, cada rebanada del mismo tamaño, con cortes tan rectos como las patas de la mesa. Sus hijos sabían que estaría esperando oír el sonido amortiguado de la puerta al abrirse, deseando que Guy apareciera antes de que el reloj marcara la hora. Quienes llegaban tarde, se quedaban sin cenar.

Guy se apresuró a sentarse en su silla, en una esquina junto a la de su madre, de espaldas a la ventana, donde una pequeña grieta que nadie había sido capaz de reparar dejaba correr una brisa fría sobre sus hombros.

La señora Sullivan, aún en la cocina, apenas si levantó la cabeza, cortó la sexta rebanada en silencio y llevó el pan a la salita. Ya había una fuente grande de patatas fritas calientes sobre la mesa. Los hermanos de Guy eran bullangueros, y no desperdiciaban ninguna oportunidad para tomarle el pelo, aunque se repitiera tan a menudo como aquella. Se produjo un clamor mientras cada uno de ellos trataba de soltar su pulla en voz más alta que los demás.

—¿Qué ha sido esta noche, eh? ¿Se quedó un semáforo en rojo?

—¡El ejército te habría endurecido, muchacho!

—En el ejército no se puede llegar tarde, ¡ya te habrían fusilado!

Guy no respondió. Sabía que no existía defensa posible que fuera a escuchar ninguno de ellos. Desestimó sus palabras con un gesto de la mano y una sonrisa burlona, para demostrar que no le importaban.

—¿Qué hay para cenar, madre? —preguntó.

—Patatas, como puedes ver. Pan y grasa. Nada de azúcar esta noche —dijo al tiempo que arrastraba su silla, en tono serio, pero con el rostro franco y un levísimo esbozo de sonrisa en los labios.

El señor Sullivan los llamó al orden, y todos inclinaron sus cabezas para orar.

—Señor, te damos las gracias por los alimentos que vamos a recibir. Amén.

Las seis cabezas se alzaron al unísono, y cuatro pares de manos saltaron codiciosamente sobre el pan y las patatas en un movimiento perfectamente sincronizado, antes de que sus padres cogieran su parte, tras lo que se fue pasando la jarra de grasa caliente de uno a otro. La señora Sullivan vertió leche en cada taza y luego sirvió el té.

Se hizo el silencio durante un rato mientras todos comían y bebían, hasta que fue roto por Walter, el hermano mayor y el más grande. Su padre solía bromear diciendo que Walter y Ernest eran gemelos engendrados con diez meses de diferencia, al estilo irlandés, y parecía como si Walter hubiera acabado con las fuerzas de su madre al concebirlo, y no le hubiera quedado ninguna para Ernest. El «gemelo» más joven fue un bebé menudo, peligrosamente incluso, y había estado flaco desde entonces. Ambos hermanos trabajaban juntos en una obra situada en Vauxhall Road, en la que Ernest era capaz de cargar con un capazo de ladrillos con la misma facilidad que Walter, para gran sorpresa del capataz.

—¿Qué ha sucedido esta vez, Guy? ¿Había ovejas en las vías? —se burló Walter con disimulo sobre su té.

—No eran ovejas —repuso Ernest, fingiendo corregir a Walter—. Pero he oído que había un gato en celo merodeando por la estación Victoria. Creo que ha puesto a la policía en una situación de lo más peliaguda.

Walter le dio un manotazo a su hermano en la espalda y enseñó los dientes con un único «ja» silencioso.

—Bueno, ya basta —dijo la señora Sullivan.

—No pasa nada, madre —repuso Guy, levantándose las lentes—. El súper me ha entretenido un rato. Quería intercambiar algunas palabras conmigo.

184 Se enderezó un poco en la silla, tratando de hacerles creer que habían sido buenas palabras, pero sin éxito. Los hermanos se echaron a reír como en una tira cómica, aunque sus padres mantuvieron el semblante adusto, mirándose uno a otro desde cada lado de los restos de la cena.

—¿Te van a hacer encargado de las jardineras colgantes? ¿Para que nadie se quede sin petunias en el andén siete? —Eso último lo dijo Bertie, el hermano pequeño, quien había cambiado de posición desde que Tom muriera.

Guy cortó un pedazo de pan con las manos y lo restregó por el plato, empujando lo que le quedaba de grasa en círculos cada vez más pequeños. La jarra había circulado por la mesa en el sentido de las agujas del reloj, y dado que su madre iba detrás de él, no le gustaba echarse demasiado. Mientras hacía girar el pan y la manteca dulce, los sonidos de su familia fueron extinguiéndose. Si seguía mirando su plato durante el tiempo suficiente, dejaría de oírlos del todo.

Sabía que tenía razón acerca de Stuart Hobkirk. Y lo iba a demostrar.

30

—¡*L*ou-Lou! ¿Dónde estás? ¡Necesito tu ayuda inmediatamente!

Louisa oyó los gritos que profería Nancy a cada paso que daba, mientras subía las escaleras desde el comedor hacia el cuarto de los niños, hasta que la encontró en el armario de la ropa blanca, donde doblaba fundas de almohada con parsimonia, sin ganas de ser descubierta.

—¡Te he estado buscando por todas partes!

Louisa despertó de sus cavilaciones.

—Perdón —dijo—. ¿Qué es lo que ocurre?

Nancy estaba ante ella, con sus ojos verdes brillantes como antorchas.

—Es hoy. Hoy es cuando viene. Creía que era mañana, pero no, es hoy. Mamu acaba de recordárselo a Papu y no estoy lista en absoluto. Quería ponerme mi vestido azul, pero creo que está sin planchar…

El clan Mitford había regresado a Asthall Manor desde Londres, y Louisa no se había imaginado que fuera a alegrarse tanto de volver a ver la casa. Puede que se tratara de su lugar de trabajo, pero también empezaba a sentirlo como un hogar. El alivio de saber que su madre estuviera sobreviviendo, al menos tanto como siempre, y de que Stephen no pudiera dar con ella desde allí, era algo que le aportaba calma: una sensación nueva y maravillosa.

El mes de junio en los Cotswolds seguía asombrándola con su creciente belleza. Después de la explosión de colores y fragancias de mayo, embriagadora por su floración y los cantos constantes de los pájaros, los días largos y serenos de junio, durante los que las abejas se zambullían en el interior de las pesadas rosas, hacían que se sintiera como si pudiera tumbarse entre la hierba y desaparecer como Alicia en el País de las Maravillas.

Durante ese día, lady Redesdale, en su calidad de fundadora y directora del Instituto Femenino de Asthall y Swinbrook, iba a ser la anfitriona de uno de sus frecuentes almuerzos del comité, una ocurrencia que no mereció comentario alguno por parte de nadie, excepto de la señora Stobie, quien se quejó amargamente de que, a pesar de que hablaban tanto de obras benéficas, era ella la que estaba necesitada de caridad por tener que echar todas esas horas de más para preparar un postre.

—¡Louisa! —Nancy sacudió sus faldas con aire caprichoso.

—Perdón —dijo la joven, dejando las fundas de almohada—. ¿A qué hora vendrá?

—Hooper va a recogerlo de la estación a las doce. ¿Crees que debería ir yo también a recibirlo? ¿O debería esperar aquí hasta que llegue? La verdad es que no quiero que Papu se entrometa demasiado. Después de todo, es a mí a quien quiere ver.

—No lo sabemos con seguridad.

—Pero si escribió a Papu después del baile. No veo qué otra razón podría tener para venir aquí si no.

—Cada cosa a su tiempo —repuso Louisa—. No, no creo que debas acudir a la estación para recibirlo.

—Puede que me considere una maleducada por no ir —replicó Nancy. Louisa casi podía verla hincharse como la masa de la señora Stobie al calor del horno.

—El señor no lo permitirá —respondió con convicción. Durante los últimos tres meses, había llegado a conocer las maneras de su patrón.

—No —masculló Nancy—. Supongo que no lo permitirá. Seguro que Papu ni siquiera me dejará sentarme a su lado durante el almuerzo. Si pudiera decirle que nos conocimos en el baile, sabría que...

Louisa la interrumpió.

—No puedes hablarle al señor del baile. Sería una pésima idea. Lo único de lo que debemos asegurarnos es de que el señor Lucknor no mencione el baile ni que te conoció allí. Quizá podrías esperarlo en la puerta principal para cuando llegue, y pedirle que sea discreto. ¿Qué te parece?

—Pero Mamu estará allí, y es probable que todos las demás también, las muy brutas —dijo Nancy, desanimada.

—Cierto. En ese caso, le pediré a Hooper que me lleve con él a la estación. Diré que tengo que parar en el pueblo por algún motivo, para comprar aceite de ricino o algo así —sugirió Louisa—. Y tendrás tu vestido azul; puedo plancharlo si quieres.

—Oh, gracias —respondió Nancy—. No sé lo que haría sin ti, querida.

Cuando llegaron a la estación justo antes de mediodía, Hooper mascando tabaco en silencio mientras tiraba de las riendas del carruaje ligero, Louisa vio a lo lejos la voluta de humo que anunciaba la ansiada llegada del tren y de su pasajero, Roland Lucknor.

Louisa se encaminó hacia el andén de la estación cuando entraba el tren, cuyas puertas se abrieron antes de que se hubiera detenido del todo. Observó cómo se apeaban los pasajeros y se recordó llegando a esa misma estación solo cinco meses atrás, andrajosa y asustada, aunque esperanzada. Cuando vio a Roland, le pareció distinguir alguna de esas sensaciones en él. Era un hombre apuesto de hombros anchos, pero, aunque sus zapatos relucían lustrosos, su traje parecía quedarle un poco ancho sobre su esbelta figura.

Lo saludó con la mano y él se acercó a ella.

—Hola, señor Lucknor —dijo—. Puesto que tenía que hacer un recado en el pueblo, he aprovechado para venir a recibirle. Y como hace un día tan bueno, el señor ha decidido mandarle el carruaje para llevarle hasta la casa. Me temo que, tras el racionamiento de la gasolina después de la guerra, prefieren no usar el automóvil con demasiada frecuencia. De todos modos, no tardará mucho tiempo en llegar.

—Gracias —repuso Roland—. Son muy amables por haber enviado a alguien a recogerme.

Louisa le dedicó una sonrisa y se dio la vuelta, indicándole que la siguiera. En el carruaje, Louisa se sentó en el banco de atrás, con vistas a la carretera que iba quedando a sus espaldas, dejando que Roland se sentara al lado de Hooper, quien se limitó a dirigirle un gruñido a su nuevo pasajero. Ante la presencia de Hooper, la relajada informalidad que disfrutaron durante aquel largo paseo por el Londres de noche se había esfumado.

Hooper tiró de las riendas y cruzaron a paso ligero a través de Shipton-under-Wychwood, donde la cremosa piedra de las casas de los Cotswolds se veía más hermosa que nunca a la luz de junio. A ambos lados de los muros bajos se podía ver a jardineros que daban los toques finales a las composiciones que culminaban los trabajos de todo el año; a jovencitas ataviadas con vestidos blancos bordados que paseaban por el pueblo cogidas de la mano, admirándose unas a otras; y a madres que hacían un descanso durante la preparación del asado dominical, de pie al fresco de los portales de sus casas, con las caras enrojecidas y sus delantales floreados, saludando a sus vecinos.

Cuando alcanzaron la carretera más amplia que les conduciría hasta Asthall Manor, con sus zanahorias silvestres y sus estallidos de flores blancas, en espesos matorrales que se apiñaban a ambos lados, sin que se oyera sonido alguno aparte de los cascos de los caballos, Louisa se volvió y tocó a Roland en el hombro.

—Perdone, señor Lucknor, pero hay algo que debo decirle.

El otro miró a Louisa con gesto preocupado, en alerta. A la luz del sol, se le veían los ojos más negros que nunca.

—¿De qué se trata? —preguntó.

Louisa se inclinó hacia delante para comprobar que Hooper no estuviera escuchando, y susurró:

—Verá, es acerca del día en que nos conoció usted a la señorita Mitford y a mí...

—¿Y bien?

—No debíamos estar en ese baile. Lord y lady Redesdale no lo saben.

—Ya entiendo —dijo Roland con una mirada de desaprobación, pese a que no tenía la edad suficiente para ejercer efecto.
Él no le daba miedo.

—Por ese motivo, cuando vea a la señorita Mitford, quizá pueda... —Volvió a mirar a Hooper, pero seguía mascando
despacio, con los ojos clavados en el caballo—. Quizá podría
fingir que es la primera vez que la ve. El problema es que si
usted dice que conoció allí a la señorita Mitford, ella se verá en
un terrible apuro, y es probable que yo pierda mi trabajo. Se lo
ruego, señor. Soy consciente de que es abusar.

Roland miró a Louisa con expresión serena. De repente,
esbozó una sonrisa y dijo:

—Por supuesto. No tiene nada de que preocuparse. —Entonces se giró hacia delante y no volvieron a dirigirse la palabra durante el resto del trayecto.

189

31

*C*uando el carruaje rodeó el inmenso roble de la entrada, Louisa divisó a Nancy, que paseaba por el sendero del jardín haciendo un claro esfuerzo por aparentar indiferencia, a la vez que se agachaba para oler las rosas recién abiertas, algo que no recordaba haberla visto hacer antes. Le resultó imposible no sonreír ante las muestras evidentes del enamoramiento de Nancy: se había cepillado el pelo y lo había vuelto a cepillar, hasta imponerle forma en contra de su voluntad, y tenía un rubor rojizo entre las clavículas.

Roland no pareció verla, sino que miraba a lord Redesdale, de pie frente a la puerta principal, quien saludó al recién llegado con una escopeta apoyada en el brazo.

—¡Ah, hola! Disculpa por la escopeta. Ya sabes cómo son esos puñeteros conejos... ¿Cómo ha ido el viaje en tren? Bien, bien. —La última frase la dijo sin esperar a que respondiera.

Pamela estaba junto a su padre, observando la llegada del invitado. Parecía tranquila y desastrada como era habitual en ella, siempre un poco apartada de sus hermanas, pero nunca arisca. Si no fuera por Nancy, lo más probable es que Pamela hubiera sido la favorita de Louisa. Enseguida borró esa idea de su mente; el aya solía decirle que, en lo tocante a los niños, no se podían tener favoritismos.

Louisa vio que lord Redesdale le hacía un gesto a Nancy, quien había intentado cortar una rosa de té de color rosa, pero sus pétalos se habían desparramado a sus pies, dejando solo un tallo que no pudo arrancar. No se trataba de la imagen de elegancia veraniega que había pretendido mostrar.

—Esta es mi hija mayor, Nancy —dijo lord Redesdale con displicencia. Nancy intentó volverse para saludar con la mano, pero la sorprendió en mitad del tirón y no lo consiguió. Su padre le dedicó una mirada rápida y soltó un refunfuño—. Adelante, adelante. Tenemos el tiempo justo para tomar una copa antes del almuerzo. Doce minutos. ¿Un bloody mary? Bien, bien.

Nancy se abalanzó sobre Louisa y la sujetó por los brazos.

—¿Le has comentado algo? Ni siquiera me ha mirado.

—Sí, no creo que vaya a delatarnos. He de volver al cuarto de los niños. Intenta estar tranquila —le aconsejó Louisa, inquieta ante la reacción de Nancy. No era nada propia de ella.

—Eso haré —respondió ella—, pero es que… ¿Has visto lo guapo que es? Parece un pianista francés. Con esos ojos tristes y esos dedos largos y delicados.

Louisa se echó a reír, y luego se obligó a adoptar una actitud seria.

—Creo que el aya diría que has estado leyendo demasiadas novelas. —Nancy le respondió con un profundo suspiro—. Vamos, pues, ahora debes estar calmada. Si descubrieran lo del baile…

—No te preocupes, no lo harán. Será mejor que entre. Iré a buscarte después del almuerzo para contarte cómo ha ido —dijo Nancy al tiempo que echaba a correr hacia la casa, antes de recuperar la compostura y detener los pies de golpe, alisarse la falda y el peinado como hacía su madre y entrar con paso lento y la frente muy alta en el salón.

Louisa entró a la casa por la puerta de la cocina, en la parte trasera, donde encontró a la señora Stobie presa de una gran agitación.

—Esa desgraciada de Ada está en cama gimoteando por un resfriado —se quejó—. La señora Windsor se ha lavado las manos con respecto a ese tema, cosa muy práctica para la gran señora, pero yo voy a servir sopa de primer plato, lo que además sacará a lady Redesdale de sus casillas…

—¿Por qué? —preguntó Louisa.

—A mí no me preguntes —rezongó la señora Stobie—. Por

lo visto, nunca debe servirse sopa durante el almuerzo, aunque no entiendo por qué no. Y de todos modos, esto es una *vichyssoise*: fresca y agradable en un día como este.

—¿Qué tal si la ayudo? —se ofreció Louisa.

—La verdad es que me vendría bien, pero será mejor que vayas primero a ver al aya. No quiero que me eche las manos al cuello igual que la señora Windsor.

Y así fue como Louisa acabó repartiendo la *vichyssoise* en el comedor, para leve sorpresa de todo el mundo, a la vez que la señora Windsor servía el vino de Sancerre. Lady Redesdale enarcó una ceja pero no dijo nada. En todo caso, resultaba evidente que estaba mucho más interesada en su invitado, que se sentaba a su izquierda.

—Dígame, señor Lucknor —le dijo—, ¿qué ha estado haciendo desde que acabó la guerra?

Roland tomó un sorbo de vino y se aclaró la garganta antes de contestar.

—Verá, lady Redesdale, si he de serle sincero, le diré que no me ha resultado fácil. Dejé el ejército hace poco. Me licenciaron a finales del año pasado. No obstante, sí he participado en uno o dos proyectos empresariales…

—No me aburra con esas cosas —repuso tajante lady Redesdale.

Nancy, que los contemplaba desde el otro extremo de la mesa, se mostró horrorizada por la brusquedad de su madre. Le dirigió una mirada esperanzada a la señora Windsor cuando se acercó con el vino, pero no obtuvo más que una inclinación silenciosa de cabeza. Estaba condenada a seguir siendo una niña sentada a la mesa de los mayores.

—Lo que me gustaría saber —continuó lady Redesdale, esta vez con más suavidad— son las cosas que le interesan.

—Aparte de los negocios, diría que la política —repuso Roland con cautela—. Vivimos una época interesante, ¿no le parece? Una nueva década, el fin de la guerra…

Un hombre joven, pero de cabello canoso con una severa raya en medio, dejó de olisquear la sopa y dijo alegremente:

—Resulta alentador que piense usted así. Lady Redesdale ha tenido la bondad de ser quien organice la colecta de fondos del Partido Conservador de este verano. Yo soy el candidato aspirante.

Asintió para sí, como si quisiera corroborar la veracidad de lo que acababa de decir, se metió la parte inferior de la corbata dentro de la camisa y alzó la cuchara sopera.

—¿Aspirante? —bramó lord Redesdale desde el otro extremo de la mesa—. ¡Si ese escaño no es cosa hecha, yo soy Lloyd George!

A la señora Goad, una de las colaboradoras más fieles del comité del Instituto Femenino, se le salió el vino por la boca al oírlo, lo que hizo que lord Redesdale se riera con más ganas, hasta que su esposa lo mandó callar con una mirada. Según pudo observar Louisa, por una vez Nancy parecía estar intimidada por la situación. Ninguna de sus hermanas estaba presente en el almuerzo, y únicamente había logrado sentarse a la mesa a cambio de prometer que ayudaría en la fiesta para recaudar fondos, aunque sabía bien que el más mínimo desliz causaría su expulsión inmediata.

Lady Redesdale hizo caso omiso del alboroto y volvió a dirigirse a Roland, quien había empezado a comer con delicadeza. Louisa se puso a trastear con la sopera y el cazo en la mesa camarera. Debía asegurarse de que él no dijera algo que pudiera delatarla.

—Estoy de acuerdo —repuso lady Redesdale, como si nada hubiera sucedido—. Es una época interesante. ¿Tiene intención de entrar en política algún día?

—Nunca se sabe, lady Redesdale. Sin embargo, a veces me pregunto si no podrán hacerse más cosas desde abajo, por así decirlo.

No cabía ninguna duda de que Lady Redesdale respondía con agrado a la actitud modesta y el buen aspecto del joven.

—Sí, tiene usted toda la razón. No todos podemos dedicarnos a gobernar el país desde las altas esferas. —Se echó a reír con una risa tintineante, que le valió una mirada de perplejidad de lord Redesdale desde el otro extremo de la mesa.

Louisa no podía demorarse por más tiempo; la señora Windsor empezaba a lanzarle miradas furtivas. Así pues, volvió a bajar hasta la cocina, donde la señora Stobie se afanaba en preparar el asado de ternera, que con toda seguridad iba a estar pasado antes de que se hicieran las patatas. Mientras envolvían la ternera en un trozo de lienzo para dejarla reposar, Louisa no cesaba de saltar sobre uno y otro pie, lo que llevó a la señora Stobie a preguntarle irritada si necesitaba excusarse para ir al baño.

Al volver al comedor, mientras retiraba los platos de la sopa y repartía las lonchas de ternera con patatas gratinadas al estilo delfinés y zanahorias con mantequilla, Louisa pudo advertir que la conversación fluía sin tropiezos. Roland había perfeccionado la técnica de arrancarle risitas a lady Redesdale, un sonido que ninguno de los habitantes de Asthall Manor estaba seguro de haber oído antes.

La señora Goad se entregaba a cada plato con delectación, aceptaba repetir de buena gana y habló bien poco hasta que le pusieron delante las fresas con nata cuajada, cuando emitió un jadeo de satisfacción y dijo:

—Prepara usted los almuerzos más maravillosos, lady Redesdale.

Lady Redesdale había tenido tanto que ver con la preparación de la comida como con la colocación de las tejas en el tejado, pero de todos modos se alegró de recibir el cumplido.

Después del postre se puso en pie, momento en el que Nancy y la señora Goad hicieron lo propio, y entonces dijo:

—Me temo que requiero la presencia del señor Coulson para tomar un café en el salón. A fin de cuentas, la de hoy es, en puridad, una reunión del comité. Le ruego que me disculpe, señor Lucknor. Espero que podamos volver a verle pronto.

Roland se levantó e hizo una reverencia.

—Desde luego, lady Redesdale. Ha sido un placer.

El señor Coulson, sonriente, se sacó la corbata de la camisa y se despidió de lord Redesdale y de Roland con un leve asentimiento de cabeza antes de acompañar a las damas.

—Se ha acabado el oporto, viejo amigo —señaló lord Redesdale con tono afable—. ¿Pasamos a mi despacho? Allí podremos conversar sobre esa propuesta de negocios tuya. Estoy muy interesado...

Y

Al cabo de una hora más o menos, Louisa estaba bajando al vestíbulo, con Decca aferrada con fuerza a una de sus manos y Unity siguiéndolas a la zaga con gesto hosco, de camino a dar un paseo por el jardín, cuando descubrió a Nancy, quieta como una estatua y con la oreja bien pegada a la puerta del despacho de lord Redesdale. Antes de que Louisa pudiera abrir la boca, Nancy se llevó un dedo a los labios. Entonces se enderezó y se acercó hasta ella.

—Llevo una eternidad con la oreja puesta —murmuró—. He estado esperando a que pronunciaran mi nombre, pero no, no han dicho absolutamente nada de mí. Oh, Lou. ¿Crees que él no siente lo mismo que yo? ¡Si es así, me consumiré de dolor! —Hizo el numerito de llevarse la mano a la garganta, pero con ánimo jocoso.

Louisa trató de mostrarse disgustada, pero no podía evitarlo: Nancy la hacía reír más que ninguna otra persona.

—En tal caso, supongo que tampoco se habrá hecho mención del baile.

—No, por lo que he podido entender, han estado hablando de la guerra y del golf. No podía haber sido más aburrido.

—¿Estás segura de que eso ha sido todo? —En el fondo, Louisa sabía que no debía preguntar. Tenía tanto derecho a saber lo que sucedía tras esa puerta como a sentarse en la silla del primer ministro, pero fue incapaz de resistirse.

—Sí, eso creo. Pero no me ha resultado fácil oírles. Parecía que estuvieran cuchicheando.

—En fin, sea lo que sea, esa conversación no es de nuestra incumbencia. Aléjate ahora mismo de esa puerta.

—Sí, sí, lo haré. Solo quería…

Nancy se sobresaltó al oír el sonido del picaporte al girar y estuvo a punto de saltar en brazos de Louisa, si no hubiera sido porque Decca seguía aferrada a ella con todas sus fuerzas. Unity se encogió contra la pared al ver que se abría la puerta a prueba de niños de su padre. Roland se estaba despidiendo de lord Redesdale, quien le pidió que fuera él mismo hasta la salida. Louisa sabía que lo próximo que se oiría sería algún

195

disco sonando desde el gramófono y unos suaves ronquidos entre canción y canción.

Louisa y Nancy se quedaron mudas, petrificadas ante la aparición de Roland, pero por suerte fue él quien rompió el hechizo.

—Señorita Mitford, tenía la esperanza de volver a verla.

—No me diga —replicó Nancy con altivez.

—Veo que se dispone a sacar de paseo a las pequeñas —indicó él, a la vez que Unity, escondida detrás de Louisa, asomaba la cabeza dejando ver una pamela blanca de algodón bastante torcida—. ¿Puedo acompañarlas? Aún falta media hora hasta que me lleven a la estación.

—Con mucho gusto, señor —dijo Louisa, hablando por Nancy —. Solo vamos a dar una vuelta por el jardín.

Mientras salían al bochorno de la tarde, Louisa oyó que Roland le decía a Nancy: «Señorita Mitford, ¿puede ser que hayamos coincidido en algún otro lugar?», a lo que Nancy respondió enarcando una ceja.

32

A Louisa le llegó una carta de Guy, en la que le preguntaba si le apetecía viajar con él a Cornualles. «Debo llevar a cabo algunas pesquisas en la zona», leyó en voz alta.

Nancy había estado dando rienda suelta a sus poéticos sentimientos hacia Roland, y había algo en el calor del sol que animó a Louisa a hacer lo mismo con Guy. Sentadas en la hierba como estaban, no parecía que hubiera ningún mal en ello, con Debo echada sobre una manta junto a ellas, mientras el aya Blor tejía una chaquetita de color amarillo limón en el banco que había debajo del árbol.

—¿Pesquisas? —dijo Nancy—. ¿Sobre el caso de Florence Shore? Qué suerte tienes.

—No seas boba —le contestó Louisa, que ya empezaba a arrepentirse de estar leyendo la carta en voz alta—. Luego sigue: «Había pensado ir durante la semana de vacaciones que tengo a finales de este mes. Hay un tren que sale desde Paddington hasta Saint Ives, donde mi tía regenta una pequeña pensión. ¿Querría usted acompañarme? Es un bonito lugar y es posible que disfrute de ver la llegada de los pescadores con sus capturas».

—La pensión de una tía —comentó Nancy—. ¿Se refiere a que durmáis bajo el mismo techo? A mí me suena terriblemente obsceno.

—Guy jamás insinuaría nada que fuera obsceno —replicó Louisa, tratando en vano de mostrarse indignada—. Además, ahora soy una mujer independiente. ¿Quién me va a decir a mí si puedo ir a Cornualles con un hombre o no?

—Supongo que tienes razón. Lo único malo es que la envidia me corroe. Mírame a los ojos: ¡están más verdes que nunca! —En ellos relució un destello malévolo que hizo reír a Louisa. De alguna manera, sabía que aquel iba a ser el último verano de la niñez de Nancy. Según le había dicho, ya se sentía próxima a convertirse en la mujer adulta que tanto ansiaba llegar a ser.

—El problema es que no sé si quiero ir —dijo Louisa con tono tristón, al tiempo que se estiraba para sujetar a Debo, quien trataba de tumbarse boca abajo, sin gran éxito. Tomó al bebé en sus brazos y acarició su tersa cabeza con suavidad—. La cuestión es que no nos conocemos. No como es debido.

—Te conoce lo bastante para saber que le gustas —repuso Nancy.

—Pues no es suficiente —respondió Louisa, con un tono con el que esperaba lograr que Nancy cambiara de tema. Aunque Guy le gustaba, la idea de alternar con un policía le resultaba inconcebible. En su entorno, la policía era el enemigo, y ella misma había tenido un par de encontronazos que la habían hecho sentir temerosa y avergonzada. Además, tampoco estaba segura de si alguno de sus compañeros del cuerpo podría reconocerla.

No. Era imposible.

Sin embargo, Nancy no se había percatado de la incomodidad de Louisa y seguía parloteando.

—En realidad, estamos ayudándolo a resolver el caso Shore, ¿no? Y a propósito, hablando del caso, cuanto más pienso en ello, más convencida estoy de que fue ese primo suyo, el pintor. Le hacía falta el dinero, ¿verdad? Te lo digo yo: siempre se trata de una cuestión de dinero.

—¿Qué hay del hermano? Él también iba a heredar, y le molestó que el primo fuera a quedarse con un buen pellizco —señaló Louisa.

—Offley se encontraba en América; tuvo que ser Stuart —dijo Nancy, quien rara vez se bajaba del burro.

—¿Y si su hermano contrató a alguien para que lo hiciera? —preguntó.

Nancy descartó la teoría por encontrarla demasiado inverosímil.

—En fin, fuera como fuese, no lo sabemos —dijo Louisa poniéndose en pie—. Ahora voy a meter a la señorita Debo en casa; hay que cambiarle el pañal.

Louisa respondió a Guy para decirle que no iba a viajar a Cornualles con él. Sintió una punzada de pena al hacerlo, pero sabía que era lo más sensato. No tardó mucho en recibir una descorazonada respuesta. Guy tampoco estaba muy seguro de cómo proceder, y así escribió:

> Me resulta difícil decidir si debo proseguir o no con este caso. He estado llevando a cabo las indagaciones que he podido, pero mi superintendente ya no me permite abandonar mis otras tareas en pos de más pistas —aunque tampoco es que haya surgido alguna nueva—. Si descubriera que he ido a Cornualles, mucho me temo que no le sentaría bien. Lo único que sabemos es que un hombre de traje color castaño subió al tren en Victoria y es posible que bajara en Lewes. Hace poco entrevisté al guarda y su descripción del hombre que se apeó no se corresponde con la que proporcionó la amiga de la señorita Shore. Es posible que ni siquiera se tratara del mismo hombre.
>
> Tampoco se ha encontrado ningún arma, y ese es el mayor problema. El doctor Spilsbury dijo que la habían golpeado con un instrumento contundente, que pudo ser un revólver o el mango de un paraguas. En cuanto a la identidad del hombre del traje color castaño —suponiendo que fuera alguien conocido para ella, como creemos—, los únicos sospechosos con los que he podido dar han sido Stuart Hobkirk, su primo, por el motivo de que optaba a heredar algo de dinero y a que su coartada es endeble, y su hermano Offley Shore, quien quiso impugnar el testamento. Sin embargo, reside en California y no ha pisado Inglaterra en todo este tiempo. No es suficiente.

Louisa se imaginó el rostro gentil de Guy, inclinado sobre la carta con gesto de concentración, frunciendo un poco el

199

ceño a fin de reunir el valor con el que hablarle de su desencanto y su frustración.

De repente recordó algo que había dicho Nancy cuando estaban en el tren de camino a la casa de Rosa: que las puertas no se abrían desde dentro. Para salir, debía abrirse la ventanilla y asomarse al exterior para girar el picaporte de la puerta desde fuera. El guarda dijo haber visto que un hombre bajaba del tren en Lewes, pero no hizo mención alguna de que volviera a bajar la ventanilla. Y sin embargo, los empleados del ferrocarril dijeron que cuando subieron en la siguiente parada, ambas ventanillas estaban cerradas.

No tenía muy claro lo que significaba aquello. De lo único de lo que estaba segura era de que no le gustaba que Guy estuviera triste, así que se preguntó qué era lo que podría hacer ella para echarle una mano.

Por la noche, después de arropar bien a las pequeñas en la cama, Louisa y el aya Blor estaban disfrutando de una cena tardía en la salita del cuarto de los niños: cacao y rebanadas de pan, untadas con una espesa capa de mantequilla salada.

—¿Llegó a conocer alguna vez a Florence Shore? —preguntó Louisa en el silencio que se hizo mientras bebían su cacao caliente.

—Por el amor de Dios, querida. ¿Qué te ha hecho volver a pensar en la pobre señorita Shore? —le dijo el aya, a la vez que dejaba el cacao y buscaba una cuchara en su delantal. Toda clase de cosas parecían emerger de sus bolsillos profundos. En una ocasión, Louisa la vio sacarse una dentadura postiza, tras lo que el aya se limitó a decir «Oh, qué útil», y la volvió a guardar. El aya nunca había usado una dentadura postiza.

—No lo sé —mintió Louisa—, acaba de venirme a la cabeza. Pero ¿lo hizo? ¿La conoció?

—No —dijo el aya—. Era amiga de Rosa y nunca coincidimos en nuestras visitas. Oí a mi hermana hablar de ella durante muchos años, desde que se conocieron en la escuela de enfermería. Su nombre, ya sabes, lo de Nightingale, hacía que despertara la curiosidad desde el principio.

—¿Cómo era? —le preguntó, a la vez que levantaba las piernas por encima del sillón, como si se dispusiera a escuchar un cuento para dormir.

—Oh, no sé qué podría atreverme a decir —repuso el aya, amenazando con soltar un resoplido que terminó siendo una tos—. Creo que era como la mayoría de las de su clase; me refiero a las enfermeras de guerra. Nunca dicen gran cosa: se dedican a su trabajo. Rosa le tenía cariño, sin embargo. Creo que era una persona leal, amable. Guardaba las distancias.

—¿No se casó nunca?

—Oh, no, estaba casada con su trabajo. Por lo que creo, sí que hubo un hombre en su vida. Un primo suyo, artista. Pero existía algún motivo por el que lo suyo no pudo ser. Además, estaba muy unida a su amiga Mabel. Puede que a Flo le preocupara dejarla sola si se iba a vivir con un marido. Pobre Mabel, se habrá tomado su muerte muy mal.

—¿Qué solía hacer cuando no estaba trabajando?

—Ten cuidado, ¿no recuerdas lo que la curiosidad le hizo al gato? —El aya respondió con tono brusco, pero Louisa sabía que le gustaba el chismorreo; aquello no era más que un simulacro de resistencia—. Iba a visitar a sus amistades; siempre fue una persona muy querida. Y contaba con cierto capital: procedía de una buena familia y heredó bastante, de modo que creo que podía mantenerse a sí misma sin problemas.

—Hasta el final —apostilló Louisa.

—Sí —convino el aya con tristeza—, hasta el final. Nadie sabe lo que le pudo suceder. Parece una manera muy cruel de acabar con una vida que fue vivida para los demás. Supongo que habrá recibido su recompensa en el cielo. Ahora bien, no habrá ninguna recompensa para mí si me quedo aquí hablando hasta las tantas. Voy a entregarme a los brazos de Morfeo. ¿Te encargarás de apagar las luces?

—Por supuesto —dijo Louisa—. Buenas noches, aya.

—Buenas noches, niña.

$\mathcal{N}$o pasaron muchos días hasta que Nancy le enseñó a Louisa una carta que sacó de su bolsillo con timidez.

—Me ha escrito —dijo, con el triunfo pintado en la cara.

Y efectivamente, así era. Roland —quien había firmado como «Su fiel servidor, Roland Lucknor»— le había mandado un breve mensaje a Nancy, en el que le daba las gracias por el «agradabilísimo» paseo por el jardín, y comentaba que esperaba volver a verla en Londres. Aunque sabía que no debían hablar de ese tema, se alegraba de su encuentro fortuito durante el baile, pues de ese modo había podido dar con lord Redesdale. «A quienes estuvimos en Ypres no nos resulta fácil hablar de aquellos años —escribió—, por lo que encontrar a alguien que lo entienda significa mucho para nosotros, incluso si los recuerdos mutuos se quedan sin mencionar.»

—Es todo un poeta, ¿verdad? —Nancy apretó el papel contra su pecho con las dos manos con gesto teatral—. Oh, ¿por qué tienes que mirarme así? No me estropees el momento.

Louisa había dejado de coser y estaba sentada muy tiesa. La luz del sol se derramaba sobre el vestido de bebé a rayas verdes y blancas que le cubría el regazo.

—Me gustaría alegrarme por ti —dijo—, pero creo que deberías andarte con ojo. Es mucho mayor que tú, y sigues siendo una niña.

—Catalina de Aragón tenía dieciséis años cuando se casó con el príncipe Arturo —replicó Nancy con insolencia.

202

—Dudo mucho que ese argumento vaya a ejercer ningún efecto en el señor. Y además, no creo que debamos llegar tan pronto a la conclusión del matrimonio.

—¿Por qué tienes que ser tan desconfiada? No veo que haya hecho nada malo, aparte de ser una persona encantadora.

—Puede que ese sea el motivo de que desconfíe —respondió Louisa, levantando la mano que sostenía la aguja para indicar que pretendía continuar con su labor.

—Así que lo admites. Muy bien, te demostraré que estás equivocada. Y voy a escribirle ahora mismo para proponer que nos veamos en Londres. No podrás impedírmelo.

—¿Verse en Londres con quién? —Louisa se puso en pie en el acto y Nancy se dio la vuelta, sorprendida de ver a lady Redesdale en el umbral de la puerta—. He subido a ver cómo está Debo. ¿A quién quieres ver, Koko?

Nancy recobró la compostura.

—A Marjorie Murray —contestó—. Me ha invitado a ver la exposición de verano con ella.

—Me parece a mí que no vas a ir a Londres a ver a nadie sin compañía —repuso su madre con severidad—. ¿Esa carta es suya? ¿Me la enseñas, por favor?

—¡Mamu! La carta es para mí.

—Soy muy consciente de eso. Haz el favor de dármela.

Louisa se quedó paralizada, incapaz de decir nada. Entendía lo que eso significaba y vio cómo Nancy le entregaba la carta a lady Redesdale con lentitud. «Así es como debes de sentirte cuando te ahogas», pensó. Le invadió el recuerdo de Guy, de la carta que había pensado escribirle, pero desapareció con la misma rapidez con la que había llegado. Todo se esfumaba frente a la escena que discurría ante sus ojos.

Lady Redesdale empezó leyendo la firma del final.

—¿Por qué te ha escrito el señor Lucknor?

—La verdad es que no lo sé. —Nancy le habló a la alfombra persa. Parecía estar concentrándose en una mancha de zumo de moras que pretendía formar parte del diseño.

Lady Redesdale le dio la espalda y empezó a leer desde el principio.

—¿Qué quiere decir con eso de que lamenta que tú y la señorita Cannon tuvierais que iros del baile de manera tan repentina? ¿Qué baile? Tú también puedes abrir la boca, Louisa.

—Lo siento mucho, señora…

—¡Por favor, Mamu, no culpes a Lou-Lou! No es culpa suya, fui yo quien la obligó —la cortó Nancy, que ahora miraba directamente a su madre, postrada de rodillas, con las manos unidas en gesto de súplica.

—¿A qué?

—A ir a un baile. Fuimos a un baile. Hice que Louisa viniera conmigo de carabina.

—¿Cuándo ocurrió eso?

Louisa pensó que el semblante de lady Redesdale la había ayudado a comprender por primera vez lo que significaba la expresión «relámpagos en los ojos».

—Fue la noche que dijimos que íbamos a cenar con Marjorie Murray y su madrina. Ellas se encontraban allí, y fue en el Savoy, pero se trataba de un baile. No te enfades, Mamu. Lou-Lou estaba conmigo, no estaba sola. —Los ojos de Nancy iban desorbitándose y llenándose de lágrimas—. Por favor, no se lo cuentes a Papu.

—Vamos a contárselo a tu padre inmediatamente —dijo lady Redesdale con una voz lo bastante glacial como para cancelar el verano—. En cuanto a ti, Louisa, también tendremos que mantener una conversación al respecto. Te sugiero que vayas a explicarle lo que has hecho al aya Blor, en detalle. Estoy muy decepcionada con vosotras. —Dejó escapar un suspiro cansado—. Pero que muy decepcionada.

Se volvió sobre los talones y bajó las escaleras, seguida de cerca por Nancy, que miró a Louisa y articuló un «Lo siento mucho» con los labios.

Louisa, temblorosa, fue en busca del aya Blor, de quien estaba segura que estaría desviviéndose por Decca y Unity, persuadiéndolas para que se cubrieran con una pamela antes de salir al jardín.

—¡Ah, conque estás aquí! —le dijo el aya—. Ven, llegas muy a tiempo para echarme una mano, querida. No puedo agacharme lo suficiente para atarles los sombreros a las mo-

204

cosuelas, que no pueden estarse quietas ni un segundo. Decca, tesoro, no te muevas.

—¡No quiero ponérmelo! —chilló Decca—. ¡Es ridículo!

—Nadie va a verte, querida —repuso el aya, antes de llevarse una mano a los riñones y murmurar un uf.

Louisa se agachó y ató los sombreros de las pequeñas en un abrir y cerrar de ojos. Entonces, le dijo al aya:

—Lo siento mucho, aya Blor, pero me temo que van a despedirme. —Tensó la mandíbula y apretó la lengua contra el paladar, en un intento por no llorar.

—¿Por qué? —preguntó el aya, con la confusión pintada en cada rasgo de su rostro. Puede que las décadas de leer cuentos para dormir a los niños hubieran simplificado sus emociones hasta adquirir una cualidad de libro ilustrado. Cuando sentía algo, resultaba evidente.

—Fui con Nan... con la señorita Nancy a un baile en Londres, al que no teníamos permiso para asistir.

—No teníais permiso... —repitió el aya, estupefacta. La noción de llevar algo a cabo que no hubieran permitido sus patrones le resultaba tan extraña como la de un hombre pisando la luna. Las leyes naturales no lo permitían, y no había más que hablar.

—La señora acaba de descubrirlo y se ha llevado a la señorita Nancy abajo para hablar con su padre. También me ha dicho que viniera a contárselo a usted. Ay, cuánto lo lamento, aya. —Si antes se estaba ahogando, ahora se había hundido en el fondo del mar.

—Mi querida niña... Vaya por Dios, la verdad es que no sé qué decir. Espero que no te despidan. No sé qué es lo que haría sin ti. Y la idea de tener que enseñar a otra persona... —Se desplomó sobre una silla, a la vez que su rostro se desinflaba como una pelota de playa agujereada—. Por otro lado, lo cierto es que no deberías haberlo hecho. ¿Qué fue lo que te pasó?

—La señorita Nancy me lo pidió. Su amiga Marjorie Murray iba a asistir y quería ir con ella. Sabía que el señor nunca lo permitiría, pero me dijo que iría de todos modos. Por lo tanto, pensamos que no sería tan malo si yo la acompañaba. Pero ahora sé que no era así. Y encima, fue una velada horrible.

—¿Por qué fue tan horrible? ¿O es mejor que no lo sepa? —El aya había empezado a recuperarse de la impresión.

—Pues... resulta que vi a alguien a quien no quería ver, y tuvimos que marcharnos a toda prisa —dijo Louisa, atropellando las palabras—. No deje que me echen, se lo suplico. No puedo volver a casa.

El aya le dedicó una mirada compasiva.

—Creo que entiendo cómo te sientes —respondió—. A lo largo de mi vida, he conocido a muchas muchachas que soñaban con mejorar su situación dedicándose al servicio. Lo sé bien. Yo misma tomé esa decisión hace muchos años ya. Veré lo que puedo hacer, aunque no te prometo nada. El señor es muy estricto en lo concerniente a sus hijas. Pero anda, ven aquí.

Louisa se agachó para recibir el abrazo del aya y aspiró la reconfortante fragancia de sus pastillas de goma. Luego se incorporó avergonzada, tragándose los sollozos, al tiempo que Decca le tiraba de la falda. Unity había vuelto a ponerse de pie sobre la alfombra y las observaba con el sombrero calado pero desatado otra vez.

206

Los días siguientes fueron una agonía para todos los habitantes de la casa, dado que lord Redesdale se dedicaba a bramar por distintos motivos, ora a los perros que se tumbaban donde no debían, ora a Ada por entrar en el comedor en el momento erróneo, y durante un prolongado periodo de tiempo, a la aguja que se había atascado en su gramófono. Nancy, a cuyas hermanas les habían prohibido hablar con ella, también era totalmente ignorada por sus progenitores: «Exiliada a Coventry», como lo llamaba ella, un destino que, en su opinión, resultaba mucho peor que un torrente constante de furia.

Louisa andaba de puntillas por el cuarto de los niños, sin aventurarse apenas a transitar las escaleras, por lo que era el aya quien debía bajar a las niñas al salón para tomar el té y volver jadeando penosamente al subirlas.

Al final, al cabo de tres días, lady Redesdale hizo llamar tanto a Louisa como a Nancy a la salita de día después del desayuno. Ambas muchachas se quedaron de pie delante de ella, sentada a su escritorio.

—Louisa, el señor y yo hemos decidido que, pese a que has cometido una falta muy grave —sus ojos adquirieron una expresión furibunda al decirlo—, no somos ajenos a las dotes de persuasión de nuestra primogénita. Por otro lado, el aya Blor te necesita, así que podrás quedarte, pero debes saber que a partir de ahora te estaremos vigilando.

Louisa asintió con la cabeza.

—Sí, milady. Lo entiendo. Gracias.

Lady Redesdale se volvió entonces hacia su hija, en cuyo rostro se dibujaba un mohín de disgusto.

—En cuanto a ti, Nancy, hemos decidido que lo mejor será mandarte a un colegio. Irás a Hatherop Castle, a una hora de aquí. Esperemos que allí puedan inculcarte el buen comportamiento y los modales que te serán necesarios para medrar en la vida, algo en lo que nosotros hemos fracasado estrepitosamente. ¿No llevas años diciendo que querías ir al colegio? Pues bien, ya has conseguido lo que deseabas.

—Pero, Mamu, no…

—No quiero oír ni una palabra de lo que tengas que decir. Comenzarás a estudiar en Hatherop después del verano —dijo lady Redesdale, antes de apartar la mirada de ellas—. Ya podéis volver a subir las dos.

El corazón de Louisa seguía martilleando en su pecho después del ataque de nervios que había sufrido en compañía de lady Redesdale. Era un alivio que al final no fueran a desterrarla a Londres, donde las únicas opciones que tenía consistían en ejercer de lavandera o de… No, ni siquiera iba a pensar en esa palabra… De momento, se encontraba a salvo.

Sin embargo, en el caso de Nancy, no era alivio lo que sentía, y se dedicó a aullar mientras subían las escaleras traseras.

—«Tu padre y yo» —la imitó—. ¡Sé que todo esto ha sido cosa de Mamu! Papu nunca habría permitido que ninguna de nosotras fuera al colegio, donde, según él, «no hay más que marisabidillas hirsutas jugando al hockey». Ha sido Mamu. No puede soportar que por fin tenga una amiga en casa, y por eso me manda lejos. —Cuando llegaron al último tramo,

Nancy agarró a Louisa del brazo—. ¿Qué voy a hacer? Roland no podrá escribirme cuando esté allí. Tendrás que escribirle tú por mí, Lou.

—No puedo —repuso ella—. Ya has oído lo que ha dicho la señora. Si cometo otro error, me echan. Lo siento, pero no puedo correr ese riesgo.

—Lo sé —respondió Nancy, que se rindió de pronto ante el tono grave de Louisa—. Además, necesito que te quedes aquí, así que no haremos eso. Pensaré en otra cosa. ¡Oh, qué insoportable es! Es cierto que antes quería ir al colegio, pero eso fue cuando vivir aquí era un infierno, sin nada que aprender y nadie con quien hablar. No ha vuelto a ser así desde que llegaste tú.

—Tendrás que aprovecharlo lo mejor que puedas —le aconsejó Louisa. Finalmente había recuperado la calma—. Tampoco será tanto tiempo, y yo seguiré estando aquí cuando vuelvas. Y ahora, subamos a darle la noticia al aya. Lleva varios días atacada de los nervios.

34

*L*a señora Windsor irrumpió en la habitación de las niñas. Estaba hecha una furia.

El aya y Louisa habían terminado de acicalar a las más pequeñas para que bajaran a tomar el té a la biblioteca.

—Buenas tardes, señora Windsor —la saludó estoicamente el aya Blor, ignorando por completo la tensión que reinaba de súbito en la estancia.

La señora Windsor se dirigió a Louisa:

—La llaman al teléfono —dijo a regañadientes—. Un tal señor Sullivan. Que no vuelva a ocurrir.

Salió de allí refunfuñando.

Ruborizada, Louisa bajó corriendo las escaleras hasta que llegó al mueble del teléfono, al otro lado del pasillo.

Con suerte, el ama de llaves se habría ido a bajar los malos humos a otra parte.

—¿Señor Sullivan? —susurró al teléfono. Notaba el peso del auricular y no estaba del todo segura de que el aparato estuviese funcionando correctamente.

Guy respondió:

—Señorita Cannon. —Un ligero eco acompañaba su voz—. Siento llamarla al teléfono, pero pensé… que por qué no intentarlo.

—¿Intentar el qué? —respondió Louisa mientras miraba a su alrededor por si la señora Windsor aparecía de repente cual bruja malvada de una función infantil. Si hubiera salido de una trampilla envuelta en una nube de humo no se habría sorprendido ni lo más mínimo.

209

—¿Recuerda lo que le comenté acerca de Stuart Hobkirk, el sospechoso? Fui a la exposición de verano de la Royal Academy a ver su cuadro y al parecer otra galería de Londres va a exhibir más obras suyas. La inauguración será dentro de unos días. ¿Me acompañaría, si fuera posible?

—¿Por qué? —dijo Louisa.

Aquello cogió por sorpresa a Guy. No era esa la pregunta que esperaba.

—Se supone que no debo interrogarle. Si usted estuviera allí, sería más apropiado.

—Podría echarme a mí la culpa, querrá decir, ¿no? —No estaba bien retarle así, pero no pudo resistirse.

—No pretendía decir eso, pero supongo que sí. Además... —titubeó, no por mucho rato—. Me gustaría verla. Sé que mis posibilidades son escasas, pero tenía que pedírselo.

Louisa podía escuchar la respiración de Guy al otro lado de la línea. No era la primera vez que pensaba que el teléfono era un invento de lo más extraordinario. Se encontraban a varios kilómetros el uno del otro.

—Da la casualidad de que pronto visitaremos Londres durante unos días —respondió con toda la naturalidad de la que era capaz—. Pero tendría que hablar con el aya Blor para conseguir algunas horas libres.

—Por supuesto. Lo entiendo, pero ¿cree de verdad que sería posible?

Louisa se echó a reír.

—Claro que sí.

—Es el jueves que viene, en Saint James. ¿Le parece bien que nos encontremos a la entrada de la estación de Green Park, a las seis en punto?

—Haré todo lo posible por estar allí, señor Sullivan. Adiós, señor Sullivan.

Louisa colgó el teléfono y se restregó la mano con la falda. Estaba sudorosa, pero quiso pensar que era tan solo por el calor que hacía en la sala.

Estaba previsto que su estancia en Londres fuese breve,

puesto que su único objetivo era comprar lo que Nancy tenía que llevarse a Hatherop Castle. En los últimos días, la perspectiva de hacer amigos en la escuela y de tener una biblioteca nueva repleta de libros a su disposición la habían mantenido calmada. Se elaboró una larga lista de artículos con los que llenar el baúl de viaje y Louisa debía acompañar a Nancy y lord Redesdale a Army & Navy, su tienda favorita de Londres, donde encontrarían todo lo necesario.

La primera noche, Louisa y Nancy estaban en la cocina, preparando un chocolate caliente para llevárselo a la cama. Fue entonces cuando oyeron un alboroto procedente de la puerta principal.

Salieron al vestíbulo a echar un vistazo y vieron que se trataba de lord Redesdale, que discutía con un joven veinteañero de pelo enmarañado y mirada desenfocada. Gritaba airado entre murmullos y balbuceos.

—Es Bill —dijo Nancy.

—¿Quién es Bill?

—El hijo de tía Natty, el que vive en Francia. Aunque creo que ahora vive aquí.

Louisa vio que lord Redesdale apartaba a Bill de la puerta principal a empujones, pero este se resistía y se alteraba cada vez más.

—Creo que está borracho —dijo Louisa—. Será mejor que lo dejemos estar.

Las dos subieron las escaleras sigilosamente hasta llegar a sus habitaciones y no volvieron a hablar de aquello hasta unos meses más tarde.

211

35

*E*l jueves siguiente, Guy esperaba de pie, y bastante nervioso, junto a la estación de Green Park. El aire era cálido, los viandantes caminaban con paso esperanzado y flotaba una sensación de verano en el ambiente. «Los pájaros y las abejas», pensó Guy. Tras unos minutos, cuando empezaba a preguntarse si Louisa iba a aparecer y cuánto tiempo debería esperarla, vio que alguien corría calle abajo, sujetándose el sombrero a la cabeza con la falda revoloteando a sus espaldas. La joven mantuvo el ritmo hasta que llegó a su lado, momento en el que se dio cuenta de que se trataba de Louisa.

—¡Señor Sullivan! —lo saludó ella, jadeante—. Soy yo. —Se echó a reír al verlo entornar los ojos tras las lentes, una imagen que ya había pasado a resultarle agradable y familiar.

—Caramba, sí que es usted —respondió Guy, a la vez que una oleada de placer le recorría el cuerpo—. Me alegro mucho de que haya venido.

—Oh, la verdad es que me debían unos días de vacaciones, de manera que no me ha costado demasiado —dijo Louisa, mintiendo solo una pizca. Nancy había montado una escena porque quería ir con ella, pero Louisa había preferido acudir sola en esta ocasión.

Se encaminaron hacia Saint James. Las aceras seguían atestadas de hombres ocupados que corrían de un lado a otro, ataviados con sus trajes y sombreros a pesar del calor, a la vez que blandían sus paraguas con la misma prepotencia que si fueran bastones con mango de plata. Guy se puso a hablarle de la exposición que iban a visitar.

212

—Es una muestra de artistas residentes en Saint Ives, Cornualles, de los que él forma parte. Esta noche es la inauguración, y estoy seguro de que estará allí. —Le daba un poco de miedo que Louisa pensara que la había citado con algún pretexto.

—Sí —dijo Louisa—, supongo que tiene razón. Nunca he asistido a una fiesta de inauguración. ¿Cree que voy lo bastante elegante? —Se detuvo en mitad de la acera delante de él, esperando su opinión.

Guy contempló los ojos castaños de ella, su boca primorosa y la esbelta figura bajo la chaqueta azul de algodón, sus tobillos finos y los piececitos calzados en botines con tacones que la elevaban solo una pulgada. Le pareció que estaba perfecta.

—¿Y bien? —lo animó Louisa.

Guy le ofreció el brazo sin añadir una palabra y recorrieron juntos las últimas yardas antes de llegar a la fiesta.

Dentro ya se había congregado una pequeña multitud, que bebía vino y conversaba bulliciosamente entre sí. Él aceptó una copa del camarero, Louisa la rechazó, y ambos intentaron aparentar que encajaban allí, aunque se sentían como dos patatas en un cuenco de rosas. Louisa se quedó embobada al ver algunos de los vestidos, que parecían estar hechos del mismo papel de calco que usaban los niños para copiar cuadros del libro de arte renacentista de lord Redesdale. Estaba segura de que en un rincón había un hombre con los labios pintados.

A los diez minutos, Louisa le hizo un gesto a Guy para que acercara el oído.

—No vamos a reconocer al señor Hobkirk por ciencia infusa —le susurró—. Será mejor que preguntemos a alguien. —Ella soltó una risita y Guy esperó no haberse ruborizado.

Él fue a preguntarle a una pareja cercana, y la mujer, que llevaba un vestido de gasa negra con un estampado de rosas rojas que le cubría los senos de modo alarmante, le señaló al pintor con su larga boquilla.

Stuart era un hombre de unos cincuenta años, aunque parecía más joven. Tenía el aspecto de haber pasado mucho tiempo siendo un artista muerto de hambre, a pesar de que ahora estaba bien alimentado. Llevaba el pelo rubio apartado de las sienes y la chaqueta de terciopelo le iba como un guante. Esta-

213

ba fumando, rodeado de cinco o seis individuos con pinta de libertinos y atuendos similares, que no se perdían ni una palabra de lo que decía. Guy se dio cuenta de que tendría que escoger el momento oportuno.

Al final, Stuart terminó su anécdota y se dispuso a apartarse del corrillo de admiradores en busca de un camarero. Guy avanzó unos pasos y lo interrumpió justo cuando estaba cambiando su copa vacía por una llena.

—¿Señor Hobkirk? —le dijo, tendiendo la mano.

—¿Sí? —contestó Stuart, con el aire de un hombre que reuniera la paciencia para volver a escuchar con buena cara lo maravilloso que era.

—Soy el señor Sullivan, de la policía ferroviaria de Londres, Brighton y la Costa Sur. Ya hablamos una vez por teléfono, acerca de su prima Florence Shore.

La expresión de Stuart se tornó en una de disgusto.

—Me parece que este no es el momento ni el lugar.

—Se lo ruego, señor —dijo Guy—, solo será un momento de su tiempo. Sé que no resulta muy ortodoxo, y me disculpo por ello, pero es importante que hablemos.

Louisa, que había decidido mantenerse en silencio, se quedó un poco más atrás, pero le dedicó una sonrisa alentadora al pintor.

—Está bien, de acuerdo—consintió Stuart, antes de aplastar su cigarrillo en el suelo y tomar un trago de vino—. Será mejor que nos sentemos; no puedo pasar mucho tiempo de pie, como habrá visto.

Guy y Louisa se fijaron entonces en que portaba un bastón, y en que caminaba con una cojera evidente en la pierna izquierda mientras se desplazaba hasta un pequeño sofá en el lateral de la sala.

A Louisa la invadió el desánimo. No era posible que fuera el hombre que había saltado del tren. No podía haber saltado desde ningún sitio.

Guy y Stuart se sentaron, mientras que Louisa se quedaba de pie junto al sofá. Se sentía como un perro guardián.

—En la ocasión anterior, usted mencionó que estaba pintando solo en su casa —dijo Guy.

—Sí. —Stuart carraspeó.

—Me consta que dijo que no había nadie que pudiera corroborarlo, pero es de suma importancia que intente pensar en alguien.

—¿Por qué? ¿Acaso sospechan de mí? —Guy no supo muy bien qué responder a eso, pero su silencio fue lo único que hizo falta para incitar a Stuart—. Mire, lo que sucede es que no dije nada porque me encontraba en una fiesta. Sí, antes de que me lo pregunte, fue durante el día. Había comenzado el fin de semana y se prolongó.

—No lo entiendo —dijo Guy—. Si estaba en una fiesta, habrá personas de sobra que podrían confirmar su presencia.

—Sí, las hay. De hecho, dos o tres de ellas están aquí esta noche. Verá usted, no pude decir nada antes porque… Bueno, la verdad es que había consumido un montón de cocaína y fumado opio, y me encontraba bastante ido. Fuera de mí, en realidad. No quería que mi madre lo supiera. —Después de haberse confesado, la actitud de Stuart era más despreocupada que humilde.

—En resumen —capituló Guy, quien no tenía ganas de iniciar un debate sobre las drogas, que, aunque escandalosas, no estaban prohibidas por la ley—, ¿me está diciendo que hay gente, con la que podría hablar esta noche, que confirmará que usted estuvo en Cornualles el 12 de enero de este año?

—Sí —respondió Stuart, apaciguado—. No sabe lo angustioso que me ha resultado todo este asunto, entre eso y que Offley se pusiera tan furioso por el testamento. —Se volvió y miró a Guy a los ojos—. Yo quería a Florence. Ella me entendía, cuando muy pocos lo habían hecho.

Guy se removió en el sofá.

—Sí, claro, entiendo que usted y la señorita Shore estaban… muy unidos.

Stuart se echó a reír de repente.

—¿Cree usted que éramos amantes?

Guy se puso rojo como un tomate, sin poder darle una respuesta afirmativa.

—Mi querido muchacho, por supuesto que no. La pobre Flo no tenía esas inclinaciones, por así decirlo. No, su amante era Mabel Rogers.

215

36

*D*espués de que Guy hablara brevemente con las dos personas que mencionó Stuart, y de que estas declararan que se encontraba en aquella fiesta, aunque ninguna recordaba demasiado bien lo sucedido en ella ni el día que fue, Louisa y él se marcharon de la galería.

El recorrido por Saint James se desarrolló en silencio. Guy se había quedado callado ante tal revelación final, pero Louisa le daba más vueltas a la cojera de Stuart y su bastón. Lo hablaron durante algunos minutos hasta que se despidieron con abatimiento en Green Park. Guy había tenido la esperanza de impresionar a Louisa con sus dotes detectivescas, pero en su lugar se había puesto más en evidencia que antes. Al menos, eso era lo que pensaba él. Ahora no tenía más sospechosos, ninguna pista, y si Jarvis se enteraba de lo que había hecho, su trabajo se vería en peligro. Louisa se sentía tremendamente disgustada por él.

Esa misma noche, al volver a la residencia alquilada de los Mitford, Louisa se encontró con que Nancy estaba despierta y esperándola.

—¿Y bien? —le dijo entrando en su habitación—. ¿Qué ha ocurrido?

Louisa se sentó en la cama.

—Nada. Es decir, no pudo haber sido Stuart Hobkirk. Camina con bastón y cojea. Es imposible que fuera el hombre al que vieron saltar en la estación de Lewes.

—¿Y no puede ser que el bastón fuera el arma del crimen? —preguntó Nancy.

216

—Podría ser, pero incluso con el móvil de la herencia, no tiene sentido. Su cojera es demasiado evidente. Suponiendo que hubiera podido saltar de alguna manera, el guarda que lo vio en Lewes se habría fijado en que caminaba renqueando.

—¿Qué hay de la teoría del crimen pasional? ¿Y de su coartada endeble?

—Le presentó dos personas a Guy que podían atestiguar dónde estuvo ese día, y también negó que Florence y él fueran amantes. Dijo que la única amante que tuvo fue su amiga, Mabel Rogers.

—Cielos —exclamó Nancy. Pensó en aquello durante un momento—. Ni siquiera sabía que eso pudiera suceder.

—Pues sí, eso parece —respondió Louisa.

—Como una especie de flechazo, supongo... ¿Eso es todo entonces? —dijo Nancy—. ¿Ya no tenemos a ningún sospechoso?

—Sí. —Louisa se entristeció por Guy al decirlo—. Ya no tenemos a ningún sospechoso.

Después de que Nancy le diera las buenas noches, Louisa se metió en la cama, pero fue incapaz de conciliar el sueño. Se quedó tumbada en la oscuridad, pensando. Entonces, espoleada por una idea, se levantó, encendió la lámpara y sacó una hoja de papel y una pluma para escribir una carta.

Querido Guy:

Le ruego que no abandone la investigación. Creo que es usted capaz de resolver el caso y yo quiero ayudarle. Además, creo que es posible que pueda hacerlo.

Se trata de algo que dijo Nancy hace algún tiempo, a lo que no le di ninguna importancia en su momento. Fue cuando viajamos en el tren de Victoria con rumbo a Saint Leonards, el mismo en el que fue atacada la señorita Shore. Nancy se dio cuenta de que las puertas no se abren desde dentro. Quien quiera apearse del tren por sí mismo tiene que abrir la ventanilla y asomarse al exterior para girar el picaporte. Los empleados de la ferroviaria que subieron en la siguiente parada afirmaron que ambas ventanillas estaban cerradas cuando llegaron. Sin embargo, el guarda del tren dijo que el hombre al que vio apearse en Lewes no se volvió para cerrar la ventanilla.

¿Entiende lo que significa eso? Otra persona tuvo que cerrarla por él. No fue una sola persona quien mató a la señorita Shore: fueron dos.

SEGUNDA PARTE

1921

37

*L*ouisa estaba en la playa de Dieppe, donde inhalaba la cálida brisa marina en grandes aspiraciones. Sabía que las gaviotas que volaban por el cielo no eran muy distintas de las que había en Inglaterra, pero le daba la impresión de que sus chillidos tenían un leve acento francés. Todo le parecía distinto en Francia, cosa que le encantaba, ya fuera el calor pegajoso del sol, la arena fina de la playa o los deliciosos *croissants* mantecosos del desayuno. Incluso la quemadura que le había salido en la nariz el primer día se le antojó algo exótico y emocionante. Como era de esperar, todo lo que le hacía ilusión a Louisa hundía al aya Blor en un paroxismo de frustración y desespero: las letrinas eran repugnantes, el té horrible y los hombres tan sospechosos como apestando a ajo.

La casa que lord y lady Redesdale habían alquilado para pasar aquellas semanas estaba próxima a la de la infame tía Natty, cuya escandalosa biografía le había sido relatada a Louisa por Nancy entre susurros.

—Ha tenido toda una serie de amantes —dijo—, cuatro hijos de al menos dos padres diferentes, sin incluir a su marido, y se pirra por los juegos de azar, aunque Papu dice que no tiene ni un penique.

—¿Estás segura? —murmuró Louisa, a quien esa imagen no le cuadraba en absoluto con el aspecto de la anciana lady Blanche, puesto que siempre iba hecha un pincel, por no hablar de que su yerno no era otro que el secretario de Estado de las Colonias, Winston Churchill, de quien todo el mundo comentaba que estaba destinado a la grandeza.

Después de que les ordenaran ir a comprar el pan para el almuerzo, Nancy y Louisa decidieron hacer una parada para sentarse en un café próximo a la playa durante unos minutos, para ver pasar a las veraneantes parisinas, mujeres vestidas con largas faldas blancas y chaquetas a juego, que protegían su piel marfileña con parasoles y se pintaban los labios de rojo carmín, aun a mediodía. Ni un rastro de arena pegajosa ni de helado derretido mancillaba sus impecables atuendos, cosa que no podía decirse de Louisa, quien frotaba con furia los manchurrones de *glace à la framboise* que habían caído sobre su falda.

—Le he escrito una carta a Roland —dijo Nancy de repente—. No te lo he podido decir antes ya que debíamos estar a solas para hacerlo, y por eso te lo digo ahora. Le he dicho dónde estamos, por si pudiera venir.

—¿Qué? ¿Por qué has hecho eso?

—Quiero volver a verlo —explicó Nancy—, y creo que él también quiere verme. Hemos estado carteándonos.

—Pero ¿qué hay de lo que sucedió después del baile? Es imposible que lady Redesdale lo consienta.

—La cuestión es que a Papu le cae bien. Me consta que se han visto y han almorzado en Londres en alguna ocasión. Y en el fondo, a Mamu también le cae bien. Antes de que estallara todo el asunto del baile, estaba deseando reclutarlo para que echase una mano en la fiesta del partido conservador. Además, no lo culpa a él, solo a mí. Pero no te preocupes: no se presentará sin avisar; le dije que escribiera a Papu para pedírselo. Tenemos espacio de sobra. Ay, Louisa, alégrate un poco por mí. Será mucho más divertido si él está aquí.

—Supongo que sí —dijo ella, aunque no estaba muy convencida. No quería volver a arriesgarse a perder su trabajo como estuvo a punto de hacerlo la vez anterior—. Será mejor que volvamos, o el aya Blor pensará que nos han secuestrado unos traficantes de esclavos.

—¡Ojalá! —bromeó Nancy, pero se puso de pie y fueron a cumplir con su tarea, durante la que presumió feliz del francés que había aprendido en el colegio. «En realidad —le había dicho a Louisa—, no me han enseñado más que eso y algunos pasos de baile.» A pesar de haber llegado de un humor de perros había disfrutado de su estancia allí, donde se hizo amiga de otras chicas y hasta se introdujo en el mundo de las Girl Scouts, aunque Louisa sospechaba que era más para poder torturar a sus hermanas con tareas eternas que por los placeres de hacer nudos.

Al volver a la casa, entraron corriendo al vestíbulo con las barras de pan todavía calientes de la panadería, pero el aya Blor las aplacó al instante diciendo que se dieran prisa y no hicieran ruido.

—¿Qué ha pasado? —preguntó Nancy.

—No lo sé, pero no es nada bueno. Ha llegado un telegrama y tus padres han estado encerrados en el salón durante la última hora —respondió el aya Blor, quien no cesaba de frotarse las manos—. Daos prisa y llevadle el pan a *madame* en la cocina; el almuerzo está casi listo.

Cuando lord y lady Redesdale se sentaron en el jardín, a la sombra del porche cubierto, Louisa se dedicó a ayudar a la cocinera a servir, como había hecho cada día durante el viaje. Aquello no le suponía ninguna molestia, ya que le gustaba oír a las niñas charlando con sus padres, y podía lanzarles alguna mirada severa si alguna se portaba mal. En realidad, no solían hacerlo; la más culpable era Unity, quien de vez en cuando se escondía debajo de la mesa y se quedaba allí hasta que acababa el almuerzo, una peculiaridad que sus padres optaban por pasar por alto como si no existiera.

El ánimo estaba decaído ese día, algo que las niñas percibieron al ver el rostro pálido de lady Redesdale, y porque su padre apenas pronunció palabra alguna, aparte de algún murmullo ocasional para pedir que le pasaran la sal. Al final fue Nancy quien los obligó a explicar lo que estaba pasando.

—Es por el hijo de tía Natty, Bill —le dijo lady Redesdale a Nancy—. Ha muerto. Y soy yo quien tiene que decírselo.

—¿Cómo? ¿Bill? ¿Y cómo ha sido? —preguntó Nancy—. ¿Estaba enfermo? No sabía que estuviera enfermo.

Tanto su padre como su madre se quedaron en silencio. Louisa estaba sirviéndoles una limonada fresca a las niñas, y hasta el ruido del líquido que caía sonaba ofensivamente alto a sus oídos. Nancy comprendió que no era el momento de buscar respuestas, por lo que el resto del almuerzo transcurrió en un silencio que solo rompieron las más pequeñas al hablar de vez en cuando, aunque ni siquiera mucho.

Poco después de que recogieran la mesa, lady Redesdale se marchó sola, vestida de luto riguroso. Cuando se puso los guantes, dijo que solo esperaba que lady Blanche no hubiera salido ya de casa para ir al casino. Lord Redesdale gimió al oírlo y se desplomó sobre una silla que era demasiado francesa para ser cómoda.

Nancy se sentó en el suelo a su lado y apoyó la cabeza en sus rodillas.

—Pobre anciano —dijo ella mientras él sollozaba en silencio. Solo había llorado una vez delante de sus hijos, cuando recibió la noticia de la muerte de su hermano mayor en Loos durante la guerra.

—Creo que hoy estaba delirando —opinó Nancy más tarde, al frescor de la noche, cuando ella y Louisa salieron al jardín y se sentaron a tomar un chocolate caliente. Todos los demás se habían ido a dormir, puesto que la agitación de la jornada los había dejado derrengados, aunque no se hubiera explicado gran cosa del motivo que la producía.

Nancy y Louisa habían repasado una y otra vez aquel incidente que tuvo lugar en Londres cuando Bill se había presentado en plena noche.

—Papu ha dicho que Bill le pidió dinero, pero que él se negó a dárselo porque no tenía nada para prestarle. Y luego ha gritado que se había matado él mismo por sus deudas de juego. Pero eso no puede ser cierto, ¿no? —dijo Nancy.

—¿Qué parte? —preguntó Louisa. Eran muchas cosas que asimilar.

—Pues todo. ¿Papu no tiene dinero? No lo creo. Sé que no somos ricos, pero no esperaba que eso quisiera decir que no tuviéramos nada.

Louisa pensó en Asthall Manor, con su jardín dividido en dos partes por un sendero, un riachuelo repleto de truchas a un lado y un huerto lleno de verduras y árboles rebosantes de frutas al otro. Aquello no era lo que entendía ella por no tener nada. Sin embargo, tal vez no contaban con mucho dinero en el banco. Se padre le había hablado a menudo de esos nobles copetudos que tenían muchos títulos pero que sobrevivían comiendo patatas fritas. Era posible que los Mitford fueran así. No parecía muy probable, aunque la realidad solía resultar más extraña que la ficción, como rezaba el dicho.

—¿Será posible que Bill se haya suicidado? —prosiguió Nancy—. ¿Cómo habrá sido capaz? ¿Y por qué?

—No se debería juzgar a nadie por ello —dijo Louisa—, a menos que sepas ponerte en su lugar. Si fue eso lo que hizo, tuvo que estar desesperado. Seguramente pensó que no tenía otra salida.

Nancy apuró su taza de cacao y se puso en pie.

—En fin, no entiendo nada de todo esto, pero me voy a la cama. Espero que Roland escriba pronto a Papu. Aquí nos vendría bien algo de animación. Venga, Lou-Lou, vamos a dormir un sueño reparador.

Y así es como concluyó el día para Nancy, quien no volvió a pensar en Bill, mientras que su madre lloraba contra la almohada a menos de una milla de distancia.

225

38

*C*inco días después, Roland llegaba a la casa en Dieppe. El ambiente seguía siendo sombrío. Aunque no se discutió en detalle la causa de la muerte de Bill, todavía quedaba pendiente la cuestión de la autopsia, lo que quería decir que el funeral no se celebraría tan pronto como habría deseado la familia, que anhelaba acabar con el asunto lo antes posible. Lady Redesdale decidió que permanecerían en Dieppe por el momento, a fin de proteger a su cuñada de los perniciosos chismorreos y las visitas molestas tanto como fueran capaces.

Lord Redesdale aún no había recobrado su ladrido habitual, pero su mordida, pensó Nancy, se volvió mucho más peligrosa en consecuencia. De manera insólita, Pamela se había convertido en la víctima de la Semana de la Rata —lord Redesdale iba escogiendo a una de sus hijas, en distintos momentos y sin motivo aparente, para ser el objeto de su furia—. En esa ocasión, su padre se había negado incluso a tener que contemplar la cara de Pamela a la hora del desayuno, lo que no hizo sino arrancarle más sollozos silenciosos a la niña.

Con apenas catorce años, la figura de Pamela estaba empezando a hincharse por las zonas más vergonzosas, y el aya se deleitaba en llamarla «mujer», lo que a juicio de Louisa era una crueldad, pero no había nada que pudiera hacer para detenerla. A pesar de sus desdichas, Pamela nunca respondía a las provocaciones de Nancy, sino que se limitaba a apartarse de su camino o se quedaba mirándose el regazo, sobre el que le caían gruesos lagrimones. Sin embargo, la segunda hermana estaba lejos de ser el pasmarote pasivo que Nancy decía que era. Louisa había descubierto que Pamela tenía una visión optimista de la vida, y que su amor por los animales superaba cualquier preocupación que pudiera tener por lo que hicieran los tontos seres humanos. Un paseo por el campo con los perros era todo lo que necesitaba para animarse. Aquello no hacía sino convertirla en una persona muy agradable con la que pasar el rato, y cuando Nancy se mostraba más cruel, más tentada se sentía Louisa de hacer precisamente eso.

Por ese motivo, Louisa se quedó de piedra cuando, después de no haber hablado mucho con Nancy en los últimos días, se encontró a Roland en el jardín antes de cenar, disfrutando de una ginebra con tónica que le había preparado el mismo lord Redesdale. Se le veía más pálido que antes, aunque no tan flaco, y sus ojos seguían siendo sombras tenebrosas sobre su bello rostro. Llevaba un traje de lino a la última moda y un pañuelo rosa palo en el bolsillo superior, que le daba el aire de un dandi. Cuando alzó el vaso hasta sus labios, vio que le temblaban un poco las manos y se preguntó por qué razón estaría nervioso. Los dos hombres se hallaban solos en el jardín, con el semblante serio y la voz susurrante. Tal vez lord Redesdale le estaba hablando de Bill.

—¿Qué estás haciendo, Louisa?

Ella dio un respingo. ¿Cuánto tiempo había estado lady Redesdale de pie en el vestíbulo mientras Louisa miraba por la ventana?

—Nada, milady —se apresuró a responder—. Con su permiso. —Se escabulló de vuelta a la cocina, a donde iba a ir para llevarle leche caliente a Debo.

Esa misma noche, Nancy despertó a Louisa zarandeándole el hombro.

—Lou-Lou, despierta, por favor. Es por Roland: está haciendo unos ruidos horribles.

Louisa se incorporó, tras lo que sintió que la sangre le bajaba de la cabeza.

—¿Qué quieres decir?

—Le oigo llorar o algo parecido. No lo sé. Yo no puedo entrar en su habitación, y sé que nadie más lo hará. Por favor, Lou. Es un sonido de lo más espeluznante. —La expresión del rostro de Nancy era de congoja—. No lo entiendo. Hemos pasado una tarde deliciosa, hemos cenado todos juntos y hasta tía Natty parecía estar un poco mejor. Pero entonces, estaba leyendo en la cama cuando he empezado a oír esos sonidos...

Louisa se levantó y se puso un jersey encima del camisón.

—Será mejor que vuelvas a tu habitación —dijo—. No estaría bien que te descubrieran con él. Seguramente no sea más que una pesadilla o algo así.

Nancy asintió con la cabeza y volvió a su cama, mientras Louisa recorría el pasillo con sigilo. No era una casa grande, ni de lejos tanto como Asthall, y todos los dormitorios se encontraban relativamente cerca unos de otros. Aunque lord y lady Redesdale ocupaban una habitación grande en la planta baja, los cuartos de los niños y los invitados estaban todos en la de arriba. A medida que Louisa se iba acercando a la que sabía que debía de ser la de Roland, fue oyendo unos sonidos como de animal moribundo. Respirando hondo, giró el pomo y entró.

Había una cama individual con cabecero de hierro en una esquina y una cómoda de madera pintada en la otra, aunque la ropa de Roland estaba doblada primorosamente sobre el respaldo de una silla. Él estaba tumbado en la cama, con las sábanas tiradas en el suelo y la almohada a sus pies. Pese a que la noche era fría, estaba sudando profusamente, con el pelo pegajoso y manchas oscuras en las sisas de su pijama. Miraba sin ver con los ojos desorbitados y se arañaba la cara, con las rodillas apretadas contra el pecho.

Louisa se acercó hasta él sin pensar y lo rodeó instintivamente entre sus brazos, a la vez que emitía sonidos para calmarlo. No estaba segura de si debía intentar arrancarlo de aquel sueño, si es que era un sueño. Sus ojos abiertos resultaban perturbadores. Gritaba su propio nombre, como si intentara advertirse de algo, hasta que se sumía de pronto en una nueva ronda de sollozos entrecortados. Louisa había dejado la puerta del cuarto abierta, pero el pasillo seguía a oscuras y no acudió nadie más. La luz de su cuarto estaba apagada, pero el resplandor de la luna se filtraba a través de las finas cortinas blancas, por lo que Louisa pudo ver que su frente se alisaba conforme se iba apaciguando bajo su abrazo. Cuando le acarició la cabeza, le oyó decir:

—Gracias, enfermera Shore. Ya me siento mucho mejor.

Louisa sintió que le daba un vuelco el corazón, o eso le pareció, pero se quedó donde estaba y, tras una levísima vacilación, continuó con sus rítmicas caricias. Ya casi se le había normalizado la respiración, y hacía largo rato que había cerrado los ojos. La pesadilla había terminado, pero el sueño seguía estando allí. Volvió a darle las gracias a la «enfermera Shore» una o dos veces más.

Se apartó de él lentamente, con cuidado, colocó la almohada debajo de su cabeza, lo cubrió con la sábana y la manta, y después salió en silencio de la habitación, cerrando la puerta a sus espaldas. Roland no sabría nunca que había estado allí.

$\mathcal{A}$mor mío:

Hoy me siento muy cansada, al igual que todos los días, según parece, pero también animada tras el final de otra espantosa batalla. Supongo que lo peor es no saber cuándo acabarán. Y el agotamiento parece consumir hasta el tuétano de mis huesos cuando recuerdo que puede que hayamos ganado una batalla, pero no la guerra (todavía).

A lo largo de estas semanas, nos han ido llegando hombres en camillas a un ritmo casi constante, gritando de dolor, llamando a sus madres, llorando por sus amigos. Cada uno de ellos debía ser lavado y vendado del mejor modo posible. En no pocas ocasiones, no tuvimos más remedio que esperar que el tomarlos de la mano ejerciera el mismo efecto que la morfina. Los médicos no daban abasto para administrarles los fármacos con la celeridad suficiente.

Pero ¡alto! No debes preocuparte por mí, mi amor. En este momento de mi vida, sé que soy afortunada de haber vivido los años que he vivido, y ya he visto bastante mundo para sentirme demasiado horrorizada. No obstante, siento una pena terrible por los jóvenes; frente a estas visiones y sonidos no pueden sino volverse cínicos, en el caso de que sigan con vida.

Tal vez sea yo quien es una cínica, dado que, pese a todo, los hombres siguen demostrando un gran valor y coraje. Puesto que se trata de un oficio tan íntimo, al final llegas a conocer a algunos bastante bien. No me refiero a algo físico, aunque a veces se produce, desde luego. Se trata más bien de saber lo que están pensando porque te lo dicen; sus pensamientos más sinceros brotan de sus bocas de manera espontánea. Aunque los oficiales sepan darle a la sin hueso en los salones de Mayfair, aquí van al grano. Cuando han de decirnos lo que necesitan, no tienen tiempo que perder. Incluso leemos las cartas para sus madres y sus propias amadas, pero no porque fisguemos, sino porque somos nosotras quienes las escribimos por ellos. Sus historias hacen que se te parta el corazón.

Hay un joven al que todas hemos tomado mucho aprecio, un oficial muy amable llamado Roland Lucknor. Respiró gas venenoso y los efectos iniciales fueron terribles, pero ahora esperamos que siga mejorando hasta recuperarse del todo dentro de unas semanas. Como es lógico, está muy afectado. Es un hombre sensible, nada adecuado para la guerra (como si alguien lo fuera). La primera vez que llegó, hablamos largo y tendido. Roland me contó que se había alistado casi al mismo tiempo que estalló la guerra, decidido a hacer algo bueno por su país y a que su padre se sintiera orgulloso de él. Según me dijo, no había vuelto a verlo desde que tenía catorce años, y aun entonces no fue más que durante una tarde (su padre es misionero en África). Su madre murió cuando él tenía nueve años, y la última vez que la vio fue cuatro años antes, por lo que no guarda ningún recuerdo de ella. Tiene una madrina en Inglaterra a la que adora, con quien se hospedaba durante las vacaciones escolares, pero ahora ha perdido la cabeza y ya no lo reconoce. Por todo eso, me da mucho miedo que piense que le quedan pocos motivos para vivir. Sor Mary y yo dedicamos nuestro tiempo a tratar de animarlo y hacerle recordar la vieja Inglaterra y todas las cosas maravillosas que nos esperan cuando volvamos a casa: la coliflor con queso, los largos paseos por las colinas, una pinta de cerveza. El único problema es que nos hace sentirnos nostálgicas a nosotras mismas.

En este lugar, el horror y el terror de la lucha resultan abrumadores para todos los hombres: el fragor constante de la artillería; la falta de sueño noche tras noche; el frío y la humedad del barro, pese a que sea verano; los dolorosos recuerdos del hogar cuando llegan las cartas y los paquetes; la enfermedad; la pérdida de sus amigos... Aquí no hay nada normal ni reconfortante en la vida cotidiana.

Y sin embargo, se sigue adelante, poniendo un pie delante del otro, siempre hacia delante. Solamente pienso en lo que hay que hacer, los procedimientos de la enfermería, la organización de los turnos de las hermanas y cosas por ese estilo. Tenemos la suerte de vernos recompensadas por la mejoría de los hombres. El mero hecho de que estén vivos es suficiente para hacernos felices, aunque ellos también nos brindan mucha gratitud.

Más vale que concluya esta carta, amor mío. Escríbeme para decirme que estás bien, te lo ruego. Imagino que permaneceré aquí por lo menos algunas semanas más. No sé cuándo podré recibir un permiso para volver a casa.

Con todo mi cariño,

Flo

39

$\mathcal{A}$ la mañana siguiente, Louisa y Nancy solo tuvieron tiempo para un fugaz intercambio de palabras, durante el cual Louisa le reveló poca cosa aparte de que había logrado calmar la pesadilla de Roland. También le rogó a Nancy que no le comentara nada al respecto, pues no haría sino avergonzar a Roland, algo con lo que ella estuvo de acuerdo.

En todo caso, tal y como acabó sucediendo, Nancy tuvo pocas oportunidades para hablar con Roland. Más adelante, le contó a Louisa que este le había dicho durante el desayuno que pensaba partir hacia París, donde quería reunirse con algunos de sus viejos amigos de antes de la guerra. Según le confesó a Nancy, no sabía si aún seguirían estando allí, pero ansiaba retornar a las callejuelas de la orilla izquierda y aspirar los olores del Sena con un vaso de absenta en la mano. Cuando Nancy le preguntó qué era eso, él se echó a reír con condescendencia, cosa que la disgustó. Se lamentó ante Louisa por que era otra pregunta para la que se la consideraba demasiado infantil para conocer la respuesta. Sin embargo, Louisa estaba segura de haberlo visto mirar a Nancy con afecto, cuando pensaba que ella no lo podría ver.

Después del desayuno, Ronald y lord Redesdale habían salido a sentarse en la terraza que daba al mar, junto a una taza de café y un cigarrillo. En ese momento, Louisa se encontraba en el extremo más alejado del jardín, tendiendo la colada para que se secara con la templada brisa marina, cuando oyó unos alaridos espantosos. Aunque no era raro que esos sonidos salieran de la boca de su señor, en esta ocasión se sorprendió al ver que era Roland quien se había puesto de pie y gritaba gesticulando con las manos, presa de una gran agitación, mientras que el padre de Nancy permanecía sentado en su silla, con semblante compungido y cabizbajo. Antes de que Louisa pudiera recoger su cesta y poner pies en polvorosa, Roland desapareció y no volvió a ser visto. Lord Redesdale se mantuvo envuelto en un halo de tristeza durante el resto del día.

Como solo les quedaban unos pocos días más de estancia en Dieppe, se respiraba en el aire cierta urgencia por hacer sus cosas favoritas una «última vez» —el último y delicioso *croissant*, la última travesía en canoa por el mar, la última taza de café exótico y amargo—, de modo que no fue hasta que llegaron a Londres, donde los Mitford habían decidido pasar un par de noches antes de volver a casa a fin de ultimar los preparativos del funeral de Bill, cuando Louisa pensó en telefonear a Guy para contarle lo que ahora consideraba un nuevo avance en el caso Shore.

En lugar de comentárselo a Nancy, cuya propensión a la fantasía resultaba poco adecuada para una situación como aquella, Louisa se fue sola hasta una de las nuevas cabinas telefónicas que habían instalado en Piccadilly, donde, peniques en mano, le pidió a la telefonista que la conectara con la policía ferroviaria de Londres, Brighton y la Costa Sur de la estación Victoria, a la vez que cruzaba los dedos para que Guy estuviera allí.

Por suerte, no tardaron mucho en encontrarlo, pero la conversación fue incómoda, más que nada por el hecho de que Guy disponía de muy poca intimidad desde el teléfono de la recepción.

—Señorita Cannon —la saludó con formalidad después de que el agente de policía que había atendido la llamada le entregara el aparato con expresión burlona—. Confío en que no haya tenido ningún problema.

Louisa percibió su incomodidad y procuró tranquilizarlo.

—No, ninguno —dijo—. Disculpe que le haya telefoneado, pero pensé que era mi deber hacerlo… Creo que he descubierto algo importante sobre el caso Shore.

Se produjo una pausa, durante la que a Louisa le pareció oír que Guy respiraba un poco más rápido que antes.

—¿De qué se trata?

—Es acerca de Roland Lucknor, un oficial a quien conoció Nancy en un baile. Hemos sabido que estuvo en Ypres al mismo tiempo que lord Redesdale; de hecho, estaban en el mismo batallón, aunque nos dijo que entonces no lo conocía personalmente, sino solo de nombre. —Louisa se calló para tomar aliento. Era fundamental que lograra explicarse bien.

—Sí, continúe —le dijo él impaciente, sabiéndose escuchado por los demás.

—Resulta que Nancy le preguntó si había conocido a Florence Shore durante la guerra, a lo que él respondió que no. Sin embargo, hace unos días visitó a los Mitford en Dieppe, de camino a París, cuando empezó a gritar en plena noche. Al oírlo, Nancy me pidió que entrara a su habitación, y...

—¿Entró a su habitación por la noche? —la interrumpió Guy sin poder evitarlo. De fondo se oyó una carcajada ahogada—. Perdone. ¿Qué sucedió entonces?

—Fue algo horrible; estaba sudoroso y lloraba. No sé si se trataba de un sueño o de ese trastorno que sufren los soldados...

—¿Neurosis de guerra? —apuntó Guy.

—Sí, algo por el estilo. Fue horrible, porque tenía los ojos abiertos, pero no creo que fuera consciente de lo que estaba diciendo, ni de que yo estaba allí. Después de calmarlo, me dijo «Gracias, enfermera Shore» varias veces.

—¿Enfermera Shore? —repitió Guy—. ¿Está usted segura?

—Desde luego —repuso Louisa, cuando oyó unos pitidos en su oreja. Se apresuró a introducir más monedas—. ¿Sigue ahí, Guy?

—Sí —dijo él.

—¿Por qué negó haberla conocido, si en realidad la conocía? —se preguntó Louisa.

—No lo sé, pero coincido en que no pinta nada bien. ¿Cree que podrá descubrir algo más?

—No lo sé —respondió Louisa—. Visita la casa cada cierto

tiempo. Creo que está cerrando algún negocio con Lord Redesdale. Tal vez podría preguntarle si conoce a Stuart Hobkirk, por si fuera su cómplice...

—Será mejor que no hagamos esa clase de suposiciones antes de hablar con él —le aconsejó, al mismo tiempo que trataba de no hacerse demasiadas ilusiones ante aquel giro de los acontecimientos—. La enfermera Shore debió de atender a muchos heridos y no podemos sospechar de todos ellos.

Pensando que Guy no iba a hacerle caso, Louisa decidió seguir investigando a Roland por sí misma. Si podía representar algún peligro para Louisa o para lord Redesdale, prefería saberlo antes para poder protegerlos de él. El único problema consistía en hallar la oportunidad para hacerlo.

40

*L*a inquietud que le produjo la llamada de Louisa hizo que Guy volviera a centrar sus pensamientos en el caso. Como no sabía qué podía hacer para avanzar, lo había dejado apartado por un tiempo, pero ese destello de luz lo había llevado a preguntarse si no sería el momento de retomarlo.

Una noche, mientras lo comentaba con su madre a la entrada de su casa, Guy acabó por desvelarle la escandalosa declaración que le había hecho Stuart Hobkirk. Después de oírlo, la mujer lo había convencido para que fuera a visitar a Mabel Rogers.

—Pobrecilla —le dijo mientras disfrutaban de los últimos rayos del sol con una taza de té en la mano, aprovechando que los demás hermanos estaban en la taberna—. Esas enfermeras de guerra estaban hechas de una pasta especial, igual de valientes que los soldados, pero ahora nadie se acuerda de ellas. ¿A que no las ves nunca en los desfiles? Y después de todo eso, va y pierde lo único que tenía: la promesa de un futuro de comodidades con su amiga.

—Eso no lo sabemos —indicó Guy—. Es posible que tenga muchas amistades y muchas otras cosas que hacer.

Su madre meneó la cabeza con tristeza.

—Créeme, sí que lo sé —dijo—. Ha pasado muchos años en el extranjero por la guerra. Son muy pocas las personas que podrán entenderla y saber por lo que ha pasado. No tendrá dinero apenas y estará sola. Deberías ir a verla. Estoy segura de que agradecerá que le tiendan una mano amiga.

Guy sabía que Mabel vivía en la residencia para enfermeras Carnforth Lodge, en la calle Queen Street del barrio de Hammersmith, de la que también era la directora, como había declarado durante la investigación y seguía recogiendo su cuaderno de notas. Poco tiempo después de haber mantenido aquella conversación con su madre, se dio cuenta de que solo había un corto trecho en autobús desde el trabajo que le habían asignado en la estación de Paddington, así que sintió el impulso de acercarse a visitar a la enfermera.

Al llegar, supo de inmediato que su madre tenía razón. Carnforth Lodge era un inmueble destartalado y deprimente situado en el extremo de una calle concurrida. Las ventanas y los visillos estaban limpios, una muestra del orgullo de sus habitantes, pero las columnas que flanqueaban la puerta de entrada habían ennegrecido por el humo. Su pobreza estaba pintada a lo largo de la fachada en letras grandes, como el titular de un periódico: ASOCIACIÓN DE ENFERMERAS DE LOS DISTRITOS DE HAMMERSMITH Y FULHAM – FINANCIADA POR DONACIONES PARTICULARES. Las dos últimas palabras las habían escrito más pequeñas para que cupieran en el frente. Justo al lado se alzaba la taberna Six Bells, un emparejamiento tan dispar como un convento junto a una carnicería. Resultaba extraño que Florence Shore, quien disponía de dinero, hubiera elegido vivir allí.

Guy empujó la puerta y se encontró dentro de un vestíbulo poco iluminado. Un letrero escrito sobre una puerta abierta señalaba la portería, a la que llamó con suavidad.

—¿Sí? —respondió una voz masculina.

Guy entró. Había un hombre bebiendo de una taza sentado en una silla de madera junto a una mesa desvencijada. En lugar de levantarse cuando llegó Guy, se limitó a alzar la vista.

—¿Puedo ayudarle en algo?

A Guy le resultó familiar, pero tardó un minuto en procesar el motivo. Era el hombre que había estado sujetando a Mabel Rogers del brazo durante la primera investigación.

—Quisiera ver a la directora, la señorita Mabel Rogers —dijo Guy.

El conserje dejó la taza sobre la mesa.

—¿Por qué motivo? —le preguntó.

—Es personal.

El conserje miró el uniforme de Guy y enarcó las cejas.

—¿Estaban citados?

A Guy le pareció que era bastante impertinente para ser un conserje, pero dado que había estado presente durante la investigación, supuso que sería un buen amigo de la señorita Rogers. Tras la muerte de la señorita Shore, era posible que se hubieran presentado a su puerta unos cuantos elementos indeseables, de aquellos que sentían una fascinación malsana por lo macabro.

—No —reconoció—, pero solo serán unos minutos.

—Está bien. Lo acompañaré —dijo el conserje.

El conserje lo condujo por el vestíbulo y llamó a una puerta con un golpe resuelto.

Se oyó un «Adelante, adelante». Cuando entraron, Mabel estaba sentada detrás de un escritorio, inclinada sobre un cajón en el que buscaba algo.

—Enseguida estaré contigo. —Su voz sonó amortiguada—. No logro encontrar… Oh, aquí están. —Se incorporó, sosteniendo unas tijeras de coser con aire triunfal, pero cambió de expresión rápidamente—. ¿Quién es usted?

—Siento haberla sobresaltado, señorita Rogers. Soy Guy Sullivan, de la policía ferroviaria de Londres, Brighton y la Costa Sur.

La estancia era pulcra y austera. Había una pequeña maceta de fucsias en la repisa de la chimenea y una alfombra desgastada en el suelo. La misma Mabel formaba un vivo contraste con su entorno; el vestido le caía sin gracia, su rostro no mostraba el menor indicio de haber pronunciado una lisonja en toda su vida y recogía su ralo cabello en un sencillo moño.

—Puedes retirarte, Jim —le dijo al conserje, quien hizo un gesto de asentimiento, aunque parecía reacio a marcharse. Dejó la puerta entreabierta—. ¿Puedo ayudarle en algo?

Guy se sentó en la silla que había delante de su escritorio. ¿Eran imaginaciones suyas, o era más baja de lo normal? Tuvo la clara sensación de hallarse bajo el escrutinio de la señorita Rogers.

239

—En realidad, no, señorita Rogers —contestó Guy. Como era habitual en él, aún no había tomado una decisión—. Vengo a darle mi más sentido pésame por la muerte de Florence Shore. Sé que ha pasado algún tiempo, pero... —Su voz se fue apagando poco a poco, al darse cuenta de lo poco adecuadas que sonaban sus palabras.

Mabel miró por el balcón hacia el jardín que había fuera. Un par de gallinas picoteaban entre la hierba.

—Pienso en Flo cada día —dijo ella—. No podremos descansar hasta que sepamos qué fue lo que le sucedió.

—Sí —repuso Guy. Hizo una pausa, durante la que pensó en cómo decir lo siguiente que quería decir con el mayor tacto posible—. Sé que fueron amigas durante muchos años...

—Más de un cuarto de siglo —dijo Mabel.

—Quería decirle que, pese a que la investigación parece haberse detenido, yo aún sigo trabajando en el caso.

—¿De veras? Si ha venido a interrogarme, he de decir que no...

—No, no —la tranquilizó, ansioso—. De ninguna manera. Sé que ya declaró ante el tribunal. No obstante, me preguntaba si quizá sabía algo de un hombre llamado Roland Lucknor.

—Mire, señor Sullivan, no me importa decirle que, aunque he sobrevivido a dos guerras, la muerte de mi querida amiga me ha resultado más dolorosa que cualquiera de las cosas que presencié en África o en Francia —dijo Mabel, poniéndose en pie tras su escritorio—. Por favor, debo pedirle que se marche.

Guy vio horrorizado que Mabel se encontraba al borde de las lágrimas.

—Solo quería ofrecerle mis condolencias —dijo—, y una mano amiga. Decirle que la señorita Shore no ha sido olvidada. Estoy decidido a encontrar al hombre que lo hizo.

Mabel cerró los ojos durante un breve instante.

—Ese hombre no mató solo a Flo; me mató a mí también. Ya no me queda nada en este mundo. Le doy las gracias por su bondad, señor Sullivan. Significa mucho para una anciana como yo.

41

$\mathcal{A}$l final, Louisa tuvo la oportunidad de investigar a Roland mucho antes de lo esperado. Poco tiempo después de volver de Francia murió el padre de lady Redesdale, e incluso la misma Nancy se sintió afectada por la muerte del abuelo Tap Bowles.

—Nunca lo vimos mucho, pero era de lo más gracioso. Y como se ha muerto en Marruecos, lo van a enterrar allí, y nosotros nos quedamos sin funeral —se lamentó.

Aunque lady Redesdale se había vestido de luto como exigía la ocasión, no cabía la menor duda de que la situación de la familia había mejorado hasta cierto punto.

—Apuesto a que han recibido un buen pico de herencia —se regocijaba la señora Stobie—. Me han dado la orden de pedir las mejores piezas de la carnicería, y van a enviarnos unos cuantos manjares de Harrods.

Hasta la señora Windsor había respondido con algo parecido a una sonrisa, algo que el aya atribuyó a la llegada de los nuevos manteles.

Al poco tiempo de que el dinero hubiera empezado a hacerse notar, Louisa se enteró de que Roland iba a pasar una noche en la casa con ocasión de una fiesta que iba a celebrarse. Según la señora Stobie, aquello no era sino una prueba más de los frutos que había dado la situación. A Louisa le inquietaba que la asistencia de Roland estuviera directamente relacionada con el aumento de la fortuna de la familia. Si lo que pretendía era hacerse con una parte de ella, iba a tener que impedírselo. Por desgracia, no tenía ni la más mínima idea de cómo conseguirlo.

Entretanto, Nancy estaba más encantada que nunca ante la idea de verlo.

—Fuera cual fuese el motivo de su disputa con Papu, ya debe de haber terminado —dijo—. Desde luego, ninguno de ellos va a comentarme nada al respecto.

—Supongo que sí —contestó Louisa, aunque en el fondo dudaba entre si se trataría de una cuestión de dinero, tal y como sucedía siempre, en palabras de la misma Nancy, o de algo más siniestro, que de alguna manera estuviera relacionado con Florence Shore. ¿Sería posible que lord Redesdale tuviera algo que ver con ello? Pronto descartó la idea de su cabeza.

—Mucho me temo que mi infancia esté llegando a su fin, Lou —murmuró Nancy con aliento entrecortado.

—Tal vez podrías mentir sobre la edad que tienes —sugirió Louisa, pero se sintió culpable al ver la expresión afligida de Nancy.

En todo caso, tenía cosas más importantes en las que pensar. Cuando sonó por fin el batintín de la cena, y después de acostar a las más pequeñas, Louisa entró a hurtadillas en el ala de los cuartos de invitados. Ignoraba en qué habitación habrían alojado a Roland, pero nunca se preparaban más de tres o cuatro al mismo tiempo. Mientras vacilaba en el rellano, oyó las voces de la señora Windsor y de Ada. Se apresuró a abrir una de las puertas y entró corriendo en uno de los cuartos, al tiempo que se sorprendía a sí misma y a una mujer que había sentada delante del tocador intentando abrochar el cierre de su collar.

—¿Sí? —dijo la mujer. Parecía tener la misma edad que lady Redesdale y era bellísima. Se había pintado los labios de color rojo oscuro, con una osadía que fascinó a Louisa.

—Le ruego que me disculpe, señora —se excusó Louisa, haciendo una pequeña reverencia—. Me envía la señora Windsor, por si pudiera ayudarla en algo. Los demás invitados ya se han sentado a la mesa. ¿Puedo ayudarla con su collar? —Se acercó a ella y abrochó el cierre con eficiencia—. ¿Puedo servirla en algo más, señora?

—Bueno, pues... —comenzó la mujer, pero Louisa ya había empezado a encaminarse hacia la puerta.

—Ha sido un placer ayudarla, señora. Buenas noches. —Salió de nuevo al pasillo, dejando a la mujer mirándose al espejo como si le hubieran tomado el pelo.

Justo delante había un cuarto de invitados con una sola cama individual y las paredes pintadas de verde oscuro; era la estancia que solía reservarse a los solteros durante las cacerías. Louisa probó suerte por si era la de Roland y entró. La lámpara de la mesilla estaba encendida y las sábanas revueltas, como si alguien hubiera echado una cabezada, y había un libro abierto encima, *Otra vuelta de tuerca*, en cuya guarda vio un nombre borroso escrito a lápiz: R. Lucknor. Estaba en la habitación correcta.

Sus ropas estaban bien dobladas y su chaqueta colgaba detrás de la puerta. Louisa creyó reconocerla por los puños un poco desgastados y un botón que se había vuelto a coser con un hilo de otro tono. En el suelo había una bolsa de cuero. Louisa se agachó y metió la mano dentro, hasta que tocó la lana suave de unos calcetines. No sabía lo que estaba buscando exactamente, pero sí que sería algo que estuviera escondido a conciencia.

Se oyeron unos pasos en el pasillo. Se quedó quieta para escuchar, aunque no le resultaba fácil debido a la sangre que le palpitaba en los oídos, pero quien fuera siguió hacia delante. Louisa palpó los rincones de la bolsa, y entonces la tira de cartón forrada de terciopelo del fondo se soltó, y debajo de ella... Sí. Encontró dos libretas bancarias de tapa dura. Dentro figuraban los movimientos normales de ingresos y retiradas de fondos de dos cuentas. No le dijeron nada, pero lo que le llamó la atención fue que una de ellas estaba a nombre de Roland Lucknor, mientras que la otra lo estaba a nombre de un tal Alexander Waring. ¿Por qué motivo tendría la libreta bancaria de otra persona?

Una puerta se cerró de golpe en el pasillo, sobresaltándola. Se metió las libretas al bolsillo y salió sigilosamente de la habitación.

Cuando volvió al cuarto de los niños, donde el aya Blor dormitaba junto al fuego con la calceta sobre su regazo, Louisa no podía creer lo que había hecho. Sin embargo, ya era demasiado tarde para arrepentirse. Lo único que sabía era que debía impedir que Nancy se relacionara con Roland ni un segundo más.

243

42

*E*ran las cuatro de la tarde y Louisa estaba sentada a una mesa del Swan Inn con Ada, mientras disfrutaban de la rara coincidencia de tener una tarde libre el mismo día. Habían pasado una hora de lo más agradable en la droguería, mirando cintas de pelo y aguas de colonia que jamás podrían permitirse, y después habían entrado en la taberna. Era algo que la señora Windsor habría desaprobado con todas sus fuerzas, pero Louisa se había dejado convencer sin mucho esfuerzo. Siempre era un placer pasar un rato con Ada; la presencia de la muchacha aligeraba el corazón, con sus dientes blancos y perfectos y sus pecas indelebles en la nariz, incluso en lo más crudo del crudo invierno.

—Si te soy sincera, tenía la esperanza de encontrarnos aquí con Jonny —le confesó ella, cuando ya iban por la mitad de sus bebidas.

—¿Jonny? ¿El chico del herrero?

—No es un chico, ya es un hombre de veintitrés años —puntualizó Ada—. Y es un auténtico primor.

—Pues más vale que lady Redesdale no te descubra —repuso Louisa—. Menudo alboroto se formó cuando la última niñera que tuvieron se fugó con el hijo del carnicero. Pero tampoco me voy a quejar por eso, dado que ahora soy yo quien hace su trabajo. Venga, cuéntame más. —Le dio un codazo para incitarla a hablar, animada—. ¿Qué es lo que ha pasado?

—Las chicas buenas no hablan de esas cosas —dijo Ada, aunque esbozó una sonrisita antes de tomar otro trago.

Louisa iba a lanzarle otra pulla cuando detectó un movimiento por el rabillo del ojo. Cuando se fijó mejor, vio a un perro negriblanco correteando por la esquina del bar. Se encogió en el asiento.

—¿Qué pasa? —preguntó Ada.

Louisa negó con la cabeza. Oyó un silbido corto y agudo y entonces lo supo. Stephen.

—Tengo que irme —dijo.

Louisa salió corriendo en dirección a una puerta lateral, arriesgándose a que Stephen apareciera detrás de Socks. Abrió la puerta y siguió corriendo, casi sin atreverse a mirar atrás. Nadie gritó a su paso y no se detuvo hasta que llegó a la carretera que la llevaría de vuelta hasta Asthall Manor, jadeando de calor y de miedo.

¿Qué estaba haciendo Stephen ahí? Aquello solo podía significar una cosa.

Había venido para llevarla a la ruina.

$\mathcal{A}$ la mañana siguiente, después de haber pasado la noche en blanco, Louisa se levantó temprano de la cama. No se oía ningún sonido aparte de los trinos de los pájaros sobre el tejado. Incluso las niñas seguían dormidas, mientras sus pechos subían y bajaban casi al unísono, respirando tranquilas. Bajó hasta la cocina, en la que por suerte aún no había empezado a trajinar la señora Stobie, y se puso a escribirle una carta a Jennie. Tenía que averiguar si Stephen le había dicho algo a su madre, aunque lo creía poco probable, y de todas maneras, Jennie tardaría al menos una semana en responder. Entre tanto, no le quedaba más remedio que enfrentarse a la situación, más tarde o más temprano.

Pero ¿por qué había vuelto a buscarla después de tanto tiempo? ¿Y por qué había decidido quedarse en una taberna cercana en lugar de ir a buscarla a Asthall Manor? Seguramente se sentiría intimidado por la mansión y las personas que imaginaría vivían en ella.

Aquellas preguntas la tranquilizaron tan poco como las respuestas que acudieron a su mente, sumiéndola de nuevo en la desesperación: porque se le había acabado el dinero o la suerte, o ambas cosas; porque por fin había descubierto dónde se escondía, y, después de buscarla durante tanto tiempo, estaba furioso.

Cuando a Stephen se le acabara la paciencia —como sin duda acabaría sucediendo—, se plantaría en la puerta de la casa y ella se quedaría sin trabajo. Nadie en su sano juicio querría emplear a una niñera que arrastrara la violencia hasta su hogar, y eso era precisamente lo que representaba Stephen.

Debía ponerle freno a la situación mucho antes de que ocurriera eso. Puesto que no había tenido más remedio que explicarle el motivo de su espantada, Ada había descubierto una parte del pasado decididamente turbio de Louisa, y aunque sabía que la muchacha era una buena amiga, también sabía que un buen chismorreo valía como el oro en un pueblo. En poco tiempo, ya no podría ir a la oficina de correos sin que todos la mirasen y cuchichearan. Todo lo que había conseguido desde que llegara a Asthall se había esfumado de un plumazo. Le daban ganas de gritar con furia y rabia.

No podía presentarse en el Swan por su cuenta para preguntar por Stephen. Si él la veía, estaría indefensa. Su única posibilidad era pedirle ayuda a otra persona, pero no se le ocurría nadie a quién decírselo. Necesitaba a alguien que contara con fuerza bruta, pero no había hombres entre los criados de la casa, y apenas si conocía a alguno de los del pueblo.

La idea de que su tío se hallara cerca la había dejado hecha un manojo de nervios. Durante los días siguientes, el aya Blor comentó varias veces lo distraída que parecía:

—No pierdes la cabeza porque la llevas unida al cuerpo —le dijo después de que Louisa fuera al cuarto de los niños a buscar un par de calcetines para Diana y volviera con un jubón.

Por no mencionar que siempre encontraba alguna excusa para no ir al pueblo a hacer recados, aunque por lo menos podía contar con que Ada le echara una mano con eso. Al mismo tiempo, lady Redesdale también parecía sulfurarse cuando Louisa bajaba a las niñas para merendar y no se daba cuenta de que Decca se limpiaba la tarta de las manos con uno de los cojines.

Entretanto, independientemente de la tarea que estuviera llevando a cabo, Louisa sufría pensando en lo que podría estar tramando Stephen, lo que podría contarles a los lugareños acerca de ella y en si aparecería de pronto por la puerta, como una de las falsas monedas a las que solía referirse el aya. No quería preocupar a nadie más, por lo que se lo guardó todo para sí, enterrándolo en los recovecos más oscuros de su mente, como los topos que arruinaban el césped de la pista de tenis.

—Cielos, Elinor Glyn tumbada sobre una piel de tigre. Será mejor que no lo vea Mamu... —Nancy soltó una risita mientras hojeaba una revista *Vogue* en el cuarto de los niños antes de la cena—. ¿No te parece, Louisa?

Louisa siguió sin contestar.

—¡Oh, por favor, Lou! ¿Qué es lo que te pasa?

Louisa parecía desconsolada. En ese momento se sintió incapaz de sobrellevarlo sola por más tiempo y decidió contarle a Nancy lo que había sucedido.

—Dudo mucho que se atreva a acercarse por aquí —opinó esta—. Tendrá miedo de enfrentarse a Papu.

—Puede que tengas razón —reconoció Louisa—, pero debo hacer algo al respecto. Hace días que no me acerco al pueblo por miedo. El aya Blor está empezando a sospechar que pasa algo, y lady Redesdale ya me ha echado dos rapapolvos esta semana.

—Sí, más vale que no hagas enfadar a Mamu. Podría llegar a despedirte por cualquier nimiedad. Cuando tenía mi edad, se encargaba de llevar la casa de su padre y tuvo que plantarle cara a algún que otro lacayo, por lo que nunca hemos tenido sirvientes hombres. No tolera ninguna clase de... —Nancy se fijó en la expresión de Louisa—. No desesperes, Lou. Aquí estás a salvo, lo sé. Mira, seguro que hay algo que podamos hacer. ¿Qué tal si se lo decimos a Roland? Seguramente venga a almorzar pasado mañana. Estuvo en la guerra y es posible que tenga una pistola.

—¡Una pistola! No deseo tener nada que ver con eso. Lo único que quiero es ahuyentar a Stephen —dijo Louisa.

Estaba tan convencida de que Roland había tenido algo que ver con Florence Shore —pues eso era lo que sentía entonces— que había empezado a verlo como un monstruo. La antigua emoción familiar del miedo volvió a cubrirla con su negro manto.

—No digo que tenga que usarla. Solo digo que es posible que tenga una. Tom no para de hablar de los revólveres Webley que les daban a los oficiales. Podría enseñárselo o algo por el estilo.

—¿Y por qué iba a hacer tal cosa por mí? —preguntó Louisa. Nancy no la estaba tranquilizando en absoluto.

—No lo sé —respondió Nancy, exasperada—. Pero no pierdes nada por intentarlo. Si te dice que no, tendremos que pensar en otra cosa. —Volvió a coger la revista—. Me muero de ganas de verlo otra vez. Después de haber estado en Europa, seguro que me ve como una *femme du monde*, ¿verdad que sí, Lou? ¿Crees que debería ponerme el pasador de pelo?

Pues eso era todo, pensó Louisa. Roland Lucknor era su solución. Tan solo esperaba que no fuera también su problema.

44

Guy y Harry caminaban sin rumbo por el extremo posterior de la estación Victoria, lejos de los ruidosos pasajeros y sus incesantes preguntas absurdas —«¿Es este el andén seis?», dicho debajo del letrero—, pero lo bastante cerca para oler el espeso aceite negro que cubría las enormes ruedas de los trenes detenidos, a la espera del pitido que las haría cobrar vida.

Hacían su ronda diaria, una tarea aburrida, apenas amenizada por el descubrimiento de un vagabundo que había intentado echar una cabezada en un vagón vacío. Los tres representaron su papel habitual, por el que cada acusación era correspondida con una estudiada excusa, para acabar como siempre sin resultado alguno.

—Largo de aquí —dijo Harry, aunque cada vez le resultaba más difícil darle un toque de espontaneidad a la frase, de tantas veces que la había repetido— y no vuelvas.

El vagabundo agitó el puño en su dirección y se perdió detrás de una esquina, donde sabían que esperaría cinco minutos hasta que pudiera volver a tumbarse en el vagón durante un par de horas. Guy no pudo resistirse a volver la vista atrás para ver al viejo asomado detrás de la columna, con su sucia barba blanca colgando sobre su gabán, comprobando que ambos policías se iban.

—Creo que acaba de sacarme la lengua —le comentó a Harry.

Este se echó a reír. No había nada que pudiera quitarle el buen humor. Esa noche estaría encima del escenario del Blue Nightingale, bien aferrado a su saxofón, con los ojos cerrados,

meneando las caderas y dejándose llevar por el ritmo embria-
gador del *ragtime*.

—¿Por qué no vienes esta noche? —le preguntó—. Mae
estará allí y seguro que viene con una amiguita...

Guy suspiró y miró a su bajito amigo, aunque con una
amable sonrisa.

—Gracias, pero no es lo mío. —Avanzaron unos pasos más,
y a medida que sus ojos se acostumbraban a la oscuridad, divisaron a un ratón grisáceo que recorría el andén delante de
ellos—. Mira, lo que pasa es que...

—Si dices que no puedes olvidarte de la señorita Cannon, te
suelto un guantazo —lo cortó Harry—. ¿A qué estás esperando,
hombre? Si te descuidas, se irá con otro, y entonces ¿qué harás?
No puedo seguir oyéndote suspirar durante el resto de mi vida.

Guy se ruborizó.

—No iba a decir eso —mintió—. Pero da igual, porque es
imposible. Con mi salario no puedo casarme con nadie, y mi
madre sigue necesitando las pocas monedas que puedo darle.
Sé que tienes razón, pero estoy atado de manos.

—¿Sabes si tiene a alguien más? —dijo Harry, esta vez con
un tono más comprensivo.

—No. Es decir, creo que no. Le escribo de vez en cuando.
Cuando tengo algo que decir. Pero últimamente no ha habido
gran cosa que comunicar.

—¿Ella te responde?

—Sí, y es bastante amable. Pero no sé qué quiere decir con
ello. Pensaba que le agradaba, pero ya no estoy tan seguro...

Harry se detuvo y le puso la mano sobre el brazo a Harry.

—Espera... ¿Hay alguien llamándote ahí abajo?

Guy volvió a calarse el sombrero y miró entornando los
ojos. Habían dado la vuelta y se dirigían hacia el vestíbulo principal, por el que transitaba un enjambre de hombres y mujeres
bajo el tablón de anuncios, pero había un joven vestido con el
uniforme distintivo de la policía ferroviaria que les hacía señas
mientras andaba, casi a la carrera, por el largo andén.

—¡Sully! —exclamó—. El súper quiere verte. —Guy y
Harry se apresuraron por alcanzarlo después de que se detu-
viera a tomar aliento—. Ahora. En su despacho.

—Gracias —le dijo Guy. Y a Harry—: Nos vemos luego.

—¿De qué se trata? —gritó Harry a sus espaldas.

—No tengo ni idea —respondió mientras corría.

Al llegar a la oficina, Guy llamó a la puerta y prácticamente entró antes de que Jarvis tuviera tiempo de decirle que pasara. Entonces se quedó de pie para escucharlo y volvió a subirse las gafas por la nariz.

—Aquí estoy, señor —dijo—. ¿Quería verme?

El superintendente estaba sentado tras su escritorio y sostenía una carta en la mano. Miró a Guy con seriedad, pero no le respondió. Guy desplazó el peso de su cuerpo de un pie a otro y soltó una tos nerviosa.

Jarvis se inclinó hacia delante, colocando ambos codos sobre el papel secante de su mesa, y dejó la carta delante de él. Lanzó un suspiro, y luego dijo:

—La policía metropolitana se ha puesto en contacto conmigo. Me han echado una bronca, Sullivan, y me pregunto si es culpa tuya.

—¿Mía, señor? —preguntó Guy, confuso—. ¿Por qué, señor?

—Por realizar pesquisas sin haber recibido órdenes, Sullivan. Guy lo miró sin entender. Entonces se dio cuenta.

—¿Se refiere al asesinato de Florence Shore, señor?

—Sí, al asesinato de Florence Shore. ¿Ha estado metiendo la nariz donde no debía, Sullivan?

—Bien, señor, la verdad es que, de alguna manera, sí. Pero fue hace mucho tiempo.

Jarvis pegó un puñetazo en la mesa y Guy dio un respingo.

—No empeore la situación, Sullivan. Usted me gusta. Tiene potencial. Pero, como me mienta...

—No le miento, señor —dijo Guy—. Se lo prometo. Fui a ver a la baronesa Farina a Tonbridge, señor. En abril del año pasado, me parece. Pero ella no tenía mucho que decir y no saqué nada en claro.

—¿Nada? —Acompañó la pregunta con una mirada severa.

—Bueno... Mencionó... mencionó a un hijo, señor, un tal Stuart Hobkirk. Es pintor y vive en Saint Ives, y optaba a recibir una parte de la herencia de la señorita Shore a la muerte de esta, tal como le mencioné en su momento. —Hizo una pausa, pero se dio cuenta de que era mejor acabar lo que había empezado—. El verano pasado me enteré de que el señor Hobkirk iba a exponer en Londres, de modo que fui a verlo. Fue por casualidad, señor. Una señorita amiga mía quería ver los cuadros y resulta que me encontré con él. —Guy deseó haber podido cruzar los dedos al decirlo.

Jarvis no soltó otra palabra, pero había apretado más los labios. Guy continuó:

—No me dijo gran cosa, señor. Solo que le tenía un gran cariño a su prima. Me fijé en que tenía una ligera cojera y caminaba con bastón, así que era poco probable que fuera el hombre al que vio saltar del tren el guarda en Lewes. Además tenía una buena coartada y pude hablar con dos de los asistentes, quienes dijeron que estuvieron con él el día de la agresión a la señorita Shore.

Se produjo una pausa terrorífica.

—Ya veo —dijo Jarvis—. Así pues, no solo fue a ver a la baronesa Farina, creyendo que podría sacarle más información de la que se había obtenido con los esfuerzos combinados de tres cuerpos de policía y dos investigaciones judiciales, sino que además decidió desoír mi opinión cuando le dije que no había nada que investigar acerca de Stuart Hobkirk, incumpliendo mis órdenes por completo. Me deja usted atónito, Sullivan. Y encima, ¡sigue mintiéndome! —Volvió a golpear la mesa, esta vez con más fuerza.

Guy respiró hondo.

—No, señor, no es cierto. Fui a visitar a Mabel Rogers, pero no por cuestiones policiales.

Jarvis puso la misma cara que si se hubiera atragantado con una espina de pescado. Se le desorbitaron los ojos y emitió un sonido ahogado.

—Quería darle el pésame, señor. No hablamos sobre el caso.

—Entonces, ¿por qué ha escrito Stuart Hobkirk a la policía metropolitana, pidiendo que cesen en sus pesquisas, puesto que halló el último interrogatorio, y cito textualmente, «extremadamente molesto»?

—Por mi honor que no fui yo, señor.

253

—No puedo aguantar esto ni un minuto más, Sullivan. Lo único que ha hecho es empeorar las cosas. Como si no bastara con que la policía metropolitana nos mire siempre por encima del hombro, ahora resulta que da la impresión de que no puedo controlar a mis hombres.

—Lo sé, señor. Lo siento mucho.

Guy bajó la vista al suelo. No sabía qué hacer. Solo podía contar la verdad, por patética que fuera. Sin embargo, aquello planteaba una cuestión: ¿quién demonios le había hecho una visita a Stuart Hobkirk?

—Había depositado muchas esperanzas en usted, Sullivan —dijo Jarvis—. Muchas esperanzas. Pero ya no hay nada que pueda hacer. Ponerse en contacto con los testigos de este caso, de la forma que sea, pero sobre todo sin mi permiso, equivale a un despido inmediato. Salga de mi despacho y deje su placa en la recepción. Ya no va a necesitarla.

45

*D*urante el segundo y último día de la fiesta, el almuerzo se iba a servir puntualmente a la una menos cuarto. Después, Nancy pensaba invitar al señor Lucknor a dar un paseo por el jardín, acompañados por Louisa de carabina. Esta solo tenía que preparar ese encuentro y la petición que le harían. Estaba hecha un manojo de nervios, pero sabía que era inevitable: debía ponerle fin al pánico que le producía Stephen. En el fondo, se trataba de un hombre débil; estaba segura de que un susto, una amenaza por parte de un hombre de verdad, bastaría para ahuyentarlo. Solo debía confiar en que Nancy cumpliera su parte.

Louisa se agachó, besó a Decca en la frente y la llevó de la mano al cuarto de los niños, donde tomarían su propio almuerzo. Le resultaba curioso que ya no tuviera que esforzarse por llamarlo así. Sus antiguas amistades habrían dicho que había cambiado mucho. Y esa era la esperanza que tenía.

A las dos y media, bajo un sol deslumbrante, lady Redesdale llamó a Louisa a la salita de día, tal y como ella esperaba que hiciera. Louisa y Nancy habían planeado convencerla para que hiciera bajar a los niños tras el almuerzo. Al acercarse a la estancia, pudo oír los rumores de una charla femenina, que se acalló de inmediato cuando entró.

Dentro había tres invitadas —incluida la bella mujer a la que Louisa sobresaltara en su habitación—, cada una sentada en el borde mismo del asiento, a la vez que sostenían sendas tacitas de café sobre un plato, incómodas. Nancy se había puesto encima de la alfombra, con la falda artísticamente colocada a su alrededor.

—Ah, aquí estás —dijo lady Redesdale, como si ya llevara un rato esperando a Louisa, cuando en realidad había bajado las escaleras unos segundos después de que sonara la campana—. Quiero que bajes a los niños para que saluden a todo el mundo. Se han aprendido unos poemas. Después, ve al despacho de lord Redesdale a por el señor Lucknor.

El segundo recado fue una sorpresa. Luisa volvió a subir las escaleras y el aya y ella se apresuraron a adecentar a los niños, mientras que Decca se retorcía bajo el vestido azul de franela que intentaba meterle el aya por la cabeza.

Tom daba saltos de alegría ante la perspectiva de poder conocer a un oficial del ejército.

—¿Llevará el revólver encima? —le preguntó a Louisa—. Me gustaría ver el arma de un auténtico soldado. Los oficiales recibían revólveres Webley, así que es probable que tenga un Mark Six...

—No digas bobadas, cielo —lo interrumpió ella, que ya se había aprendido algunas de las expresiones del aya—. Ve a buscar tu chaqueta, por favor.

Cuando estuvieron todo lo preparados que podían estar —Pamela nerviosa, Tom ansioso, Diana más bonita que un lucero, Unity de mala cara, Decca emocionada (y Debo demasiado pequeña para unirse a los demás)—, el aya y Louisa los condujeron hasta la salita de día, donde todas las mujeres, menos Nancy y lady Redesdale, se pusieron a hacer gorgoritos de placer a su llegada. Mientras el aya se quedaba con ellos, Louisa fue a buscar al señor Lucknor al despacho de lord Redesdale, en el otro extremo de la casa.

Al acercarse a la puerta, Louisa oyó un griterío: lord Redesdale bramaba con tono estridente, mientras que Roland lo hacía en voz más baja, pero con un timbre suficiente para hacerse oír a través de la sólida puerta de roble. No distinguía las palabras, pero daba la impresión de que lord Redesdale estaba empezando a achantarse, con cierto deje defensivo en la voz; se interrumpía para escuchar a Roland, quien sonaba mucho más calmado, aunque firme.

Louisa titubeó antes de interrumpir, pero sabía que si no lo hacía ella, lo haría otra persona. Lady Redesdale estaría impacientándose a medida que los niños iban perdiendo su encanto ante las invitadas. Además, aún tenía que pedirle el favor a Roland. Llamó nerviosa a la puerta y giró el pomo sin pensarlo.

Se dio cuenta de su error casi al instante. Cuando se abrió la puerta, oyó a lord Redesdale antes de verle la cara, crispada de furia.

—¡Por todos los diablos, no pienso darte ni un penique más! —Entonces miró a Louisa y pareció estar a punto de estallar. Roland, de espaldas a la puerta, se dio la vuelta, y habría jurado que iba a guiñarle un ojo de lo impertérrito que estaba.

Dudó durante una fracción de segundo antes de decir:

—Perdone, mi señor. La señora quiere saber si el señor Lucknor podría ir a la sala de estar para escuchar los poemas que van a recitar los niños.

Hizo una pequeña reverencia y salió cerrando la puerta. Se alejó pasillo abajo hasta que se detuvo para apoyarse contra la pared y recuperar el aliento en la penumbra. Unos segundos más tarde, oyó el sonido de la puerta que se abría y se cerraba, seguido de los pasos de Roland que se acercaban a ella.

—Señorita Cannon —le dijo él—, ¿podemos hablar un momento?

46

*L*ouisa se detuvo y se volvió para mirarlo. El hecho de que quisiera hablar con ella la había descolocado un poco. Además, estaba la simple y meridiana cuestión de que estar tan cerca de él la dejaba sin respiración. Sus ojos casi negros se clavaron en los suyos y sus labios formaban una línea recta. Estaba lo bastante cerca para poder percibir la calidez de su aliento. Había posado una mano en el hombro de Louisa, y la otra colgaba a un lado de su cuerpo, con sus dedos largos a menos de una pulgada de los de ella.

—He sabido que está usted sufriendo a causa de su tío Stephen —le dijo él.

La sorpresa de que Roland pronunciara su nombre hizo que Louisa diera dos pasos atrás, pese a que la había acorralado contra la pared.

—¿Cómo lo sabe? —preguntó ella.

—Nancy me comentó algo antes del almuerzo. No se preocupe, quiero ayudarla.

Dichosa Nancy.

—He conocido a hombres así —continuó él—. Son perros ladradores, pero poco mordedores.

—No estoy tan segura de que sea así en este caso —dijo Louisa, pero entonces se acordó de cuando Roland había despachado a aquel hombre en Londres después del baile.

—Tal vez pueda intimidarla a usted —prosiguió—, pero sé que se marchará si hablo con él. Dígame algo que pueda usar en su contra.

—¿Qué es lo que va a hacer? —Louisa había empezado a susurrar.

—Buscarlo. Se hospeda por aquí cerca, ¿no? Le haré saber que su vida correrá peligro si se le ocurre volver a pisar este lugar.

—No lo entiendo. ¿Por qué iba usted a hacer eso por mí?

Roland echó un vistazo por encima del hombro, para comprobar que la puerta del despacho de lord Redesdale seguía cerrada. Lo estaba, y a través del gramófono sonaba la voz de su adorada soprano Amelita Galli-Curci a todo volumen.

—Porque necesito que esté en la casa para ayudarme. Hay ciertas cosas que podría hacer por mí. Digamos que a los dos nos vendría bien un poco de apoyo en este momento. ¿Qué me dice?

«¿Qué?», pensó ella. ¿Qué iba a decir?

Louisa sintió un escalofrío, aunque no supo si se debía a la baja temperatura del pasillo o a la cercanía de Roland. Solo había una lámpara encendida en una mesita, por lo que ambos estaban a oscuras.

—Supongo que no debería pedírselo, pero creo que podemos ayudarnos mutuamente —siguió él—. Cuénteme algo de ese tal Stephen Cannon que pueda aprovechar.

—Dígale que le envía el señor Liam Mahoney de Hastings —dijo ella. Había tenido tiempo de pensar en ello durante los últimos días, cosa de la que se alegró entonces—. Pero no lo entiendo, ¿de verdad va a hacer eso por mí?

—Sí —respondió Roland, acercándose un poco más—. Lo haré. Pero antes necesito que me haga un pequeño favor.

—¿Cuál? —masculló.

—Quiero que sea mi defensora en la casa. Estoy teniendo algunas… dificultades con lord Redesdale. Se muestra un poco reacio a seguir invirtiendo en mi proyecto de golf. Ya sabe, no es nada que no pueda solucionar por mí mismo, pero no quiero que me aparten de la señorita Mitford.

—¿A qué se refiere?

El rostro de Roland se suavizó.

—Es una criatura encantadora, que pronto cumplirá dieciocho años…

—¿Cómo? ¿Acaso pretende…? No estará hablando de matrimonio, ¿no? —dijo Louisa. Aquello complicaba las cosas.

Roland no respondió, sino que apartó la mirada. Se hizo un silencio. Debía llevarlo pronto a la salita, o lady Redesdale empezaría a preguntarse qué había sucedido y Nancy se pondría nerviosa. Sin embargo, también tenía que preguntarle por la señorita Shore. Pero… antes quería que se librara de Stephen por ella.

—Se lo ruego, tiene que confiar en mí. ¿Confía en mí, Louisa?

—No lo sé —contestó en voz baja.

—Dígame lo que quiere que haga y lo haré. Me probaré ante usted. A cambio, usted podrá hablarle a Nancy de mi parte.

Louisa le expuso su plan, temblorosa: después del café, Nancy propondría salir a dar un paseo con Roland y con ella por el jardín, comentando que a él le vendría bien tomar un poco de aire fresco antes de su vuelta a Londres en tren. De esa manera, Roland tendría tiempo para ir a ver a Stephen en la posada Swan. Anteriormente, Louisa habría colocado una bicicleta junto a la puerta del muro del jardín, para que Roland pudiera salir de la casa sin ser visto. Aunque no se llegó a pronunciar la palabra, se sobreentendía que si algo le sucediera a Stephen, Nancy y ella le proporcionarían una coartada a Roland.

Las chicas creyeron que era un buen plan mientras lo urdían, pero ahora, al tener que enfrentarse a la realidad, le pareció inútil en el mejor de los casos, y peligroso y temerario en el peor. Además, el recuerdo de Roland diciendo el nombre de la enfermera Shore había vuelto a su mente con una claridad absoluta; cualquier duda que hubiera podido tener respecto a que lo dijera durante los meses anteriores se había evaporado. Y eso por no hablar de las libretas bancarias que había escondido en el fondo de su armario. Avergonzada de su propio acto, no había vuelto a mirarlas desde que se las había llevado.

—Muy bien —dijo él—. Vamos. Pero, recuerde: soy consciente del poder que tienen los criados en una casa como esta. Necesito que le diga a Nancy que soy el hombre indicado para ella. Me lo deberá.

Louisa aceptó. ¿Qué otra cosa podía hacer?

47

*L*ouisa y Nancy estaban sentadas en el pabellón de verano que estaba al final del jardín, junto a la piscina, rodeado por una arboleda. Allí no las vería nadie, incluso si el aya Blor sacaba a las otras niñas de paseo. Era un pabellón destartalado de madera, sin cristales en las ventanas, por las que entraban el viento y las primeras hojas doradas que caían de los árboles. Louisa miró los aleros polvorientos, cada esquina cubierta de antiguas telarañas, la pintura que se caía a tiras como la corteza de un árbol podrido. Sintió un escalofrío y volvió a preguntarse si había obrado bien.

Roland se había dejado su abrigo, una elegante gabardina, junto con una bufanda de cachemira azul claro y un sombrero de fieltro. Se fue a hurtadillas con un gorro de *tweed*, que Nancy había sacado del armario gabanero, y una chaqueta impermeable de color verde oscuro. Las dos se sentaron juntas en el banco, con una manta vieja sobre sus rodillas. Louisa esperaba que no tuvieran que esperar mucho tiempo. Aún no hacía un frío insoportable, pero el silencio que inducía el miedo hacía que el tiempo pareciera detenerse. Vieron a una carcoma que cruzaba el suelo y casi perdieron la paciencia con su despreocupado deambular: ¿por qué no podía irse hacia el otro lado?

—Pronto será la hora del té. Vamos a esperarlo dentro de la casa —dijo Nancy.

—No podemos irnos. Solo un poco más, por favor —le rogó Louisa, con más seguridad de la que sentía, y frustrada por el hecho de que Nancy no pareciera entender la gravedad de la situación. ¿De qué manera iba a conseguir Roland ahuyentar a Stephen? ¿Le haría este algún caso? El miedo la atenazaba. ¿Y si su tío le hacía daño y Roland volvía herido? ¿Y si no volvía en absoluto?

Nancy se puso en pie y estiró los brazos.

—Me aburro.

Louisa echó una ojeada alrededor, sin saber qué decir.

—Tal vez podríamos jugar a algo.

—¿A qué? ¿Al veo, veo? No, gracias. —Nancy fue hasta donde estaba el abrigo de Roland y lo levantó—. Me gusta su abrigo. Desde luego, no es nada apropiado para un día en el campo, pero para Londres es perfecto. —Se lo acercó a la nariz—. Huele a él, un poco amaderado y agradable.

—Déjalo en su sitio, Nancy —dijo Louisa—. Juguemos a las adivinanzas.

Nancy hizo caso omiso de Louisa y comenzó a ponerse el abrigo, envolviéndose en él y enterrando la cara en su cuello. Le quedaba demasiado largo y el dobladillo arrastraba las ramas y las hojas polvorientas del suelo.

—¡Quítatelo! Vas a ensuciarlo —dijo Louisa alarmada. No sabía por qué, pero le parecía una indiscreción que se pusiera su abrigo.

Nancy la miró por encima del cuello de la prenda y enarcó las cejas con aire juguetón.

—No seas boba. —Metió las manos en los bolsillos y empezó a sacar cosas—. Un pañuelo limpio. Es buena señal. A nadie le gustan los hombres con mocos en la nariz. Dos llaves en un llavero. Eso indica un piso: una puerta de la calle y la suya. Si hubiera una sola llave sería de una casa, lo que sería mejor, pero supongo que no se puede tener todo, ¿verdad? —Estaba sonriendo, disfrutando de su travesura.

Louisa no sonreía.

—Déjalo ya, por favor. ¿Y si volviera de repente?

—No lo hará, y además, ¿por qué iba a importarle? Una cartera. Caramba, ¿qué tenemos aquí? Dos libras y un carné de identidad. ¡Mira esto, Lou-Lou! Roland Oliver Lucknor. No sabía que su segundo nombre fuera Oliver.

Louisa temía lo que pudiera encontrar Nancy. No quería

que ella supiera que habían hecho un pacto con el diablo, y sabía que quienes fisgoneaban casi nunca descubrían nada bueno.

—No quiero tener nada que ver con esto, Nancy.

—Aguafiestas. —Sin embargo, devolvió el carné a la cartera y la cartera al bolsillo. Mientras se quitaba el abrigo, hubo otra cosa que le llamó la atención—. Anda, ¿y esto? Hay un bolsillo interior.

Louisa se tapó la cara con las manos, pero no podía negar que ella también sentía curiosidad.

—Es un libro: las *Iluminaciones* de Rimbaud. Poesía francesa —dijo Nancy a la vez que pasaba las páginas—. Qué romántico. Hay una dedicatoria: «Para Xander, *Tu est mon autre*, R». —Hizo una pausa y se quedó pensativa—. Me pregunto por qué tendrá el libro de otra persona. Supongo que se lo habrán prestado.

En ese momento, Louisa ya no le quitaba ojo de encima.

—Nancy, para ya. No es asunto tuyo.

Nancy se encogió de hombros.

—Puede que sí. Además, solo estoy mirando un libro, no abriendo una carta. —Aun así, lo guardó donde estaba, dobló el abrigo encima del banco y volvió a sentarse junto a Louisa para seguir esperando.

263

Cuando Ronald regresó, todavía era de día y la temperatura no había descendido de forma notable, pero cuando se quitó el impermeable, a Louisa le pareció ver unas manchas oscuras de sudor en su camisa. Había entrado en el pabellón sin hacer ruido, y no se percataron de su presencia hasta que se situó de pie delante de ellas, con expresión sombría.

—Ya está hecho —dijo en tono grave—. No volverá a importunarla nunca más.

—¿Lo ha...? —comenzó Louisa, pero Roland la interrumpió.

—No quiero hablar del asunto. Solo he venido a decírselo. ¿Podrán disculparme ante lady Redesdale? Digan que tuve que irme a tomar el tren. ¿Tendrían la amabilidad de pedirle al chófer que me lleve a la estación?

—Sí —contestó Louisa, que casi no podía hablar. Aunque Roland le había asegurado que su tío no volvería a importunarla, seguía estando preocupada. Conocía a Stephen, sabía lo que haría falta para detenerlo, pero no se atrevía a admitir que Roland fuera capaz de hacerlo. Creyó ver unas manchas diminutas de sangre en el cuello de su camisa y cerró los ojos, como una niña. Ojos que no ven, corazón que no siente.

Él se volvió hacia Nancy.

—Le escribiré pronto. Piense bien de mí, ¿de acuerdo?

Nancy asintió, estupefacta frente a la intensidad del ambiente.

Un cuarto de hora más tarde, Roland se montó en el coche, que cruzó el portón en dirección a la carretera. De vuelta en la casa, Louisa y Nancy lo vieron marchar desde la ventana de su dormitorio, cogidas del brazo, con la cara pálida. Habían provocado algo, pensó Louisa, aunque aún no sabían de qué se trataba. Esperaba que no llegaran a averiguarlo nunca.

$\mathcal{A}$mor mío:

Una noche nos avisaron de que el bombardeo iba a ser especialmente violento —por lo general, es difícil saber lo que ocurre a menos que salgas corriendo y detengas a alguien para preguntarle—, por lo que nos trasladamos todos al sótano de un edificio cercano. Fue una operación dura y agotadora, que llevamos a cabo entre las enfermeras y uno o dos soldados que no estaban tan heridos y podían andar. No teníamos más que dos velas, de modo que nos sentamos en la penumbra, escuchando las andanadas —cuatro por minuto—, esperando que una cayera encima de nosotros, oyéndolas detonar en otro lugar, para seguir esperando la siguiente.

Roland Lucknor, quien siempre había sido fuerte y encantador, a pesar de los dolores constantes que sufría desde uno de los primeros ataques con gas, empezó a delirar hacia la mitad de la noche. Se echó a reír como un loco, tras lo que pasó a sumirse en un llanto vociferante, del que no había forma de sacarlo. Probé a mostrarme tanto comprensiva como firme, pero nada daba resultado. Finalmente llegó su ordenanza, un tierno muchacho llamado Xander, quien comenzó a cantarle canciones de amor francesas al oído —o por lo menos, eso es lo que me pareció a mí—, hasta que se calmó. Se conocieron mucho antes de la guerra, en París, creo, entre ciertos ambientes libertinos de escritores y artistas.

Roland, que ya había caído en una especie de delirio histérico, se puso a llamar a su madre y se acurrucó sobre el pecho de Xander, quien lo acunó con fuerza entre sus brazos. Como estaba tan oscuro, nadie más podía verlos, y aunque me consta que otros podrían haberse sentido ofendidos de saberlo, ¿quién tiene derecho a juzgar a esos pobres muchachos, si el único consuelo que puedan obtener sea el uno del otro? Si creen que esos brazos pertenecen a sus madres, yo, por mi parte, no pienso negárselo.

Por desgracia, cuando volvimos a subir a la superficie, Roland y Xander tuvieron una pelea terrible, durante la que se gritaron en la sala. Me acerqué a ellos a toda prisa para intentar serenarlos, pero por lo visto solo logré empeorar las cosas. No sé cuál sería el motivo de su conflicto; tal vez Roland se había dado cuenta de lo que había sucedido y se sentía humillado.

Ya han pasado tantos meses que casi no me atrevo a confiar en que sigas esperándome, pero un rayo de esperanza es lo que nos hace seguir adelante, así que me aferraré a él de todas maneras. Piensa bien de tu pobre y patética amiga, te lo ruego.

Con todo mi cariño,

Flo

48

Guy avanzaba por el borde de la carretera que esperaba lo llevase hasta Asthall Manor. Había caminado dos horas desde la estación y sentía el viento frío en la boca en cada respiración. Las ráfagas de aire formaban pequeños montículos de hojas amarillentas delante de él, como si alguien hubiera arrancado las páginas de un libro viejo en un arranque de ira.

Retirado del servicio, había sobrellevado la primera semana realizando diversas tareas para su madre, y el fin de semana transcurrió con normalidad, pero cuando llegó el segundo lunes, decidió que no podía soportar pasar otra semana más encerrado en casa. Sus hermanos no dejaban de tomarle el pelo ni un momento, mientras que las miradas lastimeras de sus padres resultaban casi peores.

Por suerte, cada semana le había ido dando una cantidad de dinero a su madre para los gastos y guardado el resto en el banco, menos una o dos libras con las que se pagaba una cerveza de vez en cuando. Todo el cambio iba a parar dentro de un tarro, en el que ya había reunido bastante para un billete de ida y vuelta a Shipton en tercera clase, y una o dos noches en una posada de la localidad. Una vez se dio cuenta de ello, había salido de su casa antes de que pudiera cambiar de idea.

Ahora, después de haber emprendido la marcha sin más compañía que la de sus propios pensamientos, le preocupó que su apresurado plan no fuera tan bueno como había creído. Ni siquiera sabía con seguridad si Louisa estaría allí; podían haberse ido a Londres, o a París, o dondequiera que fuesen los encopetados, y ella no habría tenido más remedio que seguirlos.

Tampoco estaba del todo seguro de que ella fuera a alegrarse de verlo. Su última carta había sido amistosa pero distante, como siempre. Guy tenía muy claros sus sentimientos: quería tomarla entre sus brazos, acercarla a su pecho y protegerla de toda tormenta. Sin embargo, en cuanto a la cuestión de si ella estaría dispuesta a compartir con él aunque solo fuera un paraguas bajo la lluvia... En fin, eso era lo que esperaba descubrir ahora.

Cuando llegó ante el portón, su corazón se inundó de esperanza al ver las volutas de humo que subían por las chimeneas. Debían de estar en casa. Llevaba una nota en el bolsillo para que se la hicieran llegar en caso de que hubiera salido o estuviera ocupada. En la entrada, Guy vio el hermoso roble y descartó la idea de llamar a la puerta principal, por lo que se puso a buscar algún acceso lateral en el que pudiera haber algún criado al que entregarle la nota.

Los terrenos de la casa estaban delimitados por un muro de piedra, alto y espléndido, en el que distinguió una puerta en un recodo próximo al edificio, cuya madera estaba pintada del mismo color que la piedra. Un sitio discreto por el que salir del jardín a la carretera, pensó. Él también iba a tomar esa ruta a la vuelta; no se había sentido muy cómodo al atravesar el camino de entrada, el que sin duda era un lugar más adecuado y acostumbrado a las llegadas majestuosas de bonitos automóviles. Sus zapatos sucios y su traje fino de color castaño se veían harapientos en comparación, pero justo cuando volvía a plantearse si no sería mejor darse media vuelta y marcharse, vio a una muchacha con un vestido y un delantal, tocada con una cofia. Llevaba el cesto vacío de la colada en una mano y lo saludaba con la otra.

—Hola —le dijo—. ¿Puedo ayudarle en algo?

Tenía una sonrisa amable, que le insufló ánimos. Se acercó hacia ella a paso ligero, en lo que evidentemente ya era la parte posterior de la casa, donde se apiñaban maceteros de hierbas aromáticas, cuyas hojas fragantes se desparramaban por encima y alrededor de los tiestos de barro. El olor del romero se le metió en la boca, lo que de pronto le hizo recordar a su madre sirviendo un asado de cordero por Pascua, un manjar poco común antes de la guerra, cuando todos sus hijos estaban vivos y sentados en torno a una mesa.

—Hola —dijo al aproximarse, pues no quería levantar la voz—. Me preguntaba si podría dejar una nota para la señorita Louisa Cannon.

Ada, pues se trataba de Ada, como descubriría más tarde, esbozó una amplia sonrisa.

—Para la señorita Louisa, ¿eh?

Guy se quedó inmóvil, con la bolsa a sus pies y la nota en las manos. La miró con expresión atontada.

—Pues sí. ¿Está aquí? ¿Le doy a usted la nota?

—Puede dársela usted mismo —respondió Ada, que disfrutaba de la incomodidad de él—. Venga, parece que le vendría bien una taza de té. La señora Stobie le preparará una en la cocina.

Cuando Louisa llegó a la cocina desde el armario de la ropa blanca —donde había estado doblando las sábanas y mantas de los niños una y otra vez, una tarea a la que se entregaba cada día solo para tener algo de tiempo para sí misma, lejos de las bienintencionadas pero cada vez más exasperadas preguntas del aya Blor acerca de si ya «se había espabilado»—, se encontró con que Guy Sullivan estaba sentado a la inmaculada mesa de pino. Aquello no se lo esperaba para nada, y Ada, traviesa, no la había advertido. Jadeó mientras él se ponía en pie y descubrió que se había quedado pegada al suelo, sin saber qué hacer ni qué decir. La señora Stobie fingió estar ocupada con la comida, pintando el hojaldre de un pastel con huevo batido. Ada seguía mirando, desvergonzada. Le dio un empujoncito a Louisa en la espalda.

—Saluda al pobre muchacho. Míralo: ha caminado durante días para verte.

—No han sido días, señorita Cannon —dijo Guy, quien sintió que debía hacerse cargo de la situación—. He venido en tren. Y es un bonito día para dar un paseo. En fin —continuó, mientras Louisa lo miraba. ¿Era alegría lo que había en su rostro? ¿O furia?—, no pretendía molestar; solo quería dejarle una nota. Decirle que me encontraba cerca.

Louisa recuperó la compostura.

269

—Hola, señor Sullivan. Me alegro de verle. Discúlpeme, pero es que... no le esperaba. —Se volvió hacia Ada y le lanzó una mirada significativa—. Gracias, Ada. ¿No tendrías que irte ya?

Ada se rio entre dientes, le guiñó el ojo a su amiga y salió de la cocina. La señora Stobie se apartó de los fogones y se quitó el delantal a la vez que comentaba que también debía irse. Tenía que planificar el menú de la semana antes de reunirse con lady Redesdale a la mañana siguiente. La señora Windsor, añadió, estaba haciendo unos recados en Burford y no volvería hasta la hora del té. En otras palabras: estaban solos.

Louisa cogió una taza y se sentó a la mesa, frente a Guy. La pequeña sorpresa de su llegada había coloreado sus mejillas, y su cabello, aunque cuidadosamente recogido con un estilo que hacía parecer que llevara un atrevido corte por encima de los hombros, tenía algunos mechones sueltos que suavizaban el resultado final. El mero hecho de mirarla hizo que Guy tamborileara los dedos, nervioso, así que escondió las manos en su regazo, debajo de la mesa. Su gorra reposaba junto a la tetera y la jarra de leche que había sacado la señora Stobie.

Ella se sirvió un té sin decir una palabra hasta después de darle el primer sorbo, cosa que lo puso aún más nervioso. Su voz sonaba más dulce que cuando estaban las demás; el que pudiera emplear un tono especial solo para él le dio esperanzas.

—¿Por qué ha venido? —le preguntó. ¿Habrían denunciado la desaparición de Stephen?

—Quería verla —dijo él.

Aquello fue como un bálsamo que calmó su desasosiego.

—Es muy amable por su parte —repuso ella—, pero eso no es todo, ¿verdad?

—Me han despedido del cuerpo. No sabía qué otra cosa podía hacer. Solo sabía que quería verla.

—¡Despedido! ¿Por qué?

—Por investigar el asesinato de la señorita Florence Shore por mi cuenta.

—¿A qué se refiere? —quiso saber Louisa—. ¿A la visita que le hizo a Stuart Hobkirk?

—No exactamente. Es decir, creo que alguien fue a verlo después de nosotros. No sé quién sería, pero pienso averiguarlo. Por otro lado, también reconocí que hablé con Mabel Rogers, lo que tampoco me ayudó mucho. Ni siquiera discutí el caso con ella, pero sí le pregunté acerca de Roland Lucknor.

—¿También les contó eso?

Louisa se puso blanca. Esas libretas bancarias... Debería entregárselas a Guy, pero lo último que necesitaba en ese momento era que la policía investigara a Roland con más detenimiento. ¿Y si descubrían el asunto de Stephen, y el papel que había desempeñado ella?

—No —dijo Guy—. Dije que fui a visitarla por cortesía, no como agente, lo cual es más o menos cierto. De todos modos, ni siquiera reaccionó a su nombre cuando lo dije. Lo he perdido todo, Louisa. ¿Qué voy a hacer ahora?

Louisa miró su té sin beber, frío y gris. Pudo oír el lejano carillón del reloj de pie del pasillo que daba las tres.

—No lo sé —murmuró—. Mire, será mejor que se marche ya.

—¿Hay alguna posada cerca? ¿Algún lugar para pasar la noche?

Louisa sabía que solo había una, y que era allí donde lo enviarían si preguntaba a cualquiera: la posada Swan. Sin embargo, también era donde se había alojado Stephen antes de desaparecer de repente, y aún no se hablaba de otra cosa. Por lo visto, le debía dinero a cada uno de los hombres del pueblo, quienes se habían refugiado en la barra del bar para huir de la ira de sus mujeres. Sin duda, cualquier forastero dispuesto a prestar oídos a sus palabras acabaría escuchando los lamentos de quienes querían relatar sus penas. Y gracias al novio de Ada, Jonny, bastantes de ellos sabían que ella era la sobrina de Stephen. Louisa había procurado no salir mucho de la casa en los últimos tiempos. La última vez que estuvo en el pueblo, un par de días antes, un hombre furioso la había abordado para preguntarle dónde estaba Stephen. No quería que Guy conociera su pasado. Si quería tener un futuro, todos sus ayeres debían quedar atrás.

—No —dijo—, si se hospeda por aquí cerca, comenzarán

a circular rumores sobre nosotros. Ya ha estado en la casa y lo verían en el pueblo. Usted no sabe cómo son las cosas en el campo. Todo el mundo se entera de la vida de los demás.

—Aquello no era tan cierto como les gustaba creer a los londinenses, pero por el momento servía a sus propósitos.

—¿Entonces debo marcharme esta noche? —preguntó Guy, pensando en la larga caminata hasta la estación.

—Sí —afirmó Louisa, con el corazón desbocado.

—Supongo que lleva razón. —Guy se inclinó hacia ella—. La verdad, Louisa… —se quedó callado un instante, reuniendo el valor para continuar—. La verdad es que haría todo lo que usted me dijera, ¿sabe? Todo.

Louisa le sonrió, mas no dijo nada. Guy le agradaba, pero no podía ser. Se puso en pie.

—Lamento no poder acompañarle, pero debo regresar al cuarto de los niños; estarán preguntándose dónde me he metido. Le escribiré en cuanto pueda.

Guy se levantó y, antes de que ella pudiera continuar, se situó en su lado de la mesa. Ella retrocedió un poco, pero él levantó una mano, indicándole que no se asustara.

—Tranquila —dijo él—. Solo quería despedirme. ¿Me dará usted la mano, al menos?

Ella se rio un poco al oírlo; tenía una disposición tan cordial que sabía que nunca podría tenerle miedo.

—Desde luego —le respondió—. Adiós, Guy. —Se estrecharon las manos con cierto embarazo—. Le escribiré.

Cuando la señora Stobie entró en la cocina al cabo de un minuto o dos, lo único que vio fueron las tazas y la tetera, bien colocadas junto al fregadero, las sillas vacías ante la mesa, y una sensación de ausencia que impregnaba el ambiente.

$\mathcal{N}$ancy iba a cumplir dieciocho años en noviembre, y su madre le había prometido que celebrarían un baile en la biblioteca. Louisa sabía que Nancy sentía que su vida de adulta estaba acercándose, y estaba impaciente por que empezara. Mientras tanto, había muchos preparativos que hacer: la lista de invitados, los vestidos, las flores… En solo unos pocos pasos en una noche, Nancy saldría del aula al salón de baile y su infancia habría terminado. Ya no se trataba de una simple fiesta, dijo Nancy, sino de un rito de iniciación. Si hubiera podido añadirle unos tambores africanos y unas señales de humo, lo habría hecho. Tuvo que conformarse con un cuarteto y una chimenea de leña.

Todo era muy emocionante, y Louisa se alegraba por ella, pero había un problema: Nancy le había dicho que pensaba invitar a Roland al baile, decisión que sin duda aprobaría su madre.

Después de pasar una noche en vela, Louisa le dijo al aya Blor que debía hablarle de algo a lady Redesdale, y le pidió permiso para bajar a verla después del desayuno.

—Claro, cariño —respondió el aya Blor—, pero te veo un poco seria. ¿Debería preocuparme por algo?

Louisa negó con la cabeza y dijo que no, que pensaba que no, solo era algo que debía comentarle a la señora; no tardaría mucho tiempo.

A las nueve de la mañana, ataviada con su mejor vestido liso y después de haberse lustrado bien los zapatos, con el pelo lo más presentable posible, Louisa bajó las escaleras hasta la salita de día, donde lady Redesdale solía responder su correspondencia después de desayunar. La claridad otoñal de las primeras horas de la mañana cubría los muebles con una bella pátina, y lady Redesdale ya tenía la cabeza inclinada sobre su escritorio, en plena tarea, y deslizaba la pluma rápidamente por el grueso papel color crema, con el blasón de los Mitford grabado en la parte superior de la hoja.

Con lo poco que solía suceder en Asthall Manor, todos ignoraban qué podían contener las larguísimas cartas de lady Redesdale. No sentía un gran interés por la jardinería, por lo que era improbable que intercambiara consejos útiles sobre la poda de las petunias con una de sus cuñadas. Los niños nunca daban ningún motivo de preocupación real, y su marido se adhería a una estricta rutina que propiciaba pocas noticias, a menos que pretendiera revelar sus puntuaciones durante las cacerías. Nancy tenía la sospecha de que su madre se dejaba llevar por la fantasía, la cual transmitía a sus amistades y parientes lejanos, relatándoles fiestas y bailes imaginarios a los que asistía el príncipe de Gales, y en los que los herederos europeos cortejaban a sus hijas. Aquella era la única posibilidad que quedaba, ya que sus vidas «eran tan aburridas que no había absolutamente nada que contar de ellas».

En el fondo, Louisa pensaba que lady Redesdale estaba más centrada en sus hijos de lo que cualquiera de ellos creía. Promulgaba muchos y frecuentes decretos acerca de sus lecturas, lo que se comía en el cuarto de los niños, el número de pulgadas que debían abrirse las ventanas para que corriera el aire fresco en cualquier estación del año, y así sucesivamente. Por no mencionar el hecho de que era ella quien los instruía a todos durante sus primeros años. Louisa sospechaba que lady Redesdale no trataba más con ellos por distracción que por desinterés.

Louisa tosió bajo el quicio de la puerta y lady Redesdale levantó la vista. Si le extrañó ver a la niñera en la salita sin los niños, no lo demostró.

—¿Sí, Louisa? —dijo, sosteniendo la pluma como era habitual, dispuesta para continuar escribiendo en cualquier momento.

274

—Siento molestarla, señora —respondió Louisa con timidez—. Sucede que...

—Acércate un poco, apenas te oigo.

—Perdone. —Louisa se adelantó, pero manteniendo la distancia, como si se encontrara junto a la jaula del león de un zoológico—. Simplemente quería hablarle de un asunto.

—¿Sí? —Lady Redesdale parecía impaciente, pero dejó la pluma y colocó las manos sobre el regazo—. ¿De qué se trata?

Estaba a punto de romper la promesa que le hiciera a Roland, pero ahora lo temía. Si era desterrado de Asthall, estaría a salvo de él.

—Discúlpeme por lo que le voy a decir, milady, pues sé que podría parecerle una insolencia, pero créame cuando le digo que solo lo hago por el bien de lord Redesdale y el suyo.

—Cielos. Qué misterioso. Continúe, por favor.

—Se trata del señor Lucknor. Sé que la señorita Nancy quiere invitarlo al baile, pero pienso que es de suma importancia que no lo haga. De hecho, opino que no debería permitírsele la entrada nunca más.

—Sin duda es mucho decir por tu parte. ¿Cuál es la razón?

—Me temo que el señor puede estar entregándole dinero por motivos... ilícitos.

—Me parece que no lo entiendo bien. ¿Osas decirme que los negocios en los que participa mi marido no resultan de tu agrado? —La furia pasó su mano sobre el rostro de lady Redesdale.

Louisa tartamudeó, pero sabía que debía insistir.

—Perdóneme, milady. Yo no soy quién para decir...

—¡Desde luego que no eres quién!

—Pero no creo que el señor Lucknor sea cómo aparenta ser. Creo que, si volviera aquí, podría representar un peligro para ustedes.

—¿Se trata de algo de lo que debamos informar a la policía?

—No, milady.

—¿Porque no es lo suficientemente grave, o porque no tienes ningún motivo real para decir tal cosa?

Louisa titubeó. Aquello no estaba saliendo nada bien, pero ¿cómo podría explicarlo sin mencionar a Stephen y la sangre

275

en el cuello de la camisa? ¿O el hecho de que hubiera entrado de noche en su habitación, donde le oyó pronunciar el nombre de una enfermera asesinada, una a la que negaba conocer? ¿O que dudaba de que cualquier proposición que le hiciera a lord Redesdale pudiera ser honesta, puesto que estaba en posesión de la libreta bancaria de otra persona?

Lady Redesdale supo interpretar su silencio con claridad.

—Me temo que no puedo emplear a una niñera que se entromete en los asuntos de mi marido. Supongo que sabrás entenderlo. —Lady Redesdale hablaba con serenidad—. Quedas despedida desde este instante. Te daré una carta de recomendación y el salario del resto del mes, pero eso es todo. Hooper puede llevarte a la estación esta misma tarde.

—¿Me despide, milady? —preguntó Louisa, anonadada por su reacción.

—Sí. —Suspiró con impaciencia—. Es una molestia terrible, pero cuando los criados se inmiscuyen en los asuntos de sus señores, demuestran su ambición por ascender a una posición más alta de la que les corresponde, algo que no es bueno para nadie. Márchate ya, por favor. —Volvió a agachar la cabeza y levantó la pluma. No habría unas últimas palabras, ni posibilidad de redención.

Louisa no dijo más y se retiró del aposento.

50

La noticia de la inminente partida de Louisa causó un gran revuelo en el cuarto de los niños. El aya Blor se había desplomado sobre su sillón como un saco de trigo, y miraba a Louisa mientras recogía los pocos recuerdos que había reunido durante su estancia en Asthall, que no llegaba a los dos años. Había caracolas de Saint Leonards-on-Sea y un pirulí que compró para su madre, aunque al volver le pareció una tontería y se lo había guardado. Dos o tres caracolas diminutas más de la playa de Dieppe, y un metro de cinta de terciopelo verde menta que Nancy le regaló en Londres.

Con su sueldo se había comprado dos vestidos de algodón, una chaqueta y unos botines nuevos, pero seguía conservando su viejo abrigo verde de fieltro y su sombrero de campana marrón. No quedaba gran cosa aparte de eso, y lo que más le dolió fue ver la totalidad de su vida embutida en una bolsa de tela. Se había convencido de que iba a iniciar una nueva vida en aquel lugar, pero había resultado ser tan frágil como un suflé.

Pamela y Diana lloraban en silencio, pero Louisa supuso que lo hacían más por la tensión del momento que por su marcha. Estaban acostumbradas a los cambios de criadas e institutrices, y hacía tiempo que habían aprendido a no encariñarse demasiado, excepto del aya Blor, claro está, pero su caso era distinto, ya que prácticamente era un miembro más de la familia. Tom estaba en el colegio, y las más pequeñas, Decca y Debo, eran demasiado jóvenes para entender lo que sucedía. Unity estaba de morros, sola en un rincón, pero nadie sabía si era porque Louisa se fuera o si solo se trataba de que tenía un día de morros.

Nancy, sin embargo, recorría el cuarto de los niños arriba y abajo hecha una furia, con lágrimas en la cara. Nadie llegaba a darle una respuesta aceptable a la pregunta de por qué se iba Louisa, y fue incapaz de creer a su niñera y amiga —sí, su amiga, la única que tenía en casa— cuando intentó convencerla de que ese era su deseo. ¿Por qué era tan repentino? Por supuesto, su madre no se conmovió ante las súplicas de Nancy, y se limitó a decirle que subiera a lavarse la cara. Papu ni siquiera se había enterado del drama, pues estaba fuera a todas horas durante la temporada de caza. Qué desconsiderados eran sus padres, siguió diciendo, su fiesta de cumpleaños se iba a celebrar al cabo de unas pocas semanas, ¿y quién iba a acompañarla ahora a Londres en busca de un vestido? (Tampoco era que su madre le hubiera prometido que fueran a visitar una modista londinense, pensó Louisa.)

En todo caso, la cólera de Nancy era tan grande, tan devoradora, que no daba lugar a explicaciones de ningún tipo; era incapaz de escuchar a nadie, aunque le estuvieran hablando. Louisa se mantuvo serena, se despidió de todos los niños con un abrazo y le dijo a Nancy en tono alegre que aún podrían escribirse la una a la otra.

—¿Cuáles serán tus señas? —musitó Nancy, mientras seguía a Louisa hasta su cuarto.

—Volveré a casa —contestó ella—. Podrás mandarme cartas sin ningún problema.

—Sí, pero ¿qué hay de tu tío? —Nancy soltó un bufido teatral. Louisa no le había mencionado lo de las manchas de sangre.

—No pasa nada, no creo que vuelva a molestarme nunca más —repuso Louisa, aparentando indiferencia.

—Pero si tuvo que volver a Londres después de que Roland hablara con él —siguió insistiendo ella.

—Chitón —dijo Louisa—. No te preocupes por mí, te lo ruego. Me irá bien, como siempre. Y a ti también.

Con eso, Nancy se dio cuenta de que no había nada más que decir.

Ada también estaba en el cuarto de los niños, compungida. Le habían ordenado que sustituyera a Louisa inmediatamen-

278

te. Le regaló un libro a Louisa, una novela nueva de Agatha Christie, en la que había metido una flor del jardín a toda prisa.

—Es lo único que tengo para darte —indicó Ada, ahogando un llanto—. Siento mucho que te marches. ¿Con quién voy a chismorrear ahora? Estoy rodeada de ancianas.

Louisa sonrió.

—Gracias —le dijo—. No tengo nada para ti, pero te escribiré. Gracias por el libro; estoy segura de que lo disfrutaré.

Al final, después de recogerlo todo, lo único que restaba por hacer era dirigirse a los establos para buscar a Hooper y pedirle que la llevara a la estación. Este le respondió con su gruñido habitual y no pareció inmutarse por la petición; por lo que a él respectaba, las idas y venidas de los demás no eran cosa suya. Louisa le había rogado al aya Blor que las niñas se quedaran en su cuarto durante su partida. No quería montar una escena, sobre todo si lady Redesdale podía verla desde su ventana.

Así pues, se marchó sin grandes alharacas, ni siquiera un gesto, sentada al lado de Hooper mientras le daba la espalda a la piedra gris amarillenta y al tejado a dos aguas de Asthall Manor. 279

TERCERA PARTE

1921

51

*D*urante el viaje a Londres, Louisa se dio cuenta de que no podía volver a casa. Se sentía como una exiliada. Aunque pudiera retornar a Peabody Estate, nunca dejarían de recordarle con burla que la habían echado de una casa de ricachones. Si se le escapaba alguna de las expresiones de los Mitford en lugar de las palabras comunes y corrientes que había aprendido desde que nació, la acusarían de darse aires de gran señora. Tal vez lograra soportar todo aquello, pero no tendría a nadie que comprendiera lo que había tenido que dejar atrás y por qué motivo. Echaba de menos a Ma y deseaba que la consolara más que nunca, pero ¿qué iba a decirle si le preguntaba por Stephen?

Roland Lucknor. Si pudiera culparlo de la muerte de Florence Shore, ella sería perdonada y podría recuperar su trabajo, además de limpiar su conciencia por la de Stephen. Era la única solución.

La policía parecía haber cerrado el expediente Shore. ¿Sería capaz de resolverlo ella? Tenía una oportunidad, si lograba descubrir más cosas sobre Roland. Tenía que hacer algo; todo lo demás se estaba derrumbando a su paso.

Antes de irse, Louisa había apuntado la dirección de Roland en un trozo de papel y se lo había guardado en el bolsillo. No le costó mucho encontrarla, puesto que Nancy había escondido bajo el colchón una docena de cartas sin terminar dirigidas a él. Al principio no sabía muy bien lo que le iba a escribir, pero ahora lo tenía claro. Se presentaría allí y lo vería en persona. Tal vez podría hablar con él, y convencerle para que dejara a Nancy en paz. La idea le daba miedo, pero le preocupaba más Nancy. Puesto que no se debía dejar para mañana lo que se podía hacer hoy, y como no tenía otra cosa mejor que hacer, se fue directamente a la dirección de Baron's Court desde la estación de Paddington.

Poco después, Louisa se encontraba ante un bonito edificio residencial de ladrillo rojo. Parecía un lugar próspero y rico, desde el que se podían olvidar las zonas más sórdidas de la ciudad, aunque quedaran a la vuelta de la esquina. En el bloque de Roland había una amplia puerta principal que estaba abierta, por lo que Louisa vio a un conserje con una gorra en la cabeza que quizá pretendiera pasar por librea, aunque era demasiado tosca para lograrlo. El hombre barría el portal con una escoba que medía casi lo mismo que él. Louisa titubeó un momento en el umbral.

—¿Puedo ayudarla en algo, señorita? —le dijo el conserje con una sonrisa amable.

Louisa pensó que, ya que había llegado tan lejos, más le valía terminar lo que había empezado.

—Busco al señor Roland Lucknor, del piso nueve, creo.

—Hoy no lo va a encontrar, señorita —le respondió el conserje, que se apoyó sobre su escoba—. Ni hoy, ni ningún otro día; hace meses que no ha vuelto por aquí.

—Ah —dijo Louisa—. Pero ¿y su correo? Sé que ha estado recibiendo correspondencia.

—Aquí no ha llegado nada, señorita.

Sin embargo, Nancy le había escrito a esas señas. Tal vez hubiera hecho que le remitieran el correo. Solo tendría que haberle pedido a la cartera que le hiciera el favor.

—¿Cuándo lo vio por última vez? —preguntó Louisa.

—No le sé decir, hace algún tiempo. Vino a verlo una dama con un abrigo de pieles y tuvieron una discusión. Menudos gritos que se oyeron. Después de eso, no he vuelto a verlo.

—¿Qué aspecto tenía la dama? —dijo Louisa. ¿Un abrigo de pieles? ¿Habría sido Florence Shore? Ella llevaba uno puesto durante aquel fatídico viaje en tren.

Por desgracia, esa pregunta hizo que el conserje se diera cuenta de que se había pasado de la raya, divulgando información sobre uno de los inquilinos con una completa desconocida.

—No me atrevo a contestar a eso, señorita.

—Perdone, no pretendía ser una fisgona. Simplemente es amigo mío y estoy tratando de encontrarlo.

El conserje la miró con expresión comprensiva.

—No lo dudo, pero debo tener cuidado. Me pagan por ser discreto. La gente cree que ser conserje es un trabajo fácil, pero no dejas de ver cosas que tienes que callarte.

—Sí, lo entiendo —respondió Louisa—. No quisiera causarle ningún problema.

—¿Quiere dejarle algún mensaje, en caso de que vuelva?

—Oh, no, pero se lo agradezco —le dijo y se marchó, como si Roland pudiera surgir de improviso entre las sombras.

Al volver a la calle, a Louisa se le ocurrió un lugar al que podía ir. Ya estaba hambrienta y cansada, puesto que se había ido antes de almorzar, pero se sintió mejor al saber cuál sería su próximo paso. Iba a coger el tren con dirección a Saint Leonards-on-Sea. Con un poco de suerte, Rosa podría darle algo de trabajo en el café, al menos hasta que tuviera un plan para el futuro. Pero antes, debía mandarle un aviso a Guy.

La visión de las ventanas empañadas del café de Rosa en Bohemia Road calmó el pánico de Louisa. Después de dar unos pasos más allá del umbral, se vio envuelta en el reconfortante abrazo de su propietaria, cuyo delantal dejó manchas de harina en el abrigo de Louisa.

—Cuánto lo siento —se aturulló Rosa, a la vez que las limpiaba—. Y ahora, pasa y siéntate. Tienes cara de necesitar una taza de té, y tengo una bandeja de bollos recién salida del horno. ¡Millie!

Rosa llamó a una camarera, a quien se le escapaba el cabello rubio ceniza de una cofia arrugada, y que parecía más necesitada de alimento que ella. No obstante, Louisa tomó asiento agradecida y escondió su bolsa de tela debajo de la mesa con la pierna.

Después de haber bebido tres tazas de té y comer todos los bollos que quiso, cubiertos de espesa nata cuajada y mermelada de frambuesa con pepitas que se le quedaron entre los dientes, la situación comenzó a parecerle menos desesperada que antes. Gracias a la promesa que le hiciera lady Redesdale de pagarle el resto del mes, hasta tenía un poco de dinero en el bolsillo.

Rosa tuvo que dejarla para atender a los clientes, pero fue a sentarse con Louisa cuando llegó la calma.

—Bueno, querida, ahora cuéntame lo que ha pasado. Sabes que me alegro mucho de verte, pero no puedo por menos de pensar que no estás de vacaciones —dijo compasiva.

Si cerraba los ojos, la voz y la calidez que emanaban de Rosa podían haber sido las del aya Blor. Entonces sintió la nostalgia del hogar, pero no era a su madre a quien echaba de menos.

—No —contestó Louisa—, no estoy de vacaciones. He tenido que marcharme y no sabía adónde ir. ¿Podría quedarme unas noches? Tengo dinero para pagarme la estancia, y estaría encantada de trabajar en lo que hiciera falta. Por favor.

Rosa se cruzó de brazos y levantó un poco el pecho al tiempo que miraba a Louisa y luego al salón a sus espaldas, donde vio a Millie tratando de apilar tazas y platos, a la vez que las cucharillas se le caían al suelo como palitos chinos.

—Sí —dijo—, puedo darte algo de trabajo hasta que te recuperes, y por supuesto que puedes quedarte aquí. No obstante, me temo que tendré que decírselo a Laura.

—No hay problema —le aseguró Louisa—. No pretendo que le oculte nada a su hermana. Y el aya Blor, quiero decir Laura, no tiene por qué ocultárselo a lady Redesdale, aunque dudo mucho que le pregunte nada.

—¿Te has metido en un lío? Sabes que puedes contarme lo que sea —le dijo Rosa en un susurro cómplice, que le habría arrancado una risa en otro momento—. Aunque me veas aquí, en un salón de té de la costa, soy una mujer de mundo. He visto lo mío y sé cuándo alguien está asustado.

—Estoy bien, de verdad. Había una persona, pero ya se ha ido, creo. No me encontrará aquí. Solo necesito un poco de tiempo para pensar en lo que voy a hacer. Simplemente le dije algo que no debía a lady Redesdale, y nada más. No le gustó que lo hiciera y no tuve más remedio que marcharme.

—Ah, ya entiendo, y te despiden solo por eso, ¿no? Qué vergüenza. Espero que nuestro primer ministro Lloyd George se encargue de poner a esa gente en su lugar.

Louisa sonrió. Le estaba muy agradecida, pero también estaba cansada. Le preguntó si podía subir a la planta de arriba para acostarse. Lo que más necesitaba era un sueño reparador durante toda la noche.

286

52

Guy, cuchara grasienta en mano, se disponía a tomar un desayuno tardío compuesto por unos huevos con panceta fríos, unos picatostes de buen tamaño y morcilla. La nota de Louisa estaba desplegada delante de él, donde le explicaba que había intentado reunirse con Roland, pero le habían dicho que este no había vuelto a pisar su casa desde que tuvo un altercado con «una mujer que vestía un abrigo de pieles». ¿Sería Florence Shore esa mujer?

Tenía ante sí la tarea de localizar a Roland, pero si no estaba en las señas que le diera Louisa, no contaba con pista alguna sobre su paradero. Y de todos modos, ¿qué podría decirle si daba con él? ¿Que había tenido un altercado sospechoso con una mujer vestida con abrigo de pieles? ¿Que una vez dijo las palabras «enfermera Shore» en sueños? Parecía absurdo, pero lo cierto era que había algo indudablemente siniestro en Roland. Antes que nada, debía recabar más información acerca de ese hombre.

Guy pagó el desayuno que no había tocado y se precipitó a las húmedas calles de Londres. Comenzaría entrevistando a sus antiguos compañeros del ejército y trataría de recomponer un retrato de Roland a partir de allí.

Tras consultar el registro militar en la biblioteca de Hammersmith, Guy no tardó en reunir los nombres de quienes sirvieron en el mismo batallón que lord Redesdale y Roland Lucknor. Había anotado los de cuatro oficiales y ocho sargentos. Tenía la esperanza de que al menos uno de los soldados supervivientes pudiera contarle algo sobre Roland. Encontró tres de los nombres en la guía telefónica de Londres. Guy miró su reloj: las doce. Puesto que no se debía dejar para mañana lo que se podía hacer hoy, decidió partir en ese mismo momento.

Dos de las direcciones estaban en Fulham, bastante cerca la una de la otra. En la primera no respondieron a su llamada a la puerta, pero en la segunda, en el domicilio del señor Timothy Malone del 98c de Lilyville Road lo recibió un hombre por cuyo rostro habría dicho que tenía unos treinta años, pero con el pelo blanco como una nube. Al abrir la puerta, se sacó el forro del bolsillo hacia fuera con una sonrisa burlona.

—Si ha venido a cobrar, no tengo ni un chelín, como puede ver.

—No —le contestó Guy, algo perplejo—, no vengo por temas de dinero. Estoy aquí… —Entonces se quedó callado. ¿Qué motivo podía aducir para hacer preguntas acerca de Roland Lucknor? No se encontraba en una misión policial y no vestía uniforme. Iba a tener que mentir—. Soy detective privado y busco información sobre un hombre llamado Roland Lucknor. Creo que usted sirvió en su batallón durante la guerra.

La sonrisa de Timothy se hizo más amplia.

—Y tanto que sí, es un viejo amigo. Pase, pase. Voy a calentar la tetera.

Antes de que le diera tiempo a responder, Timothy echó a andar por el pasillo y entró a una habitación. Al seguirle, Guy vio lo que eran las pruebas innegables de la existencia solitaria de un soltero. El papel pintado se levantaba por los bordes, la humedad había dejado manchas marrón oscuro en las esquinas superiores, y las ventanas no permitían que pasara mucha luz a causa del polvo gris que se acumulaba en su exterior. Había una cama deshecha en un rincón, que Timothy intentó arreglar discretamente mientras le preguntaba a Guy si quería el té con azúcar. Este se sentó en una de las dos sillas que estaban frente a la ventana, junto a una mesa tosca sobre la que reposaban un periódico, unas gafas de leer y un conmovedor tarro viejo con tres margaritas estrelladas dentro.

—Perdone por el desorden —dijo Timothy—. Todavía no me he acostumbrado a tener que hacerlo todo yo solo, y como estoy sin empleo, pues no puedo pagar a una asistenta, figúrese usted... —Se señaló el brazo izquierdo, que acababa antes del codo—. Nadie quiere darle trabajo a un soldado tullido. —Trató de soltar una risita, como si hubiera contado un chiste, pero el sonido se fue apagando hasta enmudecer. Timothy chasqueó los dedos como si llamara a un camarero invisible—. ¡El té! Marchando en un periquete.

Se produjo un ligero estrépito en la esquina, y Guy vio que el hombre usaba un trapo viejo para limpiar dos tazas y un platillo. Después, Timothy lo llevó todo a la mesa y se sentó.

—¿Dice que es detective privado? Debe de ser un trabajo interesante.

—Pues sí. —Guy carraspeó—. Entonces, ¿conocía usted a Roland Lucknor?

—Así es —dijo Timothy—, pero ¿quién quiere saberlo?

Guy procuró mantener la respiración regular.

—Su familia —repuso—. No saben dónde está y tratan de encontrarlo.

Timothy se reclinó en la silla y cruzó sus largas piernas. Aun a pesar de su entorno y los bordes desgastados de su camisa, exudaba una elegancia que muchos hombres no podrían alcanzar ni vestidos de pies a cabeza con un traje a medida confeccionado en Savile Row.

—La verdad es que no me sorprende que no lo encuentren. Por lo que recuerdo de su trágica historia, debe de hacer mucho tiempo desde la última vez que tuvo algún trato con ellos.

Guy se inclinó hacia delante.

—¿Qué es lo que recuerda?

Hacía tiempo que Timothy no disfrutaba de la compañía de nadie, por lo que estaba deseoso de hablar, y cuando llegó al final, había rellenado tres veces la taza de Guy. Roland había sido un oficial voluntario cuando Timothy era comandante, y estuvieron destinados juntos durante una temporada poco después del inicio de la guerra, mientras el batallón estuvo en Arras. Las condiciones habían sido penosas. Pronto descubrieron que aquello era lo normal, pero al principio había sido una conmoción para ellos, y a pesar de la actitud positiva de Roland, Timothy sospechaba que no tardaría en pasarle factura. Una noche que estaba sentado con Roland y su ordenanza —«No recuerdo su nombre, pero era otro joven apuesto»—, se emborracharon con una botella de whisky que el ordenanza había sacado de alguna parte. «Enseguida aprendías a no hacer preguntas y limitarte a disfrutar de lo que te ofrecieran», le dijo Timothy.

Roland había narrado su historia con el fragor de la artillería de fondo: su madre murió cuando él tenía nueve años, después de no haberla visto en cinco años; su padre había ejercido de misionero en África salvo por un breve periodo antes de que Roland terminara el colegio. Sin más familia que una madrina, partió a París nada más acabar los estudios, que era donde había conocido al ordenanza.

—¡Waring! Ese era el nombre. —Timothy se dio un manotazo en la pierna—. Por un momento he pensado que estaba perdiendo la cabeza. En fin, por lo que parecía, corrieron bastantes aventuras, entre personas de tipo bohemio, ya sabe usted. Con muchas fiestas y mujeres. La clase de cosas que le gustaban al viejo Eddie.

—¿Eddie? —preguntó Guy, confundido.

—El rey Eduardo. Era un amante de esas cosas.

—Ah, sí —dijo Guy, asintiendo con toda la convicción que fue capaz de reunir. Llamar a los reyes por sus apodos no era algo a lo que estuviera acostumbrado.

—Sin embargo, a pesar de todo lo que se divertían por ahí, por lo visto eran más pobres que las ratas. Creo que intentaban ganarse la vida como escritores, pero como es obvio no llegaron a ninguna parte. Cuando estalló la guerra, vieron la oportunidad de conseguir un rancho regular y un techo sobre sus cabezas. Pobres infelices. —Meneó la cabeza—. Éramos todos unos necios. No podíamos saberlo. —En un momento de melancolía, señaló con un gesto su patética habitación—. Estábamos luchando por esto.

Guy hizo lo posible por dedicarle una mirada comprensiva. Aquellos eran los momentos más duros para él, cuando se veía obligado a reconocer que no fue uno de los valientes que lucharon por el rey y su país, ni siquiera por un cuartucho de mala muerte.

Timothy negó con la cabeza.

290

—Estaba hablando de Roland, ¿no? Bueno, puede que él sí lo supiera. Para cuando acabó la guerra, era un hombre destrozado. Gritaba de noche mientras dormía, y en ocasiones lloraba abiertamente durante el día. El ataque con gas fue lo peor que podía haberle pasado; debería haber muerto por una bala. Lamento decir algo tan horrible, pero, para algunos de esos hombres, vivir con el recuerdo de la guerra era mucho peor que morir. Waring pareció sobrellevarlo bastante mejor, pero puede que solo se le diera mejor esconderlo. Debo decir que me sorprendió saber que fue Waring quien se había suicidado.

—Perdone, ¿cómo ha dicho? —preguntó Guy.

—Ah, ¿no lo sabía? Encontraron a Waring en un cobertizo, después de haberse volado la cabeza. Los médicos acababan de darles el alta a ambos. Roland iba a volver a Inglaterra de permiso, y Waring debía regresar a la primera línea del frente, por lo que no volví a ver a ninguno de ellos nunca más.

—Entiendo —dijo Guy, aunque no estaba muy seguro de hacerlo—. ¿Y por qué le sorprendió que fuera Waring?

—No lo sé. Nadie sabe lo que pasa por la cabeza de alguien dispuesto a hacer eso, pero de alguna manera lo habría esperado más de Roland que de Waring. Todo el mundo sabía que el hecho de que los médicos mandaran a Roland a casa quería decir que sufría neurosis de guerra, pero no les gustaba llamarlo así. A Waring lo habían convocado para volver a la batalla, y es posible que no pudiera soportarlo.

—¿Y no ha vuelto a saber nada más de Roland?

—No —contestó Timothy—. Pero eso no tiene nada de raro. Perdí el contacto con varios de los hombres. La mayoría quería olvidarse de esos días. Se han organizado un par de reuniones, pero si alguien no aparece, das por hecho que no quieren saber nada del asunto.

—Ha mencionado una madrina con quien guardaba buena relación —dijo Guy—. ¿Comentó algo más de ella?

—Nada, amigo. Excepto que había perdido la cabeza, por lo que ya no podía contar con ella, en realidad.

Se produjo un silencio, hasta que Guy le preguntó:

—¿Conoció usted a la enfermera Florence Shore?

—¿Se refiere a la que mataron en el tren?

Guy asintió.

—Sí, oí a algunos de los hombres hablar de ella. Sé que estuvo destinada en Ypres al mismo tiempo que nosotros. Trató a uno o dos de mis compañeros, pero no llegué a conocerla —explicó Timothy.

—¿Sabe si Roland la conocía? —insistió Guy.

—Lo ignoro. —Timothy lo miró con desconfianza—. ¿Insinúa que fue él quien lo hizo?

—Eso no lo sé, señor —replicó Guy. Decidió arriesgarse a hacer una última pregunta—. ¿Cree usted que Roland sería capaz de matar a alguien? A sangre fría, quiero decir.

—¡Válgame Dios! ¿Qué clase de pregunta es esa? ¿Qué es lo que piensa su familia de él?

—Perdone, señor —balbució Guy—. Tenía que hacerle esa pregunta, pero no tiene por qué responderla.

—Luchamos en una guerra —indicó Timothy en tono sombrío—. Todos éramos asesinos.

Guy bajó la vista al suelo, avergonzado de sí mismo.

292 —Por supuesto —dijo—. Le agradezco que haya hablado conmigo. Ha sido usted muy amable.

Timothy le dio la espalda, con la mano flácida sobre su regazo y los ojos clavados en el infinito, mirando algo que Guy esperaba no tener que ver nunca.

53

Guy y Harry se reunieron en la esquina de Bridge Place con Wilton Road, no demasiado lejos de la comisaría de policía, pero tampoco muy cerca. Harry le había mandado una nota a su casa en la que decía que tenía algo importante que contarle.

—¿De qué se trata? Actúas como si fueras un espía —le dijo Guy, aunque no podía negar que disfrutaba bastante del aire de intriga y misterio.

Pese a que llevaba puesto el uniforme, Harry había recorrido la calle hasta el punto de encuentro establecido a hurtadillas, cosa que hizo reír a Guy. Con su baja estatura, su uniforme y su apostura, las operaciones de incógnito quedaban descartadas para Harry.

—Me siento como si lo fuera —replicó él, mirando de un lado a otro como un villano de opereta—. Si Jarvis me descubre, me fusila por traidor, estoy seguro.

—Adelante pues, cuéntame.

—Mabel Rogers ha llamado hoy por teléfono para decir que habían entrado a robar en su casa y que quería que fueras a verla. Según ella, el robo estaba relacionado con la muerte de su amiga Florence Shore. Como es lógico, tú no podías ir, así que Jarvis ha enviado a Bob y a Lance, que dicen que estaba histérica cuando llegaron, igualita que el señor Marchant. Lloraba y demás, pero al final dijo que no faltaba nada después de todo. Ellos lo achacan a que es una anciana y se le va un poco la chaveta.

Guy se frotó la nariz. Ya empezaba a hacer frío por las tardes y ese día no se había puesto camiseta interior.

—¿Crees que debería hacer una visita a la señorita Rogers?

—¿Por qué me preguntas a mí? —le dijo Harry—. Te lo cuento porque sé que estás obsesionado con ese caso. Si quieres meterte en más líos, es cosa tuya. Simplemente pensé que querrías saberlo.

—Tenías razón, y te lo agradezco. Tendré que meditarlo. ¿Dices que ha sido esta mañana?

—Sí —respondió Harry, a la vez que seguía con la mirada a una chica guapa que pasaba por la calle, cuyo vestido violeta revoleaba justo por debajo de sus rodillas—. En fin, será mejor que me vaya. Y, por el amor de Dios, yo no te he dicho nada, ¿de acuerdo?

—Te doy mi palabra de honor. —Después, cada uno echó a andar al mismo tiempo en direcciones opuestas.

Solo podía hacer una cosa: dirigirse inmediatamente a Carnforth Lodge. Igual que la última vez, el edificio tenía un aspecto gris y poco acogedor. No obstante, en esta ocasión, la puerta estaba cerrada a cal y canto, y cuando Guy llamó al timbre, le abrió el mismo conserje. Ahora que estaba de pie, Guy se dio cuenta de que era un hombre alto, que le sacaba casi dos pulgadas, aunque flaco, famélico incluso. Parecía que esa mañana no se había afeitado.

—Vengo a ver a la señorita Rogers —le indicó Guy. Entonces no llevaba el uniforme, y se preguntó si el conserje lo reconocería. Lo hizo.

—Sígame.

Igual que la última vez, Mabel estaba sentada ante su escritorio. Ahora miraba a través del balcón que daba al jardín, inmóvil como una estatua. Cuando el conserje llamó a su puerta con suavidad, se llevó un susto de muerte.

—¿Qué sucede, Jim? —dijo, y luego, al ver a Guy detrás de él—: Señor Sullivan.

Jim se retiró y cerró la puerta al salir.

—Señorita Rogers —comenzó Guy—, sé que esto es… —Se detuvo. El despacho era un caos. Habían tirado las macetas, los papeles estaban desperdigados por la alfombra y los cajones estaban fuera de su sitio y puestos del revés—. Alguien de la comisaría me ha contado lo que ha ocurrido. Vengo a ver cómo se encuentra.

—Se lo agradezco —respondió con voz apagada, como si estuviera metida debajo de una manta—. Tenía la esperanza de que viniera. Llamé a su comisaría, pero mandaron a otros dos hombres. No quería hablar con ellos. Ha sido tan horrible... —Volvió el rostro un momento, recuperando la compostura, y después continuó—. Es un asunto delicado, ¿sabe usted? No quería discutirlo con nadie que no pudiera entenderlo.

—¿Entender el qué? —preguntó Guy.

Mabel se volvió para mirarlo y se llevó una mano temblorosa a la cara.

—Estoy muy asustada —dijo—. Ese hombre, quien ha hecho esto, podría volver en cualquier momento. ¿Y si viniera cuando estoy yo aquí? Dios mío... —Se derrumbó sobre el escritorio, hecha un mar de lágrimas.

Guy estaba impresionado. Como no se atrevía a tocarla, se levantó y esperó a que se le pasara el ataque. 295

—Intente contarme lo que ha pasado, señorita Rogers.

Mabel se limpió la cara con un pañuelo.

—Verá, alguien ha entrado en mi despacho, pero en realidad no ha sido un robo.

—¿Está segura?

—Sí. Es decir, había dinero y algunas joyas en la caja fuerte, pero sigue estando todo. Lo que se han llevado ha sido un montón de cartas que me escribió Flo.

—¿Cree que era eso lo que buscaban?

—No, hay otra carta, pero siempre se había guardado en otra parte. Estaba entre el resto de las cosas de Flo, en su habitación, pero no pudieron llegar hasta allí porque Jim los oyó y huyeron cuando fue hacia allí.

—¿Por qué pensó en comprobar la habitación de Flo?

—Quería ver si faltaba algo. Apenas si había subido desde... Entonces fue cuando encontré la carta. —Mabel la empujó sobre el escritorio hasta dejarla delante de él.

—¿Qué es? —dijo Guy.

—Es una carta que me mandó Flo desde Ypres. La situación era bastante mala en la zona; era la primera vez que se enfrentaban a los ataques con gas. Había algunos soldados a los que llegó a conocer bastante bien porque requerían muchos cuidados. Uno de ellos era un oficial, Roland Lucknor…

—Roland Lucknor —repitió Guy. La cabeza empezó a darle vueltas, pero intentó tranquilizarse y escuchar lo que decía Mabel.

—Sí. La carta habla de él. Sé que mencionó su nombre la última vez, pero lo había olvidado. Ahora creo que ha sido él quien ha venido, para intentar encontrarla.

—¿Cree que Roland Lucknor ha estado aquí? —Guy estaba atónito.

Mabel asintió con la cabeza.

—Pero ¿por qué? —dijo Guy—. ¿Qué pone en esa carta acerca de él?

—Que ese tal Roland Lucknor mató a Alexander Waring.

Guy oyó la sirena de una ambulancia a lo lejos.

296

—Va a tener que explicármelo mejor —dijo.

Mabel dejó caer las manos sobre su regazo y lo miró fijamente.

—Waring era su ordenanza, de quien se pensaba que se había suicidado. Sin embargo, Flo vio a Roland esa noche, y estaba convencida de que no era eso lo que había sucedido. Pensaba que lo había matado Roland.

Guy sostenía la carta entre sus manos, pero veía las palabras borrosas; no podía leerlas sin acercárselas mucho a los ojos. La tinta estaba desvaída, y las letras eran pequeñas. Estaba impaciente.

—¿Sabía Roland que ella pensaba así?

—Sí —susurró Mabel—. Poco antes de las Navidades pasadas, ella se enteró de que lo habían licenciado y de que se encontraba en Londres. Tenía la intención de visitarlo y darle la oportunidad de que confesara o lo negase. Tuvimos una discusión a causa de ello; yo no quería que fuera. Pensaba… —Se detuvo y respiró hondo—. Pensaba que era demasiado peligroso y que debía acudir directamente a la policía para que se encargaran ellos. Pero ella decía que la guerra había sido una experiencia terrible, y que tal vez hubiera tenido sus razones, aunque nosotras no pudiéramos adivinarlas. Decía que se merecía una oportunidad. La pobre Flo era incapaz de ver el mal en los demás.

—¿Fue a verlo?

—Sí. Tuvieron una disputa. Ignoro lo que se dijo porque estaba tan enfadada con ella por haber ido que no pude escucharlo. ¡No podía resistirlo! —Los ojos de Mabel se llenaron de lágrimas—. Y luego, al cabo de unos días, estaba muerta.

—¿Cree que Roland Lucknor fue el asesino de Florence Shore? —dijo Guy, como si hubiera encontrado la última pieza del rompecabezas, tratando de no alegrarse a la vez que se compadecía de aquella mujer asustada—. ¿Por qué no comentó nada de eso antes? Durante la investigación.

Mabel volvió la cabeza. Al otro lado del balcón había comenzado a brillar el frío sol invernal, penetrando la niebla grisácea con la que había amanecido Londres aquel día.

—En ese momento no relacioné ambas cosas. Flo no pareció reconocer al hombre que subió al tren. Si hubiera sido Roland, está claro que lo habría hecho. Quizá se disfrazó de alguna manera. El caso es que no creía que él supiera de la existencia de esa carta, pero ella debió de mencionárselo, ¿no cree? —Miró a Guy con ojos suplicantes, a la vez que tiraba de su pañuelo con los dedos—. Después de lo que ha ocurrido, tengo miedo. Temo que ahora vaya a por mí. ¿Y si soy yo la siguiente?

$\mathcal{A}$mor mío:

No sé si debería escribirte esta carta, pero creo que me volveré loca si no lo hago, pues no dejo de darle vueltas a la cabeza. Estos serán mis últimos días en Ypres (la batalla se ganó hace cuatro días, si es que puede decirse que algo se ha «ganado» en esta guerra), por lo que doy gracias a Dios. Fuera hace un sol de justicia y el barro pegajoso que se adhiere a las pisadas de todos ha acabado con mi paciencia. Dentro del hospital, el ambiente es sofocante: el olor de la carne quemada, la sangre y las heridas infectadas se ha infiltrado en cada poro de mi ser; cada respiración trae consigo la muerte y la putrefacción.

Aquí sigue habiendo cientos de hombres, algunos de los más enfermos a los que no nos hemos atrevido a mover, o los que solo pueden moverse muy despacio, entre aquellos que se encuentran en mejor estado y podrán ayudarlos durante el viaje hasta los hospitales ingleses. También yo volveré a casa de permiso, acompañando a los últimos hombres en el trayecto. Todos estamos cansados, tenemos hambre —la comida es tan básica como para resultar irreconocible, con las más exiguas porciones de carne— y algunos están desesperados. Cuando un hombre se halla al borde de la locura, si hiciera algo que unos meses antes habría considerado impensable en él o en otros, no podría culpársele por cualquier acto desesperado que hubiera cometido en este lugar. Y sin embargo...

Ya te he hablado en otras ocasiones acerca de Roland, un oficial con el que me había encariñado bastante —todo lo que puedes encariñarte con alguien sabiendo que podría morir en cualquier momento—, así como de su ordenanza,

Xander. Eran dos jóvenes apuestos, cuyas charlas animadas y buen humor nos alegraban las noches largas a muchos de nosotros. Sin embargo, sé que ellos también han enloquecido a causa de esta guerra, por lo que te pido que lo recuerdes antes de que leas lo que debo contarte.

Hace una semana, cuando la batalla seguía en pleno apogeo, me encontraba haciendo la ronda por la sala, alrededor de las tres de la madrugada. Las noches son muy oscuras aquí; contamos con algunas lámparas de gas, pero son escasas y poco luminosas. Los hombres yacen en camastros chirriantes que apenas soportan su peso, y los que duermen suelen hacerlo entre gritos y lamentos. Puesto que estamos estacionados a unas pocas millas del frente, el estruendo de la artillería seguía siendo incesante y atronador, y portaba la amenaza de acercarse cada vez más hasta nosotros.

Tuve que salir en busca de algo, ahora no recuerdo el qué, cuando por casualidad dirigí la mirada hacia el cobertizo. No olvides que, pese a estar en plena noche, había un trasiego perenne de gente, se oía el fragor constante de la batalla, y yo estaba a punto de perder la cabeza de tristeza y agotamiento, cuando me pareció oír un disparo, aunque no podía estar segura, dado que las detonaciones resonaban por todas partes. Enseguida se oyó un segundo disparo, y entonces no me cupo duda de que procedían del cobertizo. Justo después, vi que Roland salía de allí: creí reconocer su gorra de oficial, así como su figura. Echó un vistazo a su alrededor y pareció sobresaltarse cuando me vio. Como si le hubiera descubierto cometiendo un crimen. Entonces echó a correr y se perdió en la oscuridad.

En un principio no supe qué hacer, pero luego supuse que no habría sido nada. Mientras estás aquí, debes luchar contra la paranoia a cada instante. Así pues, volví a entrar y seguí trabajando. Al poco tiempo, nos enteramos de que habían encontrado el cadáver de Xander. El médico lo calificó de suicidio en el acto y lo trasladaron al hospital para preparar su entierro. Puesto que le había tenido afecto a Xander, solicité que me encomendaran a mí la tarea de lavarlo y amortajarlo antes de darle sepultura, por muy desagradable que fuera, aun después de todo lo que he visto y vivido. Apenas quedaba nada del que fuera su rostro.

Cuando pienso en que ese hombre, a quien su madre debió amar al nacer, tuvo que morir tan solo, se me rompe el corazón. Sé lo que promulga nuestra fe acerca de quienes se quitan la vida, pero no creo que nadie pueda entender cómo han de sentirse antes de tomar tamaña determinación.

Roland se ha marchado. Pregunté por él a su comandante, quien me dijo que lo habían devuelto a Inglaterra. Por aquel entonces no lo sabía, pero el día anterior, el médico había declarado que Xander estaba sano y volvía a ser apto para el combate, mientras que Roland iba a ser enviado a un hospital de Inglaterra. Según piensan, debe de hallarse de camino en el tren, y es posible que así sea. No puedo hacer muchas preguntas sin levantar sospechas.

Creo que Roland mató a Xander. ¿Por qué si no me habría mirado de esa manera al salir del cobertizo? Soy consciente de que debería denunciar los hechos, pero ¿y si fuera cierto que Xander quería morir? Tal vez aparentase estar bien, como aseguraba el médico, pero puede que no soportara la perspectiva de enfrentarse a más batallas, más combates, más trincheras, más frío y más barro...

Ahora ya no puedo comentar nada al respecto. Amor mío, te ruego que conserves esta carta en algún lugar seguro, por si acaso la necesitara más adelante. Cuando esta guerra acabe, si es que acaba alguna vez, quizás llegue el momento de hacer justicia.

Con todo mi cariño,

Flo

54

$\mathcal{A}$ la mañana siguiente de su encuentro con Mabel, Guy se levantó de la cama después de pasar la noche en vela, dándole vueltas a cuál debía ser su próximo paso. No daba crédito a la suerte que había tenido. Cuando bajó las escaleras, se encontró un sobre en el que había una breve nota de Louisa, donde le preguntaba si podían verse. Decía que se estaba alojando en Saint Leonards, cosa que le explicaría más adelante, pero que no era necesario que se desplazara hasta allí: estaba dispuesta a tomar el tren, y tal vez fuera posible que se reunieran en una cafetería de la estación Victoria. Había un número de teléfono escrito. Guy se vistió a toda prisa, fue corriendo hasta la cabina más cercana y le dejó un mensaje a través de la camarera, bastante antipática, que respondió por la otra línea. Dijo que estaría en la cafetería Regency a partir del mediodía, frente a la entrada de la estación, y que Louisa podía llegar cuando quisiera. Él la esperaría lo que hiciera falta.

Al final solo tuvo que esperar cuarenta y cinco minutos, lo suficiente para que empezara a tamborilear la cuchara de té sobre la mesa con gesto nervioso, algo que irritó sobremanera al hombre de la mesa de al lado. Llevaba un buen rato preparándose ante su llegada, por lo que le sobrevino un sentimiento de alegría al verla cruzar la puerta a las doce y cuarto. Iba con el abrigo de fieltro verde del que había terminado encariñándose, viejo pero bien cuidado, con sus voluminosos botones de carey, los cuales imaginaba que habría cosido ella misma como adorno. Se ajustaba a su figura como un guante, y su falda azul marino asomaba un poco por debajo. Tenía una expresión seria en el rostro al acercarse, pero cuando se sentó, se quitó el sombrero y le sonrió.

—Me alegro de verla —dijo él.

—Yo también —respondió Louisa—. Hay algo de lo que quisiera hablarle.

—¡Como yo! —exclamó Guy, entusiasmado por su propio descubrimiento.

—Le hablé a lady Redesdale acerca de Roland Lucknor. Es decir, la advertí en contra de él, y ella me despidió por mi impertinencia.

—Cuánto lo siento. Soy yo quien tiene la culpa —se lamentó Guy—. Sin embargo, creo que obró bien al hacerlo. Estoy seguro de que es peligroso.

¿Cómo podía saberlo? ¿Habría descubierto algo sobre Stephen?

—Ayer fui a ver a Mabel Rogers. Harry me informó de que había llamado a la policía para denunciar un robo en su domicilio.

—¿No le parece que corrió un gran riesgo?

—Creo que no me queda nada que perder —dijo Guy—. En cualquier caso, Mabel habló conmigo y... —Guy le explicó a Louisa lo de la carta y su creencia de que Roland había asesinado a su ordenanza.

—¿Piensa que la policía considerará esa carta como prueba irrefutable?

—No lo sé... Supongo que no. —En ese momento, Guy no estaba seguro de nada, más que del rostro de Louisa delante de él. Se fijó en una mancha verde en su iris que no había visto antes—. De todos modos, antes de visitarla a ella, conocí a alguien del batallón de Roland. Por lo visto, tenía un buen recuerdo de él. Según me contó, se suponía que su ordenanza se había suicidado, cosa que le sorprendía mucho. No le parecía propio de él.

—¿Cómo se llamaba el ordenanza?

—Alexander Waring. —Guy vio que a Louisa le cambiaba la cara—. ¿Por qué? ¿Le dice algo ese nombre?

Ella extrajo las dos libretas bancarias de su bolsillo.

302

—Las encontré en la habitación de Roland. No sé por qué me las llevé, fue un impulso. Me resultó extraño que tuviera dos. Una es suya, y la otra, de Alexander Waring.

Guy las cogió.

—¿Pone algo en ellas?

—No lo sé, no entiendo lo que dicen. Pero sé que eran amigos, porque Nancy encontró un libro en su bolsillo, con una dedicatoria cariñosa para Xander, de parte de Roland. Nos pareció raro que tuviera un libro que era claramente para otra persona, aunque supongo que si Xander está muerto...

—¿A qué se refiere con eso de que Nancy se lo encontró en su bolsillo? ¿Qué sucedió para que estuvieran robando libretas bancarias y vaciando bolsillos?

Louisa respiró hondo.

—Se lo explicaré, pero antes, debo contarle algo acerca de mí —dijo.

—¿El qué? —le preguntó Guy. Ahora veía a Louisa de una forma completamente distinta, aunque, a decir verdad, nunca había entendido a las mujeres en absoluto. ¿Acaso no se lo había dicho Harry muchas veces?

303

—El día que nos conocimos, en la estación de Lewes, estaba huyendo de una persona.

Guy la escuchaba con atención.

—Mi tío. —Louisa hizo un esfuerzo por continuar—. Mi padre murió poco después de esas Navidades y su hermano se fue a vivir con mi madre y conmigo tras el funeral. Se había quedado con nosotros en varias ocasiones... y no era bueno. Cuando era una niña, me convencía para que no fuera a clase y me llevaba a la estación a robar carteras.

—¿Cómo? —dijo Guy, atónito.

—Con el tiempo se me empezó a dar bastante bien. Disfrutaba de sus elogios y del dinero que me daba después. Pues verá, el día que nos conocimos, cuando usted creyó que aquel caballero me había hecho una proposición deshonesta...

Guy estaba seguro de que no quería saber lo que iba a decir a continuación.

—En realidad estaba a punto de robarle la cartera cuando llegó usted, justo a tiempo...

—Lo cierto es que vi su mano dentro de su bolsillo, pero me dije que habrían sido imaginaciones mías.

—Estaba desesperada —dijo Louisa—. No sabía qué hacer. Debía huir, pero no tenía dinero.

—¿Por qué no me pidió ayuda?

—No quería tener que hacerlo —respondió ella—. Nunca le había pedido nada a nadie. Y además, acabábamos de conocernos. ¿Por qué iba a prestarme dinero?

Guy tomó aliento, con expresión trémula.

—Decía que estaba huyendo de su tío.

—Sí. Él le debía dinero a alguien, por una deuda de juego. Y le dijo a esa persona que podía pagarle conmigo.

—¿Qué significa eso? —dijo Guy—. ¿Iba a volver a robar para él?

—No. Me estaba ofreciendo a mí. —No podía mirar a Guy a la cara—. Iba a llevarme a Hastings, donde vivía ese hombre. Dijeron que con una noche sería suficiente. —Louisa exhaló el aire de sus pulmones. Nunca se había sentido sucia, ni tan avergonzada.

Guy pareció entenderlo. Con mucha suavidad, le preguntó:

—¿Lo había hecho antes?

—No —contestó ella.

Guy se mostró aliviado.

—Ese fue el motivo de que saltara del tren —le explicó—. Sabía lo que tramaba, y no estaba dispuesta a consentirlo. No habría sido capaz de hacerlo.

—No —dijo Guy. En realidad, no sabía qué responder.

—Pero ¿sabe qué? Todo fue mucho mejor a partir de ese momento. Gracias a usted conseguí el trabajo y Stephen no pudo encontrarme estando allí. Pensaba que lo había dejado atrás. Hasta hace poco tiempo. De pronto apareció por el pueblo y me asusté.

Guy permaneció callado.

—Tenía que detener a Stephen. No podía permitir que me arruinara la vida. Si no, habría perdido mi trabajo, y habría tenido que volver a Londres con él, donde no tenía nada, para ser lavandera como mi madre. Antes prefería la muerte. Por eso le pedí ayuda a Roland...

Guy estaba muy confuso. ¿Quién era esa mujer?

—Me prometió que me libraría de Stephen y que no tendría que volver a preocuparme por él nunca más. —Louisa observó el rostro de Guy, intentando adivinar lo que pensaba de ella ahora—. ¿No lo ve? Sé que Roland es un asesino porque ha matado: mató a Stephen por mí.

Guy trató de asimilarlo. Louisa tenía un aspecto triste y cansado. Deseaba poder tranquilizarla, pero no sabía cómo hacerlo.

—No me podía imaginar que fuera a hacer eso —continuó Louisa, intentando no atropellarse con las palabras—. Pensaba que solo iba a ahuyentarlo, pero no se le ha vuelto a ver desde entonces. Yo no pretendía que Roland hiciera eso. —En ese momento, las lágrimas le caían por la cara. Se las enjugó con la palma de la mano mientras Guy seguía inmóvil—. La cuestión es que sé dónde está Roland. O, mejor dicho, sé dónde estará.

—¿Qué? —dijo Guy—. ¿Dónde?

—Va a asistir a la fiesta de Nancy por su decimoctavo cumpleaños. No nos quedan muchos días para planearlo, pero allí es donde podrá encontrarlo. No me cabe duda de que podrá detenerlo por la muerte de Alexander Waring, como sospechoso por la muerte de Stephen Cannon, y después interrogarlo por la de Florence Shore.

—No sé. Necesitaría más pruebas —repuso Guy.

—Tiene la carta y las libretas bancarias. Además, estamos seguros de que estaba sacándole dinero a lord Redesdale, seguramente bajo algún tipo de amenaza. Tal vez él pueda ayudarnos. También puedo pedírselo a Nancy.

—¿Cómo? —Guy se sentía un poco abrumado.

—No lo sé. Tendré que volver a la casa. Encontraré una manera de hacerlo. Lo haré por usted, Guy. La pregunta es: ¿puede usted hacerlo por mí?

55

Guy y Harry se reunieron en la cafetería Regency, próxima a la estación Victoria. Harry ya había terminado su jornada y pidió unos huevos con jamón y unas patatas fritas con el té.

—Me espera una noche larga en el club —dijo—. La orquesta me ha dicho que podré tocar con ellos las últimas dos o tres canciones.

—Estupendo, Harry.

Este miró a su amigo con tristeza.

—Pero no es de eso de lo que quieres hablar, ¿verdad?

—Me temo que no —respondió Guy—. Es sobre el caso de...

—Florence Shore, ya lo sé. Venga, suéltalo ya. ¿Qué ha sucedido? ¿Fuiste a ver a la vieja?

Guy le entregó la carta a Harry.

—Me dijo que alguien buscaba esto, pero no lo había encontrado. No se llevaron nada más.

—¿Qué es lo que pone?

—Pone que Roland Lucknor mató a Alexander Waring.

—¿Y eso qué tiene que ver? —La camarera dejó la comida de Harry delante de él, quien le guiñó el ojo antes de verter un chorro de salsa en un lado del plato. No tardó en darle el primer bocado.

—Fue Florence Shore quien escribió la carta. La señora, Mabel Rogers, cree que Roland lo descubrió y la mató por eso.

—Espera un momento. ¿Él era el hombre del traje color castaño?

—Es muy posible. Pero aún hay más: Roland Lucknor ha estado teniendo mucho trato con los Mitford en los últimos tiempos, haciendo negocios con el padre y escribiendo a la hija mayor.

Harry lo miró sin comprender.

—Louisa trabajaba para ellos como niñera.

Harry dejó el cuchillo y el tenedor en la mesa y juntó las manos en gesto de oración.

—Todos los caminos conducen a Louisa. ¡Aleluya!

—No tiene gracia, Harry.

—Sí la tiene. —Harry tomó otro bocado de huevos con salsa, sonriendo con la boca llena.

—Hablo en serio. La carta indica que sospechaba que Roland Lucknor era un asesino. Y luego está la conexión con Florence Shore. Todos estuvieron destinados en Ypres.

—No entiendo dónde está esa conexión.

—Además, negó que la conocía. Pero cuando se alojó con los Mitford en Francia, la llamó por su nombre en plena noche. Por lo visto estaba teniendo una pesadilla. Louisa fue a ver qué sucedía, y oyó cómo decía su nombre, más de una vez.

Harry se limpió la boca con una servilleta.

—Visto así, no da muy buena impresión.

—Y lo que es más: estaba en posesión de una libreta bancaria a nombre de su ordenanza del ejército, que está muerto.

—Eso es un poco raro, pero puede que tenga una explicación.

—No si ha habido movimientos en la cuenta después de su muerte. —Guy se echó hacia atrás en la silla. Ya lo había dicho todo—. ¿Qué puedo hacer? A Jarvis no puedo acudir; no querrá ni verme.

—¿Qué hay del otro investigador del caso? El inspector Haigh, de la policía metropolitana. Deberías ir a verlo.

Guy se quedó mirando la carta.

—Tienes razón, no puedo hacer esto yo solo. Voy a hablar con Haigh. Acompáñame, Harry, necesito un uniforme a mi lado.

—¿Cómo, ahora?

—Sí —dijo Guy—, ahora.

Y

A su llegada a New Scotland Yard, Guy trató de no mostrarse impresionado por la grandeza del lugar, aunque lo que procuraba Harry era contener sus eructos.

—Perdón —dijo, avergonzado—. Me has obligado a beberme el té de un trago.

Harry solicitó ver a Haigh y le dijeron que se sentara a esperar mientras le daban el recado. El edificio estaba repleto de policías y hombres sin uniforme, detectives o infiltrados tal vez, quienes transmitían una sensación de urgencia y determinación mientras transitaban por el recibidor en el que se sentaban Guy y Harry. Había otros a su lado en los bancos de madera: una mujer acompañada de una niña pequeña con un vestido de volantes; un jovenzuelo con un ojo morado y otro que parecía haber bebido varias copas de whisky; un hombre de pelo canoso, que no cesaba de releer la misma hoja de papel que tenía en la mano, para después menear la cabeza y murmurar. Había tablones de anuncios con carteles de «Se busca», fechas de reuniones locales y una lista de personas desaparecidas. Ahí era donde anhelaba estar Guy, entre ellos.

Fueron llamados con suma rapidez. Tenían por delante una larga caminata a través de pasillos que se abrían a los lados, pero el olor de los habanos les dio la pista de que se encontraban cerca del despacho de Haigh. El policía que les había mostrado el camino llamó a la puerta con fuerza y se marchó antes de que el inspector les dijera que pasaran. Estaba sentado tras un escritorio forrado de piel, más grande y amenazante que el de un juez en un tribunal. Se había quitado la chaqueta, que colgaba del respaldo de su silla, tenía la corbata aflojada y se había abierto el último botón de la camisa. Un cigarro humeaba en el cenicero, formando una nube que flotaba por encima de ellos.

Haigh les hizo un gesto para que se sentaran. Se pasó la mano por la cabeza con entradas, alisando el cabello negro de sus sienes.

—Cuéntenme de qué se trata —dijo—, pero que sea rápido. Debo salir dentro de diez minutos.

Harry se quedó callado; Guy ya había anunciado que sería él quien se encargara de hablar.

—Gracias, señor —dijo Guy.

—¿Quién es usted?

—Soy Guy Sullivan, señor.

Haigh se volvió hacia Harry.

—Es usted quien lleva el uniforme. ¿Por qué no abre la boca?

Harry comenzó a responder, pero Guy lo detuvo.

—Señor, he sido yo quien le ha pedido que me acompañe. Somos de la policía ferroviaria de Londres, Brighton y la Costa Sur, y venimos con referencia al caso de Florence Shore.

—Ah, sí, es cierto. Ya decía yo que me sonaban de algo. —Haigh cogió el habano y se lo puso en la boca—. Un momento, ¿no es usted de quien recibimos una queja? ¿Por parte del primo de la víctima?

—Stuart Hobkirk, sí —contestó Guy. No tenía mucho sentido negarlo.

—Exacto. ¿Fue usted entonces?

—Sí, señor, pero puedo explicárselo.

—Adelante pues. —El cigarro regresó al cenicero. Haigh se retrepó en su silla y miró a Guy con semblante sereno.

—Descubrí que la señorita Shore había modificado su testamento unos días antes de su muerte, por lo que pensé que debía investigarlo, de modo que fui a verle y pude descartarlo como sospechoso. La cuestión es que cuando les escribió para protestar por las últimas pesquisas policiales, no fui yo quien las llevó a cabo, pero creo que sé quién lo hizo. Por ese motivo y un par de asuntos más —Guy trató de mascullar las palabras siguientes—, fui suspendido del cuerpo, por seguir investigando sin permiso oficial.

—¿Suspendido? Por eso no lleva uniforme, supongo.

Guy se ruborizó de vergüenza.

—Vamos, prosiga usted —dijo Haigh—. Explíqueme por qué ha venido. Presumo que piensa que se trata de algo importante relacionado con el caso, y solo le queda un minuto para contármelo.

—La amiga de la señorita Shore, Mabel Rogers, quien

prestó declaración en la investigación, denunció un robo en su domicilio, aunque luego les dijo a los sargentos de la policía ferroviaria de Londres, Brighton y la Costa Sur que acudieron que no le faltaba nada. Puesto que había requerido mi presencia, fui a verla, y me comentó que quería mostrarme algo, ya que había participado en la investigación del caso Shore. —Guy sacó la carta de su bolsillo y la dejó sobre el escritorio de Haigh—. Es una carta que le escribió la señorita Shore desde Ypres, durante la guerra. En ella habla de un oficial al que conocía, Roland Lucknor, y su ordenanza, quien se había suicidado. Sin embargo, la señorita Shore pensaba que el señor Lucknor lo había matado.

Haigh cogió la carta y se puso a leerla, mientras Guy le explicaba el resto de indicios con los que contaba: el hecho de que Lucknor negara haber conocido a la enfermera y luego pronunciara su nombre en sueños; las dos libretas bancarias que se hallaron en su posesión, con movimientos en la cuenta del difunto. No mencionó a Stephen Cannon, dado que aquello habría implicado a Louisa, y prefería no hacerlo a menos que fuera absolutamente necesario.

Al final, Haigh dobló la carta y se la devolvió a Guy.

—No está mal, Sullivan, pero no es suficiente. Lo único que tenemos aquí son suposiciones. Lo que necesitamos son pruebas. Si me las consigue, podremos hacer algo. Le sugiero que las encuentre.

—¿Significa eso que me da su permiso para hacerlo, señor? —preguntó Guy.

—Ya sabe dónde está la puerta —dijo Haigh.

$\mathcal{L}$ouisa tomó la decisión de no volver a casa de Rosa a por sus cosas, sino de dirigirse directamente a Asthall Manor. Ada podría prestarle lo que necesitara en caso de que tuviera que quedarse, pero esperaba poder convencer a Nancy para que les ayudara, y luego regresar a Londres para seguir haciendo planes con Guy.

Louisa observó su propio reflejo en el escaparate de una tienda de camino a la estación, y pensó que si la viera otra persona, podría creer que se trataba de alguien con un futuro prometedor.

El trayecto ya le resultaba familiar, y se permitió echar una cabezadita en el tren, al calor de los conductos de vapor del vagón. Ya empezaba a oscurecer cuando llegó a la estación de Shipton, pero la luna brillaba casi llena. Todavía le quedaba bastante de su último salario, así que decidió tomar un taxi hasta la casa, aunque le pidió al conductor que la dejase antes de la entrada.

Las luces de la casa estaban encendidas. Lo más seguro era que estuvieran tomando el té en la biblioteca. Puesto que no debía verla nadie aparte de Nancy y de Ada, Louisa concluyó que sería mejor asomarse por la parte de atrás y esperar a ver a una u otra lo antes posible.

No le pasó inadvertida la similitud entre aquella noche y la primera vez que fuera a Asthall. ¿Podría salvarla Nancy como entonces? Por suerte, solo tuvo que esperar unos minutos antes de ver a Ada, que entró en la cocina —sola, afortunadamente—, y se puso a lavarse las manos en la pila. Louisa se acercó a la ventana con sigilo y arrojó unas chinitas contra el cristal.

Ada salió de la casa secándose las manos con el delantal.

—¿Jonny? ¿Eres tú? Te dije que no vinieras por aquí.

—No —susurró Louisa, lo más alto que se atrevió—. Soy yo.

Ada esbozó una sonrisa radiante.

—Vaya, dichosos los ojos. Estaba muy preocupada por ti. ¿Dónde te habías metido? Escribí a tus señas de Londres, pero no respondiste.

—No he estado en casa —dijo Louisa—. Ahora no tengo tiempo de explicártelo todo, pero debo ver a Nancy. ¿Podrías hacerla salir? Estaré esperándola en el pabellón que hay junto a la piscina. Pero que no se entere nadie más.

Ada hizo una mueca.

—Lo intentaré, pero es posible que tarde bastante en poder verla a solas. Ahora están tomando el té. Te vas a helar de frío ahí fuera.

—Estaré bien —le aseguró, aunque ya no sentía los dedos de los pies.

—Espera un momento —dijo Ada. Entró corriendo y volvió a salir con un termo de té y algo de pan con mantequilla, que Louisa aceptó encantada. Se dio cuenta de que a lo largo de esos pocos minutos había estado a punto de castañetear los dientes de frío.

Acurrucada en una esquina del pabellón, mucho después de haberse bebido todo el té y acabado el pan, Louisa sintió un alivio inmenso al ver la luz de una linterna que se acercaba a ella entre las sombras.

—¿Lou-Lou? —dijo Nancy.

Louisa corrió hacia ella.

—Aquí estoy.

—Gracias a Dios. Menudo susto me has dado. Ya sabes que detesto la oscuridad.

—Lo siento —se disculpó Louisa—, pero no podía correr el riesgo de que me viera lady Redesdale. Es importante que hable contigo.

—Cielos, cuánto misterio. ¿Qué es lo que ocurre? Toma, un caramelo de tofe. —Rebuscó en sus bolsillos y sacó dos, arrancando un destello de sus envoltorios brillantes.

Louisa le dio las gracias y los reservó para más tarde. Tal vez fueran su cena de esa noche.

—He venido para hablarte de Roland.

—¿Qué pasa con él? —se interesó rápidamente al oír su nombre—. No hemos vuelto a verlo desde la última vez. Ya sabes, cuando... lo de tu tío. —Nancy la miró con inquietud—. ¿Has sabido algo de él?

Louisa negó con la cabeza.

—Nada.

—¿Qué crees que le hizo Roland?

Louisa debía advertir a Nancy acerca de Roland, pero tampoco quería que le diera un patatús. Poco tiempo atrás, ni siquiera estaba segura de que lo hubiera hecho.

—Solo le dio un susto, nada más. De todos modos, es mejor que no vuelvas a tener tratos con él. Creemos que es culpable de asesinato. —Notó que Nancy empezaba a enfurecerse—. El problema es que necesitamos que vaya al baile. Necesitamos que nos ayudes a detenerlo. Guy y yo...

—¿Detener a Roland? —gritó—. ¿No fuiste tú la que le pidió que le hiciera algo a tu tío? Porque siendo así, ¡eres tú quien tiene la culpa!

—¡Calla! —Louisa miró a todos lados, espantada, pero no vio nada aparte de la densa oscuridad—. No, no se trata de Stephen, es por Florence Shore.

Nancy se detuvo en el acto.

—¿Cómo? ¿Qué relación tiene él con Florence Shore?

Louisa se lo explicó todo lo más tranquilamente que pudo: que negase conocer a Florence Shore y luego dijera su nombre en plena noche; la dedicatoria afectuosa del libro de Xander, su ordenanza; el hecho de que se pensara que Xander se había suicidado pero que hubiera una carta, que les dio Mabel Rogers, en la que Florence Shore decía sospechar que había sido Roland quien lo mató, y su discusión con una mujer vestida con abrigo de pieles, días antes de que Florence Shore fuera asesinada. Todo encajaba.

Nancy hizo un gesto de negación con la cabeza.

—No me lo creo. Creo que os equivocáis de cabo a rabo. No puede ser posible. —Hizo un puchero—. Yo lo conozco. No sería capaz de matar a nadie. Es... gentil.

—Tú no eres la única que debe llevar cuidado —dijo Loui-

313

sa—. Una vez le oí hablar de dinero con lord Redesdale. Supongamos que ha estado chantajeando a tu padre por algún motivo, o extorsionándolo de algún modo. Estuvieron juntos en Ypres.

Las lágrimas de Nancy se cortaron en un instante.

—¿Estás acusando a Papu de algo? Ten cuidado con lo que dices.

—No, desde luego que no —repuso Louisa, en tono desesperado—. Lo único que digo es que Roland es peligroso. No es trigo limpio. Cualquier cosa que haya hecho entrará con él en vuestra casa. Tienes que ayudarnos, a Guy y a mí. Guy puede hacer que lo arresten, y así descubriremos la verdad. Si hay una explicación para todo, que nos la cuente y no pasará nada. Pero antes debo protegeros a lord Redesdale y a ti.

Nancy se puso en pie.

—Lo siento, Louisa. Nada de eso es cierto, nada en absoluto. No cuentes con mi ayuda.

Louisa se levantó también y la miró cara a cara.

—Voy a quedarme en el pueblo hasta que cambies de opinión. Alquilaré una habitación y te dejaré un mensaje en la oficina de correos para decirte dónde estoy.

—No te molestes —dijo Nancy, y se marchó.

Louisa se quedó mirando la luz oscilante de la linterna hasta que desapareció en la distancia.

314

57

*E*sa misma noche, al tiempo que Louisa intentaba convencer a Nancy para que les ayudara a atrapar a Roland, Guy se encontraba en su casa. En cuanto retiraron los platos de la cena, se sentó a la mesa de la salita y abrió las dos libretas bancarias que tenía ante él. Ahí debía de haber alguna pista. No sabía cómo ni por qué, pero si había algo que encontrar, estaba decidido a hacerlo.

Guy se remangó la camisa y apoyó los codos sobre la madera pulida. Una de las libretas era de color verde oscuro y tenía la inscripción BANK OF SCOTLAND ESTABLISHED 1695 estampada en letras de oro en la portada. En su interior se detallaban las cuentas del señor Roland O. Lucknor. La segunda era de color rojo oscuro, ponía KENT & CANTERBURY BUILDING SOCIETY en letras negras, y pertenecía a Alexander Waring.

Dentro de ambas había varias páginas llenas de prolijos datos, escritos apretadamente por diversos cajeros del banco, que databan de 1910 en el caso de la libreta verde, y de 1907 en el de la roja. Guy observó que hubo pocos movimientos durante los años de la guerra, pero no pudo comprender nada más. Los números iban saltando de un renglón a otro, y la caligrafía era ininteligible, por mucho que se limpiara los anteojos con la camisa.

La madre de Guy estaba sentada junto al fuego, con el mandil puesto y las pantuflas en los pies. Miraba las llamas meditando en silencio, que se rompió cuando volvieron sus hijos, antes de ir a la taberna. Walter se había ido de casa desde su matrimonio unos meses atrás, y lo cierto era que Guy no

echaba de menos su imperiosa presencia. Ernest entró pavo-
neándose. Se había quitado el polvo de los ladrillos y se había
atusado el pelo con agua, listo para trasegar unas cuantas jarras
de cerveza en el Dog & Duck. Entonces se acercó y cogió una de
las libretas.

—Deja eso —le dijo Guy, alargando la mano para recu-
perarla.

Ernest dio un salto hacia atrás, soltando una carcajada, y
agitó la libreta en el aire.

—¿Qué es lo que tienes aquí? ¿Ilustraciones obscenas?
Vaya un degenerado.

—No —respondió Guy, poniéndose rojo—. Devuélvemelo,
es una prueba.

Ernest paró de dar saltitos y miró la libreta.

—¿Una prueba de qué?

Guy se la arrebató de las manos y la devolvió a la mesa.

—De un caso en el que estoy trabajando.

—¿Pero no te habían dado la patada? —dijo Ernest—.
¿Verdad que sí, madre?

Su madre no abrió la boca y se limitó a girarse hacia el fuego. Nunca había querido mostrar ninguna clase de favoritismo
ni tomaba partido cuando los hermanos se peleaban.

Luego entró Bertie, meneando la cabeza.

—¿Ha visto alguien mi cepillo? —preguntó, tras observar
el cabello atusado de Ernest—. Tú, ¿lo has cogido? Devuélvemelo.

—Tranquilo —contestó Ernest—. Mira, Guy está anali-
zando pruebas, a pesar de que le han dado la patada. ¿Qué te
parece eso?

—Estoy aquí delante —dijo Guy—. Te oigo.

En lugar de responder, Bertie se acercó hasta la mesa y miró
por encima del hombro de Guy.

—¿Libretas bancarias? ¿Es que ahora blanqueas fondos?
—soltó, desternillándose de risa de su propia broma.

La señora Sullivan se puso en pie.

—Voy a prepararte una taza de cacao, Guy —dijo, y salió
en silencio de la habitación. Tal vez sí que se permitiera tomar
partido algunas veces.

Guy lanzó un suspiro profundo, se limpió los anteojos de nuevo y volvió a abrir ambas libretas. Decidió consultar las páginas más recientes de la cuenta de Xander. Estuvo estudiándolas detenidamente durante varios minutos hasta que percibió que algo ocurría a sus espaldas, y cuando alzó la vista, tanto Ernest como Bertie estaban mirando por encima de cada uno de sus hombros, con las manos a la espalda y una fingida expresión de gravedad en sus rostros.

—¡Largaos de aquí! —exclamó Guy—. O si no, haced algo útil al menos. ¿Quieres echarle un vistazo a esto, Ernest? —Levantó la libreta e hizo como si fuera a dársela.

—Vaya, qué delicado —dijo Ernest, pero se apartó y se sentó en la mesa de su madre.

—Eso pensaba —murmuró Guy. Ernest no sabía leer.

Bertie también había perdido el interés, y se fue a la cocina, probablemente para convencer a su madre de que le diera otra loncha de jamón.

Guy entornó los ojos y volvió a mirar la libreta. Ya había visto que, aunque Xander Waring había fallecido en 1918, había ingresos y retiradas en 1919 y 1920. ¿Cómo era eso posible, si estaba muerto? Roland Lucknor se habría hecho pasar por él para sacar el dinero. También había otra cosa que resultaba curiosa. Nunca llegaba a haber muchos fondos en la cuenta; solo ingresos esporádicos y pequeñas retiradas de vez en cuando. ¿Qué motivo podría tener Roland para suplantar a una persona por una o dos libras aquí y allá?

Guy lo volvió a mirar. Le dolía la cabeza de la frustración. Las tintas y caligrafías diferentes de los diversos cajeros dificultaban la tarea de hallar algún patrón, pero entonces se dio cuenta de que había un pago que se efectuaba de manera regular, el día tres de cada mes, a algo anotado como «CCHI». Las cantidades variaban, pero eran bastante sustanciosas, de alrededor de veinte libras esterlinas más o menos. ¿Qué podría significar aquello?

La madre de Guy dejó la taza de cacao al lado de las libretas.

—Aquí tienes, hijo.

—¿Qué es el CCHI?

—¿Cómo dices, querido?

—El CCHI. ¿Lo has oído alguna vez?

Ella se enderezó, se llevó las manos a los riñones y bajó la mirada.

—¿Pues sabes lo que te digo? Me parece que sí. Es la Casa de Caridad y Hospital de incurables de Londres. Ahí es donde acabó tu tía abuela Lucy después de perder la cabeza.

—¿Es donde vas a ir tú, Guy? —vociferó Bertie.

—Cierra el pico —dijo Guy. Bertie hizo una mueca, descolocado por la contestación de su hermano, y siguió comiéndose el jamón—. ¿Sabes dónde está?

—Claro que sí. Solía ir a visitarla; hasta te llevé conmigo una o dos veces cuando eras pequeño, si mal no recuerdo. Está en la calle Crown Lane de Streatham. Es curioso que aún me acuerde. Hacía años que no pensaba en ello. —La señora Sullivan se encaminó hacia su silla, de la que Ernest se levantó de un salto—. Pero ¿por qué lo preguntas?

—Aparece en esta libreta bancaria —respondió Guy—. Estoy intentando encontrarle algún sentido.

Guy cogió la libreta de cuero verde. Parecía de mejor calidad en todos los sentidos y las sumas que contenía resultaban igual de imponentes. En las primeras páginas no había más que unos ingresos ocasionales y luego todo eran retiradas muy de vez en cuando. No obstante, en las páginas más recientes figuraba el pago de varios cheques por cantidades elevadas. No se habían realizado con regularidad ni especialmente a menudo, pero se trataba de sumas importantes. Parecían haberse detenido en abril de aquel año. Le costaba entender la escritura y solo distinguía alguna letra aquí y allá, hasta que de pronto cayó en la cuenta de lo que ponía. «B. Redesdale».

¿B. Redesdale? Redesdale era el título de los Mitford, pero ninguno de ellos tenía un nombre que empezara por la letra be.

Entonces, como si se hiciera la luz, lo comprendió. Claro que era el título de los Mitford: se refería al padre de Nancy, el barón Redesdale. Allí estaba el dinero que sospechaban le estaba sacando Roland, en negro sobre blanco.

Guy volvió a leerlo todo bien. Los depósitos elevados eran cheques cobrados de lord Redesdale, tras lo que se habían emitido otros cheques, extendidos a un buzón de correos. Las sumas eran casi idénticas a los pagos enviados a la Casa de Caridad y Hospital de incurables de Londres. Tenía que existir alguna conexión, dado que Roland había poseído ambas libretas.

—Creo que ya lo entiendo —dijo en voz alta.

—¿El qué? —preguntó su madre, al tiempo que sus dos hermanos alzaban la vista.

—Estaba buscando una conexión entre dos hombres y la he encontrado. Me ha costado una eternidad lograrlo, pero al final lo he hecho. —Estaba radiante.

—¿Significa eso que vas a recuperar tu puesto? —dijo Ernest.

—No lo sé. Quizá. Primero debo hacer otras cosas.

—Eso sí que es una investigación como Dios manda —comentó su madre, admirada—. Bien hecho, hijo mío.

—Gracias, madre —le respondió Guy y, por una vez, sintió que se había ganado la alabanza.

58

Como no deseaba alojarse en la posada Swan, Louisa fue en busca del novio de Ada, Jonny el del herrero, para preguntarle si había alguien que pudiera alquilarle una habitación durante unos días. Jonny no tardó en mostrarse dispuesto a ayudar —«Todo amigo de Ada es amigo mío», le indicó amablemente—. Así pues, después de instalarse en casa de la madre del joven, Louisa le dejó una nota a Nancy en la oficina de correos como le había prometido, indicándole dónde podría encontrarla. Hecho esto, solo le quedaba esperar y mantener la esperanza.

Aunque las horas pasaron muy despacio, al final fue a la tarde siguiente, mientras estaba sentada en un cuarto más bien espartano, intentando leer un libro pero sin lograr concentrarse, cuando Louisa oyó un grito procedente de la primera planta, con el que le informaron de que tenía visita.

Louisa bajó corriendo, al tiempo que la esperanza henchía su pecho como un velero al viento. La madre de Jonny estaba de pie en el pasillo, aferrada a la baranda de las escaleras.

—Están ahí dentro —dijo, señalando el salón—. Nunca había tenido en mi casa a gente de tanta categoría. Es el cuarto donde guardo mi mejor ajuar, pero no estoy segura de si lo he limpiado esta semana… —Su voz se fue apagando, con el rostro tenso.

—No se preocupe —le respondió Louisa—. Seguro que no se dan cuenta. —Se encaminó hacia la puerta, respiró hondo y abrió de golpe—. Mi señor —dijo—, le ruego que me disculpe. No esperaba verle.

Lord Redesdale estaba delante de la humilde chimenea, observando los adornos de porcelana que había sobre la repisa. Se volvió al oír la voz de Louisa, quien pudo ver que su expresión era tan incrédula como la suya, aunque tratara de disimularlo. No se dirigió a ella, sino a Nancy, que había estado contemplando la escena con un inicio de sonrisa en las comisuras.

—Explícate, Koko.

—¿Podemos sentarnos? —dijo Nancy, tras lo que se colocó la falda con elegancia y se instaló en el sofá.

—Yo prefiero quedarme de pie —contestó Louisa. Un criado nunca se sentaba delante de sus amos. El aya Blor se lo había repetido muchas veces cuando llegó, y aquel era el momento menos indicado para empezar a saltarse el protocolo.

Lord Redesdale tampoco se movió de su sitio, dejando muy clara su actitud.

—Muy bien —replicó Nancy—, pues así nos quedamos. Papu, escucha con atención y procura no perder los nervios ni ponerte a pegar gritos.

Lord Redesdale gruñó y murmuró algo entre dientes, pero esperó a que Nancy continuara hablando.

—Louisa, he estado pensando en lo que dijiste, y me he dado cuenta de que tenías razón. Ahora se lo explicaremos a Papu, y veremos si entre los tres somos capaces de encontrarle una solución al… problema.

Louisa seguía estando demasiado asombrada para soltar palabra.

—¿Podemos ir al grano? —farfulló lord Redesdale—. Pensaba que íbamos a visitar a mi arrendatario.

—Papu, ¿recuerdas la triste historia de la enfermera que mataron en el tren de Brighton, Florence Shore? —comenzó Nancy.

—Sí, sí. La que era amiga del aya Blor, ¿no?

—Amiga de su hermana gemela —puntualizó Nancy—. Ahora, supongamos que te dijera que existe un oficial del ejército, a quien no conoces pero que sirvió al mismo tiempo que tú, y que niega haber conocido a Florence Shore en Ypres, cuando luego se ha descubierto que sí lo hizo.

—¿Podrías dejar de ser tan críptica? —dijo lord Redesdale.

—Sí —repuso Nancy—. Tú atiende. La amiga de Florence Shore, Mabel Rogers, telefoneó a la policía hace unos días porque habían robado en su casa. Sin embargo, cuando llegaron los agentes, descubrieron que solo le habían quitado un paquete de cartas que Florence le había escrito a lo largo de los años. No obstante, había una carta de ese paquete que no pudo llevarse el intruso, puesto que se había guardado en otra parte, entre los efectos personales de Florence. En esa carta, Florence le habló de una noche durante la que se supone que el ordenanza del oficial se había suicidado.

—¿En Ypres? —preguntó lord Redesdale—. Aquello fue un infierno —añadió, casi para sí mismo.

—Sí, en Ypres. Pero Florence vio al oficial aquella noche, y tenía motivos para pensar que el oficial había matado al ordenanza. Eso fue lo que escribió en la carta que tenía Mabel.

Lord Redesdale extrajo un pañuelo de su bolsillo y se secó el labio superior con él.

—Además, poco tiempo antes de que atacaran a Florence Shore, se vio a una mujer discutiendo con el mismo oficial en el piso de este. La mujer llevaba un abrigo de pieles. —Nancy hizo una pausa. Nunca había contado una historia con tanto efecto dramático—. Florence Shore llevaba un abrigo de pieles el día que la mataron.

Lord Redesdale apoyó una mano en la repisa de la chimenea.

—Aún no sé a dónde va a parar esto. —Sin embargo, estaba pálido. Era posible que lo hubiera adivinado.

—Sigue escuchando, Papu. Aunque la verdad es que preferiría que os sentarais, me está dando un calambre en el cuello —se quejó Nancy. Nadie se movió—. El oficial no ha vuelto a pisar su casa desde aquella disputa. Lo que sabemos con seguridad es que está en posesión de dos libretas bancarias, o mejor dicho, lo estaba. —Miró a Louisa de reojo, quien no le devolvió la mirada—. Una está a su nombre, y la otra a nombre del ordenanza muerto, Alexander Waring.

—No entiendo qué relación puede tener todo esto conmigo, ni tampoco contigo, a decir verdad. Louisa, ¿eres tú la responsable de este rompecabezas? —Lord Redesdale clavó los ojos en Louisa, quien se encogió bajo su fiera mirada.

—Oh, no seas obtuso, querido anciano —le dijo Nancy—. Tiene mucha relación contigo. Por eso creemos que podrías ayudar a la policía. Ese oficial es Roland Lucknor.

$\mathcal{A}$ la mañana siguiente, Guy tuvo que recorrer un largo camino a pie desde la estación de trenes de Streatham hasta Crown Lane, pero cuando por fin llegó, no le cupo la menor duda de que se encontraba ante la Casa de Caridad y Hospital de incurables de Londres. Se trataba de un imponente edificio de ladrillo rojo, cuyo nombre aparecía escrito en letras grandes en el lateral. Guy sintió un escalofrío. ¡Oh vosotros los que entráis, abandonad toda esperanza!

Había unos terrenos tras la alta reja, pero no se veía un alma en ellos. En el interior se respiraba el ambiente de una capilla de grandes dimensiones, con cierta humedad en el aire y la clase de silencio que solo se siente cuando cientos de personas agachan la cabeza en oración. Una enfermera joven, con un sombrero que parecía una toca de monja, se sentaba tras un mostrador forrado de cuero por arriba, sobre el que reposaba un jarrón con claveles bastante mustios, de aspecto chocante y fuera de lugar.

—¿Puedo ayudarle en algo? —le dijo a Guy cuando este se acercó.

Guy sabía que, en el mejor de los casos, iba a decir una mentira, y a infringir la ley en el peor, pero debía hacerlo si pretendía resolver aquel misterio.

—Buenos días —la saludó—. Soy de la policía ferroviaria de Londres, Brighton y la Costa Sur. —Solo podía esperar que no le pidiera la placa; había tenido que entregarla junto con el uniforme.

—Cielos, ¿es que ha pasado algo? —preguntó ella.

—No —respondió—. Es decir, me temo que no puedo contarle los detalles, pero necesito echarle un vistazo a su registro de visitantes. Estoy tratando de rastrear los movimientos de un par de personas: Alexander *Xander* Waring y Roland Lucknor.

—Ya veo —dijo la enfermera. Parecía recién salida de la escuela—. El registro está aquí mismo, pero me parece que no conozco esos nombres.

Guy observó que, efectivamente, el libro estaba abierto ante él sobre el mostrador. Empezó a pasar sus páginas, pero se dio cuenta de que, al igual que con las libretas bancarias, iba a tener que sentarse y tomarse su tiempo hasta poder descifrar aquellos jeroglíficos y garabatos.

—¿Sería tan amable de echarme una mano? —le rogó, señalando sus anteojos—. No tengo muy buena vista...

Ella esbozó una sonrisa amable.

—Por supuesto —dijo, y le dio la vuelta al libro para leer sus páginas. Al cabo de unos minutos, dejó escapar una leve exclamación—. ¡Aquí está! Hace poco, el día 17 del mes pasado. Roland Lucknor vino a visitar a Violet Temperley. ¿Lo ve? —Señaló la entrada.

—¿Se encuentra aquí? —dijo él—. ¿Puedo hablar con ella?

La enfermera no pareció estar muy segura.

—Sí, pero no puedo asegurarle que vaya a recordar algo. Tiene sus días lúcidos de vez en cuando, pero ha perdido casi toda la memoria, salvo sobre aquello que sucedió hace mucho tiempo.

—Lo entiendo —repuso Guy—, pero aun así me gustaría verla, si es posible.

La enfermera hizo sonar una campanilla del mostrador, tras lo que entró otra joven a toda prisa, también con aspecto de novicia, a través de una puerta a un lado del recibidor. Una vez explicada la situación, Guy no tardó en seguirla por un laberinto de pasillos largos y fríos y dos tramos de escaleras de piedra, acompañado del embarazoso estruendo que producían sus pies en comparación con el paso silencioso de ella. Al final le indicó una estancia amplia e iluminada, equipada como una sala de estar, con un fuego encendido en la chimenea y paisajes del estilo de Constable en las paredes. De su alto techo colgaban candelabros polvorientos como reliquias de un palacio olvidado. El suelo estaba cubierto de una moqueta de tono verde claro, pero no había alfombras, y los residentes se sentaban en sillas de ruedas o en sillones, a cierta distancia unos de otros, tan hieráticos como estatuas, sin ver más allá de lo que había en la habitación.

Violet Temperley estaba sentada en una silla de ruedas frente a la ventana, con vistas a los terrenos desiertos que quedaban abajo. El cielo grisáceo ofrecía un panorama desolador. La mujer tenía la espalda tiesa como una muñeca recortable, envuelta en un chal de fina lana, con las mejillas curiosamente tersas y los ojos de color azul aciano claro. La enfermera le tocó el hombro con suavidad.

—Tiene usted visita, señora Temperley. —Hizo un leve encogimiento de hombros y se marchó.

Guy encontró una silla de madera que colocó junto a la anciana. En ese momento, ella se volvió hacia él y susurró:

—¿Se ha ido ya?

—¿Se refiere a la enfermera? —le preguntó Guy.

Violet asintió con la cabeza.

—Sí —susurró él también.

—Menos mal. Son muy amables, pero nos tratan como si fuéramos chiquillos —le indicó con complicidad.

—Señora Temperley —dijo—, yo me llamo Guy Sullivan. Espero que no le importe, pero he venido a preguntarle si ha oído alguna vez el nombre de Roland Lucknor.

Para consternación de Guy, los ojos de la anciana se llenaron de lágrimas al instante.

—Mi querido ahijado, un muchacho tan dulce. Tenía unos rizos dorados como el sol.

—¿Es su ahijado?

—Casi podría decirse que un hijo. Su madre era mi mejor amiga. Murió cuando él iba al colegio. Además, en aquel entonces llevaba cinco años fuera del país. Se dedicaba a las misiones cristianas. —Arrugó la nariz—. Por influencia de su marido, un hombre horrible. Primero hay que cuidar de lo que se tiene en casa. ¿Sabe usted que no volvió para ver a Roland,

325

ni aun después de la muerte de su madre? Se quedó en África, porque, según decía, regresar suponía un gran esfuerzo. No puedo culpar a Roly por haberse marchado a París, pero la verdad es que lo echo de menos. Solía pasar conmigo todas sus vacaciones, y llegué a tomarle mucho cariño. —Hizo una pausa y miró por la ventana—. Yo no tuve hijos propios, sabe usted.

—¿Cuándo fue la última vez que vio a su ahijado? —le preguntó. Cuando no le contestó, volvió a repetirlo.

—Está en Francia, luchando en esa guerra atroz. Ni siquiera sé si sigue con vida. —Abrió mucho los ojos y se retrepó en su silla—. ¿Ha venido para decirme algo de él? ¿Ha muerto acaso? —Miró a Guy con intensidad—. Y a todo esto, ¿usted quién es? ¿Por qué me hace tantas preguntas?

—Siento haberla molestado —dijo Guy, esquivando la pregunta—. No era esa mi intención. Sin embargo, debo saber dónde se encuentra el señor Lucknor. No creo que siga estando en Francia.

—¿Y dónde está entonces? —Parecía asustada.

—No lo sé —confesó Guy—. ¿Le suena el nombre de Alexander Waring?

Violet parpadeó con sus ojos claros.

—No estoy segura —contestó.

Guy pudo ver que la anciana empezaba a languidecer.

—¿No tendrá alguna fotografía del señor Lucknor que pueda enseñarme?

—Oh, sí, en mi habitación. Tendrá que empujarme con la silla hasta allí, pero le indicaré el camino. —Pareció animarse bastante ante la propuesta, y no fue hasta que llegaron a la mitad del pasillo cuando se volvió hacia él y susurró en tono dramático—: Si pudieran, me dejarían el día entero frente a esa ventana. Ahora tendrán que venir a buscarme a mi habitación. —Se dio la vuelta, sofocando una risita con la mano como una niña pequeña.

La habitación de Violet estaba pintada de blanco donde destacaban unas cortinas amarillas gruesas y bonitas en la ventana, bajo la que había una mesilla con una serie de fotografías en marcos de plata. Guy la llevó hasta allí, y ella se inclinó hacia delante y levantó una o dos con sus largos dedos.

—Esta es de cuando estaba en París, con su amigo —dijo—. Un joven muy agradable. —Sonrió—. Hace poco vino y me regaló unas flores preciosas, como las que cultivaba mi madre en el jardín.

Guy cogió la fotografía, que no estaba enmarcada sino que se había colocado encima del cristal de otra. En el marco aparecía un hombre con gorra de oficial —¿sería Roland?—. En la foto suelta se veía a dos hombres de pie codo con codo, sonriendo ante la cámara. Guy no podía distinguir gran cosa, pero parecían relajados y felices. Uno de ellos lucía un espléndido bigote.

—¿Cuál de ellos fue el que vino a verla? —le preguntó—. ¿Puede señalarlo en la imagen?

Violet alzó la vista en su dirección, y Guy se fijó en que sus ojos comenzaban a desenfocarse. Levantó la fotografía delante de ella.

—¿Quién es Roland? —dijo.

Ella señaló al joven de la izquierda, el del bigote, aunque solo durante un breve instante antes de dejar caer la mano sobre el regazo.

—¿Dice que fue el otro quien vino a verla?

—Xander —respondió ella—. Qué muchacho tan tierno. Qué bonitas flores.

Guy se mostró sorprendido.

—¿Se refiere a Xander Waring?

Sin embargo, Violet se había sumido en un pensativo silencio, mientras contemplaba el retrato de una dama victoriana sobre su regazo. Guy logró atisbar la falda larga y la cintura encorsetada. Ella apartó la mirada.

—Le ruego que me deje sola —dijo.

—Por supuesto. Gracias, señora Temperley. Me ha sido de gran ayuda.

Guy volvió a dejar el marco sobre la mesita con cuidado. La foto suelta se la metió en el bolsillo.

Aparecían dos hombres en la imagen. Ya sabía lo que debía hacer a continuación.

327

60

*L*ord Redesdale miró a su hija fijamente.

—Me parece que sí me voy a sentar —dijo mientras tomaba asiento en el sillón junto a la chimenea, levantando una pequeña nube de polvo al hacerlo.

Después de que Nancy lo hubiera contado todo, Louisa ya se sentía más calmada. Escuchar el relato de su boca hizo que todo le pareciera más auténtico y real que antes.

—¿Estáis diciendo que creéis que Roland mató a Florence Shore? —murmuró él, tras un momento.

—Sé que parece chocante… —comenzó Nancy.

—¿Chocante? ¡Es escandaloso! Tiene que haber un error en alguna parte. De todos modos, ¿cómo sabes todo eso?

Louisa pensó que debía tomar la palabra.

—A través de un amigo mío, señor: Guy Sullivan. Es un agente de la policía ferroviaria. —De momento, había decidido ahorrarse el detalle de que lo hubieran despedido—. Ha estado investigando el caso desde el principio. El resto de los hechos no salieron a la luz hasta que se denunció el robo.

—Vosotras lo llamáis hechos, yo digo que son teorías —repuso lord Redesdale airado, en un tono muy similar al rugido que solía preceder a lo que daban en llamar «el ojo del huracán».

—¿Se te ocurre algo que sustente o refute estos hechos? —insistió Nancy.

—A mí no tienes por qué interrogarme —le dijo su padre—. Tú no eres policía, ni yo soy un sospechoso.

—En cualquier caso, ¿se te ocurre algo o no?

Lord Redesdale miró a Louisa de soslayo.

—Hay ciertas cosas que no se hablan delante de...

—Louisa no es una criada cualquiera —lo interrumpió Nancy—, y además, también está involucrada en el asunto. Debemos discutirlo todos juntos.

Louisa se atrevió a hablar.

—Señor, perdone que lo mencione, pero, estando en Francia, una vez le oí reñir con Roland, aunque fue sin querer. Es decir, no pude entender las palabras, pero él estaba gritando.

—¡Qué impertinencia! —exclamó él.

—No sigas por ese camino, Papu querido —le dijo Nancy—. Limítate a pensarlo, ¿de acuerdo?

—Roland se hallaba en un gran apuro, ignoro cuál. Quería dinero... —empezó a decir. Nancy lo animó con la mirada. Se dirigió solo a Nancy, excluyendo a Louisa—. Ya había invertido en su proyecto del golf, y no podía darle más. Bill acababa de morir y... —Se inclinó hacia delante entrelazando las manos—. Me negué a prestarle ningún dinero a Bill. No podía aportar más para la inversión de Roland. Eso es todo lo que estoy dispuesto a decir.

Nancy y Louisa intercambiaron una mirada.

—Papu, Roland va a asistir a mi fiesta de cumpleaños. No sabemos dónde se encuentra en este momento, pero estoy segura de que vendrá.

—Sí, me escribió para preguntar si podríamos tener una charla en privado antes de que empiece. En el fondo, tenía la esperanza de que... Bah, eso ya nada importa.

—Podríamos hacer que la policía esté allí, señor —dijo Louisa.

—¿Por qué tiene que ser precisamente esa noche? Lady Redesdale se llevará un gran disgusto. Se ha esforzado mucho en organizar esa fiesta. No me apetece que nuestros molestos vecinos cuchicheen sobre nosotros durante meses. —Lord Redesdale parecía apesadumbrado.

—Estoy convencida de que serán muy discretos —dijo Louisa, pese a no estarlo en absoluto—. Señor, se trata de un caso muy importante. La policía lleva meses tratando de resolverlo. Sin la menor duda, su ayuda será considerada como un gran servicio a la sociedad.

329

Louisa pensó que había sido un comentario bastante inteligente por su parte.

—Sí, lo entiendo. —Meneó la cabeza con tristeza—. Aun así, preferiría que no sucediera en mi casa. Sé que lo que decís tiene sentido, pero creo que hay algo que no encaja. No creo que Roland sea un asesino. Lo siento, pero no lo creo.

—Debo volver pronto a Londres para reunirme con el señor Sullivan —dijo Louisa—. Les iré informando de los acontecimientos. Supongo que volveremos a vernos dentro de un par de días.

Nancy se levantó y le ofreció la mano a Louisa, quien la estrechó agradecida y sonrió a la amiga que había recuperado.

—Gracias por venir, señorita Nancy. Sé que no habrá sido nada fácil. Ojalá no tengas que arrepentirte.

—Lo sé —dijo Nancy, con la compostura de una mujer de mundo—. Confío en ti, Lou-Lou.

61

*L*ouisa mandó un telegrama al domicilio de Guy desde la oficina de correos:

Lord R Colabora STOP Regreso a Londres STOP Reunión
en Café Regency hoy 13 horas STOP Louisa Cannon.

Cuando entró en la cafetería justo antes de la hora señalada, se animó al ver que Guy ya estaba allí esperándola. Se sentó en la silla que había frente a él, quien alzó la vista, sorprendido. Había estado mirando la fotografía, intentando encontrarle algún sentido, aunque en realidad no conocía a ninguno de los hombres que salían en ella.

—Cuánto me alegro de verla —dijo él—. Han pasado muchas cosas.

—Lo sé —respondió ella—. A mí también.

Se pidió una taza de té y un sándwich de beicon, pues de pronto se sentía hambrienta tras el viaje. Guy le mostró la fotografía a la vez que le explicaba cómo se había hecho con ella.

—Ese es Roland, sin duda —dijo Louisa—, aunque está claro que se tomó hace unos años. Ahí está un poco más joven. Y también un poco más feliz, diría yo. Debió de ser antes de la guerra.

—¿Quién dice que es Roland? —le preguntó Guy.

—Este hombre —señaló Louisa—. El de la derecha.

—No —repuso Guy—. La señora Temperley dijo que su ahijado era el de la izquierda. El hombre del bigote. ¿Está segura?

Louisa volvió a mirarlo.

—Bastante segura.

—Puede que se haya afeitado el bigote y ahora se parezca más al amigo —dijo Guy.

—No —insistió Louisa—. Sé que se parecen, pero no me cabe la menor duda de que Roland es este. ¿Dijo quién era el otro hombre?

—Sí, es Xander Waring. Es decir, fue un poco vaga, pero afirmó que el hombre que había ido a verla era el de la derecha. Según dijo, no había visto a Roland desde antes de la guerra. En realidad, pensaba que seguía estando en Francia, combatiendo.

—Un momento, ¿no ha dicho que Roland Lucknor aparecía en el registro de visitas?

Guy asintió.

—Pero la anciana está un poco gagá. Es muy posible que pensara que se trataba de Xander, cuando en verdad fue Roland quien fue a verla.

—No creo que se trate de eso —dijo Louisa, mirando de nuevo la fotografía. Detrás de ellos se veía el rótulo de una calle francesa: Rue Ravignon. Ambos llevaban fulares en lugar de corbatas y el cuello de la camisa abierto. No parecían tener la más mínima preocupación. Para ella, estaba muy claro: el hombre al que conocía como Roland Lucknor —igual que Nancy y que lord Redesdale— era el de la derecha. Sin embargo, si la anciana tenía razón, no se trataba de Roland Lucknor, sino de Xander Waring. ¿Y por qué iba a equivocarse la señora?

Dejaron el sándwich de Louisa delante de ella, pero había perdido el apetito. Dejó el plato a un lado.

—Escuche —dijo—: ¿y si Xander hubiera matado a Roland para suplantar su identidad? ¿Y si el hombre que todos creemos que es Roland Lucknor fuera en realidad Xander Waring? Puede que Florence Shore lo descubriera cuando fue a su casa y discutieron, y que la matara por eso.

Guy la miró con los ojos como platos y pensó en ello.

—Pero ¿por qué motivo habría hecho eso? ¿Por qué habría de tomarse tantas molestias?

—No lo sé —reconoció Louisa—. Pero es la única respuesta que se me ocurre.

—Nosotros no podemos saberlo —dijo Guy—, pero conozco a un hombre que podría hacerlo.

Menos de una hora más tarde, Guy y Louisa llamaron al timbre de la puerta de Timothy Malone. Este pareció alegrarse de ver a Guy.

—Vaya, hola —dijo—. ¿A qué debo este placer? Además, veo que viene con una amiga. —Echó un vistazo tras de sí—. Me temo que no tengo la casa muy limpia...

—No se preocupe por mí, se lo ruego —contestó Louisa. Timothy le gustó al instante, con su aire de grandeza marchita y su bondad. Después de haber vivido con los Mitford, sabía reconocer una camisa bien hecha cuando la veía, aunque el cuello se hubiera reblandecido tras años de lavados.

—Para mi gusto, cuantos más seamos, mejor. Entren, por favor.

Ambos pasaron a su habitación. Louisa observó la cama individual, la humedad de los rincones y las tazas sin fregar en la pila. Había un periódico encima de la mesa, doblado por la página del crucigrama. Timothy se fijó en que lo miraba.

—Me he pasado toda la mañana intentando acabarlo —le dijo cordialmente—. ¿Se le dan bien? Podría echarme una mano con el once vertical.

Louisa negó con la cabeza.

—No, lo siento —se lamentó ella. Le hubiera gustado sentarse al lado de aquel hombre y hacerle compañía durante un par de horas.

—Por desgracia, no podemos quedarnos mucho tiempo —respondió Guy cuando Timothy les ofreció un té—. Hemos venido a pedirle ayuda. ¿Podemos sentarnos?

Los tres se colocaron en torno a la mesa bajo la ventana, donde había buena luz. Guy le entregó la fotografía a Timothy.

—¿Puede decirme quiénes son esos hombres, si los reconoce?

Timothy la tomó en su mano con cuidado y la estudió tras apartar un vaso vacío.

—Por supuesto que sí. Diría que tiene unos años, pero son Roland Lucknor y Xander Waring. En París, por lo que parece.

Guy y Louisa intercambiaron una mirada.

—¿Puede indicarnos quién es quién? —le pidió Guy, a quien casi no le salían las palabras de la expectación.

—Claro, Roland es el de la izquierda, el del bigote. Xander está a su derecha.

Al cabo de unos minutos, Guy y Louisa se encontraban fuera, en la acera de la calle.

—¿Y ahora qué hacemos? —preguntó ella.

—Ahora debemos identificarlo como el hombre que asesinó a Florence Shore —dijo Guy.

—Mabel Rogers podría decirnos si se trata del hombre del traje color castaño —repuso Louisa.

—Necesitaremos algún testigo más, si lo hay. De lo contrario, sería su palabra contra la de él.

—¿Qué hay de Stuart Hobkirk? Dijo que alguien había ido a verlo, y sabemos que no fue un policía. Alguien estuvo haciéndole preguntas indiscretas. ¿Nos ayudaría en algo si hubiera sido Roland, o Xander, quienquiera que sea?

Guy estuvo a punto de darle una palmada en la espalda.

—Sí, eso es. Pero vamos a necesitar que Harry nos ayude. Venga conmigo.

Harry se pasó las manos por la cabeza y soltó un leve silbido. Estaban los tres en la estación Victoria, de pie junto al quiosco de prensa. Louisa había ido a recoger a Harry de las oficinas de la policía ferroviaria, y este no había tenido más remedio que seguirla, espoleado por la curiosidad. Guy había intentado pasar desapercibido mientras los esperaba, fingiendo leer los titulares de los periódicos. Cuando por fin llegaron, el quiosquero ya le había dicho que debía comprar algo o marcharse de allí.

Al verlo, Harry le había dado un codazo diciendo que ya entendía «a qué venía tanto revuelo», pero Guy le dijo que se callara. Después le relataron los hechos y le mostraron la fotografía incriminatoria.

—¿Qué habéis pensado hacer ahora? —dijo Harry—. A ver, lo que decís me parece todo muy bien, pero al súper le daría un ataque si viera tantas pruebas robadas. Necesitareis encontrar algo más o lograr que confiese.

—Lo sé —convino Guy—. Había pensado que podrías enviarle la fotografía a Stuart Hobkirk a Cornualles, para que nos responda por telegrama si reconoce al hombre que fue a verle y le hizo tantas preguntas. Fuera quien fuese, creemos que es muy posible que se tratara del asesino.

—¿Qué os hace pensar eso? —inquirió Harry.

—Pues que esa persona no pertenecía a la policía, pero quería información sobre Florence Shore y el caso de asesinato. ¿Quién iba a ser si no? Si Hobkirk identificara al hombre que conocemos como Roland en la fotografía, tendríamos un testigo que podría relacionar a Roland con el crimen. Y eso no es todo: el sábado por la noche asistiremos al baile que se celebrará por el cumpleaños de Nancy. Roland Lucknor...

—O Xander —apostilló Louisa.

—O Xander —repitió Guy, lanzándole una mirada de agradecimiento—, sea quien sea, también estará allí.

Louisa se dirigió a Harry:

—Vamos a pedirle a Mabel Rogers que asista al baile. Así podrá echarle un buen vistazo, sin que él se dé cuenta, y decirnos si es el hombre del traje color castaño que subió al tren.

Harry vio que el quiosquero acercaba la oreja e hizo un gesto para que se apartaran. Los tres se alejaron un poco y dijo:

—¿Y luego qué?

—Bueno, había pensado que podrías estar tú allí... para detenerlo —respondió Guy—. En ese momento, ya tendríamos bastantes pruebas para hacerlo.

Sin embargo, Harry parecía tener sus dudas.

—Jarvis tendría que darme permiso antes.

—Lo sé —dijo Guy—, pero tienes motivos suficientes para pedírselo. Lo único que te pido es que traigas a otro agente de policía y un coche.

—¿Llevaste la carta a la comisaría? —preguntó Harry.

—Sí, se la llevé a Haigh, pero me dijo que necesitaba algo más, y ahora lo tengo: la fotografía. Si Stuart Hobkirk y Mabel Rogers confirman que es el hombre al que vieron, ya será nuestro. Habremos atrapado al asesino de Florence Shore.

62

$\mathcal{F}$altaban menos de veinticuatro horas para el baile por el decimoctavo cumpleaños de Nancy y su puesta de largo. Louisa no estaba segura de qué hacer. La habitación que alquilara en el pueblo se le antojaba muy lejana. Aunque lord Redesdale había consentido en echarles una mano, todavía no podía volver a Asthall Manor, puesto que ignoraba si le habrían dicho algo a lady Redesdale. En todo caso, tampoco podía discutir ninguno de los detalles con el resto del servicio. Sin embargo, sí que debía explicarle a Nancy en qué consistía el plan, por lo que le pidió a un muchacho de la herrería que le acercara un mensaje en bicicleta, en el que le preguntaba si podrían verse. Al día aún le quedaba una hora de luz.

Mientras esperaba, Louisa se paseaba arriba y abajo por la habitación, inquieta, hasta que se le ocurrió bajar para preguntarle a la madre de Jonny si quería que la ayudase a preparar la cena o alguna otra cosa. No obstante, al tiempo que descendía por las escaleras, se oyó un golpe en la puerta de la calle. Nancy.

—Madre mía, he venido en bicicleta con la lengua fuera —dijo Nancy, que se saltó los saludos de cortesía a causa de la emoción—. Blor se ha puesto hecha una fiera, diciendo que debía dormir bien para mañana, que a dónde iba a estas horas... En fin, te puedes imaginar lo demás.

—Lo siento —respondió Louisa.

—¡No lo sientas! Ya soy casi una adulta. Blor no puede decirme lo que tengo que hacer. —Le echó una ojeada al pasillo penumbroso y a la puerta que daba al salón polvoriento más allá—. ¿Damos una vuelta por el pueblo?

Louisa se puso el abrigo y el sombrero y ambas muchachas se echaron a la calle cogidas del brazo, un poco agarrotadas de frío. Tenía muchas cosas que contarle a Nancy.

—¿Me estás diciendo que Roland no es Roland, sino Xander Waring? —le dijo Nancy después, despacio y con asombro.

—Sé que resulta difícil de digerir —repuso Louisa.

Entonces le explicó que habían enviado la fotografía a Stuart Hobkirk, a la espera de que confirmara si el hombre al que todos tenían por Roland era el mismo que había ido a visitarlo. Y luego, con todo el tacto posible, le comentó que Guy Sullivan iba a ver a Mabel Rogers, para pedirle que asistiera al baile a fin de que identificara a «Roland» como «el hombre del traje color castaño».

—¿Y qué explicación le daremos a la señora Windsor acerca de su presencia? —quiso saber Nancy.

—Tendremos que convencer al aya Blor para que diga que la ha invitado ella, por ser amiga de su hermana gemela —dijo Louisa—. Es la mejor solución que se me ocurre.

—Supongo que sí —convino Nancy—. Por otro lado, Papu y yo hemos pensado que podríamos decirle a la señora Windsor que te hemos contratado para que sirvas como doncella para mí y algunas de las invitadas de esa noche.

—Gracias. Sé que todo esto debe de ser un incordio para ti y para tus padres.

—Bueno, más se perdió en la guerra —dijo Nancy—. También he tenido otra idea: ¿por qué no le mando un telegrama al señor Johnsen para que venga?

—¿El señor Johnsen?

—Ya sabes, ese leguleyo al que fuimos a visitar. Dado que Mamu está teniendo dificultades para conseguir que acudan hombres al baile, no le parecerá muy extraño que le sugiera otro nombre. Podría pedirle que volviera a repasar el testamento de Florence Shore, por si descubriera algo más. Tal vez sirva de algo.

Louisa se mostró de acuerdo.

—Vale la pena intentarlo —dijo.

337

Las calles estaban casi desiertas, a excepción de algún automóvil que pasaba de vez en cuando, bañándolas con el destello de sus faros. Louisa contempló las luces que salían de las ventanas de las casas del pueblo, y se imaginó el resplandor de las chimeneas acogedoras, las cenas recién hechas que se dispondrían sobre las mesas. Nancy caminó un rato en silencio, asimilándolo todo. Louisa pensó que parecía muy distinta de la muchacha que era tan solo unos meses antes. En aquel entonces, no habría parado de balbucear asustada.

—He de decir —declaró Nancy al fin, cuadrando los hombros mientras lo hacía— que esperaba que hubiera cierta animación durante mi baile, pero no pensaba que fuera a ser de esta clase.

—Guy quiere que se haga todo con la mayor discreción posible. No pretendemos estropear tu fiesta. Lo que sucede es que no se nos ocurre otra manera de reunir a todo el mundo. Aparte de eso, ni siquiera sabemos dónde está Roland; lo único que sabemos es que estará allí mañana.

338 —Sí —dijo Nancy—, lo sé. ¿Vas a preguntarle lo que ocurrió con tu tío?

Louisa había barajado la idea en diversas ocasiones durante los últimos días. Dado que podía estar muerto, había estado pensando en él, puede que con más cariño que antes. ¿No era cierto que se trataba de un hombre al que habían llevado a la ruina otras personas? ¿Acaso no conocía ella esa sensación, y demasiado bien? Sin duda, no se merecía el destino que le había impuesto ella por medio de Roland, pese a que no hubiera sido esa su intención.

—Imagino que la verdad terminará saliendo a la luz en su momento —contestó—. Pero no me gusta mucho pensar en ello.

Pasaron por delante de una ventana con las luces encendidas pero las cortinas echadas, cuando Louisa pudo admirar la belleza femenina de Nancy como si fuera la primera vez. Tenía el cabello recogido en la nuca, como si lo llevara corto, y su pálido rostro resaltaba sus ojos verdes y sus largas pestañas, así como sus labios rosados, en un mohín perpetuo aunque estuviera de buen humor. El corte amplio de su abrigo también parecía más de adulta, con sus elegantes botones de perlas y sus puños bordados. Louisa se sintió muy gris a su lado, como si su abrigo viejo tuviera el poder de devolverlas a su antigua posición de niñera y primogénita. No obstante, Louisa sabía que entendía a esa mujer que empezaba a ser, quien había comprendido todos esos acontecimientos inesperados en cuestión de días y los había aceptado con filosofía.

—Será mejor que vuelva —dijo Nancy—. Blor se pondrá como un basilisco si se entera de que he montado en bicicleta de noche. —Vio la expresión preocupada de Louisa y se echó a reír—. No sufras tú tampoco, tengo una lamparilla.

—No lo haré —respondió Louisa—. Ahora sé que puedes cuidar de ti misma.

Se la quedó mirando y la expresión de su rostro se dulcificó.

—Es curioso, pero he pasado toda la vida esperando que llegara este momento. Ser una adulta. Y ahora, de pronto me encuentro preguntándome qué voy a hacer sin ti. Lo hemos pasado bien, ¿verdad que sí?

Louisa sintió una punzada de dolor. ¿Qué iba a hacer ella sin Nancy y sus hermanas? Sin embargo, sonrió y dijo:

—Sí, señorita Nancy, lo hemos pasado bien.

63

*L*ouisa se levantó de la cama cuando todavía no había salido
el sol, sin haber dormido apenas; Roland, Stephen y Guy habían estado apareciéndose en su cabeza durante toda la noche.
Se vistió y cogió un poco de pan con mantequilla de la cocina
sin prender luz alguna, para no molestar a los padres de Jonny,
antes de salir a la calle en silencio. Cuando llegó ante el familiar muro de piedra, ya había amanecido y una bruma cubría
los prados que rodeaban los jardines, aislando Asthall Manor
como si fuera una isla.

Louisa se armó de valor y entró por la puerta de la cocina,
sorprendiendo a la señora Stobie y a Ada como estaba segura
de que haría. La señora Stobie declaró que había estado a punto
de arrojarle una olla enorme de agua hirviendo, y Ada se apresuró a darle un abrazo.

—¿A qué has venido? —le preguntó—. La señora Windsor
llegará en cualquier momento. La fiesta es esta noche, ¿lo sabías? Por el cumpleaños de Nancy.

—Lo sé. Me han pedido que venga a servir de doncella para
algunas de las invitadas —dijo Louisa, confiando en que el
temblor de su voz no delatara su embuste—. Supongo que la
señora Windsor ya estará enterada.

En efecto, la señora Windsor llegó en ese mismo momento
y no dijo ni una palabra al ver a Louisa, aunque la saludó con
una ligera inclinación de cabeza antes de darle las instrucciones pertinentes a la señora Stobie y volver a marcharse a toda
prisa. Las tres mujeres se miraron, y la cocinera dijo que no
tenía todo el día para estar perdiendo el tiempo, y si no sabían

que iba a celebrarse una fiesta. Puesto que todavía faltaba algo de tiempo hasta que pudiera hacer lo que de verdad había venido a hacer, Louisa preguntó en qué podía ayudar, tras lo que no tardó en verse en la biblioteca pertrechada con un plumero, en busca de los rincones que pudieran haberse pasado por alto durante los días anteriores de preparación.

Cuando estaba tratando de alcanzar las estanterías más elevadas —los hombres altos podrían fijarse en el polvo que había—, oyó un jadeo a sus espaldas. Al volverse, se encontró con Pamela, embutida en un astroso vestido de diario que constreñía su figura. Puede que nunca se la hubiera considerado guapa, pero sin duda irradiaba ternura.

—¡Louisa! —exclamó alborozada—. ¿Cuándo has vuelto? Nadie me había dicho que volvías. ¿Has vuelto?

—Solo por esta noche, para ayudar a las invitadas y alguna cosa más —le contestó Louisa—. Creo que resultaba más sencillo llamar a alguien que ya conociera la casa.

—Sí, supongo que sí —dijo Pamela—. La verdad es que ha venido una barbaridad de gente. Hace semanas que no se habla de otra cosa.

—Ya lo disfrutarás cuando sea tu turno. —Louisa esbozó una sonrisa, pero Pamela puso cara de espanto.

Entonces entraron dos hombres cargando cada uno con un montón de sillas apiladas, que les tapaban completamente la cabeza, de tal modo que solo se les veían las piernas por debajo. Las dejaron en el suelo entre gruñidos y volvieron a irse, para ser reemplazados al instante por otros dos hombres que traían una mesa alargada.

—¿Y de dónde viene toda esa gente? —preguntó Louisa.

—De las casas vecinas —respondió Pamela—. Todos nos han prestado a sus jardineros y lacayos; hasta tenemos dos mayordomos, cosa que no le ha hecho ninguna gracia a la señora Windsor, eso te lo aseguro. A cambio, han recibido una invitación para asistir a la «fiesta del año». —Lo último lo había dicho en un tono claramente sarcástico, aunque, en el fondo, Pamela era incapaz de mostrar maldad alguna, y arrugó la nariz con mucha gracia al hacerlo, arrancándole una carcajada a Louisa.

341

—¿Sabes dónde está Nancy?

—Sí —dijo Pamela—. Acicalándose en su habitación. ¿Quieres que vaya a buscarla?

—¿Podrías decirle simplemente que estoy aquí? —le pidió Louisa, y Pamela se fue corriendo.

A mediodía, la señora Stobie estaba sudando en la cocina, mientras sacaba una bandeja tras otra de diminutos volovanes de hojaldre, que las criadas prestadas iban rellenando de gambas con mayonesa. Louisa se dedicaba a limpiar cucharas con aire inquieto, e incluso Ada había regañado dos veces al mozo de la señora Farley por haber tirado carbón en la sala de estar. El ajetreo de personas que se cruzaban en todas direcciones le confería a la casa el mismo ambiente caótico que el de la estación Victoria. Empezaron a llegar los primeros invitados, a quienes se les mostraron sus aposentos, aunque algunos se pusieron a deambular por su cuenta y se reunieron en la salita de día. Hicieron sonar la campana en varias ocasiones para pedir tazas de té y platos de sándwiches, por lo que Louisa se instaló en la cocina a fin de prestar la ayuda necesaria. La señora Stobie parecía estar a punto de explotar y Louisa se preguntó si lograría sobrevivir a aquella noche.

Entre todo el barullo, fue increíble que Louisa pudiera oír el suave golpe con el que llamaron a la puerta trasera. Nadie acudió, de modo que abrió ella misma y se encontró de frente con Guy, quien temblaba levemente. El sol estaba alto y la bruma se había disipado, pero el aire seguía siendo frío.

—Oh, gracias a Dios —dijo él al ver a Louisa.

—Será mejor que entre —replicó ella—. Hoy hay gente de toda clase en la casa, y no se fijarán en usted.

Guy asintió. Ella nunca lo había visto tan serio. Después de colgar su abrigo en el porche, le entregó un plumero.

—Haga ver que está trabajando y nadie le hará preguntas —le aconsejó.

—No dejo de pensar en todas las cosas que podrían salir mal —le susurró él.

—Yo también —susurró ella a su vez.

Acababan de entrar en la cocina cuando vieron a una doncella joven en la puerta, quien preguntó si alguien había visto a Louisa Cannon.

—Soy yo —dijo.

—El señor quiere saber si puede ir a su despacho —anunció la doncella con una pequeña reverencia, tras la que se sonrojó al darse cuenta de que había cometido un error. Se marchó a toda prisa.

Louisa le indicó a Guy que la siguiera. Al abrir la pesada puerta, vieron dentro a lord Redesdale y a Nancy.

—Aquí estoy, señor —dijo—. Vengo con Guy Sullivan. He creído que sería mejor que entrara también.

Lord Redesdale respondió con un refunfuño. Estaba de pie junto a su escritorio, vestido con sus ropas de caminar: polainas largas y un desgastado traje de *tweed*. Nancy estaba sentada en el sofá, con un pantalón de montar y un jersey viejo, que, como Louisa sabía, era su atuendo más cómodo, aunque rara vez se le permitía llevarlo puesto fuera de los establos.

—Debemos estar informados del plan —dijo lord Redesdale. 343

Guy dio un paso adelante.

—Desde luego, milord. Discúlpeme, he llegado ahora mismo.

—Vaya al grano.

Nancy se disculpó en silencio ante Guy, pero él negó con la cabeza; no tenía importancia.

—Contamos con el permiso del superintendente de la policía ferroviaria de Londres, Brighton y la Costa Azul para efectuar la detención, y también ha embarcado al inspector Haigh de la policía metropolitana. Creemos que es posible que traiga más coches y hombres esta noche —comenzó Guy.

Lord Redesdale dio un golpe en el escritorio con la mano.

—¿No decían que iba a ser algo discreto? ¡Esto no es el puñetero Scotland Yard!

—Ninguno de ellos pisará la fiesta —dijo Guy, aliviado de que su voz sonara calmada y autoritaria. Más de lo que se sentía él, en todo caso—. Me reuniré con ellos y les instruiré para que no sean vistos por sus invitados.

Lord Redesdale volvió a rezongar.

—No obstante, antes de eso, se espera que Mabel Rogers llegue en el tren de las seis. Louisa irá a recogerla a la estación con el chófer. Y entonces le pediremos que identifique a Roland Lucknor.

—Sí, sí, muy bien, pero ¿dónde estará Roland Lucknor en ese momento? ¿Qué haremos para tenerlo vigilado? Porque, según ustedes, ¡puede que se ponga a pegarnos tiros a todos como un loco homicida!

—No lo creo, milord, pero es cierto que no podemos perderlo de vista. ¿Puedo sugerir que sea Nancy quien se encargue de ello? De ese modo, no sospechará nada. —Guy le lanzó una mirada a Nancy en el sofá.

—De acuerdo —dijo—. Me quedaré con él.

—Deberá actuar con normalidad, pero no se quede a solas con él en ningún momento —indicó Guy. Louisa no pudo por menos que admirar la soltura con la que se estaba desenvolviendo.

344 —Entiendo —repuso Nancy.

De repente se abrió la puerta, y Tom se asomó con la boca abierta.

—¡Ahí va, Louisa! —exclamó—. No sabía que estarías aquí. —Fue corriendo hasta ella y la abrazó por la cintura.

Louisa le acarició la cabeza y lo apartó con delicadeza.

—Subiré a verte luego —le dijo en voz baja—. Será mejor que vuelvas al cuarto.

Tom echó un vistazo a la estancia y pareció percibir la gravedad que flotaba en el aire.

—Hola, señor —saludó a su padre—. Acabo de volver del colegio. Me han dado un permiso de salida especial para la fiesta.

—Sí, hijo mío —respondió lord Redesdale—. Lo sé. Saldremos dentro de un rato, a comprobar las trampas... —Se calló al oír a su esposa llamando a Tom, cuando esta entró en el despacho. Se detuvo al ver la concurrencia.

—¿Puede decirme alguien qué está pasando aquí? —dijo. Nancy se puso en pie.

—Perdona, Mamu, tenía la intención de decírtelo. Le he

pedido a Louisa que venga a echarnos una mano a mí y a algunas de mis amigas —explicó—. Y él es Guy Sullivan, a quien ha enviado la señora Farley. Papu le estaba dando algunas indicaciones.

Daba la sensación de que lady Redesdale iba a protestar, y con gran vehemencia, pero debió de darse cuenta de que aún le quedaban muchas batallas por librar ese día.

—Muy bien —dijo, fulminando a Louisa con la mirada—. Solo por hoy.

Salió de la habitación, llevándose a Tom a rastras.

—No hay nada más que decir —anunció lord Redesdale—. Será mejor que se vayan a hacer lo que tengan que hacer.

$\mathcal{A}$ las siete de la tarde, los invitados empezaron a reunirse en la sala de estar, los hombres con levita, las mujeres con vestidos largos y guantes de noche, todos deseosos de comenzar con la celebración. Los lacayos portaban bandejas con copas llenas de champán y se habían encendido las velas, que bañaban a todo el mundo con una luz cálida y favorecedora. Los marcos de las pinturas estaban cubiertos de hiedra y había jarrones con rosas de invernadero sobre todas las superficies planas visibles. Se hablaba en voz baja, pero las expectativas eran altas.

Lady Redesdale, ataviada con un vestido de seda gris, se había unido a ellos y estaba sentada en el sofá junto al fuego, sin quitarle ojo a su marido. Todavía parecía un tanto alterada por la estampa que se había encontrado antes en el despacho.

Louisa había echado una ojeada desde la puerta, intentando localizar a Nancy. Regresó al vestíbulo, donde estaban encendidas ambas chimeneas, iluminando los paneles de madera que habían pulido con esmero para la ocasión, cuando la vio bajando por las escaleras. Iba enfundada en un ceñido vestido largo de satén blanco plateado, que dejaba ver su esbelta figura. Su cabello brillaba y sus labios parecían tocados por una pizca de carmín.

El aya Blor también se encontraba en el vestíbulo, tratando de calmar a Diana y a Decca, quienes no cesaban de correr en círculos entre sus piernas, demasiado estimuladas por todo el guirigay, mientras que ella resoplaba exasperada. Unity contemplaba el fuego en silencio, con el resplandor de las llamas reflejado en su corta cabellera rubia. Cuando Nancy bajó y se detuvo en mitad del vestíbulo, nada más que por darle emoción al momento, el aya alzó la vista y dijo, con gran pesar en la voz:

—Señorita Nancy, ¿no es muy fresco ese vestido?

Nancy y Louisa se echaron a reír al oírlo, luego empezó el aya, y al poco lo hizo Pamela, hasta que estuvieron las cuatro desternillándose de risa, y a Nancy le salían lágrimas de los ojos.

—Callaos ya, por favor —dijo—. Vais a hacer que tenga un aspecto horrible.

Louisa disfrutó del interludio, pero su corazón volvió a martillear pronto, como un pájaro carpintero. Ignoraban a qué hora llegaría Roland, y esa incertidumbre le ponía los nervios de punta. Por lo tanto, dio un respingo cuando se abrió la puerta principal, aunque en lugar de él apareció su vieja amiga Jennie, del brazo de un hombre que mostraba la confianza en sí mismo de quien había sido bendecido por la suerte y la belleza desde niño. Louisa se quedó al fondo del vestíbulo, cerca del aya Blor, pero Jennie la vio y fue corriendo a su lado.

—Louisa —exclamó al tiempo que la tomaba del brazo, antes de inclinarse y susurrar—: Cuánto me alegro de que estés aquí. Estas cosas siguen dándome escalofríos.

«Si tú supieras», pensó Louisa, pero le dedicó una sonrisa a su amiga.

—Estás preciosa —dijo, y era cierto, su cabello dorado y su piel cremosa contrastaban a la perfección con la gasa rosa, los guantes largos de color gris y la tiara, que era el privilegio de las casadas.

—Ven a conocer a Richard. —Jennie la llevó ante su marido, quien hablaba con Nancy y la felicitaba por su cumpleaños.

Nancy casi parecía haber olvidado que hubiera nada más en lo que pensar durante la velada, y se reía con él alegremente. Cogió una copa de champán de un camarero a la vez que miraba a su niñera enarcando una ceja con aire triunfal. Louisa intercambió unas palabras con Richard, aunque se sentía dolorosamente consciente de ser una criada en vez de una invitada, y abandonó la conversación tan pronto como le permitió la cortesía, arguyendo que tenía cosas que hacer.

Nancy tomó a Jennie y a Richard del brazo y entró con ellos a la sala de estar, iluminada por los destellos plateados de su vestido.

347

$\mathcal{M}$ientras observaba a Nancy y a Jennie abandonar la estancia, un ligero toque en el hombro la sobresaltó. Era Guy.

—Es hora de que vaya a la estación —le susurró.

—Claro, por supuesto. —Louisa titubeó. —¿Hay algún coche preparado?

—En la parte de atrás —contestó Guy. Le guiñó el ojo en un intento por restarle gravedad a la situación—. Hoy está de lo más elegante.

Louisa trató de sonreír, pero los nervios la abrumaban. Estaba a punto de suceder; no había vuelta atrás.

—Adiós —dijo—. Buena suerte.

Tras coger su abrigo y el sombrero, Louisa salió y vio que un chófer uniformado la esperaba junto al automóvil de lord Redesdale. En ocasiones, cuando lady Redesdale tenía que ir a Londres, solían pagar a un hombre del pueblo para que condujera, pero no era él.

—¿Cogerá el tren de las siete y media, señorita? —le preguntó.

—Sí —respondió Louisa—. Creo que debemos ir marchando.

El conductor se levantó el sombrero y por un breve momento Louisa experimentó lo que debía significar ser rica y tener chóferes. No era desagradable.

Mientras tanto, Guy tenía que contenerse para no salir corriendo tras ella. Lo cierto era que algo lo inquietaba. A pesar de que el plan estaba bien trazado, no las tenía todas consigo. Salió del vestíbulo y trató de buscar un rincón tranquilo en alguna parte, pero le resultó imposible. A pesar de que la fiesta no había llegado aún a su apogeo, no era fácil ignorar el ambiente de júbilo que le rodeaba. Desde la cocina se escuchaba el alboroto de los fogones y las sartenes chocando contra ellos, y el personal no paraba de recorrer los pasillos, ya fuera llevando algo o, al menos, mostrando una actitud resuelta. Por fin, se decidió por lo que debía ser la oficina de la señora Stobie; una pequeña habitación que abarcaba poco más que una mesa y una silla encajada debajo. Varios libros de cocina se apilaban sobre la mesa junto a recortes de papel con notas que parecían ser propuestas de menú. Guy comprobó que no le observaban y entró. Al cerrar la puerta, el ruido a sus espaldas casi se desvaneció.

Sacó del bolsillo la carta que Florence le había escrito a Mabel y la extendió sobre la mesa. Volvió a leerla, intentando ver si se le había escapado algún detalle.

«Creo que Roland mató a Xander».

¿Por qué no escribió que Xander mató a Roland? ¿No tendría que haberse dado cuenta de que el hombre que abandonó el cobertizo no era Roland? A no ser que Xander hubiese suplantado su personalidad inmediatamente, poniéndose el uniforme de su amigo y la gorra de oficial y que la oscuridad y las sombras hubiesen contribuido al engaño. En la fotografía, los dos hombres mostraban un cierto parecido. En cuanto Roland se hubiese afeitado el bigote, no habría sido fácil distinguirlos.

Si Florence había acudido al apartamento de Roland para verse con él, ¿se habría atrevido a hacerlo sola de sospechar que este era un asesino? Nada más verlo, se habría dado cuenta enseguida de que no era Roland, sino Xander. ¿Ya intuía eso de antemano?

Guy sacó las dos libretas bancarias del bolsillo y las puso también sobre la mesa. ¿Por qué la de Xander registraba pagos correspondientes a los cuidados de la madrina de Roland en la residencia de ancianos? Por no hablar de las grandes extracciones de efectivo de la cuenta de Roland. Algunas de estas cantidades eran muy similares a los pagos a la Casa de Caridad y Hospital de incurables de Londres, y Guy solo po-

349

día suponer que Xander estaba empleando el dinero que lord Redesdale le había pagado para cubrir esas facturas. No era un comportamiento propio de un asesino despiadado. Por otro lado, estaban los cobros de aquellos cheques, en los que había anotado un apartado de correos. ¿A quién iban dirigidos? ¿Sería a Florence Shore? ¿La habría estado sobornando para que se mantuviera callada?

Algo seguía sin encajar del todo y a Guy se le estaba agotando el tiempo para averiguarlo.

66

A las siete menos cuarto, Guy volvía a estar en el vestíbulo, revoloteando y tratando de pasar lo más desapercibido posible mientras avivaba el fuego con el atizador. Sentía que se hallaba dentro de su propia isla de tranquilidad, mientras que el bullicio que lo rodeaba iba en aumento y las luces se hacían más brillantes a medida que la noche se iba tornando más oscura en el exterior. Los invitados habían salido de la salita de día y se dirigían hacia la biblioteca —el escenario principal de la fiesta—, pero con la llegada constante de nuevos asistentes al vestíbulo, se transformaron en una muchedumbre que no cesaba de soltar grititos y efectuar piruetas, al tiempo que las muchachas lucían sus vestidos y chillaban de alegría al saludarse unas a otras. También había bastantes hombres y mujeres mayores, quienes seguramente serían los vecinos. Los hombres jóvenes escaseaban. En ese momento llegaron dos caballeros que caminaban inclinados sobre sus bastones, y mostraron su aplastado cabello canoso al quitarse los sombreros de copa. Louisa le había dicho que lord Redesdale había recibido la orden de reclutar a varios hombres de la Cámara de los Lores, a fin de acrecentar la presencia masculina. Nada que pudiera alentar los sueños románticos de una muchacha de dieciocho años, pensó Guy.

Lord y lady Redesdale estaban situados cerca de la puerta principal, saludando a los invitados según iban llegando, después de que la señora Windsor anunciara sus nombres. Entonces franqueó la entrada un joven esbelto y bien vestido al que Guy reconoció al instante por la fotografía: Xander Waring.

Lord Redesdale se encaminó hacia él y le estrechó la mano.

—Es un placer verte, muchacho —dijo.

Guy se fijó en que el joven respondía con menos entusiasmo, a la vez que paseaba la mirada entre el resto de los invitados. Aunque sabía que Roland —no podía llamarlo Xander— no lo conocía, se mantuvo en el fondo, haciendo lo posible por no llamar la atención.

Nancy oyó a su padre por encima de la algarabía y se separó de una bandada de chicas que la rodeaban como crías en torno a mamá oca. Guy la miró mientras avanzaba con la cabeza alta hasta Roland y lo saludaba efusivamente. Ella le dedicó una amplia sonrisa y él la contempló como si le hubiera ofrecido la liberación eterna.

—Venga conmigo a la biblioteca —le pidió ella—. Como ya sabe, debemos salir al jardín para llegar, pero Papu ha tenido la feliz idea de colocar braseros de aceite por el camino para que nadie pase frío.

Después de que Roland le entregase su abrigo y su sombrero a una doncella, Nancy tomó el brazo que le brindaba y salieron por la puerta principal, al tiempo que avisaba a sus amigas para que la siguieran.

Lord Redesdale se volvió y cruzó una mirada con Guy antes de salir tras ellos. La expresión de su rostro no había sido muy amable.

Así pues, Roland ya se encontraba allí. Guy se preguntó dónde estarían Harry y el resto de los policías, nervioso. ¿Y cuándo iban a aparecer Mabel y Louisa?

67

En la estación, Louisa esperaba con el chófer junto al coche a que llegara el tren. Aparte del breve intercambio que habían mantenido en la casa, no habían vuelto a hablar. El hombre había conducido deprisa y se detuvieron casi al mismo tiempo que el tren frenaba en el andén. Uno o dos minutos más tarde, los pasajeros empezaron a salir de la estación. Louisa pensó entonces que, pese a que Guy le había dado una descripción de Mabel Rogers, lo cierto era que no estaba muy segura del aspecto que tendría. Se preparó para saludar a una anciana que se acercaba, pero en el último momento la llamó otra persona y se marcharon. Una de las últimas en aparecer fue una mujer, que, sin ser anciana, tampoco se hallaba en la flor de la vida. Antes de que Louisa pudiera moverse, el chófer había abierto la portezuela del automóvil con diligencia.

—¿Señorita Rogers? —le dijo Louisa al aproximarse esta.

—Sí. ¿Vienen de Asthall Manor? —preguntó Mabel, con voz tímida. Su abrigo de pieles parecía devorarla.

—Así es —respondió Louisa—. Entre en el coche, por favor. Hace frío aquí fuera.

Mabel caminó en su dirección con aire nervioso. Miró al chófer y le entregó su paraguas sin pronunciar palabra, se montó en el vehículo con cierta torpeza y se aferró a su bolso con fuerza. Louisa entró por el otro lado, olvidándose de esperar a que el chófer diera la vuelta y la abriera la puerta. No estaba acostumbrada a que los chóferes le abrieran las puertas. Tampoco estaba muy acostumbrada a los automóviles. Sentada con Mabel en el asiento trasero, le dio la impresión de que las dos sentían la misma incomodidad.

Tras unos comentarios de cortesía acerca del viaje, se mencionó el verdadero motivo por el que ambas se encontraban en el coche.

—¿Está allí ese hombre? —dijo Mabel.

—No estoy segura —contestó Louisa—. Cuando me marché, aún no estaba, pero se le esperaba pronto, así que debería estar allí cuando lleguemos. No tardaremos más de media hora.

—Ajá —repuso Mabel, tras lo que cerró la boca hasta volverla casi invisible.

—No se preocupe —la tranquilizó Louisa en tono amable—. No podrá hacerle ningún mal. Habrá un montón de policías vigilando, y también está lord Redesdale.

Mabel asintió, pero su rostro no mostró el menor alivio. Louisa era consciente de lo que le habían pedido que hiciera a esa pobre mujer: que fuera en tren desde Londres hasta una casa y una situación que le resultarían muy intimidantes, para enfrentarse al hombre que había matado a su antigua amiga y compañera. El hombre que le había arrebatado una vejez feliz, dejándola en la penuria y la soledad.

—Lo siento mucho —dijo Louisa, esperando que Mabel entendiera por qué se disculpaba—. No lo haríamos así si hubiera otra manera. Sin embargo, cuando acabe la noche, todo habrá terminado, y se habrá hecho justicia a su amiga.

Mabel no pronunció otra palabra y miró hacia un lado. Louisa vio los ojos del chófer en el espejo retrovisor, quien las observaba a ambas. Si había estado escuchando, le habría resultado una conversación de lo más curiosa.

Llegarían a la fiesta al cabo de veinte minutos. Cruzó los dedos por que Guy estuviera preparado y esperándolas.

68

Guy salió por la puerta principal en busca de algún indicio de Harry. Los automóviles seguían aparcando y dejando salir a jovencitas con vestidos que parecían tener luz propia, pero la hora punta había pasado ya. Un olor delicioso se escapaba de la cocina, y a Guy le rugían las tripas; aquel día no había comido mucho. El humo de los cigarrillos y las notas altas y rápidas de la música que portaba el aire lo enervaban, haciendo que sintiera el vacío de su estómago. La señora Windsor le indicó a todo el mundo que avanzaran por el claustro hasta la biblioteca, cosa que hicieron como un desfile circense que circulara por la ciudad, todo estruendo y algarabía, plumas y gritos triunfales. Si alguien hubiera sacado una trompeta y una bandera, no habría desentonado nada con el resto del ambiente.

Guy advirtió que los braseros de aceite despedían un humo espeso, que, a juzgar por las toses de algunos invitados, soplaba en la dirección equivocada. Cuando empezaba a haber menos afluencia, Guy vio aparecer a Harry tras el gran roble de la entrada. Se le veía especialmente menudo mientras guiaba a tres agentes uniformados de la policía metropolitana y al inspector Haigh, cuya presencia sorprendió a Guy.

Lord Redesdale también había salido de la biblioteca y se dirigía hacia donde estaba Guy.

—Pero bueno —dijo—, ¿es que tiene que estar aquí todo el mundo? No quiero tener nada que ver con esto.

Haigh extendió el brazo para darle la mano.

—Buenas tardes, lord Redesdale. Le agradecemos mucho su ayuda.

—Sí, bueno... —Aquello lo pilló desprevenido—. Les explicaré cómo se llega hasta mi despacho. Pueden esperar aquí, aunque no tenga muy claro qué es lo que esperamos exactamente.

Los hombres se situaron con torpeza a un lado de la puerta principal, cuando apareció un chiquillo montado en una bicicleta.

—Traigo un telegrama para el sargento Conlon —dijo—. Supongo que será uno de ustedes —añadió con descaro al fijarse en los uniformes.

Harry cogió el papel de su mano, y el chiquillo se marchó tan rápido como había llegado.

—Será de Stuart Hobkirk. Le dije que enviara aquí cualquier mensaje que quisiera hacernos llegar.

—¿Quién es Stuart Hobkirk y por qué manda telegramas a mi casa para otra gente? —exigió saber lord Redesdale, en un tono que amenazaba con convertirse en un bramido en cualquier momento.

—Es el primo de Florence Shore —intervino Guy—. Según me contó, alguien fue a verle y le hizo muchas preguntas sobre el caso, y sabemos que no fue un agente de la ley, porque a ninguno se le había dado esa orden. Por eso le mandamos una fotografía de Roland, por si podía identificarlo. Así tendríamos otro testigo que lo relacione con el crimen.

—¿Lo abro o no? —preguntó Harry.

—Démelo a mí —ordenó Haigh, quien lo cogió y frunció el ceño tras leerlo.

—¿Qué? —dijo Guy—. ¿Qué es lo que pone? —Rezó para que Haigh no se lo diera, pues habría sido incapaz de leerlo con tan poca luz.

—Dice que no reconoce a ninguno de los hombres de la fotografía.

Se hizo un silencio sepulcral.

—¿Y eso qué significa? —dijo lord Redesdale—. ¿Que Roland no es el hombre que buscan?

—Si me permiten —comenzó Harry—, es posible que Roland no actuara solo. Sabemos que tuvo que haber dos personas presentes en el momento del crimen. Puede que quien hablara con Hobkirk fuera el cómplice de Roland.

—Quizá —dijo Guy—, pero hay algo que no encaja. Tengo que acercarme a Roland, y ver si dice algo más durante la velada.

Haigh asintió con la cabeza.

—Buena idea.

—Lord Redesdale, ¿me da su permiso para tomar prestado un atuendo de lacayo? —dijo Guy, dirigiéndose al sorprendido barón.

—Yo solo quería una vida tranquila —murmuró lord Redesdale, y se fue por el claustro sin responder a la pregunta.

—Vamos. No hay momento que perder —dijo Guy, asombrado de su propia capacidad para ponerse al mando delante de un inspector, al tiempo que se preguntaba si volvería a verse en una situación como aquella en toda su vida. Ojalá hubieran podido verle sus hermanos—. Mabel Rogers llegará en cualquier momento.

357

69

*L*ouisa se percató de que el chófer ya no circulaba a una velocidad tan vertiginosa como a la ida, aunque ahora que no tenían que alcanzar un tren, quizá fuera más lógico que fuera así. Desde luego, resultaba más seguro.

Cuando aún faltaban unas diez millas hasta la casa, Mabel volvió ligeramente la cabeza hacia Louisa, como si tuviera dolor de cuello.

—He pensado —dijo— que quizá sería mejor que le pidan a Roland Lucknor que se acerque hasta el automóvil, en lugar de que tenga que entrar yo a la fiesta.

—No debe preocuparse por eso. Todo el mundo será muy amable con usted. —Louisa no estaba tan segura, pero pensó que Mabel necesitaba que la animaran.

—Me sentiría más a salvo dentro del coche —repuso Mabel—, y además, si damos con él estando solo, no podrá huir, ¿no es cierto? Tal vez habría que parar antes de llegar a la casa, solo un poco antes, y que sea él quien vaya hasta allí.

—No sé yo si… —empezó a responderle Louisa, hasta que se apercibió de la preocupación pintada en su rostro—. Ya lo veremos. Le preguntaré a Gu…, al policía al mando si puede hacer algo. Le prometo que está en buenas manos y que no le sucederá nada.

—Gracias —dijo Mabel, y volvió a mirar al frente. Al hacerlo, su abrigo se abrió un poco y Louisa vio el destello de un bonito collar. Era una cadena de oro de la que colgaban dos amatistas. Ansiosa por distraerla de lo que iba a suceder, Louisa le alabó la joya.

—Lleva un collar precioso —dijo—. Es un colgante poco corriente, ¿verdad? Con dos amatistas. —Nada más pronunciar estas palabras, se mordió la lengua. Había recordado algo.

Algo muy importante.

En Asthall, Guy se hallaba en un cuartucho cerca de la cocina —un antiguo fregadero, supuso—, tratando de ponerse los pantalones de lacayo. Le quedaban irremediablemente cortos, así que intentó subirse los calcetines todo lo posible para que no se viera la brecha.

De pronto entró un joven corriendo.

—¿Ha visto un uniforme de chófer por aquí? —le preguntó.

—¿Cómo? —dijo Guy.

—Un uniforme de chófer. Suelo dejarlo aquí. Vengo de vez en cuando para llevar a lady Redesdale en coche. Esta noche me han pedido que lleve a los invitados y no encuentro el dichoso uniforme. Lo dejé colgado mientras salía a fumar. Maldita sea, ¡se supone que tengo que recoger a más invitados, y mi chaqueta y mi gorra se han esfumado!

359

70

*G*uy, incómodo, aunque vestido con el traje de lacayo —se negaba a llamarlo uniforme—, se encaminó hacia la biblioteca, que ya estaba atestada de invitados. Un terceto tocaba canciones festivas desde una esquina, el humo flotaba como un manto azul sobre sus cabezas y se respiraba un abrumador ambiente de colores chillones y ruidos. Nadie parecía hablar ni escuchar, sino gritar casi sin pausa a la persona que tenía delante. Las mujeres maduras llevaban tiaras y vestidos sobrios, pero las jóvenes lucían plumas, gargantillas y lentejuelas, flecos que caían desde sus caderas y medias de todos los colores. Taconeaban con sus zapatos y jugueteaban con sus collares de perlas, mostrando el blanco de sus dientes y los diamantes de sus orejas.

Guy se compadeció un poco de Harry por estar perdiéndose esa parte. Se quedó en un rincón, cerca de Nancy, quien había dejado a Roland hablando con el vecino de al lado, un anciano encantador, conocido por sus interminables batallitas sobre la guerra de los Boers.

—Apuesto a que podría haberla ganado él solito, aburriendo al enemigo hasta la muerte —oyó que le decía Nancy a una amiga, quien le rio la gracia con un poco de entusiasmo de más.

Guy sostenía una bandeja de plata vacía. Había pensado en fingir que estaba recogiendo vasos, pero pronto se dio cuenta de que le daba demasiado miedo que se le cayeran.

Un joven arrogante pasó por su lado y le dijo a su amigo a voz en grito:

360

—Dime, ¿crees que ese puñetero camarero sabrá que no lleva nada en la bandeja? Jamás había visto unas lentes tan gordas.

—¡Seguro que no ve tres en un burro! —exclamó el amigo, echándose a reír. Guy se puso rojo de la ira, pero no dijo nada.

No tardó en distraerse cuando vio que Nancy era abordada por un hombre mucho mayor que ella, cuya barriga llegaba siempre a su destino al menos dos pasos por delante que los pies.

—Señor Johnsen —lo saludó ella cortésmente—. Muchas gracias por venir.

—Gracias a usted por invitarme —repuso el señor Johnsen—. Tienen un champán espléndido.

—Ya lo veo —dijo Nancy, arriesgándose a mirar de reojo a su amiga, quien soltó una risita tapándose la boca con la mano.

—He estado pensando en ese caso del que me habló —le indicó él.

Aquello despertó la curiosidad de Nancy. Le dio la espalda a su amiga con una sonrisa de disculpa y se aproximó un poco al abogado. 361

—¿Y qué es lo que ha pensado? —le preguntó.

—Verá… Resulta que me extraña que dijera usted que el hermano, ya sabe, el señor Offley Shore, se indignara tanto al conocer las disposiciones del testamento, cuando en realidad nunca había sido el beneficiario original del patrimonio de la señorita Shore.

Dejó de hablar y tomó otro buen trago de su copa.

Nancy le lanzó una mirada a Guy, quien le respondió con una inclinación de cabeza. Debía averiguar más cosas al respecto.

71

El automóvil aminoró la marcha hasta detenerse a un lado de la carretera, a poca distancia de las puertas de Asthall Manor. Louisa pudo ver la lluvia abundante que caía a la luz de las farolas.

—Aquí estamos —informó a Mabel, sin mucha necesidad.

—Traiga aquí a ese hombre —dijo ella—, pero a nadie más, se lo ruego.

El chófer le alargó el paraguas de Mabel.

—Tome, señorita, le hará falta —dijo él—. Perdone que no la acompañe, pero será mejor que me quede aquí. No puedo dejar el coche y a la señorita Rogers solos.

—Claro, por supuesto. —Louisa tomó el paraguas, que tenía un mango de madera largo y recto, completamente liso salvo por una extraña mancha oscura. Al verla, se le ocurrió que parecía sangre.

Nancy se arrimó al señor Johnsen con discreción.

—¿Quién era el beneficiario original? —le preguntó.

—Su amiga, Mabel Rogers —respondió el señor Johnsen—. Fue la receptora durante años, hasta que de repente dejó de serlo. He vuelto a revisar los documentos antes de venir. Creo que se me había olvidado porque lo curioso es que no llegó a presentarse en mi despacho ni una sola vez. Siempre enviaba a un amigo, un tal Jim Badgett. Nunca entendí por qué era así, aunque, por lo que sé, aquel hombre se limitaba a transmitir mis comunicaciones con ella.

Nancy se volvió hacia Guy, quien ya se hallaba cerca de allí.

—¿No lo ve? —dijo ella, incapaz de contenerse—. Lo importante no es quién recibiera la herencia, sino quién dejó de recibirla.

363

72

*L*ouisa miró el mango y lo entendió todo. El abrigo de pieles. El collar. La ventanilla cerrada de la puerta del tren. Todo había sucedido en la misma estación Victoria.

—Fue usted, ¿verdad? —dijo—. Usted mató a su amiga.

Mabel no respondió.

—¿Estuvo Roland involucrado de algún modo?

El único sonido que se oía era el chasquido de los limpiaparabrisas. Fuera del automóvil solo se veía la oscuridad más absoluta.

364

Guy y Nancy se abrieron paso entre los invitados, uno o dos de los cuales gritaron su nombre al verla, sorprendidos de que abandonase su propia fiesta. Salieron a toda prisa de la biblioteca y enfilaron hacia el claustro, donde el humo de los braseros seguía siendo espeso y oloroso.

—¿Dónde está Louisa? —preguntó Nancy—. ¿Por qué no ha vuelto aún?

—Está con Mabel —dijo Guy, al tiempo que un remolino de pensamientos giraba por su mente como un carrusel—. Ahora lo entiendo: Mabel no ha venido a identificar a Roland, sino a incriminarlo. —Entonces se calló y dejó de andar—. El chófer—. La sangre se le heló en las venas al darse cuenta del peligro en el que había puesto a Louisa.

—¿Qué es lo que sucede? Hable claro, por el amor de Dios —protestó Nancy.

—El chófer —repitió Guy, tratando de no tartamudear—.

Es decir, su chófer habitual. Ha dicho que su uniforme había desaparecido: alguien se lo ha llevado esta noche.

—¿Cree que Mabel cuenta con un cómplice? ¿Alguien que estuvo allí?

—Por supuesto —afirmó Guy—. No lo hizo ella sola. Había un hombre con ella. Dos personas, tal como dijimos, ¿recuerda? —Se pasó la mano por el pelo y abrió mucho los ojos—. Ese hombre, el conserje. Jim. ¿Cómo he podido ser tan idiota?

—¿Qué está pasando? —dijo una voz masculina. Nancy se sobresaltó.

—He visto que salías corriendo. ¿Va todo bien?

—¡Oh, Roland! —dijo Nancy al volverse—. No fuiste tú, nunca fuiste tú. —Se lanzó entre sus brazos.

—¿De qué estás hablando? —preguntó Roland, sin la menor idea de lo que ocurría.

Guy vaciló un instante. Aunque no hubiera matado a Florence Shore, aquel hombre no estaba libre de sospecha.

—Mabel viene de camino con Louisa, y tenemos motivos para creer que es la responsable del asesinato de Florence Shore.

Guy vio que el horror se pintaba en el rostro de Roland.

—¿Dónde se encuentran? —dijo él.

—Cerca de aquí, creemos —contestó Guy—. Vienen de la estación.

—Necesitamos un automóvil para salir en su búsqueda —dijo Roland—. Debemos irnos ahora mismo.

365

73

A Louisa se le agolpó la sangre en las orejas, bloqueando todos los sonidos momentáneamente. La negrura de la noche hacía que se sintiera ciega como un topo. Empujó la pesada puerta del automóvil y salió a trompicones, empapándose con la lluvia torrencial, que pareció purificarla. Pese a que llevaba el paraguas en la mano, no se le ocurrió abrirlo. Sintió un arrebato de fuerza, como si el miedo y lo que ahora sabía le hubieran concedido las energías necesarias para atravesar el canal de la Mancha a nado. Se sentía invencible. Entonces se dio la vuelta, percibió el destello de un cuchillo y supo que no lo era.

Louisa pasó ante el vehículo, cuyo motor seguía zumbando, con las luces encendidas como un faro en el mar. Todo sucedió al ritmo de su corazón, rápido pero acompasado. Mabel y el chófer salieron del otro lado del automóvil y aparecieron delante de ella, con los rostros pálidos como satélites lunares que orbitaban alrededor de su sol ardiente, su furia. Pensó en Florence Shore, esa mujer valiente y firme que había hecho tanto por los demás, quien encontrara un fin tan violento, inmerecido e ignominioso en un vagón de tren. Abandonada a su suerte en algún lugar entre Victoria y Lewes, con los anteojos rotos en el suelo, las enaguas revueltas, las joyas sentimentales arrancadas de sus dedos. Descubierta demasiado tarde por tres trabajadores parsimoniosos en Polegate. Ella se merecía algo mejor; todo el mundo merecía algo mejor. Aquello enfureció a Louisa, y la ira y el coraje la envolvieron como llamas que lamieran el tejado de un alto edificio.

—Fueron los dos —dijo—. Ustedes mataron a Florence Shore.

Mabel no respondió; sus ojos parecían más oscuros que el cielo que se alzaba sobre su cabeza.

—Supongo que fue él quien lo llevó a cabo por usted. —Louisa señaló al chófer, quien empuñaba el cuchillo. Pensó que parecía muy viejo, demasiado para aquella situación. Se fijó en una cicatriz que le cruzaba la barbilla—. Esa carta... Ustedes sabían que el ordenanza no se suicidó, sino que lo mató su oficial. No fue Florence quien mantuvo una discusión con él en su piso. La mujer del abrigo de pieles... era usted. —Casi hablaba para sí misma en ese momento, retándose a decirlo en voz alta. Si lo decías, se hacía realidad.

El chófer se abalanzó sobre ella en un abrir y cerrar de ojos, como un relámpago en la tormenta, y la agarró de los hombros poniéndole el cuchillo en el cuello.

—¡Ten cuidado, Jim! —exclamó Mabel, con una voz teñida por el temor—. No sabemos quién puede haber por aquí.

El aire se desplazó a su alrededor; algo surgió de alguna parte, Louisa no sabía de dónde. Ya no era capaz de distinguir entre su cuerpo, el agua y el cuerpo de otros. Entonces, Mabel soltó un grito y Louisa vio a Roland. Salió de la oscuridad hasta la luz, como un bailarín que entrara en escena. Entonces corrió hasta donde estaba Mabel y la sacudió por los hombros cual muñeca de trapo.

—Vengan a por mí —dijo, mirando a Jim—. Si lo que quieren es vengarse, soy yo a quien buscan, no a Louisa. Dejen que se marche.

Louisa sintió el frío del cuchillo bajo la barbilla. Jim no aflojó la presa, pero notó una vacilación en él, como un reflejo. La lluvia caía casi en horizontal sobre su rostro, cegando sus ojos; como no podía enjugárselos, los cerró con fuerza, con la esperanza de poder ver algo al abrirlos. Las formas que la rodeaban estaban borrosas, pero oía sus voces.

—Saben demasiado —espetó Mabel, pero en tono trémulo.

—Ríndase, Mabel —le dijo Roland—. La policía está al llegar; no podrán huir de aquí.

Aquella debía de ser la señal acordada, puesto que los brazos que la sujetaban la soltaron, y de pronto se vio libre, aunque temblorosa. Dio unos pasos atrás, hasta que otros brazos la tomaron por los hombros, esta vez con más delicadeza. Alguien le susurró al oído y supo que se trataba de Nancy. Estaban fuera del alcance de los faros, ocultas bajo la oscuridad y la lluvia. Louisa no podía apartar la vista de la escena que tenía lugar ante sus ojos. Roland había dejado a Mabel y avanzaba hacia Jim con los brazos extendidos. Mabel parecía haber encogido de tamaño, con el sombrero caído y el abrigo de pieles aplastado por el agua. Se la veía asustada y muy sola.

Roland mantenía las manos en alto y los labios apretados en línea recta. Jim blandía el cuchillo ante sí como si fuera *Excalibur*, pero con movimientos lentos, que delataban miedo e indecisión. Pese a lo que pudiera haber hecho ese hombre, Louisa nunca había pretendido que la situación llegara a tal extremo. Mientras los miraba, sintió que alguien tiraba de ella con suavidad, y el aire volvió a agitarse a su lado. Se oyó un entrechocar de huesos: un puño contra una mandíbula. Un crujido como el de una rama vieja partiéndose durante una tormenta.

Cuando sus ojos se acostumbraron a la luz de los faros, Louisa pudo ver que era Guy quien forcejeaba con Jim. El cuchillo yacía inútilmente en la tierra, dentro de un charco, junto a una de las ruedas del coche. Roland daba vueltas en torno a ellos, esperando para lanzarse cuando se abriera un hueco. No obstante, la lucha se ralentizó antes de que tuviera la ocasión para hacerlo, cuando los jadeos se volvieron más audibles que los puñetazos, y ambos hombres empezaron a trastabillar y perder el pie sobre el terreno resbaladizo.

En ese momento, a la vez que iban perdiendo fuelle, se oyó un rugido de motores, el chirrido de unos frenos y el sonido de puertas que se abrían. El resplandor de los nuevos faros acrecentó el punto de luz, y varios policías uniformados se apresuraron a separar a los dos hombres. Guy se puso las manos sobre las rodillas, tomando aire. Roland había retrocedido entre las sombras. Louisa vio que un policía recogía el cuchillo del suelo y se lo guardaba en el bolsillo.

Louisa y Nancy se abrazaron con fuerza, sosteniéndose mutuamente. El fino vestido de Nancy se había pegado sobre su cuerpo, y a Louisa le pesaba el abrigo sobre los hombros; el sombrero se le había caído hacía rato. Todo había ocurrido en apenas unos minutos, pero temblaban como si hubieran estado fuera durante horas.

Louisa buscó a Mabel con la mirada, hasta que la vio haciéndose a un lado con los ojos clavados en Jim, a quien sujetaban con las manos a la espalda y resollaba con gesto de dolor. Louisa estuvo a punto de dar un grito para que alguien fuera a detenerla, cuando un hombre se adelantó y lo hizo. El inspector Haigh llegó al tiempo que amainaba la lluvia, pasada ya la tormenta.

—Mabel Rogers, queda usted detenida por el asesinato de Florence Nightingale Shore.

74

*M*ientras la policía se llevaba a Mabel y a Jim, Nancy y Louisa echaron a andar hacia la casa a toda prisa. Roland las acompañaba, rodeándolas con el brazo, con un gesto de preocupación grabado en el rostro.

—Rápido —dijo Nancy—, vamos al cuarto de los niños. Necesito cambiarme.

No había nadie en el vestíbulo y lograron subir las escaleras sin ser vistos, aunque dejando un rastro de huellas húmedas a su paso. El fuego seguía encendido, y Roland se colocó junto a él, temblando, mientras que Louisa iba corriendo al armario de la ropa blanca para traer unas cuantas toallas con las que secarse. El cuarto de los niños estaba vacío, dado que les habían prometido que podrían echarle una buena ojeada a la fiesta.

Seguían estando conmocionados por lo sucedido, pero Louisa sabía que la historia no había terminado aún. Roland se sentó en el sillón del aya, empleando una toalla con la que absorber la humedad todo lo posible.

Nancy salió un momento de la sala y volvió con una bata puesta. Entonces soltó una risita y dijo:

—Es un poco como cuando nos conocimos.

—¿A qué te refieres? —le preguntó Roland.

—Al baile en el Savoy, esa noche también llovió. ¡Lou-Lou y yo pensamos que parecíamos dos ratas mojadas! Y eso no fue nada comparado con esto.

Roland trató de esbozar una sonrisa, pero no lo consiguió.

Nancy se sentó de rodillas delante de él.

—Lo siento mucho, pero debo volver a bajar lo antes posible. —Tenía la cara sonrosada después de haber entrado en calor—. Supongo que no volveré a verte, ¿no?

Roland negó con la cabeza tristemente.

Nancy le tomó la mano con ternura.

—Tal vez podrías escribirme alguna vez, y decirme cómo estás. Te deseo la mejor de las suertes, de verdad.

Roland le apretó un poco la mano y la soltó.

—Gracias. Y ahora, vuelve a tu fiesta. Todos estarán preguntándose dónde te has metido.

Nancy soltó una breve carcajada, pero su emoción era palpable. Como si la fiesta no hubiera sido suficiente, durante ella se había desarrollado un drama de grandes dimensiones. Le lanzó una última mirada de afecto y abandonó la estancia para cambiarse de ropa y volver con sus amigas.

Cuando Nancy se fue, la atmósfera cambió. Louisa sabía que Guy estaría ocupado con Mabel y Jim. Desde luego, ella no pensaba unirse a la fiesta, como tampoco lo haría el hombre sentado delante de ella, mirando el fuego con gesto preocupado. Era la hora de descubrir la verdad. Después de todo lo que había sucedido durante la velada, pensó que podía permitirse hablar sin paños calientes.

—¿Quién es usted? ¿Es Roland Lucknor, o Xander Waring?

—Soy Xander —dijo, y el mismo hecho de decirlo pareció cambiarle la cara, como un camaleón que pasara de una rama a una hoja, del miedo al alivio. Louisa esperó a que continuara—. Yo no maté a Roland. Es decir, sí que lo hice —exhaló, como si le lo hubiera guardado durante años—, pero no de esa manera. Él no quería seguir viviendo. Si hubiera estado allí, en Ypres, podría entenderlo. Sufría dolores constantes; se despertaba entre gritos todas las noches. Habían dispuesto su regreso a Londres, pero él había dejado de encontrarle sentido a la vida.

—¿No intentó hacerle cambiar de opinión?

—Claro que sí, cada noche. Hablábamos mucho. Pero él se obsesionó con la idea. Sabíamos que no podíamos volver a nuestra vida en París como antes de la guerra; ya había

371

pasado, y en Francia no quedaba nada para nosotros. Sin embargo, en Inglaterra tampoco había nada para Roland. No era como otros hombres; no era fuerte. Lo único que le frenaba era su padre. Hacía muchos años que no se veían, pero era misionero en África, y Roland sabía que sufriría lo indecible si su hijo se quitara la vida. La vergüenza y el estigma no lo abandonarían nunca.

Louisa sabía que decía la verdad. Lo había aprendido tras la muerte de Bill durante el verano.

—Discutí con él. Le dije que pensaba que su padre sí se merecía cierto sufrimiento, después de haber abandonado a su hijo de esa manera. Apenas si se habían visto en años, ni siquiera cuando murió la madre de Roland. ¿Cómo podía ser tan ajeno a la infelicidad de su único hijo? Pero Roland no me hizo caso, y propuso que intercambiáramos nuestras identidades.

—¿Por qué?

—Sabía que nadie me echaría de menos si anunciaban mi muerte. Nadie tendría que avergonzarse de mi suicidio. Me crie en un orfanato, y desde luego no había nadie que se preocupara por mí. Nunca he sabido quiénes eran mis padres. Roland decía que le gustaría que yo pudiera disfrutar de las ventajas de ser él, como el rango de oficial y la posibilidad de recibir una herencia a la muerte de su padre. Yo le respondía que todo eso me daba igual, y que lo único que quería era que siguiera viviendo.

—Louisa podía percibir la tristeza que emanaba de él, como la luz de la luna detrás de unas nubes—. Entonces supimos que iban a mandarme de nuevo al frente, mientras que él iba a ser devuelto a Inglaterra, y aquello terminó por decidirlo.

—¿Qué quiere decir?

—No solo iban a separarnos, sino que yo debía volver a las trincheras, a la línea de fuego. Roland decía que no era más que adelantar un hecho que iba a acabar ocurriendo de todos modos. Créame que le digo la verdad, intenté que olvidara su plan, pero dijo que o se mataba él mismo, o poníamos su idea en práctica y él se hacía pasar por mí. No pude hacer nada para disuadirlo. Entonces llegó el momento: la noche antes de que a mí me enviasen al frente, y a él lo metieran en un tren rumbo a Inglaterra. Así pues, nos intercambiamos la ropa y las placas de identidad y yo me afeité el bigote. Todavía creía que podría convencerlo para que no lo hiciera, pero llevaba la pistola en la mano y me dijo adiós... —En ese momento tenía los ojos empapados en lágrimas, y un tono trémulo en la voz.

—Continúe —le dijo Louisa con delicadeza.

—Dijo adiós y se apuntó con la pistola, pero le temblaban las manos. Siempre fue un mal tirador; no disparaba ni aun cuando los alemanes atacaban en su dirección. No llegó a matar ni a una maldita rata en las trincheras... —Empezó a hablar muy deprisa, al tiempo que las lágrimas rodaban por sus mejillas—. Falló el tiro y se echó a llorar, diciendo que no podía hacerlo, y entonces... me dio la pistola y dijo que tenía que hacerlo yo. Intenté negarme, pero él estaba histérico, y me puso el arma en las manos, se la metió en la boca y lo hice. Sí que lo maté, pero... yo no quería hacerlo, ¿entiende? ¿Es que no se da cuenta? Yo lo quería. Era la única persona a la que le había importado nunca, y lo quería.

Roland se dejó caer al suelo de rodillas, con la cabeza entre las manos, y Louisa no pudo evitarlo; se acercó a él y lo abrazó hasta que sus sollozos remitieron.

—Ahora lo entiendo —dijo ella—. Le entiendo.

Él alzó la cabeza para mirarla, como un hombre despojado de todo, y le imploró perdón, como si ella fuera un ángel que pudiera absolverlo.

—No hay nada que perdonarle, incluso si fuera a mí a quien le correspondiera hacerlo —respondió Louisa. Parecía como si pudiera sentir el dolor de Xander en su propio pecho—. No obstante, será mejor que se marche esta misma noche, y rápido. Es posible que Guy venga a buscarnos.

Bajaron las escaleras traseras en silencio. Todavía quedaban criadas y lacayos que iban de la cocina a la biblioteca, cargando bandejas llenas de vasos vacíos.

Louisa vaciló un momento al llegar a la puerta de atrás.

—Espere, antes de que se vaya, debo preguntarle algo.

—Su tío.

Louisa asintió.

—No le hice nada por lo que deba preocuparse.

—¿No lo mató?

—No.

Louisa sintió un mareo. Había sido indultada.

—¿Qué es lo que va a hacer ahora?

—Me temo que aquí ya no queda nada para mí. Volveré a Francia, o tal vez a Italia. Trataré de emprender una nueva vida. O quizá retome mi antigua vida en París, la que tuve antes de la guerra. Me gustaría probar a escribir una novela. Ya empecé una en una ocasión.

—Debería hacerlo. Me parece una buena idea.

—Solo hay una persona que me preocupa, y es la madrina de Roland, Violet Temperley —dijo él—. Está en un hospicio y recibe pocas visitas. Yo me encargaré de pagar sus facturas, pero ¿podría ir usted a verla por mí?

—Por supuesto que sí. Estoy segura de que el señor Sullivan también lo hará —contestó Louisa, y el hecho de saber que podía contar con la bondad de Guy fue como un bálsamo que le aligeró el corazón.

Entonces, Xander Waring bajó por las escaleras y salió de sus vidas para siempre.

75

*E*sa misma noche, a altas horas de la madrugada, cuando los últimos asistentes a la fiesta se metieron en su automóvil y la música dejó de sonar, Louisa y Guy fueron llamados a la sala de estar, donde encontraron a Nancy acompañada de lord y lady Redesdale.

Louisa entró en la estancia vacilante, sin estar muy segura de no estar saltando de la sartén a las brasas. Guy y ella lo habían discutido largo y tendido después de que la policía se hubiera marchado. Haigh y Harry volvieron a Londres con Mabel y con Jim, pero antes, Guy se había sentado con Haigh para tomarle declaración a Mabel. Luego se quedó en Asthall Manor con Louisa, dado que ambos consideraron que habría sido una grosería marcharse sin decir nada, después de haber metido a la familia en tal entuerto en su propia casa. Así pues, se acomodaron en la salita de la señora Windsor para esperar hasta que acabara todo, al tiempo que Guy intentaba tranquilizar a Louisa, asegurándole que sus antiguos señores no le mostrarían sino gratitud por haber salvado a su hija de un futuro incierto a manos de Roland Lucknor.

—No creo que lo vean de esa manera —le respondió Louisa, en más de una ocasión. Le había contado a Guy la confesión de Roland, y tuvo que admitir que lo había dejado marchar para que no lo detuvieran—. Sé que lo que hizo está mal —dijo—, pero entiendo sus motivos. La desesperación puede empujarnos a hacer cosas de las que no nos creeríamos capaces normalmente. —Al oír aquello, Guy no pudo por menos de adorarla aún más que antes.

Cuando entraron, Nancy fue corriendo hacia ellos. Llevaba el pelo un poco revuelto, el carmín se le había borrado largo tiempo atrás y sus ojos delataban que había bebido dos o tres copas de vino. Tenía el rostro arrebolado y aspecto de mujer adulta, pese a que su alegría por el éxito de la fiesta seguía resultando deliciosamente juvenil.

—Sentaos con nosotros, por favor —los invitó Nancy, indicando con un gesto los sofás en los que se sentaban lord y lady Redesdale, la chimenea encendida, las velas tenues—. Queremos hablar de todo.

Louisa no se sentía capaz de sentarse en su presencia, pero tampoco se atrevía a rechazar la invitación, de modo que se decidió por colocarse sobre el brazo del sofá de enfrente, con Guy de pie a su lado. Habían traído una bandeja con cacao caliente para las mujeres y oporto para los hombres, así como un plato con refrigerios.

Lady Redesdale fue la primera en pronunciarse, mientras que Louisa contenía el aliento hasta que terminó de hablar.

376

—Tengo entendido que se ha producido un escándalo al comienzo de la velada, del cual no estaba enterada —dijo con voz seca.

Louisa no estaba muy segura de cómo interpretar ese comentario.

—Lo siento mucho, milady... —comenzó.

—No tienes que disculparte —la interrumpió lady Redesdale—. Los invitados tampoco se han dado cuenta de nada, y puesto que habéis logrado concluir el asunto de forma satisfactoria, solo podemos felicitaros por obrar con tanta diligencia.

Louisa se conmovió al oírlo.

—Gracias, señora —consiguió decir. Hubo un silencio incómodo—. Si es posible, me gustaría explicar cómo me vi envuelta en la situación.

Lady Redesdale volvió la cabeza hacia Louisa, con una actitud tan fría como un vaso de agua helada.

—Le he tomado mucho cariño a la señorita Nancy —dijo, atreviéndose a mirar a lady Redesdale directamente—. Bueno, y a todos los niños también. Cuando me di cuenta de que el señor Lucknor suponía un peligro para la familia, supe que debía hacer lo que estuviera en mi mano para detenerle. —Vio que se formaba una película espesa en la superficie de su cacao—. Lamento que tuviera que hacerse aquí, esta noche, pero no parecía haber otra manera.

—Gracias, Louisa —respondió lady Redesdale—. No puedo decir que entienda cómo ni por qué ha sucedido todo, pero aprecio la honestidad de tus intenciones.

Louisa se preguntó si debía añadir algo más, pero Nancy, sentada en la alfombra junto al fuego, intervino impaciente.

—Pero cuéntenos usted, señor Sullivan. ¿Por qué la mató? —No cabía duda de a quién y a qué se refería.

Guy no estaba acostumbrado a ser el centro de atención, pero tener a Louisa a su lado lo animó a hablar.

—Por lo visto, después de la guerra, Mabel oyó que Roland se presentaba a otra persona, por pura casualidad. Esta supo que él no era quien decía ser, pero, en lugar de comunicárselo a Florence, quien seguía en Francia, o denunciarlo a las autoridades por suplantación de identidad, comenzó a chantajearlo con la ayuda de su conserje, Jim.

—Me sorprende mucho que alguien pueda hacer algo así, sobre todo después de haber trabajado como enfermera durante la guerra —observó lady Redesdale, cuyo vestido de seda se mantenía tan impoluto al final de la velada como lo había estado al principio—. Normalmente son criaturas celestiales.

—Desde luego —convino Guy—, pero supongo que empezó a estar desesperada. Según decía, volvió de la guerra después de muchos años, traumatizada por la experiencia, y sin haber sacado nada en limpio de ella. Estaba sin dinero y sin otro hogar que una institución benéfica en Hammersmith. Yo he estado allí, y puedo decirles que no es el lugar en el que querrían pasar sus últimos años. Creo que vio la oportunidad de hacerse con un dinero fácil.

—Pero ¿y qué hay de Florence? —preguntó Louisa—. ¿No se suponía que iba a vivir con ella?

—Creo que las cosas se torcieron entre ellas después de la guerra —contestó Guy.

—La guerra hizo estragos espantosos en muchas personas

—dijo lord Redesdale—. Quien no estuvo en ella no puede ni imaginarse cómo fue.

—Cierto —repuso Guy, aunque sintiendo menos vergüenza al oír la sentencia habitual que solían hacer los soldados veteranos. Ahora ya sabía que ir a la guerra no era la única manera de servir a su país—. En todo caso, parece ser que Florence descubrió que Mabel y Jim estaban chantajeando a Xander y les exigió que dejaran de hacerlo y lo entregaran a la policía. Mabel se negó y ambas tuvieron una discusión terrible. Era el cumpleaños de Florence, y esta se había comprado un abrigo de pieles, cosa que enfureció a Mabel. En sus propias palabras, le molestaba no tener nada mientras que Florence podía ir derrochando su dinero como quería. Entonces, Florence le dijo a Mabel que la había eliminado de su testamento y que se iba a la costa para comprarse una casa en la que vivir su jubilación, y que ella ya no formaba parte de ese plan.

—Pobre mujer —dijo Louisa—. Debió de sentirse completamente devastada.

—¿Qué hay del hombre al que vieron saltar del tren en la estación de Lewes? —quiso saber Nancy.

—Eso fue un golpe de suerte para Mabel —explicó Guy—. Era una pista falsa que empujó a la policía en la dirección equivocada.

—¿Le preguntó si fue a ver a Roland a su piso? ¿Era ella la mujer del abrigo de pieles? —insistió Nancy.

—Sí —replicó Guy—. Fue a pedirle más dinero, a lo que él le respondió que no podía. Le dijo que se encontraba en apuros, que lord Redesdale le había cerrado el grifo y que debía pagar las facturas de la residencia de la madrina de Roland. Ella lo amenazó con acudir a la policía si no pagaba, y acusarlo de haber matado a Florence Shore con la carta que demostraba que era capaz de cometer un asesinato. Independientemente de los motivos que tuviera, él sabía que era culpable de haber apretado el gatillo contra el auténtico Roland Lucknor y suplantarlo, obteniendo así acceso a su cuenta bancaria y a su piso. Y de ahí que huyera cuando lo hizo.

Lord Redesdale parecía estar un poco azorado; su esposa lo miraba con una ceja enarcada.

—Su propuesta comercial, un campo de golf, daba la impresión de ser sólida —dijo, con un encogimiento de hombros—. Además, entiendo a esos soldados y sé por lo que han pasado. Quería ayudarle mientras pudiera. Sin embargo, tras la muerte de Bill, me sentí culpable por no haberle prestado el dinero que me había pedido. Cuando Roland estuvo en Francia, le pregunté por algunos detalles, puesto que no había visto ningún documento ni indicación de que el campo de golf se estuviera construyendo, y su reacción fue tan violenta que supe que no me equivocaba: era una mentira. Después de eso, no podía volver a darle ni un penique más.

Su esposa le lanzó una mirada que parecía indicar que ya discutirían el asunto cuando estuvieran a solas.

Guy prosiguió su relato:

—Cuando Roland dejó de pagar, Mabel se puso furiosa. Entonces, cuando le mencioné el nombre de Roland, Mabel temió que yo pudiera encontrarlo antes que ella y me contara lo del chantaje. Así pues, decidieron que debían incriminarlo en el crimen, con el fin de despistarnos y disimular su propia culpa. Fue Jim quien habló con Stuart Hobkirk para intentar descubrir lo que sabía del caso y lo que estaba investigando la policía. Después, cuando propusimos que Mabel viniera a la fiesta, vio que tenía la oportunidad de identificarlo como el asesino de Florence Shore. Sin embargo, antes de que pudiera hacerlo, Louisa —Guy le dirigió una mirada de orgullo— se dio cuenta de lo que tramaba Mabel, y esta se vio atrapada.

—No me imagino lo que podría haber pasado —dijo Nancy.

Louisa apuró el final de su entonces helado cacao.

—Será mejor que nos marchemos —le señaló a Guy—. Se ha hecho muy tarde. Milady, ¿cree que quedará algún chófer que pueda llevarnos a la estación? Podemos esperar allí hasta que llegue el primer tren; ya no puede faltar mucho.

Lady Redesdale se puso en pie y le hizo un gesto a Louisa para que la imitara.

—Louisa —dijo—, nos has mostrado una gran lealtad, por no hablar de un coraje y una determinación que me enorgullecería ver en cualquiera de mis hijas. ¿Nos concederás el honor de quedarte aquí y volver a trabajar para nosotros?

379

Louisa se reprimió para no tomar a lady Redesdale de la mano. En su lugar, se conformó con poco más que esbozar una sonrisa.

—Nada me haría más feliz, milady —respondió—. Gracias.

—Señor Sullivan —dijo lady Redesdale—, estaríamos encantados de que aceptara quedarse a pasar la noche. Estoy segura de que podremos preparar una cama en alguna parte.

—Gracias, milady. —Guy se puso en pie—. Se lo agradezco mucho, pero tengo una reunión en Londres a primera hora, por lo que es mejor que me marche cuanto antes.

—Y yo iré con usted —dijo Louisa—, es decir, si es posible. Estaré de vuelta mañana por la noche. Hay alguien a quien debo ver.

$\mathcal{A}$ las nueve en punto de la mañana siguiente, Guy ascendía por los peldaños del edificio del New Scotland Yard en el Embankment. En medio de la vorágine del día anterior, mientras Mabel y Jim eran conducidos de vuelta a Londres, el inspector Haigh le había pedido que se presentase en su despacho. Guy no tenía muy claro si iba a ser elogiado o censurado a causa del curso que habían tomado los acontecimientos. A pesar de que la jornada había acabado con dos detenciones, no eran las que todos esperaban hacer. Por otro lado, Xander Waring era culpable de asesinato y había huido. Louisa tuvo sus razones, pero Guy sospechaba que Haigh no se mostraría tan comprensivo.

En esa ocasión, Guy fue conducido directamente al despacho de Haigh por un joven sargento que había en la entrada, quien por lo visto estaba esperando su llegada. Al pasar, Guy vio a Haigh sentado detrás de su escritorio, y el superintendente Jarvis estaba con él. Ambos tenían una expresión severa en el rostro, y Guy se preparó para lo peor. Por lo menos, entonces ya no tenía ningún trabajo que perder.

Haigh le pidió a Guy que tomara asiento, y este se colocó casi al borde de la silla.

—Muy bien, Sullivan —dijo Haigh, quien por suerte no se había encendido todavía el primer cigarro del día, pese a que Guy vio que ya tenía uno preparado en el cenicero—. Roland Lucknor, quien ahora creemos que es Alexander Waring, se ha esfumado.

—Sí, señor —respondió Guy.

—Finalmente, tampoco era el hombre que usted creía responsable de la muerte de Florence Nightingale Shore.

—No, señor. —¿Iban a detallarle sus errores uno por uno? Eso parecía.

—A pesar de no tener la orden ni el permiso oficial para hacerlo, visitó a Violet Temperley en su residencia haciéndose pasar por policía y se llevó con usted un retrato que le pertenecía. Además, contactó con otros dos hombres para verificar la identidad de los muchachos de la fotografía, uno de los cuales está íntimamente relacionado con el caso.

Guy se limitó a asentir con la cabeza. Cada palabra que pronunciaba Haigh lo iba hundiendo un poco más en la miseria.

—Lo más grave es que le hizo una visita a Mabel Rogers tras la denuncia de robo, llevándose una carta que constituía una prueba crucial del caso, sin declararlo a su superior directo aquí presente, Jarvis, como debería haber hecho, en lugar de acudir a mí.

—Sí, señor —dijo Guy, con un hilo de voz.

—Y en lugar de informar del interés particular que tenía entonces en el caso, le pidió a un antiguo compañero, el sargento Conlon, que asumiera la responsabilidad de solicitar la presencia de efectivos policiales en una casa a las afueras de Londres, perteneciente a uno de nuestros estimados miembros de la Cámara de los Lores. —Haigh alzó la vista para mirar a Jarvis y dijo—: ¿Qué deberíamos hacer con él, amigo mío? ¿Lo que hemos acordado?

—Sí, eso creo —contestó Jarvis.

Haigh se cruzó de brazos sobre el escritorio y se inclinó hacia delante.

—¿Es consciente de las graves infracciones policiales que ha cometido en este asunto?

—Sí, señor —dijo Guy—. Lo soy.

—En ese caso, creo que lo mejor será que lo atemos en corto. ¿No le parece que, en el futuro, sería más apropiado que trabajara usted para nosotros?

Guy sintió que la esperanza renacía en su interior.

—¡Desde luego que sí, señor!

—Siendo así, le invito a que se una a la policía metropolitana, señor Sullivan. Empezará de inmediato, puesto que lo necesitamos para que ayude a preparar la acusación judicial en contra de Mabel Rogers y Jim Badgett.

Guy se puso en pie. Creyó que el corazón iba a salírsele del pecho.

—Gracias, señor, no le defraudaré.

Haigh soltó un gruñido.

—Ya sabe dónde está la puerta, Sullivan.

77

—¡ℳa! —exclamó Louisa—. ¿Estás ahí? Soy yo.

—Estoy en la cocina —respondió Winnie—. ¿Eres tú de verdad?

Louisa entró corriendo, vio a su madre y se dieron un fuerte abrazo.

—Siento no haber venido antes.

—Oh, no te preocupes, querida. Sabía que estabas trabajando.

384

Louisa dio un paso atrás y la miró.

—Tienes buen aspecto —observó—. Estás de pie.

—Sí, me encuentro mucho mejor.

Había tres o cuatro cajas abiertas alrededor de la habitación, y Louisa se dio cuenta de que los libros ya no estaban en la estantería, ni la fotografía de la boda de sus padres en la repisa de la chimenea.

—¿Es que te marchas?

—Sí, dentro de unos días —contestó Winnie—. Pensaba mandarte un recado. Ha sido Jennie quien me ha ayudado. Cuando venía a leerme tus cartas y escribir las mías, nos solíamos poner a charlar un rato. Y un día le pedí que le escribiera una carta a mi hermana Gertie, en Suffolk.

—¿Te vas a Hadleigh?

—Así es. Como sabes, Gertie se quedó sola hace diez años, cuando murió su marido, y he pensado que es una tontería que estemos tan lejos la una de la otra, cuando podríamos vivir muy bien juntas y compartir los gastos de manutención. Ella tiene algunas gallinas y se dedica a vender huevos.

Yo puedo lavar ropa y hacer remiendos si es menester, pero tampoco necesitaremos mucho.

—¡Me parece una idea estupenda, Ma!

—Sin embargo, eso quiere decir que tendré que dejar este piso, pero en el fondo no sé si lo quieres. ¿Lo querrías? —Winnie miró a su hija con timidez—. Por lo que parece, estás medrando en la vida.

—Tampoco es para tanto —se rio Louisa—, pero tengo trabajo y estoy bien. No te apures por mí.

—Aún no tienes marido —señaló su madre con picardía.

—Déjalo ya, Ma —le replicó Louisa, aunque de buen humor. Notó que algo le hacía cosquillas en la pierna y vio a Socks, que le daba lametones en los pies. Se agachó para mirarlo mejor (sí, esas orejas sedosas, esa cola blanca), y comprobó que efectivamente se trataba de Socks, el perro de Stephen—. ¿Por qué está aquí? ¿Es que ha venido Stephen?

—No. Se pasó por aquí hace un tiempo, me pidió perdón por todo y dijo que iba a alistarse en el ejército para enderezarse.

—¿De veras? Me sorprendería mucho.

—Y que lo digas, fue de lo más extraño. Llevaba unas semanas sin verlo, cuando de repente volvió una noche. Yo estaba a punto de acostarme y me dio un susto de muerte. Iba desharrapado y con los ojos morados. Creí que me pediría unos filetes.

—¿Filetes?

—Para ponérselos encima de los ojos. —Winnie soltó una risita—. Pero no, lo que hizo fue disculparse por todos los males que nos había causado, y decir que había decidido hacer las cosas bien y alistarse en el ejército a la mañana siguiente.

—¿Cómo? —Louisa no sabía si creérselo. Algo que debió de vérsele en la cara, porque su madre asintió con la cabeza.

—Sí, lo primero que pensé fue que le debería una gran fortuna a alguien, y que por eso se sentiría más a salvo en el ejército. Y puede que sea cierto, pero juraba que había conocido a un hombre que le había explicado lo que le esperaba si no cambiaba: terminar muerto en una zanja en poco tiempo, aunque si se reformaba, todavía podía salvarse.

—Caray. —Louisa se quedó muda. Si se trataba de Roland, no cabía duda de que era cierto: él sabía bien lo que le esperaba—. Pero ¿por qué al ejército?

—Dijo que, después de mucho pensarlo, se había dado cuenta de que en el ejército estarían dispuestos a aceptarlo, le darían cama y comida además de un sueldo y estaría lejos de sus antiguos compinches, quienes querrían convencerlo para que volviera a las andadas. Comentó que le apetecía viajar, y que con un poco de suerte no tardarían mucho en destinarlo al extranjero. La verdad es que fue toda una sorpresa. Nunca lo había visto sonreír hasta entonces.

Louisa meneó la cabeza con incredulidad y volvió a agacharse para acariciar la suave cabeza de Socks.

—El problema es que ahora no sé qué hacer con el perro —se lamentó Winnie—. Le tengo mucho cariño, pero Gertie se niega a tenerlo en casa, porque dice que los perros le dan alergia. Iba a intentar dejarlo en la protectora de Battersea, pero a lo mejor podrías llevártelo a la casa en la que sirves. Tienen un jardín bien hermoso, ¿no? Igual ni se enteran de que está ahí.

—Eso no puedo hacerlo —respondió Louisa—, pero conozco a alguien que podría cuidar de él.

78

Guy miró su reloj. Las seis menos diez. Llegaba a tiempo para el té, y sabía que toda su familia estaría reunida en casa. Incluso Walter había vuelto para pasar unas noches, mientras su mujer visitaba a su madre en Mánchester.

En la sala de estar, los troncos crepitaban en el hogar con la clase de llamas bajas que indicaban que habían estado ardiendo durante horas. Por lo general, su madre solo encendía el fuego a mediodía el día de Navidad, para caldear bien toda la casa. Vio a sus hermanos y a su padre sentados en las distintas sillas, supuestamente esperándolo a él, y a su madre que corría hacia sus brazos.

—¡Guy! ¡Has recuperado tu antiguo empleo!

—No exactamente —dijo, pero no fue capaz de seguir con la broma. Sentía una necesidad demasiado urgente de sonreír.

—¿Y de qué es el uniforme entonces? Lo has sacado de la tienda de disfraces, ¿verdad? —se burló Ernest.

—Mirad la insignia del sombrero —repuso Guy—. No es la misma que antes.

El padre de Guy se acercó hasta él y le echó una ojeada al sombrero alto de policía.

—Caramba, hijo, ¿la policía metropolitana?

—Tenéis delante al flamante agente en prácticas de la policía metropolitana de Londres —dijo Guy, y todos estallaron en aplausos. Su madre se puso a llorar, sus hermanos le daban palmadas en la espalda y en un momento estuvieron a punto de caérsele los anteojos al suelo, lo que le valió otra bromita,

387

esta vez por parte de Bertie, pero no le importó. Por primera vez en toda su vida, podía percibir que se sentían orgullosos de él.

Se vieron interrumpidos por una llamada en la puerta.

—Será mejor que abras tú, hijo —dijo su padre—. Ve a impresionar a los vecinos, ¿quieres?

Guy esbozó una sonrisa radiante, se ajustó el sombrero y se dirigió hasta la entrada.

—Cielos —exclamó Louisa al verlo—. ¡Esto sí que no me lo esperaba!

Guy soltó una carcajada, no sin cierto sonrojo. De pronto se sintió ridículo con el sombrero y se lo quitó.

—¿Ha recuperado su empleo? —le preguntó.

—Casi —dijo, incapaz de borrar la sonrisa de su rostro—. Voy a trabajar en la policía.

Louisa dio un silbido.

—Vaya, voy a tener que andarme con cuidado en su presencia.

388 —Usted no —se rio Guy, aliviado de que estuviera de tan buen humor con él. Se le había ocurrido que tal vez había sido él el culpable de que perdiera su trabajo, en su obsesión por resolver el caso, por no mencionar el hecho de haber llevado a Mabel Rogers y a la policía a Asthall Manor. Estaba a punto de pedirle perdón cuando se fijó en Socks—. Anda, ¿y tú quién eres? —Guy se inclinó sobre el perro negriblanco, quien empezó a mover el rabo como un loco y a saltar sobre sus piernas. Enseguida intentó lamerle la cara, arrancándole otra carcajada—. Buen perro.

—Se llama Socks. Y me parece que ha sido amor a primera vista. Puede quedárselo si quiere.

Guy se incorporó y miró a Louisa.

—Sí —dijo—. Creo que ha sido amor a primera vista. —Ella respondió con una sonrisa—. ¿De quién era?

—De mi tío. Se lo dejó a mi madre para entrar en el ejército. Seguramente estará deseando que lo manden al extranjero, donde sus acreedores no puedan encontrarlo nunca.

—Entonces, Xander...

—Parece ser que hubo una pelea, lo que explica la sangre

que vi, y mi madre ha dicho que apareció con los ojos morados. Dijera lo que dijese, Xander no hizo más que lo que le había pedido que hiciera.

Ahí estaba el broche de oro. Sea como fuere, lo que Xander Waring había hecho con Roland Lucknor era perdonable, incluso ante los ojos de la ley, pensó Guy, y además no le había hecho nada a Stephen Cannon. Era la única detención que no había podido llevar a cabo, lo que le había molestado un poco, pero ahora ya no importaba. Y lo mejor de todo era que Louisa quedaba libre de toda culpa.

Solo quedaba una cosa más. Guy la contempló, de pie en el escalón delante de él. La luz de las farolas iluminaba su tez de porcelana y sus ojos parecían oscuros, casi negros. Vio que temblaba un poco de frío. Cuando iba a hablar, sintió una presencia a su espalda, y al volverse se encontró con las sonrisas picaronas de sus hermanos, asomando la cabeza hacia al recibidor. Guy cerró la puerta con suavidad después de salir.

—¿Me permite que vaya a visitarla pronto, en Asthall Manor?

—Desde luego que sí —musitó Louisa—. La familia no es la única que estará encantada de verlo.

Y así, en las penumbras del portal, mientras que Socks los miraba sentado en el suelo, meneando el rabo, Guy y Louisa se unieron en un abrazo.

*A*lgunos días más tarde, después de que los calendarios de adviento hubieran sido colocados en el cuarto de los niños y de que las niñas hubieran lanzado grititos ante las preciosas imágenes de petirrojos y ramas de acebo que comenzaron a aparecer tras las solapas de cartón, Nancy y Louisa estaban sentadas sobre la áspera alfombra junto al fuego, mientras el aya Blor leía y dormitaba en su sillón, en la calidez de la pequeña salita.

Nancy escribía en un cuaderno escolar que parecía haber sido sacado del fondo de algún armario. Lo hacía con rapidez, tachando y sustituyendo palabras a menudo, y su pluma no se deslizaba sobre la página, sino que la bombardeaba. Muy de vez en cuando alzaba la vista, con la mano en posición, lista para continuar escribiendo cuando volviera la inspiración, momento en el que agacharía de nuevo la cabeza sobre su regazo. No se oía ningún sonido aparte del tictac del reloj de mesa y el frufrú de la falda de crespón del aya al moverse, colocándose el cojín a la espalda para estar más cómoda antes de volver a cerrar los ojos.

Louisa no era capaz de concentrarse en su lectura. Le estaba costando un poco avanzar con un libro de historia sobre Enrique VIII, puesto que había decidido educarse mejor y lady Redesdale le había dado una lista por la que empezar.

—¿Qué estás escribiendo? —preguntó—. ¿Uno de los relatos de Grue?

Nancy se detuvo para mirar a Louisa, y luego detrás de esta, como si observara algo a lo lejos.

—No —dijo—. He estado pensando en escribir una novela. Una de adultos.

—¿A qué te refieres con eso? —quiso saber Louisa, intrigada.

—A que no trate de cosas imaginarias, sino de personas reales. Sobre las cosas que las personas reales se hacen unas a otras.

—Estoy deseando leerlo.

—Serás una de las primeras en hacerlo, te lo prometo —repuso Nancy. Dejó su libreta a un lado y extendió las piernas, estirando los pies como un perro tras un largo paseo—. El próximo año será mi primera temporada de debutante en Londres. Todo está a punto de cambiar, al menos para mí. —Soltó una carcajada.

—Creo que tienes toda la razón —dijo Louisa—. Hasta es posible que mi vida cambie también, ¿sabes?

El aya Blor levantó la cabeza al oírlo, sobresaltada.

—No estarás pensando en marcharte otra vez, ¿no?

Louisa se puso en pie e hizo un gesto de negación.

—En absoluto, aya. No pienso irme a ninguna parte.

Cruzó la estancia en dirección a uno de los dormitorios, donde se suponía que el resto de las niñas debían estar preparándose para meterse en la cama.

Diana llevaba puesto su largo camisón de franela, con diminutos botones de perlas que iban desde el cuello hasta el dobladillo. Estaba sentada ante el tocador, mirándose en el espejo, mientras que Pamela le cepillaba el pelo, al tiempo que contaba cada pasada. Pamela llevaba sus propios rizos oscuros recogidos en una coleta, y el pijama empezaba a quedarle corto. Louisa pensó que habría que bajarle el dobladillo.

Unity y Decca, ataviadas con suaves pijamitas de tela, estaban situadas a cada lado de la cuna de Debo, haciéndole monerías con sus manitas gordezuelas, a las que ella respondía con gorjeos. Ninguna de ellas alzó la cabeza cuando Louisa se detuvo ante la puerta, disfrutando del placer de su presencia. Entonces, como si fuera la primera vez, se fijó en el delicado estampado de flores del papel pintado, en las tres ilustraciones de caza enmarcadas en una pared y en la esponjosidad de la suave moqueta que pisaba. Había unos cuantos juguetes desperdigados, de forma desordenada, aunque agradable: el vestido amarillo de una muñeca sobre la cama, algunos soldaditos de madera tirados por el suelo, un tambor cuyos palillos se habían perdido. No tenía importancia; ella sabía cuál era el sitio de cada cosa.

—Noventa y nueve… y cien —dijo Pamela con tono triunfal, cuando de improviso miró a Louisa, sosteniendo el cepillo en alto cual si fuera un trofeo.

Pamela se había convertido en la mayor de las niñas de la casa, ahora que Nancy había empezado a usar medias, planificaba fiestas en Londres y amenazaba con cortarse el pelo. Lord Redesdale se había puesto a bramar como un loco ante semejante idea, mientras que Nancy parecía más feliz que nunca.

No faltaba mucho para que Tom regresara a casa durante las vacaciones, cuando pondrían el árbol de Navidad en el recibidor, con sus luces resplandecientes y sus adornos caseros, que se agitarían en el aire cada vez que un niño pasara corriendo por delante de ellos. Antes de la misa del Gallo, la familia al completo y todos los sirvientes se reunirían frente el fuego para cantar villancicos y celebrar la Natividad y la llegada del año venidero.

Louisa Cannon ignoraba aún cuál sería la suerte que le depararía el destino, pero por fin sabía que estaba deseosa por descubrirlo.

Dunkerque, 15 de octubre de 1919

$\mathcal{A}$mor mío:

Te escribo para darte la espléndida noticia de que mi guerra ha terminado. He recibido la orden de desmovilización esta misma mañana. Todos los soldados a los que estábamos atendiendo se han recuperado por completo, o se les ha dado asilo en lugares donde se cuidará de ellos durante el resto de sus días. Por algún motivo, me resulta extraño y triste tener que dejar atrás este trabajo y las personas a las que he llegado a admirar y respetar como mis colegas. Después de dos guerras y casi cuarenta años de ejercer la enfermería, lo único que espero es disfrutar de una plácida vejez.

Por otro lado, no cabe duda de que se trata de un momento feliz. Pronto nos reuniremos en Carnforth Lodge, pero no por mucho tiempo. Busquemos una casita junto al mar, donde podamos plantar rosas amarillas alrededor de la puerta y colocar mecedoras delante de la ventana, desde las que mirar el agua tranquila y serena.

Nos queda una semana para recoger nuestras cosas y vaciar el hospital de campaña. Te haré llegar un telegrama antes de mi llegada a Londres, probablemente a la estación de Waterloo.

Ya no tendrás que esperarme mucho más, querida. Por fin voy a volver a casa contigo.

Con todo mi cariño,

Flo

28 de diciembre de 1919

$\mathcal{A}$*mor mío:*

Te escribo una carta, dado que no permites que hablemos como las personas civilizadas que sé que somos. A pesar de todas las crueldades que me has dicho, he creído que lo menos que podía hacer era informarte de mis planes.

Vuelvo a repetirte lo que te dije: si no le pones fin a ese chantaje, me veré obligada a ponerlo en conocimiento de la policía.

Te aseguro que no es eso lo que quiero hacer. Tú y yo hemos sido amigas durante muchos años, pero me preocupan tus arranques de ira. Tal vez hayamos estado separadas demasiado tiempo durante la guerra, y hayamos dejado de entendernos. Tú pareces buscar lo peor que hay en mí, y a mí me cuesta recordar lo mejor que hay en ti, aquello por lo que siempre te quise tanto.

He modificado mi testamento, para legar a mi primo Stuart el fondo que estaba destinado para ti en caso de que yo muriera. Como ya sabes, soy una gran admiradora de su obra, y el dinero le proporcionará la ayuda que necesita para proseguir con su arte. Mi conciencia me impide que mi familia te reconozca como a alguien próximo a mí. Estás participando en un engaño que no es más que una depravada perversión de la bondad que durante tanto tiempo aspiramos a demostrar en nuestro oficio. A comienzos de año nuevo, iré a pasar una semana con Rosa para buscar un chalet cerca de la playa, en el que espero pasar mis últimos años. El momento ha llegado antes de lo que esperaba, pero lo único que quiero es paz y tranquilidad, cuidar de un jardín y escuchar el sonido de las olas. Tu ira, tu rabia y tus celos son pesadas cargas que no puedo soportar por más tiempo. Prefiero estar sola que a tu lado. Es triste, pero cierto.

Flo

Nota histórica

$\mathcal{F}$lorence Nightingale Shore fue agredida a bordo del tren de Brighton el lunes 12 de enero de 1920, y murió en el hospital a los pocos días. Su fallecimiento suscitó una gran indignación entre la sociedad de la época, lo que originó una colecta para crear el Florence Nightingale Shore Memorial Hospital (destruido en un bombardeo durante la Segunda Guerra Mundial), del que fue directora su vieja amiga Mabel Rogers. En ningún momento se sospechó de Mabel Rogers ni fue acusada del asesinato de Florence Shore, y todas las conversaciones en las que participa, a excepción de las declaraciones judiciales, han sido inventadas por mí.

Las entrevistas con los auténticos testigos se han extraído de los artículos de periódico de las fechas de la investigación. Nunca se halló al culpable de su muerte.

Aunque las hermanas Mitford y sus padres fueron una familia que existió de verdad, las escenas en las que aparecen son totalmente ficticias. Hay otros miembros de la familia y del servicio que también se basan en la realidad, aunque he tenido que cambiar algunas fechas por el bien de la historia (por ejemplo, Nancy Mitford cumplió los dieciocho años en 1922, en lugar de en 1921).

Este libro es, ante todo, una novela. No obstante, espero que, al mezclar los hechos con la ficción, podamos estar más cerca de entender a las gentes del pasado, además de recordarlas y honrarlas.

Agradecimientos

*E*ste libro está dedicado a Florence Nightingale Shore y a todas las enfermeras de guerra, las de entonces y las de ahora, a lo largo y ancho de este mundo. Florence, igual que su madrina y tocaya, fue una mujer que trabajó incansable y valientemente en condiciones extremas durante la guerra de los Boers y la Gran Guerra. Se negaba a refugiarse sin los hombres a los que atendía y siempre se quedaba en el hospital con sus pacientes aun bajo amenaza de bombardeo. Merecía un final mejor del que tuvo, y espero que este libro contribuya a ganarle el respeto y la admiración que se le deben.

Los crímenes de Mitford es una criatura que ha venido al mundo con la colaboración de muchas personas. Le doy gracias a Ed Wood por sus palabras de aliento y su paciencia desde aquel primer paso hasta la última de las mil millas. También estoy en deuda con Cath Burke, Andy Hine, Kate Hibbert y todo el equipo de Sphere y Little, Brown que me han ayudado a darle vida a este libro.

Cuando se trata de dar ánimos desde bambalinas, no hay nadie mejor que Hope Dellon, de St Martin's Press. Gracias.

Gracias a mi estupenda agente, Caroline Michel de PFD.

Por sus sabios consejos y asesoramiento, les doy las gracias a Nicky Bird y Celestria Hales. Cualquier error que pueda haber quedado en esta obra es, sin la menor duda, culpa mía.

Gracias también a John Goodall y Melanie Bryan de la revista *Country Life*, por permitirme echarle un vistazo a Asthall Manor.

Gracias a mis familiares y amigos, quienes siempre me han

dado la vida y la alegría, pero especialmente a Rory Fellowes, Lyn Fellowes, Cordelia Fellowes, Julian Fellowes, Emma Kitchener-Fellowes, Annette Jacot de Boinod, Celia Walden, Anna Cusden, Emma Wood, Damian Barr y Clare Peake. (Nunca olvidaremos a la magnífica Georgina Fellowes.)

Y gracias a mi familia, a quien quiero más que a nada. Jamás podría haberlo hecho sin vosotros, mis queridos Simon, Beatrix, Louis y George.

Este libro utiliza el tipo Aldus, que toma su nombre
del vanguardista impresor del Renacimiento
italiano, Aldus Manutius. Hermann Zapf
diseñó el tipo Aldus para la imprenta
Stempel en 1954, como una réplica
más ligera y elegante del
popular tipo
Palatino

Los crímenes de Mitford
se acabó de imprimir
un día de otoño de 2018,
en los talleres gráficos de Rodesa
Villatuerta (Navarra)